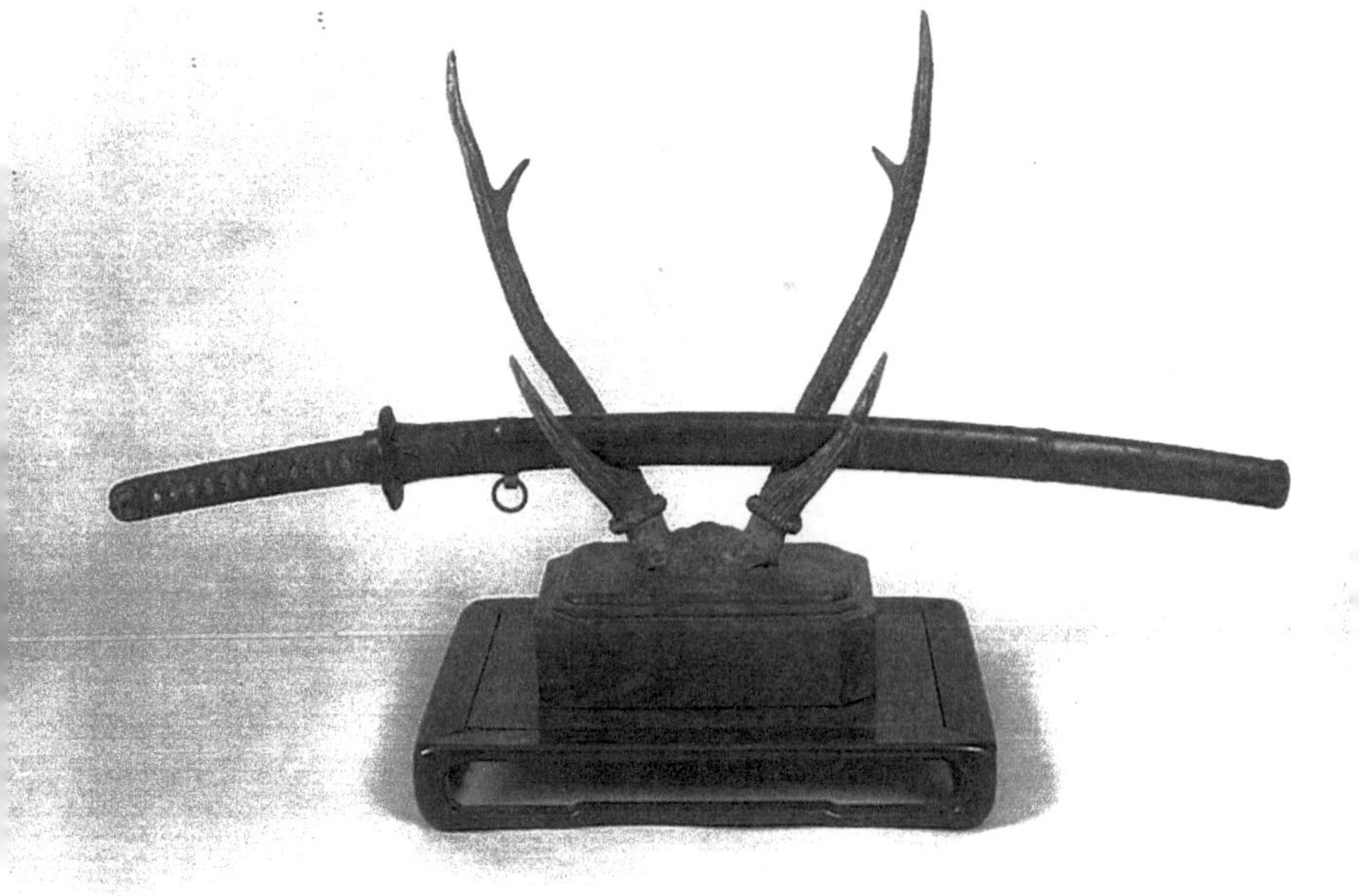

ノモンハンの地に草平とともに死地をくぐってきた長船

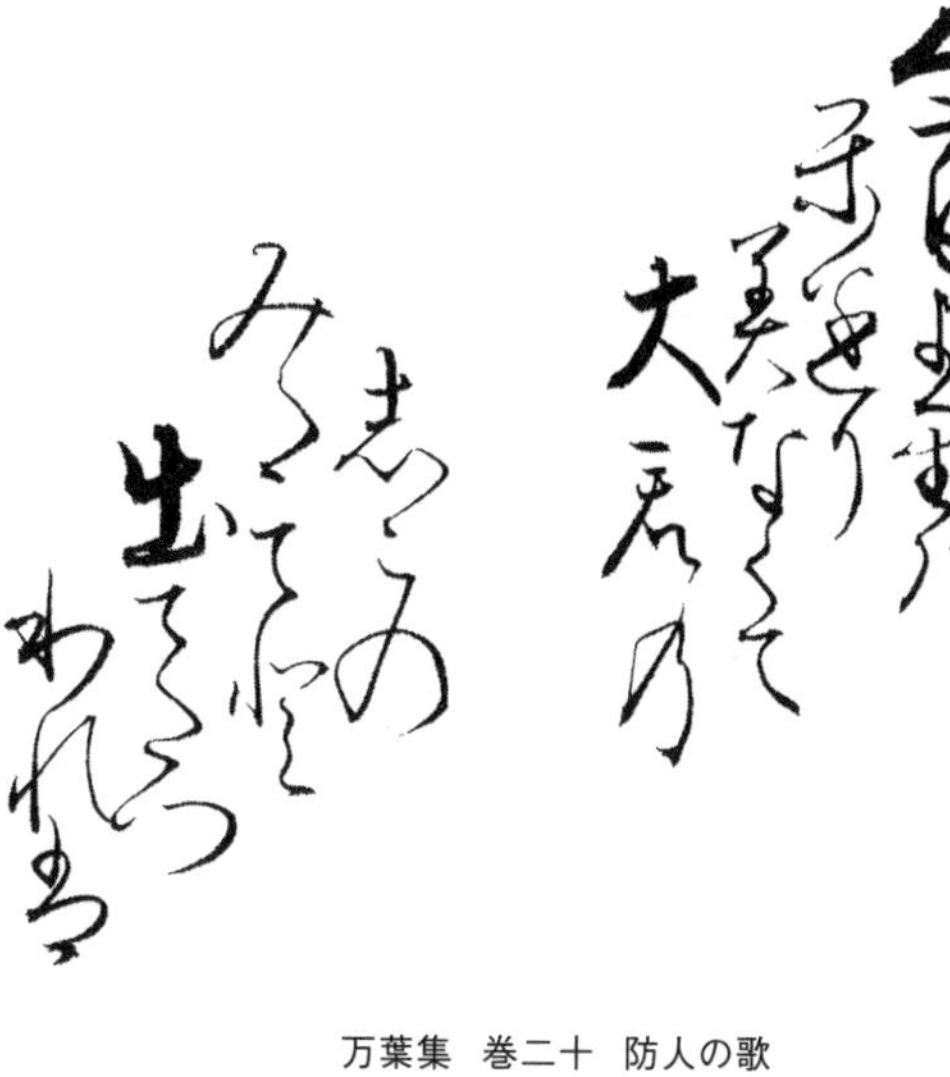

万葉集　巻二十　防人の歌

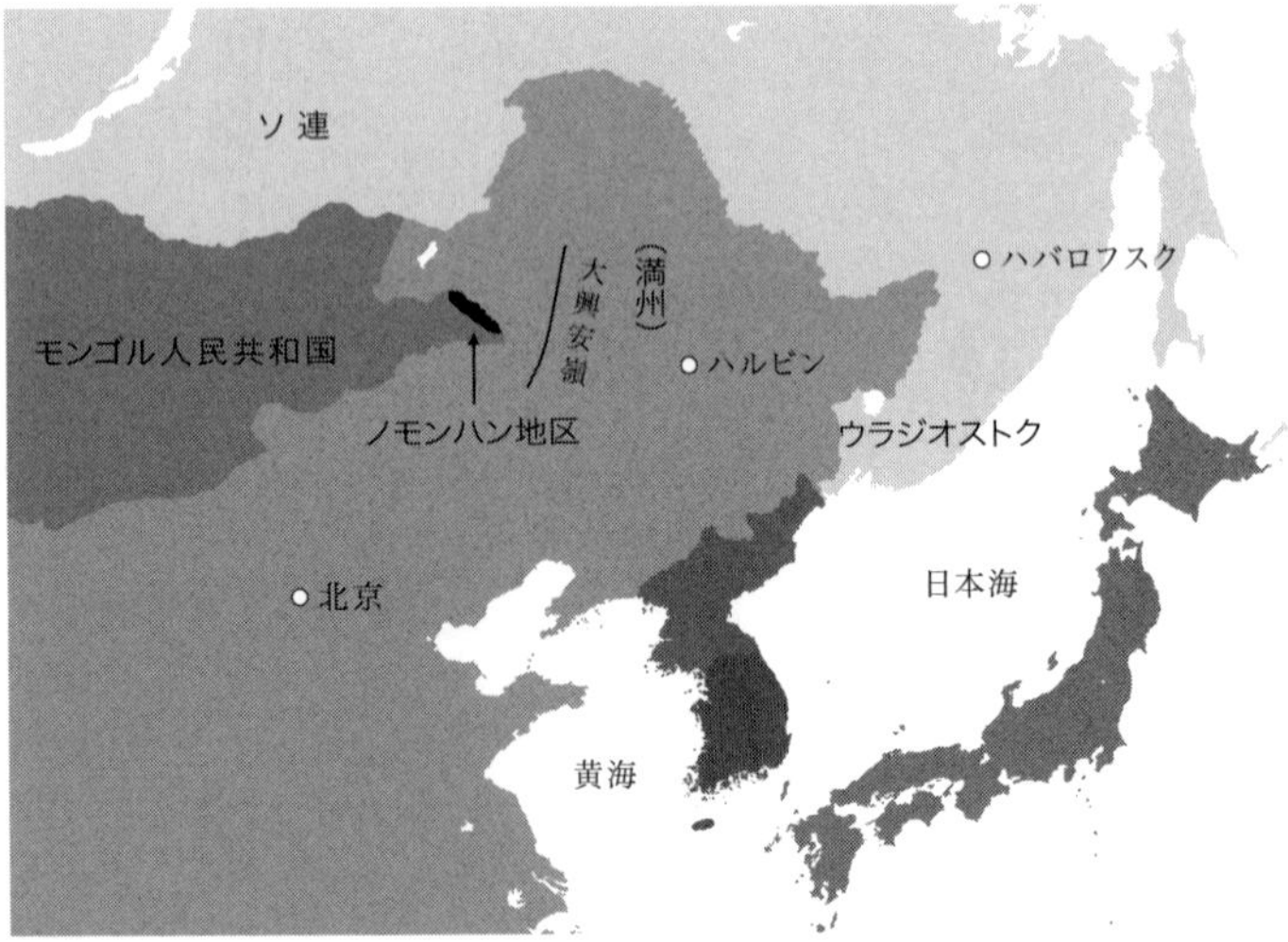
ソ連
（満州）
大興安嶺
ハバロフスク
モンゴル人民共和国
ハルビン
ノモンハン地区
ウラジオストク
北京
日本海
黄海

四十年振りの本誌復刻版出版に当って

松本　文六

本書の著者松本草平（本名は松本弘）は私の父です。

この度、父の書『茫漠の曠野ノモンハン』の復刻が可能となりました。

この『茫漠の曠野ノモンハン』は、戦争とは如何なるものかを父の実体験を元に記したもので、父は戦争は二度とすべきでないと訴えています。


現在の安倍政権は、特定秘密保護法や安保法制（いわゆる「戦争法」）を制定し、さらにこの六月には「テロ等準備罪法」（いわゆる「共謀罪法」）を成立させました。これらは国民の自由にして民主的な言論・集会の封殺を狙ったもので、これによって憲法改悪のための主要な路はできあがったと言えます。安倍政権のここ数年にわたる動きは、一九四五年以前の戦前の軍事体制を再構築しようとしていることは明々白々です。

日本を戦争のできる国にすべく政治が動いている今こそ、父の書の出版は時宜にかなったものだと私は考えます。他方むしろ遅すぎたのかという思いもしています。

作家司馬遼太郎氏は、ある時父に《先生の臨場感のあるノモンハン戦記に出会えて本当にありがとうございました。私は大東亜戦争の折、戦車隊の一員として従軍しましたが、先生の従軍記以上のものを創ることはできません。》と電話で伝えてきたそうです。

あんた生きちょったんかえ!

この本の執筆がいつ頃から始まっていたのか、私には定かではありません。一九七十年代前半に帰省した折に父が新聞広告のチラシ(この頃は両面刷りのチラシは少なかった)の裏に鉛筆を走らせており、あゝ今回もまた書いているなと眺めて過ごしました。一心不乱に鉛筆を走らせているが一体何を書いているのだろうと思いつつ、近づき難い父の姿とそれを取り巻く空気の中で、この質問さえできませんでした。

また、当時、父は診療に多忙を極め、私の兄弟姉妹七人と父母がともに夕食をとることは私が高校を卒業する時点までは、年に一~二回位しかありませんでした。

いつだったか、一九七十年代半ば頃福岡から帰省した折に、父が「患者さん」に《あんた生きちょったんかえ!》と声をかけていたことに驚きました。

私は、《医師たるもの、人の命を助けることが使命なのに、親父は何ということを言うのか》と反射的に想いましたが、当時、おたがい時間に追われる生活をしていましたので、これに関する親子の対話はまったくありませんでした。

ところが、数年たってこの言葉がふたたびフゥーと湧いてきました。

一九七九年に大分市の戸次（へつぎ）の地に病院を建設するために妻子を連れて故里に帰りました。その年の夏に建築着工する中でこの『茫漠の曠野ノモンハン』を読み始めました。ノモンハンの戦場では、夜の闇の中で戦傷者の救出に共に出陣した衛生兵が次の日には屍と化しているとか、戦場ではぐれた戦友と停戦まで二度と会えなかったということなどはノモンハンでは日常茶飯事だったといいます。野戦病院で戦傷者の治療・処置に携っていた折に、戦場で姿の見えなくなった戦友にまみえて、思わず《あんた生きちょったんかえ！》と呼びかけた状況もあったといいます。父の診療姿勢と本書に接する中で、《あんた生きちょったんかえ！》という言葉の正体がやっと理解できたしだいです。

冒頭の父の言葉は、恐らく三十数年後に訪ねて来られた「戦友」にかけた言葉だったのです。「患者さん」ではありませんでした。

こんなところで何故戦争をした？

私は、病院開設のため故郷に帰った一九七九年頃、父のこの本を手にし、数日かけて読み、ノモンハン戦争が如何に無謀な戦争であったかを初めて知りました。

ノモンハン平原は、中国東北部の北西辺、モンゴル国との国境に近いハルハ河畔の地に位置しています。ノモンハン戦争とは、一九三九年五月十一日から九月二六日まで、日本の関東軍とソ連・モンゴル軍とが国境紛争で交戦し、日本軍が大敗を喫した戦争でした。日本ではいまだ「ノモンハン事変」と称していますが、モンゴルでは「ハルハ河戦争」と称しています。わずか四ヵ月半の戦いで、関東軍とソ連・モンゴル軍双方とも戦死・戦傷者は二万人を超えたといわれています。ほとんどの戦争で無辜《むこ》の民がまき込まれるのが一般的な事象ですが、このノモンハン戦争は純粋に軍隊同士の激突によるもので、無辜《むこ》の民はほとんどまき込まれていません。ノモンハンの地は、冬は気温が零下四十度まで下がり、夏は午前三時から午後十時迄の間強い紫外線にさらされ、雨もほとんど降らず、しかも木陰をつくる木はまったくなく、草がわずかに生える砂漠地帯です。

私は一九九九年八月「ノモンハン事件六十周年記念慰問団」に参加して、ノモンハン現地を視察しました。そこで、私が体感したのは、《どうしてこんなところで戦争をしたのだろうか？

まったく無謀にして途轍もなく滅茶苦茶な戦争だったのだ!!》というものでした。

父は開業地の医療の歴史を綴った小冊子に《一㎡当り一、また、一分間に三発の率で一五粒弾を喰らい、その間小機関銃戦、戦車襲撃と昼も夜もなかった。蛸壺（一人立射壕）に首を引っ込めて丸くなり、手を合わせて念仏を唱える程の極限状態で一寸先の頭の上は火と煙の渦まく地獄だった。》（註1）と記しています。

ソ連・モンゴル軍は、ノモンハン平原よりも三十《メートル》余も高い地点に布陣し、日中にそこから間断なく大砲等を打ち込み、戦車戦を仕掛けてくるので関東軍はまったく太刀打ちできず、闇夜の午後十時から午前三時の間のわずか四～五間しか行動できない環境に置かれていたといいます。これでは勝つわけはありません。完全に無謀この上ない戦争でした。ソ連はナチスの侵攻を恐れ、東の方の戦争を早く収めたいばかりで関東軍との間に停戦協定を交わしたというのが歴史的事実です。

この一九三九年八月下旬に、関東軍防疫給水部（いわゆる「７３１部隊」）は、細菌戦をノモンハンで初めて実行に移したといいます（註2）。７３１部隊は、一九三六年に秘密裏に発足させていたので、父はその存在を知らなかったらしく、本書では触れられていません。

敗戦後からの「戦友」の慰霊とともに歩んだ父の余生

父はノモンハン戦争で二十人に一人生き残った者として、その後の人生を《余生であり、人のため世のため、物心共に奉納することが、その責務である》（註1）ということを心に秘め、地域の医療に専念していました。

第二次世界大戦後の一九四五年の医師数は人口十万人当り一九・一七人でした。そこで厚生省は衛生兵として従軍していた者を短期間に教育をして医師免許を与え、植民地から帰還した医師を加えると、翌一九四六年の医師数は八六・二名に達しました。二〇一四年現在の人口十万人当りの日本の医師数は二四四・四人ですから、当時は、現在の三分の一の医師数でした。まさに隔世の感があります。国民皆保険制度が始まった一九六一年の時点でさえ一一一・八人にすぎませんでした。

戦後間もないこの頃は、患者さんの医療費の支払いは盆と暮の年二回で、また田舎の人々の生活もひどく厳しく、治療費を払えない患者さんも多かったようです。父は貧しい人からは治療代金をほとんどもらっていませんでした。当初は徒歩と自転車あるいは時に馬で、そして戦後間もなくしてオートバイやスクーターで往診していました。一九六一年皆保険が実施されてからは保険診療で三ヵ月遅れの現金収入が入るようになり、一九六五年頃には往診専用の車を購入することができたようです。

父は《昼夜の区別もなく東奔西走するのは、惨劇極まりないノモンハン戦の体験教訓によるものであり、わが身は英霊の借りものであると思い、覚悟していたからである。滅私奉公が、北満の曠野に無名戦士として眠る戦友への唯一の手向けであると考えているからである。》(註1)と述べています。また、《私は壕の中で、壁と対峙して、南無阿弥陀仏ならぬ天心地道空行の六字の名号を編み出した。それは悟りであろうか、生死の境界線を歩く人間普遍の定めであろうか、とにかく天心(まごころ)、地道(ぢみち)、空行(くうぎょう)、それは生死の三ヵ月間、土と対峙して感じ取った唯一無二の私の信仰信念の道であり、生涯の指針であり、羅針盤である。英霊があの世から恵みを与えてくれた有り難い贈り物である。》(註1)と述べています。私どもの社会医療法人財団天心堂へつぎ病院の天心堂という「屋号」は、父からの命名です。(天心とは天の中心太陽であり、太陽は富める者も貧しき者も平等に照らす、これは医療の心にかなっていると考え、病院名を天心堂へつぎ病院としました。)

私が一九八〇年九月に病院を開設した折の大分県医師会で、父は次のように挨拶しています。《天心堂へつぎ病院は、私の真心を捧げる供養搭です。》《私は、打たれても倒れても神を信じ、英霊とともに歩むだけです。》(註3)と。

ノモンハン戦争では、服部卓四郎中佐と辻政信少佐の無謀な戦闘指揮により《日本関東軍の第二三師団は壊滅し、師団二万人兵士の中に死傷者七〇パーセント以上を超える大戦争になった》と歴史書（註4）は指摘しています。父の言う「英霊」とは、このふたりの指揮の下で次々に屍となった「犬死」した戦友たちのことを指しています。

《余生としての医師》という父松本弘の肖像について、私の妻の一文（註3）を以下に掲載させていただきます。

私の父に対する想いと父の「戦友」に対する静かな慰霊への祈りを込めて、この『茫漠の曠野ノモンハン』復刻版を日本の若者、次世代を担う人々にお贈りします。

（父の生誕一〇九周年に当る　二〇一七年三月二六日記）

註1　松本弘『大南地区医療史と松本病院から天心堂へつぎ病院への生い立ち』（一九八〇）
註2　常石敬一著『731部隊―生物兵器犯罪の真実（一九九五）評論社現代新書
註3　松本文六編著『輝かしき陽光のかげで　―故・松本弘の想い出』
（一九八九年九月一日開院七周年記念日に発行・付記に抜粋を掲載）
註4　半藤一利著『昭和史』（二〇〇四）

茫漠の曠野 ノモンハン

松本草平

本書に寄せて——わだかまりつづける執念

ノモンハン戦は、人間の合理性を信ずるものにとっては、ほとんど納得しがたい経過をたどった。その点で三年後のガダルカナル戦と酷似していると言ってよい。ある意味でそれは日本的戦争論の典型的具象化であったとも言えるであろう。

ノモンハン戦に関しては数多くの戦記・手記のたぐいが刊行されているが、あのような激闘、混戦から壊滅に到った戦闘では、その経過において未知の部分、不明の部分が多々残されている。したがって、さらに多くの各種兵科実戦参加者の記録・証言と戦史研究者の総合調査の努力なしに真相補完はのぞみ得ないであろう。

ノモンハン戦は大戦以前の段階で、日本にとっての痛烈な戦訓であり、警告であった。それにもかかわらず、それは陰蔽され、無視された。生き残った実戦参加者の怨念が今なお絶えないのはそのためである。本書には、著者の怨念と執念が生なましく息づいている。これもまた、生涯解消されることなく魂の深部にわだかまりつづけている抗議の声である。

一九七八年三月二十九日

五味川 純平

はじめに

およそ四十年前、ゴビの砂漠の北端ノモンハンに戦った若き草平は、あいともに手をたずさえて戦ったいく多の戦友が、悲憤の涙を呑み、無念の叫びを胸に秘めて満豪の荒野のはてに虚しくも哀れに散っていったその事実を、何としても書き留めておかねばならぬと、つね日頃考えていた。そして戦死せるいく多戦友の身替りとも思い、田舎医師のおのれの任務に忠実に昼夜をいとわず励んできた。その多忙の間にも、つねに黄塵万丈の中に燃えた戦友の純血が脈々としてその頭に胸に明滅していた。

そして、私は多忙にわれを忘れ、荏苒《じんぜん》(歳月のだんだん延びる)日を過ごすうちいつしか齢七十に近い白髪禿頭のおのれに気づき、寸暇を見いだしてもおのれが思うなかばでも、その無念悲惨なる事実を書き留めておかねばならぬと思い、文筆に不慣れをもはばからず、その真心だけでも捧げたい気持でペンを執っていたのである。

ただし、敵弾をさけて壕の中で毎日毎夜原始的な穴居生活を強いられ、遺書を再三書かされ、明日をも知れぬ境遇では、おのれ一人の身を護るに汲々として周囲の戦況にうとく、自決を期してメモを土中に埋めた今、その稿を運ぶにどうしようもない戸惑いを覚える。

過去の記憶は、もうろうとして万丈の黄塵とともに消え、みはるかす広野の天空に咆える砲声にその耳はふさがれ、熱火渦巻く地獄の中に身を投じて血みどろな体当たりを期する目には血の刃に飢え狂う日本男子の悪鬼のごとき最期の形相あるのみ、その戦況を記するに何すべくもなく哀れ、ただにそれは無念なる英霊を慰むべくうっ積した執念の爆発、あるいは口惜しまぎれの八つあたりかもしれぬ。

なお、当時の状況を記するに、姓名、場所、日時等を正確に記入したいのであるが、どうせ生きて還れるあてもないと思う身は、こうしたことに無関心、むしろやけ気味であったようで、八月二十日、敵総攻撃を境として以後のことは、幻のごとく記憶にうとい。

一九七七年十月一日

松本　草平

目次

第一章

戦線へ

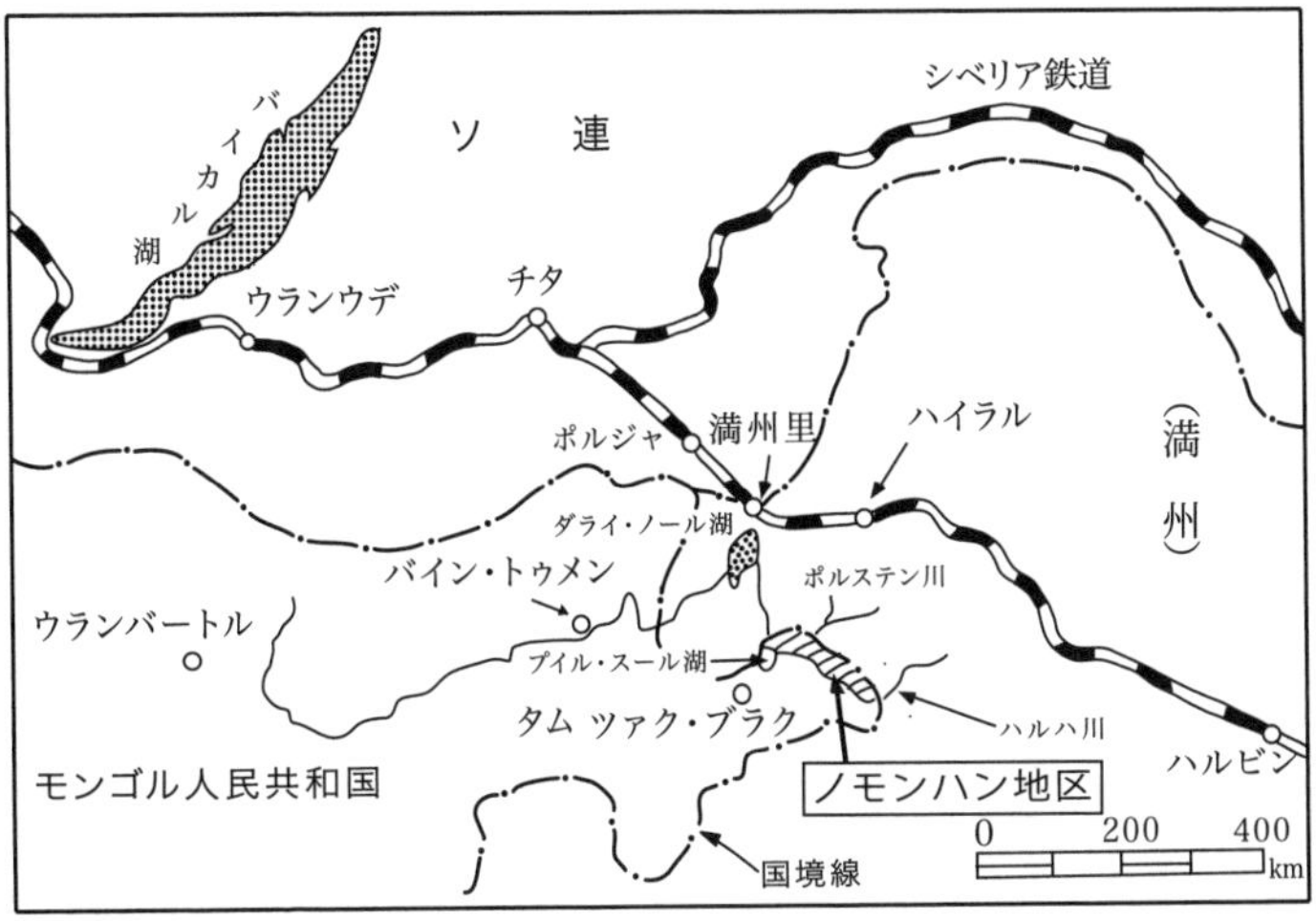
シベリア鉄道
ソ　連
バイカル湖
ウランウデ
チタ
ポルジャ
満州里
ハイラル
(満州)
ダライ・ノール湖
バイン・トゥメン
ポルステン川
ウランバートル
プイル・スール湖
タム ツァク・ブラク
ハルハ川
ハルビン
モンゴル人民共和国
ノモンハン地区
0　200　400
km
国境線

(一)馬鹿正直ものの応召

昭和十三年五月ごろ、陸軍省(?)より医師たる者はすべて軍医予備員を志願する義務ありとの通達が出された。当時草平は三十二歳、医院開業当初で苦境にあったが、国民「総火の玉」を任じ赤誠に燃ゆる臣民として、その意に従うは当然の義務と感じ、ただちに志願した。しかし、この第一回軍医予備員志願者は大分、別府の間では四名であった。

後日この事実を知り、草平はまったく意外に思った。軍は、国家は、正直者を愚弄するのかとの反発、憤りが心底に残ったのである。

右四名は現大分日赤病院長 荒巻氏、故別府精神病院長 山本氏、長岡氏、そして草平である。上記三氏はともに秀才型の大人であり、彼らは将来の軍医総監を夢みての志願であったろう。草平は平のひらで、ただいちずに国家同胞愛の赤心に燃えての志願であった。この純真なるわが赤誠をもてあそぶがごとき国家権力のあり方、その文面に少々憤りを覚える。すなわち世にいう「穴」があったのである。

旬日をへて第六師団藤崎台に召集され、上等兵の肩章を、そして七十五日間の訓練をへて軍曹の肩章をいただく。昭和十三年十月七日軍医予備員として応召。第六師団管下建軍仮兵舎の一角に収容され、第二十三師団衛生隊付として同隊長平野弘夫中佐の旗下《きか》に入る。

（二）「病弱者集団」衛生隊

昭和十三年十月七日応召以来、草平は第二十三師団衛生隊付見習医官として、第六師団管下の建軍仮兵舎で待機していた。この衛生隊員はほとんど召集兵で、なかには五十歳をこした者もかなりいた。出発を前に建康調査を命じられ、草平も百名近くの隊員を診察した。驚いたことに、その中の三人に一人くらいは、これで戦争要員になれるだろうかと思われる慢性疾患患者を発見した。その主病は胃潰瘍、慢性胃腸炎、喘息、気管支拡張、心臓弁膜症、リウマチ、神経痛等の類であり、ほとんどストレスに、あるいはアレルギーに起因するものであった。

こんな病弱者を、ましてかの瘴癘《しょうれい》（山川で発症する熱病・マラリア病など）の地北満に派遣して役立つだろうかとひとり胸を痛めたものである。海拉爾《ハイラル》においても、当初医務室は多数の診察患者で毎日いっぱいであった。当時海拉爾の朝夕はちょうど極寒期で零下四十二度以下のことが多く、内地から突然とび出してきた患者は大打撃だろうと心配していたのであるが、思いのほか三か月でその診察患者は半減した。六か月後の十四年五月初旬、ノモンハン戦当初にはほとんど三分の一以下となり、反対にどうしてそうなったか草平の方が驚いてしまった。

そして医務室でひとり、よってきたる主因について種々考えていた。当時医務室が投薬する薬はといえば、

胃薬——健胃錠(胃散)
腸薬——次硝酸蒼鉛(ビス)
鎮痛——モヒ、ロート錠
感冒、神経痛、リウマチ——アスピリン、ピラミドン、アンチピリン錠
喘息——エフェドリン錠

以上の程度のものでほとんど症候治療剤であり、極論すれば目糞鼻糞でもそれ相応の精神的効果があったかもしれぬと思われるほどのものであった。

ただし兵は、軍医殿お蔭様で持病の喘息が、胃痛が、神経痛が最近起こりません、はては現代医学でも難治のリュウマチまで全治しましたと喜んで心からお礼を言う。「うん!うん!軍隊の薬は天下の名薬ばかりでな、どんな病気も大丈夫すぐ治るよ」と肩を怒らして大ぼらをふいてみせるが、内心はおこがましくひとり首をすくめて失笑せずにはいられない。ただし、だますつもりでなくても、そのように先入感を叩き込み吹き込んでおけばいざという場合に薬効はてきめんである。世にいう嘘も方便というのだろう。

これは草平の創案ではなく、先輩軍医殿のご指示の賜である。薬が節約できて病気が早く治ればともにホイホイだ、とその軍医殿は呵々大笑された。彼はつねに人間は精神と肉体と半々でできている、そこで精神指導で病気の半分は治る、このことを軍人特に戦場では忘れてはならぬと教えてくれた。さらに彼はつ

け加えた。しゃばでも医者が見捨てた病人がやぼな神様の信仰で治った話をよく聞くだろう、その神様の極意の程はここにあるのだと、おのれが神様のような顔をする。なるほどなるほど、われわれ若輩のうわすべりの医学知識に鉄槌を加えた彼の教えは、軍医の戦陣訓としてその第一ページを飾るにふさわしい名言であろう。静かに反すう吟味した。

彼はさらに卓を叩いて強調した。「人間は元来神が造ったものである。すべての疾病はその与えられた自己免疫により十中、八九は治るようにできている。神はそのようにありがたく造ってある。ただし愚かなる人間どもがこの神意にそむいて飲みすぎ、喰いすぎ、働きすぎ、考えすぎ、また逆に栄養不足、運動不足、休養不足、特に睡眠不足あるいは考え不足、さらにあらぬ考えの偏向により、神意による自然の本然のサイクルバランスが崩れて疾病をみずから招くことになる。健康の原則とは、この神意にもとづくその本然のサイクルの上に立ってこそ可能である。君はさきにわが衛生隊は弱兵ばかりで用をなさんと言った。その際本官は大丈夫、一年足らずで最強の兵に仕上げてみせると豪語したが、今思い当たったか。」と胸を張った。実に参った参った、草平完敗ですと頭をさげた。

軍隊は夜が明けると起きて、一日中猛訓練をやる。日が暮れると同時に休養をとり、眠る。食事は計り飯である。これは自然の原理にかなった自然動物と同じ生活で、神意に沿うもので無理がない。少々の病気くらい治らぬのが不思議だ。兵の諸病は医務室が、薬が治したのではない。規則正しい自然摂理に合った軍隊生活が、弱兵の体中に本然の姿をよみがえらせ、自然に活気あふれる自己免疫をとり戻し、よって自然治癒したものと解すべきである。なるほどなるほど、本先輩軍医殿の心意気に怖れをなして病気の方が逃げてゆくらしい、ということで。

かえりみれば草平たちは広漠たる水なきゴビの砂漠のはてにソ連の戦車群と、また物量の鉄火と肉弾をもって砂熱砂塵の中で戦い、蚊と虻に悩まされ、かつ北満特有のアメーバー赤痢に罹り一日十数回の血便のため顔色は日焼けとともに生けるミイラのごとく、心身の疲労は極点に達するものがあった。昼間は酷熱と闘い、夜間は寒冷に悩み、肛門は痔疾を併発、よく診れば猿のお尻みたいに糜爛《びらん》している者さえあった。このような最悪の身体条件下にありながら、誰一人後退、野戦病院入院を申し出る者とてなく、聖戦遂行のため必死に頑張り続け、その間内科疾患によって落伍欠落した者が一名もないということは、平時の草平たちの医学常識では想像も及ばぬ驚異に値することであった。そしてその間、平素の持病の胃腸病、神経痛、リウマチ、喘息はいつの間にか忘れられて過去のものとなっていた。さらに昼夜寒暖の差激しい大陸性気候の中にあって、誰一人感冒、日射病に罹る者とてなかった。この事実は何ともはや奇異に近いものがある。人間の精神力の偉大さか、自然と環境がしかるべくはぐくんだのか、いずれかでなくては考えられない。このことについては人間健康管理、人類進歩の面でわれわれ医人はともに反省、さらにその道をきわむべく再考の要あるものと思う。

ただここに明言強調できることはストレス、アレルギー等に起因する諸疾患の大半は、自然の原理原則にもとづく生活態度や剛毅泰然たる精神力により全治あるいは少なくとも軽快することだけは確かのようである。

世の病弱者と呼ばれ、また自認する諸君、少なくとも一年間、これ以上の苦難の道を歩き、強い精神力を確保され、自信ある健康体を取り戻されよ。それはわが戦場における服薬なき多数の症例が物語り、証明するところだ。

（三）酷寒の満州へ

建軍の仮兵舎を出た草平たちは、柿色のカーテンで外界と進断された列車に乗せられた。この熊本駅頭には誰一人見送る者とてなく、家族にも知らされず隠密の出発で、知るものは軍権とおのれの暗い心のみであった。しかし記憶をたどれば、昭和十三年十一月七日の朝ではなかったろうか。

そして草平たちは輸送船の船底にごろ寝しながら荒波の玄海を渡り、大連港と思われるところに着いた。ここは大きな大豆袋、石炭、軍需物資と思われる物が山ほど積まれ、その間を長い紺色の支那服を着たうす穢く汚れた苦力《クーリー》（肉体労働者）が、日焼けした顔に白い歯を見せながらあわただしく動いていた。草平たちはその一隅に待機している列車に乗せられた。内地の列車よりいくぶん大きいようであるが、やはり外界とはカーテンで遮断されていて、何も見ることができず陰鬱で窮屈であった。

夢に見た憧れの満州にせっかく来て一目外を見たいと我も彼も、カーテンを細目に開けて外界を垣間見、盗み見していた。そして、ようやくハルピンに着くころには辛抱しきれず大胆になり、カーテンを開いたまま外界を物珍しげに眺めては上官のお叱りを受ける者もいたが、このような悪玉は、ごく一部の限られた者で、大方はカーテンの隙間から垣間みて辛抱していた。

おもえば長く退屈なうす暗い旅であった。今の世の快速列車とは桁違いの、デゴイチ(D五一)が引く、行けども行けども広漠千里の果てない北満の旅であった。列車に腰をおろしたまま手持無沙汰の一行はいよいよ旅情をかきたてられ、積もる思いに、草平とてもつい我慢できずカーテンをとり払ってしまいたい衝動にかられるが、敵地近しと思いじっと我慢して窓の隙間から一心に外界をのぞいていた。

ただしのぞきの目は本当に疲れるもので、くたびれとともについ居眠りすることになる。仮眠はさらに夢を誘う。草平は、幼少のころ田舎のお祭りにきたのぞきの夢をみていた。それは貫一がお宮を足蹴にして月を仰いでなげくクライマックスの場面であった。それをなぜかこの童子、いつまでもいつまでも語りとともに飽かず食い入るようにのぞき込んでいた。

目が覚めて思った。小さい穴からのぞくということは好奇心をあおられ、遠く離れれば離れるほど郷愁がつのるのと同様、外界がますます恋しく美しく夢の世界のように見えてくるのだ。そしてまた、列車の窓に鼻押しつけて目だけを出して、はじめて見る北満の大観に気を呑まれていた。行けども、行けども高粱畑《こうりゃん》一色の大世界であった。

ただしこの鼻押しつけてとは形容の表現にすぎぬ。もし仮に鼻を押しつければ凍った窓に鼻が落ち、鼻が近づくだけでも窓はわが息で真白に凍る。それは寒いさむい冬の満州ではある。

ホンコン、シャンハイと並んで魔の都として知られているハルピンを横に見て、再度広漠無限の高梁畑の大平原に出た。ここはハルピンの北郊外であろう。列車の左側に腰をおろしていた兵が突如立って、あれ見よ！あれ見よ！と叫んだ。草平もカーテンを少し開いて外を見た。そこは竹の生垣が大きく長く張りめぐらされ、大きな樹木が繁り、いかにも南画に見る支那の大家のたたずまいを見せていた。

周囲に三メートル幅の道路が通っていた。この道路を四、五十人ほどの紺の喪服を着た列が先頭に華美な棺を高々と飾り、粛々とおもむろに通って行く。垣根の大木の根に、道の畔に、紺の頭巾で顔をなかば隠した泣き人がしゃがんでは立ち、立ってはうずくまり、涙と鼻汁を、長々とたらしながら、はうように従って行く。いかにも寒々とした支那独特の光景である。

草平はひとりこの異様なはじめて見る風習にあっけにとられた。さる大家の大人の野辺の送りであろう。それにしてもよくもあれほどの涙と鼻汁が出るものだ、故人に対する悲しみの演出かもしれないが、尋常人には真似のできない業である、と考えているところに、兵曰く、あれは支那では、泣人《チーレン》（泣くことを生業とする人）として別に雇うものですよ、泣きの専門家ですよと。それにしてもこの奇異な光景風習は今もなぜか心の隅に残る。

なお行けども行けども単調な高梁畑一色の大平原である。ついに見る目も疲れ果て、あくびが出る。そしてかなたもこなたも居眠り列車の巣溜りと化し行儀がわるい。草平は仮眠の目覚ましに考えるともなく見るともなく、呆然と車外を眺めていた。突如ホーホーの掛け声とともにピッピッと鞭をふる音がする。見れば牛車五、六台が一本の綱で繋がれ一人の車夫が長い鞭一本で長蛇の列を御し、ゆうゆうと高粱畑の一角を通って行く。その鞭さばきの鮮やかさがいかにも堂にいってうまいもので、兵皆感嘆の声を漏らす。

そしてまた、草平は考える。この牛車は日本内地の牛馬車と違い二輪車で車輪が大きい。なるほど挺子と摩擦面を考えればこの方が早く軽く荷を運べるはずだ、うまく考えているわい、と腕を組む。それにしても日本のはなぜ四輪車なのだろう、しかも前輪が小さく後輪が大きい。よく考えれば、これにもそれ相応の理由がありそうだ。一頭の馬がたくさんの荷を一度に運ぶにはこの方が合理的で安定感がある。前輪後輪の大小は荷がいくぶん軽く運べる工夫によるものらしい。要はいずれもその土地の風土に合った生活の知恵から出たものらしい。

満州のような平坦地で牛馬数の多いところではこの二輪車で荷を軽くして数台連結、日本のような狭く、しかも山坂が多く、牛馬の少ないところでは四輪車で荷を多くし一頭一車が合理的・能率的なのだろう。よくも考えたものだ、と今まで考えたこともないことを考えては大発見をしたかのようにつれづれなるままにひとり悦に入っていた。

どこまでもどこまでも、まだまだ続く高粱畑一色である。長途の旅につい眠気をもよおしまどろむ間もなく、車窓が雷光とともに大雷鳴にうち震えた。瞬間アッと首を引っ込めて目がさめた草平は、外界をのぞいて驚いた。雷鳴轟く中、篠つく雹《ひょう》であるが、陽光が射し虹が映えている。よく見ればこれまた奇異である。

大天空に二つの雲の群がある。その二つの雲層から二つの夕立が、まさに雷様のショーみたいに夫婦雷よろしく、負けじ劣らじと地上に雷雨を射かけている。遠くより陽光が射して、その雨足の射かたが広重の雷雨の絵そのままに見えて美しい。虹が大きくかかっている。雷鳴も内地のそれと違い余韻がないようである。近くに山がない関係であろう、木霊《こだま》がないように思えた。内地のように一天にわかにかき曇って、との表現はまったく当たらない。陰湿でない、カラッとした美しい黄金色に輝く虹の世界の雷様である。

どこに行くのか草平たちは知らない、あなたまかせの旅である。うつろな希望のない世界である。いつの間に眠っていつの間にここに来たかもわからない。突如ギューゴットン、ゴットンと列車は音をたてて後退し、息ぜわしく蒸気を吐いているようであるが、長途の旅に疲れた草平の目にもうつろの世界である。ただ夢の中の銀世界にあるおのれをほのかに意識していたにすぎぬ。

ギューキューゴトンゴトンと列車はまた大きく揺れて後戻りした。急ブレーキをかけたらしい。さすがの草平もびっくりして目がさめてしまった。周囲を見渡せばいつの間にか銀世界である。どこから銀世界になったのか居眠り草平には記憶がない。頭時計のねじをまわし、合わして考えてみて驚いた。早やここは興安嶺に差しかかっているらしい。目をあければ頭上雪嶺の中、その山肌からはまさに興安嶺と覚えた。

このあたりから急斜面になっているのであろう、いつの間にか機関車は二両連結になっている。凍った鉄路に車輪はきしみ、すべり、機関車は真黒い煙を吐くが、なかなか進まない。ついに兵が鉄路に降りて列車を押している。いかにものんきな不格好な進軍である。斜面の緩やかなところに出たころ、列車は遅いながらもようやく進むようになった。周囲を見渡せば、落葉松、蝦夷松、白樺の自然林が深い雪の中にまばらに生えている。雪の下から熊笹、鬼しだがのぞいて見える。雪嶺の中を走る列車はなにか聖なるものを想わせて気持がよい。

突如列車の右側に兵が寄って、アッ！ ホー！ ウウン！ と呻きに似た感嘆の声を洩らす。右窓辺にいた草平も車外を見て、ホー！ とさすがにうなってしまった。

ここは氷河であろう、低い鉄橋がかかっている。この氷河に雁、山鳥、兎が総計二、三十匹も群をなして集まっている。兵が堅パンを投げ与えれば、われ先にその餌を拾おうとして二本足の雉はもちろん、四本足の兎までも氷上にすべり尻餅をつく。いかにも可愛いく、世にも得がたいほほえましい光景である。これこそ自然動物のありのままの姿で可愛いくてたまらず、冷厳下の輸送途上に久々心温まるものを覚えた。

興安嶺の清く、澄んだ聖なる雪嶺をバックに自然動物そのままの真の姿に接した一行は、世にも稀なる貴重なパラダイスをまのあたりに見て心清まるものがあった。その光景は今も眼底に心の奥に深く食い込んで離れない。

雪の世界では諸動物は蟄居《ちっきょ》状態にあると聞いていたが、熊や狸などと違い鳥や兎は別であろう。雪の中に餌があるわけでもなく、列車の通るたびにこの氷河に集まり、投げ与える餌を待っているのであろう。可愛さ余って涙が出るほどの感激を覚える。

それにしてもこのように無人の雪の世界では、鳥も獣もともに怖ろしさを知らぬのであろうか。とかく心温まるこの清き聖なる世界に今一度と、思うのである。

（四）はてなき雪原――川又偵察

昭和十四年一月ごろより満蒙国境ハンダガヤ方面において、たびたび満蒙両軍の間に武力小衝突が行われているという情報を耳にし、われわれ末端としても心穏やかならざるものがあった。

同四月末ごろ、草平は海拉爾第二陸軍病院において、明朝東探索隊に従軍し衛生業務を担当せよとの命を受けた。

早暁トラック上の人となる。某中尉殿を首班とする二個分隊くらい（二十人あまり）の小兵力であった。車両三台に分乗し勇躍発進。外気は零下四十五度に近く、広漠無限の雪原一色である。吹雪の中トラック荷台上に身をさらしての進軍は、身が凍る思いがした。行けども行けども茫漠はてなき雪原である。路なき道を紆余曲折三時間くらいにしてようやく目的地に到達、長以下数人の兵が双眼鏡を手に砂丘の裏側より偵察、二十分くらいで引きあげることとなった。

到着場所は今から考えれば渡河点（川又）を見おろすことのできる、たぶんバルシャガル高地の東側斜面であったと推測するが、どのような情況であったのかは、草平のような末端の兵にはわからない。ただし、事後の情報によれば蒙古兵らしい数人の兵が、馬に水を飲ましていたとのことであった。帰途につく前、停止しているトラック上に動かずじっと立って待機していた関係か、寒さのため四肢末端は凍え、頭の中がぼんやりふらふらになり、気が遠くなる思いがした。そしてこれが凍死寸前の状態だろうかとも思った。しかし他に誰もこのような苦訴ある者はなかった。平素より寒さに弱い草平の体質に由来するものだろうと思い、みずから小運動し身体を摩擦し、用意の氷砂糖を口に入れ、なんとか無事帰隊した。

後になって考えてみると、この際のわが捜索隊の行動はハルハ河左岸敵高台からは手にとるように監視されていたのである。なぜなら第二次ノモンハン戦の時に草平たちが敵高台に突入した際、このホロンバイル広野は眼下一望のもと、俯瞰しえたのである。友軍の秘匿は敵のわらうべき児戯であったのである。すなわち、わが隠密のつもりの一挙手一投足は、すべて敵の手中にあったのである。

以後、小紛争は散発的に起こっていた由、耳にしている。五月半ばごろ、東支隊は空軍支援のもと、外蒙兵をハルハ河左岸に撃退、四、五十名を粉砕したと聞き及んでいる。友軍の間に風雲急の空気が流れ、以後も再三、小紛争が続いていたようである。

（註）草平たちは、本時点までを第一次ノモンハン戦と呼ぶと当時聞いていた。
ただし文献では五月二十二日より第一次ノモンハン戦になっているようで、以後文献に従う。

第二章

第一次ノモンハン戦

砂漠の続く平原で、こんな水に恵まれることはめずらしい

（一）ノロ高地

進軍 —— 海拉爾から将軍廟へ

昭和十四年五月二十二日夜、わが営内は急きょあわただしく騒然たる緊張の中に包まれ、軍衣、袴、食糧、弾薬等の配給補充、配備に多忙をきわめた。明朝ノモンハンに向かって発進せよとの命令を受けたのである。

翌二十三日早朝（はっきりした記憶はない）、草平たちは山県部隊の後尾に従い、なお低地に残雪を見る広漠無限の広野に出た。海拉爾の埃りっぽい兵舎を出た一行は快晴の朝風を心ゆくまで吸い、すき透るような陽光を浴び、心身ともに浄められた心地がして、心も軽く愉快な明るい笑いの中に進軍した。

茫漠たるホロンバイル荒野の一角、はるか後方に興安嶺の連峰を望む。雪解け間近に蚕食型の雪嶺は紺碧の空に白く映え、清く澄んで美しい。裾野に白樺、落葉松の自然林をそえて、静そのままに神々しい。荒野の中を長蛇の列がゆく。二十三師団山県部隊を中心とする精鋭である。その末尾に続くのが草平らの衛生隊の列である。医務室、担架輸送兵をあわせて総勢百人あまりであったろうか。

カラカラ！　チリンチリン！　それは輸送車の音である。まるで昔のチンドン屋か夜啼き蕎麦屋の行列そのままの姿と音である。本科の兵から屋台蕎麦がきた等と笑われるような時代遅れの代物である。それを泥に汚れた驢馬、満馬にひかせている。しかもその衛生隊の隊長格が見習医官の草平殿ときている。誰が見ても可笑しな風景である。

　五月下旬ごろになるとホロンバイル上空にも雲雀《ひばり》が鳴き、黄紫の名も知らぬ草花が咲きそめて、朝夕は肌寒いが、日中は肌を灼くように暑い。しかし空気が乾燥しているせいか、割と気持よくすがすがしい。その陽気に誘われたかのように、わがキャラバン隊ものんきに笑いながらの進軍である。

　隊列を離れた兵士があっちこっちにしゃがんでいる。一望千里の草原では隠れる場所とてなく、用便しているのである。オイ馬みたいなのが見えるぞ、何を！この糞垂れ奴！しきりに野次がとび砂礫が飛ぶ。まるで小学校の遠足風景である。

ノモンハン付近略図

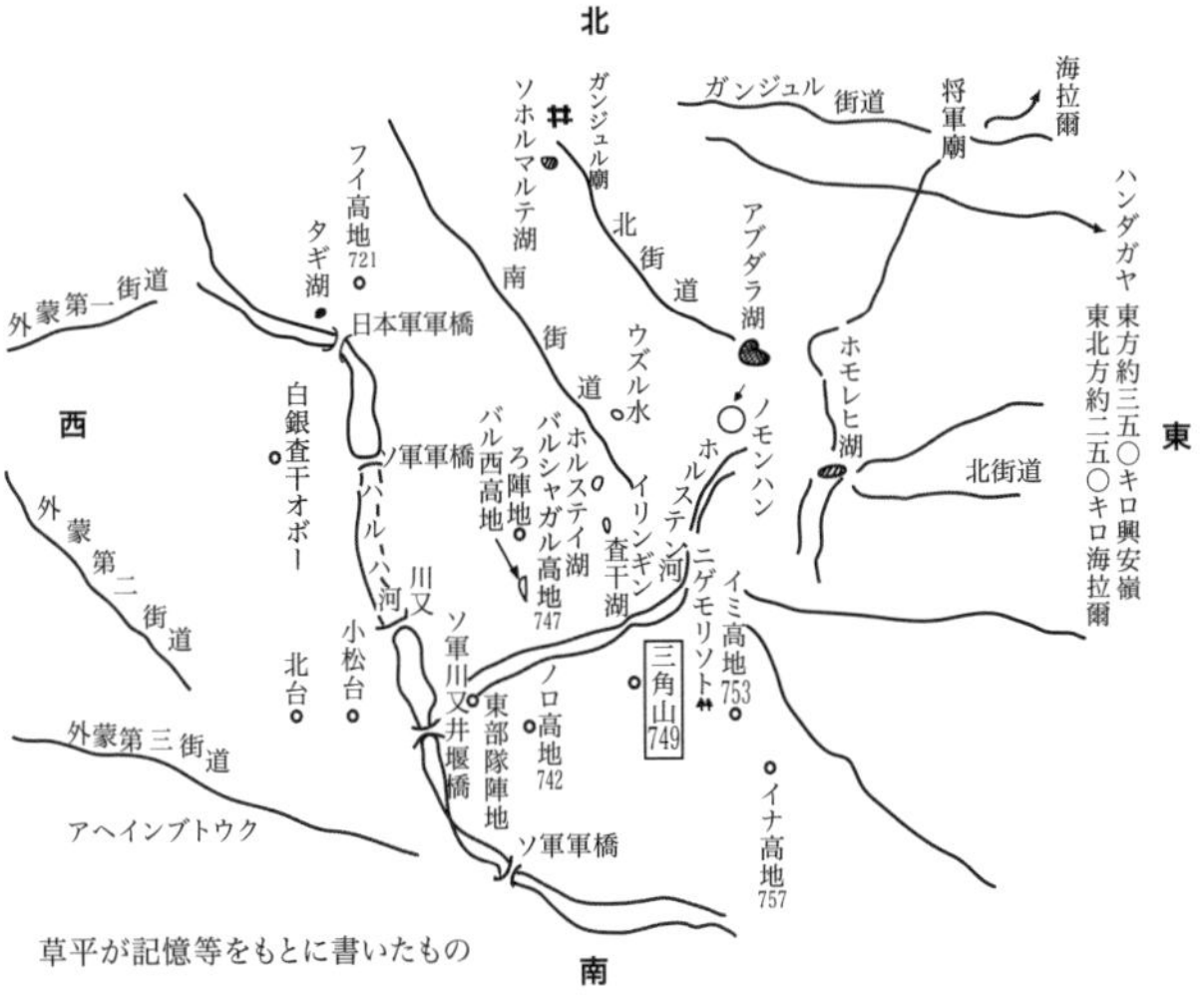

草平が記憶等をもとに書いたもの

五月二十四日

草平たちが進軍する路は荒野の中の車両の轍の跡だけがたよりであった。馴れぬ道なき道を行く草平は、正午ごろになるとそろそろ足に豆をつくり、歩くに苦渋をきわめ、つい笑いを忘れた。負い慣れぬ背嚢は戦時装備で重く、肩に食い込んで痛い。これで明日も歩けるだろうかとひとり心配であった。車両隊が時々追い越すのが歯がゆく、恨めしかった。つい兵は車両の後方に向かって、この馬鹿野郎！と憤まんをぶつけた。午後ともなるともう腰の水筒には水はなく、水筒は火の塊みたいに熱く、わずかに底部に残る水滴を底を叩いて飲んでみて驚いた。まるで熱湯である。

大陸の寒暖の差は激しい。五月というのに昼間は三十五度を越し、夜間は十度以下が多い。夜営は冷え冷えと底寒かった。ただし野宿は草平の性にあったものか、寒い中にも楽しかった。特に背嚢を枕に仰臥して、満天の星を見るのは何ともいえぬ愉悦を覚えた。

五月二十五日

人間の身体とはよくできたものである。一夜明ければくたびれて熟睡したせいか、目が覚めて全身硬化で動けぬようであっても、しばらく歩いているうちに元気が回復し、昨日の心配も忘れたように、またどんどん歩けた。しかし午後になって水筒の水がなくなると満身の汗は枯れ、戎衣《じゅうい》（軍服）には塩が吹き、背中に腰に白い塊の地図ができた。そのころになると兵は皆呼吸せわしく顎を出した。それでも重い銃器をかついで歩き、はては走りまわるのである。太陽熱、砂熱の輻射《ふくしゃ》に責められ、まさに人間の干物みたいになっても気の持ちようではよくも動けるものだと、草平乾物も歩きながらひとり苦笑し感心する。

五月二十六日

四日目の行軍は予定より少々早く予定地に着いたのであろうか、明るいうちに夜営の形態を整えることになった。ここは意外にも川の辺であった(湖沼かもしれない。水の流れがなかったようでもある。また雪解けの長い水溜りかもしれないが、とにかく草平の記憶には川の印象が深く、地図と照合すればフフ湖かとも思える)。草平は久々渇きにあえぐ牛のように顔を水の中に突き込んでまさに牛飲し、満身蘇生したような愉悦を覚え、熟睡に熟睡を重ねて翌朝はいつになく爽快に目が覚めた。周囲の兵たちも急に元気百倍、威勢よく生まれ変わった衛生隊に戻った。そして爽快に朗らかに大声で笑い合い、冗句をとばし合い、はては抱きあい跳びあがって喜んでいた。水に救われたのである。砂漠の中の水はえもいいえずおいしくありがたく、まさにオアシスであった。

五月二十七日

こうして草平たちはついに二百キロメートルを踏破したことになるが、五日目の朝は連日の疲れも忘れたように生気をとり戻していた。戦線まで今一歩の感が深く、心身の緊張のせいか、不思議と皆元気旺盛で明るかった。明日は命をかけて戦わねばならぬ身だというのになんということであろう。人間本来の闘争心に由来するのであろうか、またその心の奥に無敵皇軍との自負とおごりが上下一貫し、その信念に飼い馴らされていたのであろうか。いま思えば草平自身、その雰囲気の中にいたのであるが、かえりみて身震いするほど恥ずかしく怖ろしくなるのである。

はるかに歴史をかえりみて思いをめぐらせば、過去の常勝日本軍の蔭にはほとんど米英の助力があったのであり、日本独力での勝利はなかったように思うのである。とかく心の奥にソ蒙軍なにするものぞとのあなどりがあったのは否めない。

払暁《ふつぎょう》（夜明け）の風はなお肌に冷たく身に沁んで快かった。草平たちは薄暗い朝もやの中をついて進軍した。よく食いよく飲みよく眠った。早暁の進軍はえもいえず爽快で、全軍士気横溢、頼もしい進軍に思えた。昼過ぎになって、誰言うともなく将軍廟近しとの話が草平たち末端まで流れてきた。広野のあっちこっちにたたずんでは例のように用便するものが多くなった。神経の緊張のせいか、昨夕たらふく食い飲んだためか解らないが、とにかく今日は特に多いなぁと思っているうち、草平自身もつい誘われて便意をもよおした。それはいつどこで戦端がひき起こされるか解らぬと思えば、体調を整え、いざという時に備えておこうとの魂胆のあらわれでもあったろう。

突如快晴の上空に爆音あり、友軍機一機降下すると見るまに通信筒を落として上空に消えた。暫時言いあわしたように沈黙の列となる。止まれ！と命あり、なにか末端まで不安の空気が流れる。たぶん今の通信筒の件について幹部が検討しているのであろう。何が出るか、兵も皆黙して語らず、じっと待つ。ふたたび前進、間もなく名に聞こえた将軍廟が見えた。無惨にも敵戦車砲か野砲が撃ち抜いたのであろう、馬が通れるほどの貫通穴がパクリと口をあけている。

将軍廟壁のこの大きな空洞（弾痕）、それはわが一生を通じて忘れられない心の弾痕でもある。われわれは、この惨状を見た途端いざわが命を賭けての戦いだ、と全身の末端までうち震え、敵愾心に燃えさかり、身のひきしまる思いがしたものである。

40年近くもたった今、ノモンハン戦は虚実の戦いであったと、誰いうともなくいう。ともあれ、そこに戦った戦士の姿は克明に記録に残されねばならぬ。このような暗い思い出を二度と繰り返さないためにも。

思えば、満蒙両遊牧の民にとっては、今まで国境等と考えたこともないほどのただに茫漠たる天地平和境ホロンバイルに、ある日突然、血で血を洗う政治と武力が介入して、大きな国境の壁として立ちはだかり、ゆえなくも永住の地を追われたのである。あまりにも非道、気の毒のいたりである。私はなぜか、蒙古民族に遠き血縁を感じさせ、親しみを覚える。それは容姿の相似たところによるのであろうか。

いずれにしても両国がいっさいの恩讐・哀歓をこえて、さらに固く手を握り、契り合う日の一日も早からんことを希う。

写真提供　野口千束氏

思えば五月二十七日。意義深い海軍記念日である。草平は砂の上に背を伸ばし腕を組み仰臥しながら、気持よく天上の星に見入っていた。しかし、いつもの夜営と違い、不安な夜であった。夢現の世界にあったようである。そして阿修羅に奮闘する草平は、このホロンバイル草原のソ蒙軍なにするものぞと蹴散らし、驀進に驀進、シベリァの広野の果てまで進撃し、赤い大きな夕陽を背に勝利の凱歌大きくソ蒙の世界を征服君臨する雄姿を夢みていた。

弾幕突破によって高地占拠

五月二十八日

一夜明ければ二十八日の早暁四時ごろである。はるか前方に敵兵見ゆの信号弾が上がった。全軍にわかにあわただしく殺気立ち、軍馬までも異様に興奮し前足を蹴立てて土をはね、たてがみを逆立たせ、声高らかにいないていた。

わが衛生隊にも進撃命令あり。将軍廟前に待機すること半刻あまりトラックに移乗した。暫時《ざんじ》にしてノロ高地の北側五百メートルに達した。前面は黒煙、砂煙におおわれものすごい爆裂音響の中に火柱が天に冲《ちゅう》（沖天・天にのぼる）し、視界ゼロである。時到れりと機を見て突撃命令

歩兵六四連隊　山県連隊長

あり。車に乗せられている身の詮なし文句なし、遮二無二の猪突進撃である。無茶な無謀なと思いながらも突進するより仕方がない。やむなく見習医官殿も決意のほどを示し、伝家の宝刀お長船《おさふね》（刀の銘）を抜き放ち、車上より、突っ込め！と怒号する。奥深い弾幕の中は視界ゼロ、瞼を閉じての突進である。もう火柱も爆裂音も何もかもまったく見えない、聞こえない。無我夢中の猪突である。一瞬（？）にして視界開く。主力を見失うまいと緊張の中にも心があせる。この、弾幕通過は瞬時のようであってもかなり奥深いもののようであった。第一段階重砲、第二段階野砲、第三段階戦車砲と、計画的・組織的に実施されたものではなかったかと思う。

この弾幕に突入しながら、草平はもうわが命はこれが最後と思った。激しい分厚い地獄の熱い黒煙、火に沸き返る海を渡るような気がした。が、驚いたことに、衛生隊の損害は軽微であった。

草平は事後、不思議と命中しないのだなァと傷者の仮包帯を巻きながら考えていた。何か神助でもあるかのように不思議でたまらなかった。それほどこの砲撃はものすごく衝撃的なものであった。

第一線の主力部隊はすでに約五百メートル前方でノロ高地の西北側砂丘頂上に達し、戦車から逃げ出す敵兵を袈裟斬りに一刀浴びせているのが見える。突如後方車に敵弾命中、負傷者多数。担架兵！と呼ぶ間もおかず、弾丸は草平らの車両の周囲に一メートル間隔ほどで落ちてきた。幸いにして衛生隊の車両に命中はしないが、周囲一面砲弾の雨である。

見ればビール瓶ぐらいの砲弾（戦車砲弾）であるが、爆発しない。最大射程で撃っているのであろう。横になってボタリと地面に落ちるのが見える。ここの地面は砂原なので直撃でなくては爆発しないのであろう。ただし車両に命中すれば後方車のような爆死であると思い、あわただしく下車を命じ、後方負傷者の収容を命ず。

間もおかず、前方二十五メートルに敵戦車！の大声あり。傷者収容等の暇はない。見れば装甲車である。伏せ！タイヤを撃て！と命を下し、膝位の草平自身も挙銃を構えタイヤを狙い撃ちす。他にとっさの名案が浮かばない。幸運にも敵装甲車は十五メートル直前にて運行不能に陥り、戦車兵士二人が車外に逃げ出した。二名とも捕虜にしたか、殺傷したかのいずれかだ(日本軍の重囲下にあり)。とにかくわれわれ衛生隊としては後方の傷者収容が任務であり、救急処置に多忙である。また第一線に続くべき大義名分がある。傷者の応急処置もそこそこにノロ

傷を負った戦友をたけおこす友軍兵士

高地を目ざし、一直線の強行突破である。

どこをどうして直進したか記憶にない。草平一生の全精霊をかけての直進である。ただしわれわれ衛生隊が到達した際のノロ高地には敵兵はすでに一兵も見えず、大激戦を予想し張り切っていた草平たちは唖然として失望してしまった。なんたることであろう。のれんに腕押しとはこのことである（後日判明したことであるが、装甲車のタイヤはスポンジ様のものでできていて、射撃しても効果がないということだ。タイヤの破裂による擱坐《かくざ》と早合点した草平の判断は誤りであり、その原因はいまだわからぬままであるが、神が幸いしたとしておこう）。

必死になって傷者の応急処置に忙殺されている草平のところに兵が近づいてきた。そして軍医殿、ここはソ連の射的場だったところだそうですよと教えてくれる。お前誰から聞いた。いや皆そう言っています。兵の直感か早耳かは知らないが、なるほどそのようにも思える。何と射撃の的確なことか。再三驚きに似たものがあった。

ノロ高地がもぬけの殻だったのは、おそらく敵の作戦であったろう。近接戦、白兵戦に強い日本軍のほこ先を軽くかわし、誘い込んで一網打尽にしたかったのだろう。肉弾戦に強い日本軍との無用の犠牲を避け、最も効率的な鉄火のもとに一挙に押し滅ぼそう、あるいは遠方より鉄火の包囲網内の水なき世界に閉じこめ、自滅を策したものであろうと推測された。ここで、あらためて戦場となった地の地形その他について草平の憶測もまじえてその概略を記す。

敵からまる見えの友軍陣地――地形概観

時の関東軍作戦参謀辻政信著『ノモンハン』での「戦場附近地形概観」について。

両河岸間距離二百メートルとは辻政信の間違いである。少なくとも四百メートル以上あると思う。このことは草平の目測だけではない。草平たちはこの両岸の間を二度往復している。かつこの川床に包帯所を開設、傷者後送まで経験している。

左岸の高さ二、三十メートルとあるが、これもそれよりやや高いのではあるまいか。ただしこのことについては、この両岸で苦杯苦渋をなめたからではないか。

両岸砲撃戦では辻氏の指摘のとおりである。友軍砲は敵に露出し、敵砲台は友軍には見えず、どこから撃ってくるか皆目わからなかった。このことについては後述のとおり、両岸壁での彼我の砲撃戦の現場に草平もいあわせて実態を確認している。また、上記のことは草平の概念図により明瞭に証明できる。

AはÁに露出するが、ÁはAからは隠蔽されて見えない。BよりはA左岸台上の小範囲のみむしろ断崖のみに見られ、Bはもちろんその奥はまったく見えない。Bよりはホロンバイル広野全般、興安嶺の裾野まで見通しで、日本軍の一挙手一投足まで仔細に観察しうる。

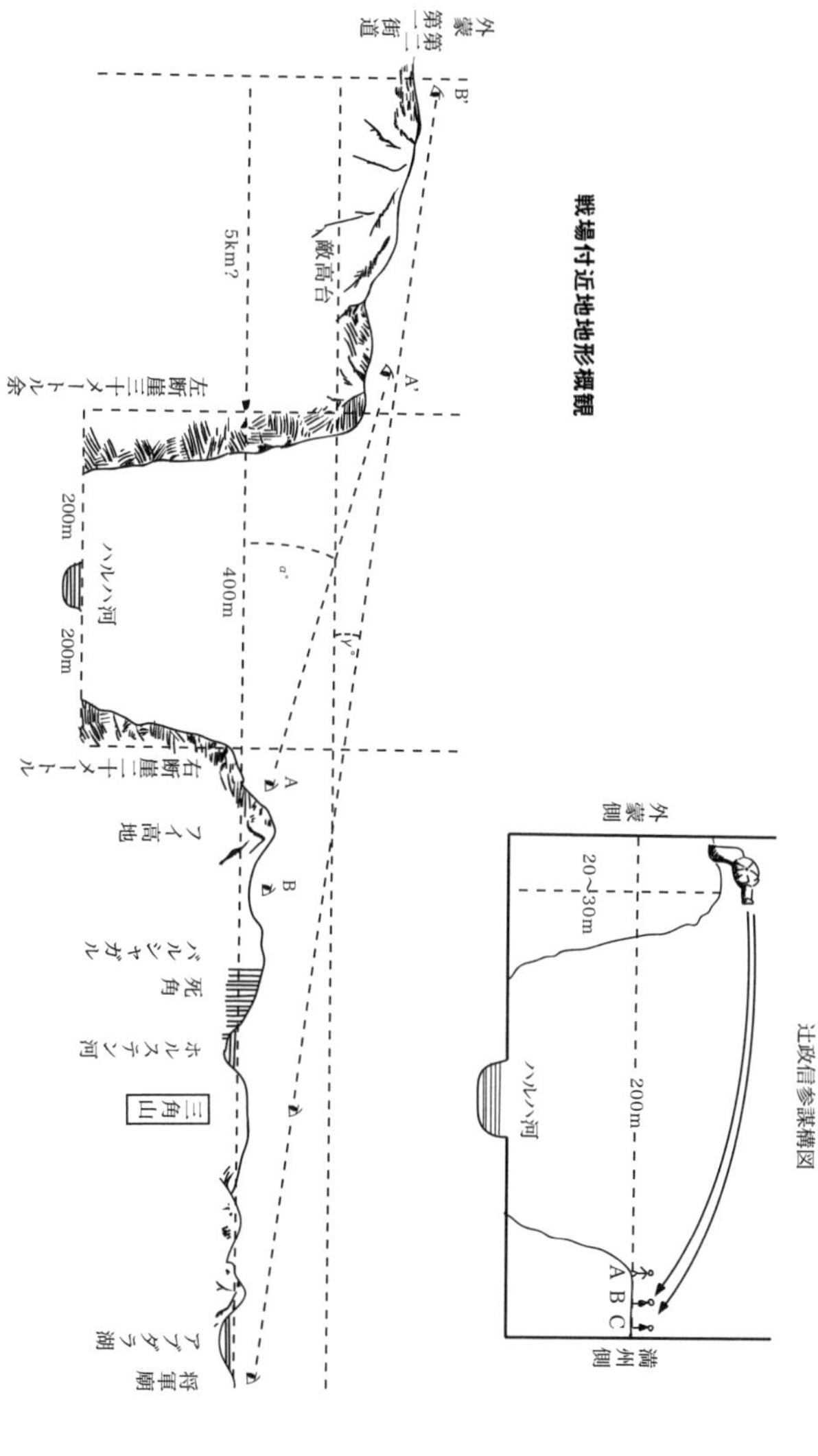

草平構図（ほぼ40年前の記憶をたどっての憶測構図。紙幅の関係で相当無理がある）

下の図は草平たちが第二次戦当初、敵高台に突入した際、草平自身左岸敵台上（左河岸断崖付近）に立ってその雄大なるホロンバイルの景観に見とれるとともに、彼我の地形の優劣にむしろ驚き友軍参謀の無謀なる暴挙に憤慨した際の概念構図である。友軍各陣地は敵からは眼下一望のもとであった。なお、ハルハ河は遠く東北に白い帯をひいて流れ、雲か海かの果てに消えていた。たぶんここからボイル湖まで見通せたのではあるまいか。それほどその敵高台はこの付近で一番高く、守るに易く、攻めるに難しい自然の要塞で、雲か山か呉か越か、徴かなる地平の果てにダライ湖がさらに遠くかすんで蜃気楼のように見える。あれは満州里か海拉爾《ハイラル》ではとも思った。いずれにしても草平たちは直後敵戦車の数回にわたる襲撃を受け、確認する暇がなかった。

　とにかく、わが主戦場ホロンバイルは敵高台より眼下一望のもとのみはるかす大草原である。敵にはわが隠密は

ホロンバイル大草原

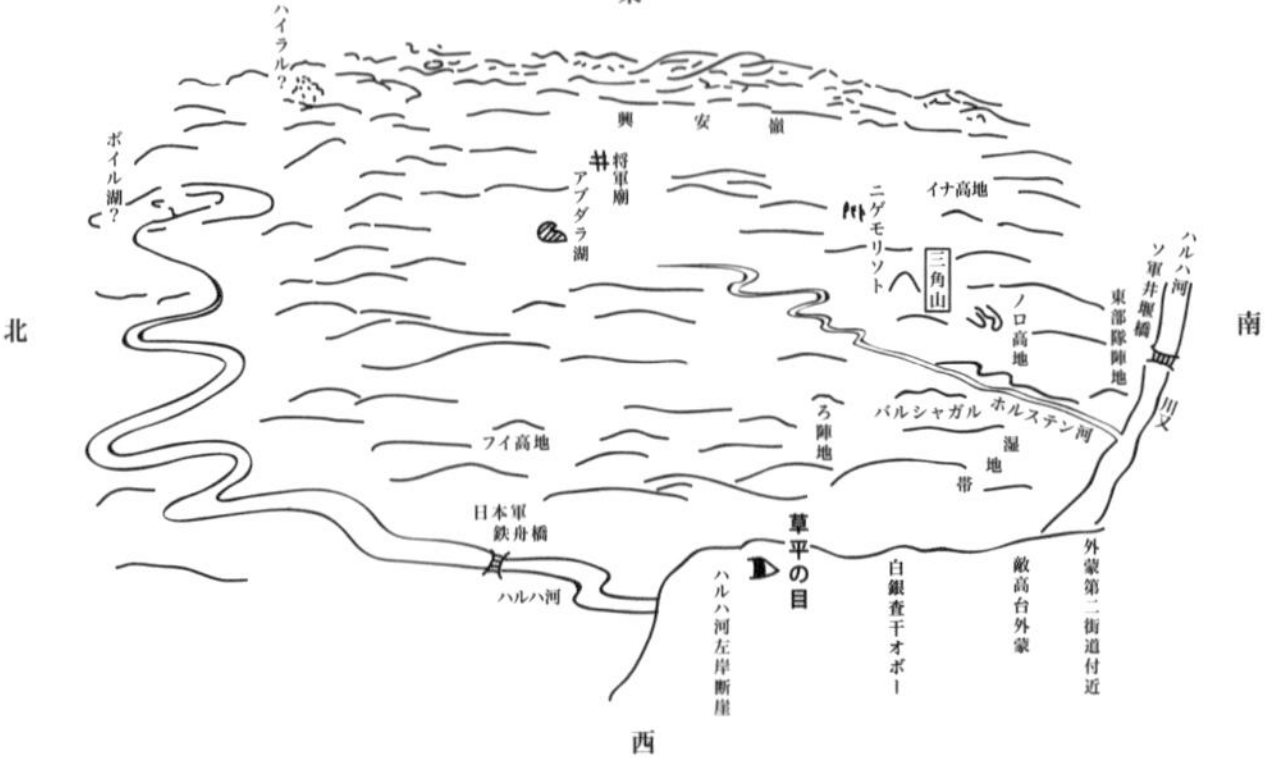

まったく通用しない広野である。

敵高台、特に外蒙第一、第二街道を見るためには、われわれはアブダラ湖付近まで後退しなければ目が届かなかった。しかし、三角山頂上よりはその街道を通る敵機動部隊の動静をよく見ることができた。草平は奇しくも三角山山頂の壕にいて、敵機動部隊の跳梁する様を眺めてはひとり心配し、胸を痛めたものである。そして、この街道筋が敵高台のうちでは最も高いところであろうと思った。それより先はまったく見えないが、それは砂丘の硬軟が続いていると草平なりに憶測した。

いずれにしても空々漠々たるホロンバイル広野の中にあって、草平たちの安住所といえば四五ページの図にあるように砂丘の裏側のわずかな死角と、そこにある壕の中だけであった。しかも砂丘の上にちょっとでも頭を出して敵に露見すれば、そこには想像を絶する物量の鉄火が惜しげもなく撃ち込まれ、そのために砂丘は崩れ落ち、壕はなくなり、わずかな砂蔭を求めて身を伏せ涙を呑んで大地を抱いて頑張るよりほかに術がなかった。

兵のいう「敵射的場」とは、この地の利を利用しての、あまりにも的確な敵の砲撃に驚き命名した言葉であろう。

何たる哀れな情ない日本兵の姿であろう。しかしほかに道がなかった。まさに狸穴の燻り出しみたいに追われては、次の安住の砂蔭を求めて次々に転進するよりほかに手段を見いだせなかったのである。こんなみじめな日本兵に誰がした。参謀の無謀に憤りを覚える。その統帥部がこの成算なき戦いをあえてしたところに、全将兵は恨みを呑んで散華《さんげ》したことであろう。地の利が戦線を左右する第一の鍵となるよき教訓でもある。

ハルハ河を中心とする地形について憶測をするうち、つい辻参謀に対する憤怒の情はペンをあらぬ方向にすべらせるのであるが、後述の本戦基礎資料として必要なることゆえ、勢いのおもむくままに記述する。

いやしくも国の興亡をかけて戦いを挑むにあたり、敵高台と友軍ホロンバイルの高低差いかほどかぐらいのことは、事前に測量し熟知していなければ参謀としての資格はないと思う。また、それはヒラの草平でも簡単に割り出せる初歩的な問題である。しかるに彼らはそれを怠り等閑に付し、辻参謀の『ノモンハン』に明らかなように、強硬論者の参謀がハルハ河両岸間距離をも戦いがすんだ後まで知らぬとは迂遠迂闊のそしりをまぬがれまい。また彼の『ノモンハン』には、随所にこれが当事者の参謀かと思われるようなことが他人事のように平気で臆面もなく記録されている。

なお、物量機動力においても外蒙街道に移動する、あるいは敵高台に待機する戦車、装甲車、貨車などの群を見て、おのずから敵戦力のほどが推測しえたものをと惜しまれる。これに備えてなんらかの対策が講じられたであろうか。ただし、この点については時すでに遅く、以上の不利劣勢を補うに足る戦備が不可能に近かったものとも思われる。しかしこのような備えのないままに無謀の猪突をあえてしたところに暴虎馮河《ぼうこひょうか》（無謀な行動）のそしりをまぬがれえまい。

文献による推理

「固陋《ころう》（古いことに頑固に執着しかたくなであること）の辻」と「深慮の大内」

ちなみに、彼我の戦力対比その他を読売新聞『昭和史の天皇』に拝借する。

日本は現に日華事変を戦っている。そこに兵力武器を投入しなければならない、とすればない袖は振れない道理である。そこで作戦当局者としては『絶対守勢の方策』を関東軍の至上戦略に策定していた。

同じく、辻正信少佐の回想『ノモンハン』にもこういうくだりがある。

「満州事変（柳条溝事件）当時、わが在満兵力とソ連の極東兵力とは一対一であった。昭和十年は、攻守所を異にする峠であった。にもかかわらず、現地軍はどうかすると従来の対ソ優越感に自ら酔って刻々変化する現実に目をおおい、中央部は支那事変の処理に伴う厖大な軍事予算をひねり出すに頭痛鉢巻で、関東軍の兵備充実は半ばも実現し得ない状態にあった。昭和十四年春頃、彼我の兵力と配置の状況は大ざっぱに観察すると、その対比は三対一になるが、戦車は十対一、騎兵は十一対一の開きがあった。この懸隔をおぎなう手段に頭を悩ました。」

とてもこちらから攻勢をかける実力はなかったのである。しかも第二十三師団は前年の昭和十三年七月に編成されただちに渡満したが、全部隊がハイラルに集結したのはその年の末で、師団としての団結力がまだ十分に固まっていなかった。そういうまだ精強といえない部隊が越境ソ蒙兵に痛打を与えようというのだから、軍司令部としては手綱を引き締めようとしたのは当然であろう。

関東軍参謀長会議に加わっていた第二十三師団参謀長大内大佐も、関東軍司令部と同時に同趣旨の意見具申を小松原師団長に打電した。

一　事件処理に関する軍の意向は、ノモンハン付近の外蒙軍に対しては、当分満軍でこれを監視しつつ、むしろ満領内に誘致し日本軍は海拉爾にあってゆうゆう情勢を観望し、外蒙軍主力が越境したのを確認した後、急きょ出動してこれを国境内において捕捉殲滅《せんめつ》するにある。これがためにやや長時日間国境を敵にゆだねたるごとき観を呈することあるも、大局上さしつかえない。

二　もし山県部隊をしてすでに出発させたる場合には、すみやかに目的を達しハイラルに帰還させることを適当と考える。

すなわち、過早《かそう》（早すぎること）に敵をたたくのは不得策だから、ここは隠忍すべきだとの作戦である。そしてこの大内大佐の意見具申の注意点は、敵が越境してきたらこれを「国境内」において絶滅させるということ、そういう大義名分が立たないといけないと言っているところである。すなわち、参謀長はこの点についても心を配っていた。

小松原師団長は日記に次のようにしたためている。

「五月二十二日、師団長は管区防衛の全責任を有し、過般命令せられたる紛争処理要綱に基づき、随意に作戦の指導をなすべき権限を有す。その実行の方法手段につきては甲乙意見あるべきは勿論なり。いずれが可なるや、やってみざれば分からず。出先の責任者に一任すべきに、その手段に異議ありとしてすでに命令発動し、出発直前に異議ありとしてすでに出発直前に反省を求めんとするは、軍統帥の道にあらざるなり。大内参謀より意見具申あり。然れども決心を翻さず。」

以上について

一　こちらから攻勢をかける実力がなかったと認める辻参謀が、なぜ地形的にも絶対不利な条件のもとで戦いを挑んだか。そこにはうぬぼれと、攻撃精神なくしては軍人の資格なしと豪語する狷介固陋《けんかいころう》(自分の意見に固執すること)の自己顕示的な軍人精神のみが読みとれる。本人はそれで満足でも一般将兵は浮かばれない。以上より推理しても辻参謀は地形的な知識、測量数理の面ではむしろ無知に近かったと想像される。

二　右記により明らかなるごとく、大内参謀の具申を小松原師団長が大きく呑み込み、雅量のほどを示していてくれたらと惜しまれる。また、ハイラル近郊での戦闘であればその戦備において彼我三対一の比率であっても、あの勇猛果敢な日本兵であれば、地形の不利を補って十分対等以上の勝利を収めえたと確信する。なお、敵戦力の中枢、敵高台主砲の威力も半減するのであり、こうすることにより全世界にも大義名分がたつというもので、大内参謀の深慮のほどを感謝するとともに、今となっては遺憾であり悔やまれてならぬ。敵前渡河直後、草平はともに敵戦車の数回にわたる襲撃にあい、その間大内参謀の壮烈なる戦死をまのあたりに見て、特にこの人の死が悼まれてならぬ。

ノモンハン各地点描

ノモンハンは、空々漠々たる砂漠の中に、点々と痩せた雑草が無限に広がっている感じであり、ゴビの砂漠の東北端である。わずかに盆地になっているのだろうか、中央にアブダラ湖、中央にアブダラ湖、その周辺の地名は査干（白い湖）と呼ばれ、大小の湖沼が点在する。ただし、その間隔はお互い四キロメートルあるいはそれ以上のところもあり、湖は割りと透明で綺麗で、放牧馬がしばしば水を求めて訪れる。また、よく多数の鴨が湖上に浮く。兵が銃で撃つが上空に舞い上がり、すぐ舞い降りて湖上の鳥となる。人間の恐ろしさを知らぬのだろう。なかには周囲が塩分と苦味がある地層に囲まれ、中央は黄色の濁り水でとても飲める代物ではないものもある。

ホルステン河は、一見、河とは思われない。広い草原の所々に長い川柳の列が低くならんでいる。時たま、水溜りがありボーフラの巣窟になっている。説明を聞いたわけではないが、今もこれがホルステン河だと思っている。氷河時代より現在まで、膨大な氷河水量が流れていた時代が想像される。今でも雨期、解氷期には想像を絶する膨大な氷河が押し流され、広大な湿地帯を作っているのではあるまいか。

その両岸になるのがバルシャガル、ノロ高地あるいはニゲモリソトの一都で、両高地の間を長くハルハ河まで続く湿地帯（幅八百メートル～一キロメートル）が構成され、ハルハ河と接する地帯に三角地帯（東部隊玉砕地）ができている。合流点はハルハ河の河幅も広く、自然流れも緩く水深も浅くなっているのではあるまいか。敵はこの緩流地形に目をつけ、ここを渡河点として軍橋をかけ、有利な展開を策したものと思う。

ハルハ河は興安嶺に源し、外蒙をへて満蒙国境に沿い、遠くボイル湖に注いでいる。ノモンハン付近のハルハ河岸は、ソ連側を背にし満州国側を弦にした梓弓を寝かした格好の地形になっている。すなわち、ソ蒙側（左岸）が高く、満州国側（右岸）が二十メートル以上も低い。この地形は流勢の大なるハルハ河に、流勢の弱い幅広いホルステン河が合流することにより、長年月の間に自然がつくった掘削造形であろう。

河幅は両岸断崖間隔五百メートル足らず、場所によってはそれ以上のところもあると想像される。ただし、平時は中央五、六十メートルの幅で水が流れ、水深二メートル、流速一メートル、両断崖の間に四百メートル幅に及ぶ広い平坦な川床を作っている。この川床には雑草と低い川柳が生えているが、流れ近くの小岸ではところどころその柳も大きく六メートル近くもあり、小森林を形成している。左岸地区の大岸は断崖となり、高さ三、四十メートル、右岸地区はむしろ砂丘状で二、三十メートルくらいの高さであろう。

なお、敵高台外蒙第一、第二、第三街道付近は、ホロンバイル広野より百メートル近くも高いことが、目測により確認されたのである。以上の地勢からノモンハン草原はソ連側からはさえぎるものとてない一望の下であることが理解できる。

ノロ高地は、一角が欠け落ちた擂鉢を思わせるたたずまいである。周囲縁の高さは地上十五～二十メートル、内側斜面三十～四十度、外側斜面二十～三十度の傾斜、底部は楕円形、長軸三百五十メートル、幅軸二百メートル程度であり、この擂鉢の底部より外壁の一角が欠け落ちている。昔のカマドを逆さにした形容がぴったりである。さてはその昔湖であったのが、ホルステン河の流水に浸食されて湖の堤防の一部が決壊したものと推察され、小陣地としてはまったく格好の自然の要塞をなしている。

敵はこの地形を十分承知のうえと思われ、鋭角斜面には榴散弾、鈍角斜面には砲弾と、明確に区別して撃ち込んできた。草平たちの部所は傷者収容の関係か、山県部隊長の温情思いやりによるものか、鋭角斜面を栖としていた。そこでつねに榴散弾、鈍角斜面の本部はつねに、砲弾の猛撃と区分して撃ち込まれたものである。

（二）ノロ高地——地獄の防衛戦

あいつぐ悲報

ノロ高地を占領した草平たちは命によりただちに陣地を構え、各自斜面を楯として立射壕を掘った。頭上には榴散弾が間断なく炸裂し、不気味この上もない。本部、山県部隊の方は砲弾の真黒い硝煙砂煙の連続で息もできぬほどであり、咽喉はガラガラ熱気に焙られ身も枯れる思いで、不穏不吉な予感に身がうち震う。

大地をとどろかす砲声におびえ、硝煙砂煙に炒られ、蛸壺の中にひとり今か今かと土崩れを怖れ、手を合わせんばかり小さくなっているところに前方五百メートル、敵戦車六台！　と号泣に似た叫びの声を聞く。気の小さい草平にはその声は地獄の閻魔の怒号であり、戦車の轟音はまさに死の宣告と聞こえた。

ただし、その声と同時に、敵高台よりの砲声はピタリとやんだ。このノロ高地に、敵が一戦車を乗り入れるのに危険だからだろう。草平は身震いし壕の中から出て戦車、地雷用意！　と命じた。しかし、幸いなことに本敵戦車群は染矢隊の勇戦により撃退され、危機寸前に事なきを得た。

ようやく敵戦車の襲撃をまぬがれると、また敵弾の洗礼である。傷者の包帯交換等の暇はない。小康状態となり傷者の応急処置を施しているところに、浅田小隊が本部への連絡途中、道に迷って東部隊に合流、ともに苦戦危険であるとの情報がもたらされる。なるほど、川又方面には猛烈なる銃砲声が豆を炒るに似て、わが胸を締めつける。そうこうするうちに血だるまの東部隊の連絡兵が稜線を乗り越え、死相あらわに瞳孔を開いたまま山県部隊長殿と叫びながら現れる。聞くもの見るもの悲報惨憺たるものあり、支隊長は湯谷九八郎少尉に東部隊への弾薬輸送を命じた。彼は車両一台とともに勇躍発進するも、これまた途次敵戦車の襲撃にあい、全員戦死という通報である。悲報に悲報はあいつぎ、部隊長以下、苦渋苦悩の色濃く本戦線第一日をもって将兵皆、この戦闘が無謀な猪突であることを自覚した。東部隊の悲報はさらに続き、全滅寸前の最悪の事態を、迎えたと、どこからともなく耳にし、草平自身もそれを体感できるほど全戦線敗色濃き暗雲の中にあった。

部隊長はついに意を決し、おのれの虎の子、軍旗中隊長染矢中尉に命じ、東部隊の救援におもむかせる。染矢隊長はその途次、敵戦線を見て明らかに勝ち目がないことを悟り、引き返したと風聞した。当時このことについては、同戦線においても種々取沙汰されていたが、草平自身も東部隊にすまぬことながら、むしろ染矢隊長の賢明なる判断とうけとめていた。ただしこれには山県部隊長が事後伝令を急派し、呼び戻したとの説もある。

それほど敵と友軍の戦力差は歴然たるものがあった。すなわち、その対比は三対一はおろか、六対一ほどの差があり、地形を加算すればその戦力比は十対一ではなかったろうか。

以上、山県部隊の作戦指導について、ある者は貧乏人がへそくりを小出しに使うようなもので、およそ策とはいいがたかった、と批判を加えているが、しかし、貧乏人には大金を出そうにもそのような金があるはずがない。また思いきり財布の底を叩いて出すにしてもそれに値するしかるべきものがあるとすれば別であるが、値しないものに出すとすれば犬死であろう。むしろ策の下の下たるゆえんであろう。それほど当時山県部隊の手許は戦力微々たるもので、軍旗中隊だけが頼りとする唯一の虎の子であった。

こうした理を知りながらある程度の可能な範囲でへそくりを恵んだとすれば（失礼な表現であるが）、それは人の人情の理義をわきまえた応急次善の策として受け止めるべきであろう。さらにもし仮に染矢隊が東部隊とともに散華したとすれば（それは自明の理）、敵はすでに戦力なき山県部隊をその鉄火の下、キャタピラ下に圧殺し、事態はさらに収拾不能な泥沼に陥ったことであろう。

万雷のとどろいたあとは特に静かである。いつの間にか中天の雲間には月が冴え、周囲には何知らぬげに初秋の虫が啼き、静寂そのものである。ただ傷者の呻吟するか弱い声が痛ましい。

悔し涙を流していた草平は気をとり戻し、昼間は駄目、夜間のうちに傷者の応急処置をと兵を励まし、ともに多忙をきわめるが、十分の治療処置はもちろん不可能で、せいぜい鎮痛、止血、強心程度の手当である。しかもその看護の甲斐もなく息をひきとる者も出る。ノロ高地北斜面を栖としての仮包帯所といえども、昼間の榴散弾雨下では包帯交換はおろか救急処置も思うにまかせず、衛生業務は停滞しがちであった。ついに草平は福田見習医官（二十八歳？）と合議し、夜陰に乗じての傷者後送を決意した。同夜八時ごろであったろうか、福田見習医官は重傷者のみを輸送車二台に収容し将軍廟に向かって発進した。だが、十分もたたぬうちに敵襲を受けて引き返してきた。そこで草平が行こうかと申し出たが、彼は意を決したものか、再度出発、敵包囲網を無事突破、傷者後送に成功したが、以後、福田見習医官の姿はようとして判からず、衛生隊の軍医は草平のみで業務は多忙をきわめた。

五月二十九日

夜が明けると、朝飯代わりに砲弾の洗礼である。壕の中で手を合わせてじっと我慢する。心配でかたわらの患者車を隠すようにし、時々横目で監視するが、斜面のお蔭で何事もないのが幸いである。

硝煙のやむのを待って車に上がり、傷者の包帯交換をすれば、位置が高い関係で敵に露見するらしく五分とたたぬうちに榴散弾が見舞い、傷者ともども危険このうえもない。とても昼間の車上処置は不可能である。やむなく夜を待ち車上の傷者を降ろし、重傷者を車下に、軽傷者を地上に伏せさせ収容する（傷者ほぼ五十名）。それは重傷者を日光より、遮蔽し榴散弾から保護するためである。弾雨砲声のやんだあとは、気のせいか特に静かである。ようやく我に返れば、はるか川又東部隊の方向には銃砲声とどろき、ウラー！ウラー！の喊声までが大きく波打って聞こえてくる。東部隊の悪戦苦闘のほどがしのばれ、おのれの身をそがれる思いがする。

砲弾は小松台の方向から飛来するようであるが定かでない。敵砲台は見えない。ただ、弾道を追って推測するだけである。たぶん、十二榴砲であろう。威力抜群である。敵は堅塁を構えての眼下友軍陣地への狙い撃ちしているのであろう、的確で無駄がない。

幸い草平たちは砂丘の斜面を利用し、壕の中にいる関係か敵の弾量の割合に意外と犠牲者は少ない。むしろ、敵弾よりそれによる壕崩れの方が気になり、心配であった。

昼ごろであったろうか、両手を腹巻きに突き込み、平兵卒姿の部隊長がひとり出てきて、わが戦線を巡視しているようであった。その姿態にはいつになく一抹の不安が隠せず苦悩の色が漂う。一応わが戦線の事態を確かめ把握し、今夜半を期し、東部隊の救出策でも考えているのであろうか。

午後二時ごろであったろう。ゴロゴロとわが速射砲一門が五人ほどの砲手にひき出され、われわれの直前、ノロ高地の出入口付近に設置された。これがわが最後の虎の子の一門であろう、こんなものがあったのかなァと不思議にさえ思った。緒戦来はじめて見る砲であった。五百メートル前方をなに知らぬげに東に向かって進む敵戦車一台を発見、間髪をいれず狙い撃ちすればポコンと音をたてて敵戦車は白煙をあげて燃え上がった。三発とも命中である。物好き草平はその速射砲の直後に控えて、その実態をつぶさにみることができた。そして子供のように小躍りして手を叩いて喜んだ。生まれてはじめて見る実弾射撃の実演を胸をときめかし、心を躍らしての見学である。

砲弾は横から見るとまったく見えないが、真後ろより見ると、その円錐形の煙を巻いていく弾道が、はっきり鮮やかに見えて、気持のよいものだった。

ただし、その後十分足らずで敵機一機が低空で飛来、爆撃かと急いで壕に避難したが、これは案外に偵察機であった。ここは斜面にさえぎられ、敵高台よりは死角になって見えないのである。

草平が速射砲退避せよ、砲弾が来るぞ！危険だぞ、急げ！と叫び終わらぬうちに敵弾六発ほどが速射砲に命中、砲手五人とも重軽傷の惨事となり、全将兵涙を悔んで悔しがるばかりであった。敵機は再度飛来、その成果のほどを確かめゆうゆう引き揚げていった。敵の立体協力戦の妙を見せつけられた思いがして、そうでなくとも無念の悔し涙が流れて尽きなかった。

前記速射砲は、開戦来はじめて見るものであった。ただし、「東部隊戦闘詳報」を読むと、東部隊金武副官が支隊長に連絡の途次、道を誤ってバルシャガルに到達した際、速射砲が休憩していたことに怒りをぶっつけている。とすれば、支隊本部と第三大隊は完全に分断されていてわが本部には対戦車火器は皆無の状態にあったものと想像される。

月は雲間を流れ、薄暗い午後七時ごろであったろう。突然北西の空に昼をあざむく光芒が射出された。わが全戦線、何事だろうと奇異の目を見張り各自心のおののきと緊張の面持ちにうち震えた（これは事後判明。敵高台よりの探照灯であった）。愁いに沈むわが全将兵の心に、さらに追いうちをかけるように万雷の砲声は一挙に天地にほえ、青白き燈に燃ゆる硝煙は、死臭を運んで生ぬるい夜風をもたらす。その間、時にウラー！　ウラー！　と敵突撃の喊声《かんせい》を耳にする。そのはざまを縫うがごとく、ヤァッと気合い鋭く血を吐く叫びに似て、友軍の迎え撃ちの吶喊《とっかん》（敵陣に声をあげて攻めこむこと）の声が鬼哭《きこく》（おそろしい死者の魂の泣き声）のごとく硝煙のまにまにかすかに聞こえてくる。肉弾あいうつ激突の音までが手にとるように聞こえてくるようである。

怒りに燃えたぎるわが同胞愛の熱血は脈々としてわれを呼び、わが胸に迫り五臓六腑にうちふるう。何たる悲惨ぞ！はや勝ち誇る敵劫火の前に、残る勇気をふりしぼって血みどろにうちつけるその激闘はまさに阿鼻叫喚の地獄絵図。兵皆、戦友の火に燃ゆる悲壮の覚悟のほどに思いを致し、充血した物凄い形相にほとばしる熱涙を拭おうともせず、手に汗を握り憤怒の涙にぬれて長嘆息するもすでに設なし。激闘時余にして、時にまた裂帛《れっぱく》の大音響とともに真紅の焔は天に冲す。まさに東部隊全将兵の鬼哭無念の号泣であり、憤怒の血潮の逆流であろう。東部隊全将兵獅子奮迅《ししふんじん》の終焉をつげる大唱名大光明（逆境にあっても仏を信じ明るくなっていくこと）でもあろう（事後判明したことであるが、右紅蓮の焔は敵弾が東部隊の弾薬貯蔵所に、また輸送車の燃料タンクに命中爆発したもの）。

そして二時間、あとは火の消えた静かな暗闇となり、血生臭い夜風は何知らぬ気にわが全将兵の頬を胸を撫でていた。

索古兵との遭遇

その悲憤の涙乾く暇なく、衛生隊は本夜陣地周辺を夜警巡羅せよ、との命を受けた。草平は怒った。本科の兵は何をしている。こっちは衛生業務だけで手一杯なのに巡羅までとは何事か。本科の奴らの卑怯者と大声で怒鳴った。しかし平静をとり戻した草平は、命令とあれば致し方ない、俺が真先に行く。誰かついてこいと松永上等兵以下三名を従えて、ノロ高地周辺の警羅に出かけた。

衛生兵はつねに愚痴を言っていた。本科の奴らはいつも美味しい汁ばかり吸うて、こっちは戦場に来てまで子供扱い。まるで配給品から桁違いだ。俺たちは本科の奴らがポカンと遊んでいる時でも包帯交換から臭いお尻のとり替えまでしているのに、歩哨勤務とは何事だ。あまりにも冷遇しすぎると憤慨する。実のところ先ほどまで草平自身、そのような考えであった。

しかしよく考えて見ると、この熱い硝煙砂煙に炒られ、水なき不眠不休の世界に閉じこめられることまる二日である。しかもその間東奔西走命を賭けての神経緊張の連続であり、その張り切った緊線は渇きとともに喉から火が出て張り裂けそうである。兵の間にはつい我慢ならず、軽油を飲んで死亡する者さえあったという。本部では地下水を求めて井戸掘りをしたが、砂丘の中では、木に倚《よ》って魚を求むるに似て愚の骨頂、全員交代必死の努力も水泡の一滴にも値せず、出たものはガラガラの砂礫のみでどこまで掘っても井戸にならず、つまりは砂漠の中の摺鉢に終わったという。本科の兵は井戸掘り、歩哨、警戒、伝令等の不眠不休の連続であり、心身ともに疲労の限界にあり、やむなく衛生隊に依頼したものと、平静になった草平は善意に解釈しての巡羅出撃であった。他人の苦労はわからぬもので、お互い命を賭けての戦場にきてまで愚痴を言うまい、言わせまいとの配慮からの巡羅一番乗りであった。

怒りに燃え血に狂う東部隊勇士の英霊は、わが陣地周辺の広野広く低迷し、幽鬼と化してわれを護るがごとく、薄霧やや はれて月光淡く草影を映すころ、草平は短銃を構え、兵三人とともに陣地斜面を降り索漠無限の荒野に出た。幽暗の境地は千里のはてに消え、ほの暗き月影はわずかにわが周囲を照らすのみ。

草平たちは戦場にあってはじめて経験する夜警巡羅である。銃を構え、緊迫の砂漠を行くことわずかに五分とたたぬ間に、低い草蔭に潜む黒い影を認めハッと胸を衝かれた。と同時に、その黒い影はサッと物の怪のごとく限前を二つ三つと風のごとく横切って音もない。直感はこのようなとき思慮外である。草平は拳銃を構えたまま、横跳びにかたわらにあった峭壺の中に無意識のうちに飛び込んだ。刹那！ふわりと温かい体感！一瞬ギョッとして足を払われ、転倒しそうになった。物の怪はサッと眼前を一直線に消えようとした。草平はとっさに短銃のひき金に指をかけたが撃てない。わが戦友がそこにいた。パンと一発、手ごたえがあった。歴戦の勇士はさすがに落着いたもので北支戦線を経たこの古参上等兵の手に撃ちとられた敵は、はや声もなかった。調べてみると、両手に手榴弾だけを携えた蒙古兵であった。

わが兵は敵意に燃え、さらに他を追跡しようとしたが、後方に敵狙撃兵がいるだろうと予見した草平ははやる兵を制し、より緊急な陣地周辺の巡羅警戒の万全を期した。淡い月影はいつしか中天に皓《しろ》く輝く月の世界に変わっていた。周辺にはすでに敵影もなく、荒涼たる広野の夜は虫の啼く音にシーンとして寝静まり、五月の夜風は夜露に濡れた肌になお冷たかった。

草平がこの壕に跳び込んだ折、そこに敵がすでに隠れていてわが行動を監視していたものらしく、その頭上に草平が馬乗りに飛び込んできたので敵はいち早く壕を逃げ出したが　、敵も仰天必死の逃走であったろう。敵は殺生ご法度のラマ僧であり、草平には奇しくも幸いであったが、反面、彼には不幸のきわみであり気の毒にたえない。

世に稀に見る巡羅劇をおえた草平は、壕の中にひとり腰をおろし、ほっと一服、皓々《こうこう》と輝く雲間の月に思いをはせていた。そして先ほどの激闘は北斜面のあの辺の下だったかと、砂丘頂上に目をやった途端、月光の下、あらわに照らし出された血だるまの幽鬼一つ、足どりも危うく土にまろびながら斜面を転び落ちるように降りてくる。ハッと思った草平は、彼の方に走り出していた。しかし草平との距離は三百メートルほどあったので、草平が到達した時には周囲の兵に支えられて、部隊長前に直立不動、「命により第二線への後送途次、敵戦車の襲撃にあい、無念ながら全員戦死、現況報告のため、本軍曹はただいま帰隊致しました。天皇陛下万才!」と叫ぶなり、張りつめた勇猛忠誠もその使命達成と同時に安堵のかなたに消え失せたものか、バタリとたおれて息絶えた。まさに映画に見る忠勇の士の最期の場面そのままに。この勇士の死体は山県部隊により茶毘に付されたことだろうが、この時はじめて隊付軍医がいるのを知った。

五月三十日

草平は突然おのれの喉に竹の棒を突き込まれてびっくりした。そしてハッと目がさめた。口はガラガラ、喉の奥まで砂を噛み、食道も気道もともにまさに竹の棒である。午前三時ごろであったろうか、草平はひとり壕を抜け出した。見れば周囲は敵弾のためか草一本とてなく、早朝というに硝煙の匂いなおさめず、砂いきれが鼻をさす。さすがにゴビの砂漠の果てを思わせる。しかし、暁闇《ぎょうあん》(朝がたの暗やみ)の冷気は霧を含んで身に心地よく、早々に朝露を求めて陣地出入口の方に歩いて行った。飯盒の蓋に露を集めてみたが、蓋も露もともに砂を噛んで思うにまかせない。小一時間もかかってようやく盃一杯ほどの露を集めることができた。すでに四時ごろであったろう、東天ほのかに暁を告げるころ早々にわが壕に帰る。夜が明け敵に露見することをおそれたからである。

壕の中でこの血に値するしずくで歯を磨いたが、砂混りの露は歯に痛い。吐くも惜しい唾はまるで血の塊である。この貴重な露を大事に捧げ持って飲んでみたが、やはり砂でジャキジャキ喉に沁む。そして誘い水の道理であろうかその後は水が欲しくて狂いそうになり、ガソリンを飲んで死亡した兵の心理がわかるような気がする。わずか二、三日の欠水症はこのようにも人間の心の奥まで狂わせるものだろうか。

冷暗のもやに包まれてうち静むわが戦線は、暁闇をつく敵砲弾の音にその夢を破られた。当初、一、二発かと思う間もなく、万雷の一時に落ちるかのような猛攻である。敵は東側本部方面を十二榴、西側わが衛生隊方面を榴散弾と画然と区別して撃ち込んでくる。本部方面は硝煙のため真黒な煙に蔽《おお》われまったく見えない。わが方面は頭上に雷光のごとき閃光とともにパアンと榴弾が炸裂、花火のように散る。もうもうとした砂煙は天日を蔽い、そのために視界ゼロである。火に燃える地獄の世界は砂塵渦巻き、目も開けられず真暗で息苦しい。この状況は時余におよぶ。そして砲声がやみ、風とともに煙雲はれた早暁の世界は、夜の帳を開け放ったように目にまぶしい。蛸壺より首を出した兵たちは、互いに我を呼び彼を尋ぬ、お互い生を確かめあい喜びあうのである。目をはるか遠くに移せば、硝煙は朝もやとともに遠く低迷し、広野の果てにたなびき、何しらぬ気に静かな雄大なホロンバイルの朝ぼらけであった。

草平は幼少のころ日本海海戦記を読んだ。その中のロシア海軍将校の告白に、われわれは日本海軍の榴散弾に悩まされ、艦上の業務完遂不能に陥り、これが大きな敗因だったと記録されていたことを思い出した。頭上に炸裂する榴弾を見てはこれはあの時の復讐かと思うほど、傷者の治療看護に支障をきたした(ただし実のところ砂丘下の壕におればその被害は意外と軽微であった。なお、その末尾に本榴散弾はイギリス製最新型の輸入品であるということが刻印されていたようである。すなわち英米がその裏に顔を出しているのである)。

なんの音沙汰もなく、なければないほどに昨夜の東部隊全滅は体感より確信となって伝わってくるほど、わが戦線は非であり明日はわが身かとのおもい切なるものがあった。明るい日射しの午前九時ごろであったろう。連日の熱気に焙られてすでに汗も枯れ、心身のいらだちとともにけだるい朝だった。全戦線がにわかに揺れて騒しくなった。聞けば陣地周辺警備のわが歩哨が、居眠り中敵に拉致され、三百メートル先を行っているが、友軍兵を楯として逃げているのでどうにも手が出せず困っているとのことで、兵皆歯を噛んで悔しがるばかりであった。

すでにこの時点では、本陣地の本科の兵は三百名(?)にも満たない徴々たる兵力であり、兵が少なければ少ないほど不眠不休の多忙な警戒警羅となった。将兵皆、欠水とともに心身疲労困憊のきわみにあり、居眠りというよりむしろ欠水による軽度の昏睡状態に近いものがあったのではあるまいか。

草平は、弾雨のやんだあい間に兵を督励して包帯交換に余念がなかった。そしてわずか二、三日を経過した創面はもちろん、血のにじんだ包帯の間まで早や蛆《うじ》が湧き、長さ一センチに及ぶ成長ぶりであることに驚かされた。そしてその際軍医として気づいたことは、蛆の多い創面ほど膿汁が少なく肉芽が綺麗で、すでに盛りあがっていたことである。蛆は何か損傷組織の細胞を刺戟して局所の肉芽を促し、壊死細胞を除去し、肉芽の新生を助ける働きをしているように思えた。そこには醱酵とかしかるべき薬理作用を有する貴重な研究に値する新化学物質があることが想像された。爾後、第一次世界大戦後ドイツでこの研究が行われているとのことを耳にし、むべなるかなと思った。

辻参謀の飛来

午後二時ごろであったろうか。突如小型偵察機（セスナ機）が一機飛来、わがノロ高地内盆地に着陸した。全戦線にわかに色めき銃を構える者さえあったが、驚くべし、機内より降り立ったのは本戦の総帥として誰知らぬものがない参謀辻政信少佐であった。平然として笑いさえ浮かべた彼であり、その豪胆さに舌を巻き敬意を払うものがあった。しかしそれもつかの間、草平たち将兵の間には内心彼の無謀・暴挙に対する憤り、不満があったのであろう、皆言いあわせたように、歓迎の敬礼を忘れていたようである。戦士の華、軍人極致のこの戦場にあって、その中枢の参謀が部下より敬礼を受けぬということは、上官として堪ええざる侮辱にひとしく、内心の不満は隠せぬものがあったであろう。平兵卒姿、地下足袋の彼は、なにげない風体で本部の方に歩いて行った。

兵がぞろぞろその後を追った。衛生兵までついて行く。なにごとだろうと奇異の目を光らし、早耳したかったのであろう。草平は黙ってその後姿を見送るだけで、今さらなんの関心をも持たなかった。期待できる名案を見いだせるはずもなく、戦線の帰趨ははや歴然として、どうすることもできぬ段階にあることを自覚していたからである。なお、かかる横暴無礼なる、辻憲兵を見るのも嫌気がさしたからである。

いつに変わらず、ままならぬ傷者包帯交換でもと多忙をきわめる草平のもとに兵が寄ってきた。軍医ドン、軍では参謀とはかくも強いものですかねえ。山県部隊長と会うなり、辻参謀は怒りを含み叱るように、しかもわれわれ兵卒監視の中で、『貴下の拙なる用兵によりこのような憂き日を見る現状である。また、東部隊を見殺しにしたのも同様作戦の拙なるがゆえであり、すべては貴下の責任である。東部隊長は貴下と同期生ではないですか。なんたる友情なき仕打ちですか。今すぐでも遺骨収拾に出かけなさい。でなければ本官が行きます』との趣旨を言葉荒らげて、あたかも部下を叱責するように放言し、もうその時はその姿は消えてそこになかった、と切歯扼腕《せっしやくわん》して話してくれた(当時、山県部隊長＝大佐、辻参謀＝少佐)。事後、兵は彼を無謀・横暴・乱暴の三ボーであると名言を吐いて彼に贈る称号とした。全戦線の中にこの三ボーに対する不満・不信の念が満ち溢れていた証左ともいえよう。また、いかに皇国に忠誠であり軍紀に従順なる兵といえども、いわゆるこの三ボーに対して腹に据えかねるものがあったのではあるまいか。

以後、不思議なことに、辻参謀の所在はまったくわからず、その専用機もいつ飛び立ったかも記憶がない。

たぶん、この専用機でただちに引き揚げたのではなかったかと推察する。なぜなら機体はすぐそこから消えていたことだけは確かである。戦線倉皇《そうこう》（あわてて ことを片付ける様子）の間、他人事どころではなく、信なき、辻参謀のことなどまったく関心がなかったのである。

実は、この草平の憶測は誤りであったことが後年判明した。それは東部隊長の玉砕をまのあたりに見て、幸運にも自力で脱出し、救い出された田端伍長（当時）の話をきくことができたからである。

「私は腹部貫通銃創右前膊手榴弾創で息絶え絶えとなり、自力で東部隊陣地をはうように東へ東、と友軍陣地と思われる方向に移動した。そして車両の轍を見いだし、その路傍に仰臥して敵であろうか味方であろうか運命を天にまかせて待っていた。たまたま車両が通りがかった。友軍車か蒙古軍車か判からなかったが声をかけたところ、助手台に乗せてくれた。もうろうとして意識不明のうちに友軍幕舎の中に収容された。その時、東部隊の池田軍医中尉（？）が偶然にいて、ちょうど参謀が乗ってきた飛行機があるのでこれで後方にさがれと命ぜられ、他の一人とともに後方に輸送された」とのことで、その時の他の一人は、辻参謀ではなかったかと思われるが、そのこともはっきりとしていない。

彼は気息えんえんとして生死の境にあったとのことである。この幕舎はたぶん山県部隊の本部にあり、その中で山県部隊長と辻参謀の会見があったはずである。そこに池田中尉（東部隊隊付軍医）がいたというのは不審な点であるが、彼の心もとない四十年前の思い出話からすれば辻参謀はあるいはなおノロ高地のどこかに健在であったことになるようだ。

田端伍長の手榴弾創は敵が伍長に投げかけてきた手榴弾をとっさに投げ返した刹那、その手に爆発受傷したものである。敵の手榴弾は柄付き手榴弾であった。

東部隊の遺体を収容

夕闇迫るころ、衛生隊は本夜半を期し、東部隊将兵の屍体を収容すべしとの命を受けた。

なるほど、衛生隊業務の一都であることには間違いない。しかし、聞くところによれば、戦力充実した浅田小隊、中野小隊、湯谷弾薬輸送隊ともども、充分な連絡もとれずその途次全滅の悲運にあい、勇名とどろく染矢軍旗中隊も目標を前に非勢を予見し引き返したというのに、戦力皆無に等しいわが衛生隊がどうして死体収容はおろか連絡もとれるものか。部隊長命令であるとはいえ、あまりにも無理であった。しかも本科の兵ともどもであればとにかく、単独でとは驚きである。内心おのれの直属の虎の子を出し惜しみ、よそものの衛生隊をつかわして、辻参謀の趣旨につじつま合わせようという、いわばあて馬的存在にされていると思ったのである。さらにそれは、辻参謀の窮余の奸策、進言によるものと悪意にみちてとった瞬間、草平は怒り心頭に発し爆発した。本科の兵が同行しないのならば動かない、

東八百蔵中佐

本科の兵をよこせと言ってこい！と邪険に怒鳴り兵を本部につかわした。本部では無理もないと思ったのか、一個分隊つけると返答してきた。一個分隊（約十五名）くらいの加勢ではどうしようもないと思ったが、草平もこうなれば意地でも俺が！との不退転の勇気と執念が燃えさかってきた。

草平たちは暗夜の中を三台の輸送車に分乗、ノロ高地斜面を息を殺して真暗い奈落の底に落ち込んで行った。エンジンの音を落とし、なりをひそめての徐々の進軍、七百メートルほどで全員下車した。満月近い月夜のはずであるが幸いにもあたりは暗い。神助といおうか、不思議と穏やかで砲声一つ聞こえぬまったく寝静まったしじまの世界である。時刻は午後十時ごろであったろう。なんの心の準備もなく、不用意に下車した一行は心の戸惑いをどうすることもできなかった。今すぐ、そこに敵が現れるかもしれないこの真暗い世界は、隣りの戦友の顔さえ定かでなく一寸先は闇である。草平は意地にも勇気を振り絞り、声をひそめて、あの天空に見える左岸敵高台に向かって三歩間隔散開せよ、一分隊ごとに斥候を一人ずつ出せ、斥候は五十歩前進すれば、後退して状況を報らせよ、このような段階状の匍匐《ほふく》前進である。行動はすべて無声無灯のうちに行う、要は敵に悟られないよう心得よ、と下命して深夜の荒野に身を伏せた（軍医に兵の指揮権はないと思われるが、草平の身近なところは自然草平が指揮していた）。

斥候は暗闇の前方に消えた。息を殺し土に伏した草平の眼前に、人の姿が天空をバックに忽然と現れドキリとする。はやわが斥候は首尾上々である。ただし隣りの分隊はなにか声を潜めて騒々しい。なかなか斥候が帰ってこないという。しばらくしてようやくわが散兵線の後方に声あり、どうしてどう抜けたか判らないが、斥候自身も網を張りめぐらしたはずの散兵（兵をあちこちに散らすこと）もまったく気づかなかった。そして五十歩身をすくめての匍匐《ほふく》前進。そしてまた斥候を出すが暗闇の中の行動は気のみあせりままならず、まさに目隠しの西瓜割りにも似て、真直ぐ行ったつもりが斜めに、あるいは堂々めぐりに終始して、思うなかばにも達せず、敵に発見されればと思えば気はいらいらと神経にやすりをかけられる思いがして、猜疑心は暗鬼を生み、わずかの草蔭にもまたわが斥候の黒い影にもひやりとさせられる。

敵が現れれば寄るべき砂丘、草蔭とてない平々坦々のこの河原であり、素手に等しい衛生隊である。要は敵に悟られぬよう隠密のみが頼りであるが暗闇の的なき進軍はことのほかままならず、紆余曲折はおろか下手をすればまったく堂々めぐりに終止するのである。そのうえ同行の兵も誰ひとりとして通ったこともなく、まして東部隊に行ったことなどさらにない未知の真暗い広野の世界である。

ホロンバイルの夜明けは早い。午前三時をすぎればはや白夜である。心は急くがなかなか途ははかどらない。お互いの顔が天空をすかしてわずかにほの見える早暁であるが、足もと、地表はまだ朝もやにうち沈み真暗である。暗夜の手探りで気のみあせり、明るくなり敵に発見されるかもしれないと思えば心はいらいらとせつない思いにかすかに白む東天を睨み、恨めしげにもう駄目と諦めて引きあげようとしたとき、頭上紫煙けぶるもやの中に、やせ馬二頭（馬壕の中に川柳につながれた）を見いだした。はや暗夜の中空にほのかに朝もやのけはいをみるころであった。

このあたり、この奥と喜び勇んでようやく宿願の東部隊陣地にたどり着いた。あたかも、このやせ馬二頭が暗黙の通報、温かい心の交流により、幸運にも目的を達した気がした。

今から回想すれば、なにか足音をしのばせクンクン鼻を鳴らしての通報であったようでもあり、気のせいのようでもあるが、人と馬との心の交流は戦陣では特に涙が出るほどに心温まるものがある。ものいわぬ軍馬は戦士の心の鏡ほどに、驚くほどにその人の心を知り裏づけを読みとってくれる。草平はこのやせ馬二頭に意地にも近づき鼻づらを撫でずにはいられなかった。馬も草草に寄りかかって別れを惜しみ涙を流して泣いていた。気のせいであろうか、いや違う、なお薄暗くよく見えない世界であったが心のかよいではっきりと読める。馬も水なく食なく、わずか二、三日に見る影もなくやつれ背骨とアバラ骨が見えていた。おそらく東部隊長と金武副官の乗馬であろう。馬のうち沈んだ悲しげな表情と、その憂い気な姿態が暗霧をすかしてほのかに、夢のように、昨日のように草平のまぶたに熱くよみがえる。

空は白んでくるが、声なき暗い壕内の死体を見いだすのは難渋のきわみである。懐中電灯を黒布で覆い穴を探すが、崩れ落ちた壕の中の、しかも黒変した死体(火焔放射に焼かれ)の探索は必死の努力にもかかわらずままならず、この暗い壕の捜索は思いのほか時間を費やしてしまった。もう午前三時すぎであったろうか、暗霧の中に地表も兵の姿もわずかにほの見えるが、いまだ壕の中は真暗である。もし夜が明けて敵に発見されればそれまでである。

ようやく三台の輸送車に収容、満杯である。急ぐ心にホッとして、いざ引きあげようと前方を見ると、いつの間にか夜は明け放たれていてドキリと胸を刺される思いがした。

よく見ると、わが苦心惨憺の貴重な輸送車の右前方三百メートルに敵戦車が例の長い搭載砲をわれわれに照準をつけて待っているのである。草平はしまったと思ったがもう遅い。あわてる心の中でとっさに思いついたのがわが赤十字である。幸い兵の包帯班の赤十字のマークは大きい。車両の右側に数個ならべあとは運に、また敵の良識にゆだねて敵砲口前を必死の低姿勢、まっしぐらの脱出、ノロ高地に向かっての全速力、砂塵を蹴立てての突進である。危地を脱しノロ高地に着いた時、草平も兵もホッと一息胸なでおろしたが、まだ胸の動悸は収まっていなかった。

幸運にも二台目も無事成功であったが、三台目がいつまで待っても帰ってこない。衛生隊の中にはなにか不吉な予感が流れ、帰ってくれよとの祈りに似た切なる願いがあった。その暗い雰囲気の中に突如ころげ込んできたのは血だるまの軍曹であった。聞けば最後の一車は敵戦車の集中砲火、火焔放射を浴びて全滅、ただ一人逃げ帰ってきたという。草平は、倉皇の間とはいえ第三車に赤十字の標識を貼り忘れたことに気づき、悔恨の情にひとり胸を痛めたが、神ならぬ身の誰知ろうはずもない。

われわれが一夜をかけてようやく探しあてた貴くも悲しいこの地、それは暁闇の奥底にうち沈み残虐無残の暗い地獄の果てを思わせた。ほのぼのと立ち昇る夜霧は鬼気をはらみ死臭を運び、身もすくむ思いがした。はるか天空をすかせば左岸敵高台は黒い深淵の傍にそそり立つ崖壁のように頭上に蔽いかぶさるがごとく、さながら呑舟《どんしゅう》の魚が大口をあけて待っているような威圧と恐怖を与えた。

そこには塹壕、立射壕が乱雑に掘りまわしてあった。おそらく掘る余裕もなく敵弾を撃ち込まれ、整備の暇もなく敵襲にあい応急に備えたものであろう。見ればどの壕も崩れ落ち、その原形をとどめていない。じっと暗霧の中で思いをめぐらせば、壕の中に潜むわが戦友の上を敵戦車が押しつぶすように通り、ために不気味に崩れ落ちた壕ばかりのように思えた。

この無惨な形のない暗い壕の中の声なき黒焦げの遺体を探し出すには、その責任に倍する苦心努力と辛抱強き勇気が必要であった。すぐそこに敵がいるのではとつねに後門の虎に脅え、急ぐ心に前門の龍を捕らえなければならなかった。しかも懐中電灯も十分につけられない暁闇の状況下であり、草平は兵三人とともに長いよれよれの塹壕の中からわずか三遺体を掘り出したにすぎなかった。かえりみてその所要時間がいくばくかもわからぬほど緊張と同時におののきあわてていて、長い長い時間のように思えた。

なぜかこの残虐の世界は人を呑み火を吐く大蛇が大きくのたうちまわった跡のあの世を思わせた。おのれの命を守ろうとおのれの手で必死に掘ったその塹壕は、無残にもただちにおのれの墓穴である。しかし、この暗澹の朝霧は勇士の無念の声を弔う香華の匂いがして、運命のそこはかとなき非情をおもえば万斛《ばんこく》（はかりしれない）の涙なくしてはかえりみられない、悲運の暗霧に包まれた勇士の墓場にも思えた。

われわれが本陣地を引きあげる時には早暁の暗霧はすでに晴れて、東天に曙光さえ輝く初秋の清らかな冷たい朝だった。おそらく午前四時をすぎていたであろう。

そしてこの惨憺倉皇の間にも草平の眼底に特に残るのは、二、三メートルのわずかに小高い砂丘に生えた数株の磯馴れ松であった。それは草平が幼少のころ、故郷の馬捨山に遊んだ親しい懐かしい思い出の松だった。草平は遺体を山県部隊に取りつぎ、おのれの峭壷に背をもたせ、ひとり童心にかえり、悪童とともにこの松を囲んで日が暮れるのも忘れて遊びほうけていたころの甘い想い出にひたっていた。馬捨山は、人里離れた不毛の小高い丘で、その禿山のところどころにわずかに年老いた人の背丈ほどの松が地をはうように生えていた。

草平はこの山がなぜか好きで、幼少のころ姉に手を引かれてわらび狩りに行きこの松にビンコピンコハイドウドウをしては握り飯を食うのが好きだった。また悪童時代にはよくそのあたりに茸狩りに行っては兵隊ごっこをするのが楽しみで、茸狩りは二の次であった。また他人様の畑の芋を無断徴発し、親にこっそりマッチを持ちだしては小枝を拾い集めて友とともにぬく火を囲んで煙にむせながら、熱い焼き芋をほお張るのも、スリルもあったのだが、温かい思い出で特に美味かったなァとひとり悦に入っていた。この馬捨山はその名のとおりあっちこっちに馬の古い骨が散乱していた。その昔は不毛の地なるがゆえに馬の屍を捨てたものらしく、親しみの丘の中にも幼な心に何か悲しい丘の印象が残っていたのであろうか。なぜかこの馬捨山の親しい小松が、生死の関頭《かんとう》(生きるか死ぬかの境目)にある草平の心を捉らえて離さなかった。しかも一瞬チラリと見ただけなのに、不思議にも草平を呼びとめ草平に語りかけてくるようであった。なぜか一脈あい通ずる、老いくたびれた悲しげな懐かしい思い出の松に思えた。

わが馬捨山のこの松よ
　　今宵此処に来て尚ほまっか

死を覚悟し戦場にある勇士も、いざ非勢に陥り、死の関頭に立てば誰しも幼な心にかえり、望郷の念切なるものがあるようである。それは故郷の山川に、また妻子に、あるいは幼な友だちの上に種々形は変えても、土に親しみ土に還る必然の道をおもうのであろうか。またそれは万物流転輪理の思想にもとづく人間当然のみちすがらでもあるようである。

前記軍曹は先ほどのわが加勢分隊の分隊長で、それだけにその責任の重大さを感じ、必死に敵火を・逃れ脱出して戦況をしらしてくれたのであろう。草平はその悲壮なる覚悟のほどに思いを致し、その創傷の手当をしていた。その心底には赤十字の標示を怠ったおのれの至らなさが歯がゆく悔やまれてならず、胸を刺される思いがしていた。その間遺体はすべて車両より降ろされ、わが衛生隊陣地の前に丁重にならべられていた。計四十遺体ほどであったろうか。皆見るも無惨な黒こげの胴体のみである。その中央に安置されて、特に衆目に光るのが部隊長の中佐の肩章である。草平は事新しく胸をつかれて心の中で合掌した。この黒こげの数十体はすべて言うもはばかるほどで、まったく手足が焼け落ち、ないのである。考えてみれば不審な点がある。手足はないが胴体には襟章肩章はもちろん、着衣も整然と着服されていたのである。敵は死傷者を再起不能にするため、万が一をおもんぱかりさらに火焔放射で手足を的に焼いてまわったのであろうか。

草平が軍曹の治療に専念している間、誰かが本部に通報したのであろう、山県部隊長はじめ御歴々が悲痛な面持ちで来臨された(ただし、この場に辻参謀の姿はなかったと思う)。そして草平はびっくり仰天した。遺体の中から四～五人が起きあがって部隊長に礼を捧げているのである。しかもその中に親友の森田軍医中尉がいたのである。遠くよりヤア！　オウ！　の挨拶だけであったが、夢ではないかと自分を疑うほどであった(森田軍医は酒井部隊付軍医)。

よく注意してみれば、遺体の最前列は生き残りの東部隊将兵であろう、軽傷の者、無傷の者合わせて四、五名が整然とならんでいた。いつどこで誰がどう収容したかも草平はこの際までまったく知らず、おのれの迂遠さに恥ずかしい思いがした。考えてみると草平たちは陣地周辺だけで、その奥、中央まで探索していなかった。またその余裕余力もなかったのである。すなわち陣地の周辺で死傷者収容率の最も悪いところだけを必死に探していたことになり、相当あわてていたことになる。

本部の僧侶出身の兵が読経を始めた。満座水を打ったように寂として声もない。読経の声は静かに厳かであったが、悲痛に厳しく、心の琴線に触れるものがあった。

兵皆黙禱の中にも明日はこれわが身かと思い、妻子に故郷に想いをはせぬ者が誰あろう。寂として咳払い一つない。この瞑目読経の世界はまさに全将兵の明日をうらない告げる声であり、この広漠無限の死の荒野に冷たく虚しく消えてゆくようであった。突如、一角よりまた一隅よりごうごうたる高いびきの声がこの静寂黙禱の場を威圧し厳粛なるしじまの世界をうち破った。なみいる将兵、瞠目の虚をつかれたごとくハッと驚き刮目した。そしてまた静かに瞑目して戦友の霊の安らかにして清らかなる昇天を心から祈った。

高いびきはいよいよ真にせまり高調に達しごうごうとしてあたりを圧した。だが不思議にも平素ならやかましいこのごうごうが、この際なぜか荘重厳粛なる読経に重さと崇高の華を添える笙の音にも似て、悲嘆の涙を誘った。

由来、豪勇無双の英傑は敵前にて高いびきで眠るを最としたもののようであるが、本席において森田軍医をはじめ五、六名の勇士がともども高いびきで動こうともしない。満座の将兵は度胆を抜かれて呆然自失するほどであった。戦線急追し死を直前にして、大地に大の字になり、口を開けての大いびき！まさに豪胆そのもので、われわれ小心者はその大胆さに気を呑まれ唖然たるものがあった。もちろん豪傑の最たるものであろう。

ただし、人間は極度の難事をはたし、その全責任を完了したときは、安堵の瞬間極度の疲労が一瞬にして身を襲い、緊張が一時にほぐれて脱力と同時に口をあけての安眠高いびきとなるのではあるまいか。その豪傑の正体を見たような気がする。要は心身疲労困憊の限界にあったものと思われる。

遺体収容についての体験と諸文献の矛盾

前述に関連して大分合同新聞平松鷹史氏の『郷土部隊奮戦史』より。

「一ヵ所に二百に近い死体がるいるいと打ち重なっている。あまりの無残さに山県部隊の将士たちは無言で涙を流すのみ。（……昼であろうか、昼はゆけないノモンハン）『三人で一人の死体をかつげ。一つでも友軍の死体を残しては皇軍の恥だぞ。』大声で叱吃しているのは関東軍少佐参謀の辻政信であった。（……大声出せないノモンハン）トラックの上で二十人くらいのなかば白骨化した死体も発見した。

おそらく負傷兵を後送の途中襲われ、ガソリンをかけて焼かれたのであろう。

骨はかき集めて天幕に包み、死体は三人で一体ずつかついで、再び支隊本部の位置まで帰り、凹地に死体を埋めてねんごろに葬った。」

この記述は、あまりにも勇ましい綺麗事のように思う。白昼大声を出したり、一キロメートル以上もの河原を遺体を三人一緒になって担いで帰れるような安閑とした戦場ではなかったはずだ。死体が累々と二百も打ち重なっているとの状況はさらになかった。また、骨等あるはずも、見えるはずもない。あきらかなまちがいであると思う。また、二百という数は、いずれにしてもオーバーである。ただ伝え聞くところによれば東部隊長を中心とした十遺体ほどが集団的に一か所に寄り添うように発見されたとのことで、他はすべて壕の中を主とした散乱遺体のはずであるが、未明の暗さではその状況も定かでなかった。トラック上の遺体はわが第三輸送車が敵戦車に襲われ火焔放射を受けた残骸と思われる。むしろ事後の出来事で終戦処理時の発見であろう。

仮に以上を肯定すれば、辻参謀は草平ら第一遺体収容班の後に第二収容隊として五月三十一日午後、昼間行動を起こしたことになる(日時を考えれば、それ以外時間的余裕がない)。その真偽のほどはとにかくとして、草平たちはこのようなことは風評だに耳にしたことがない。また同じ陣地内に、しかもその中心となるべき衛生隊としていて、山県部隊が辻参謀を中心としてこのような行動を起こした模様も事実も関知してない。

このことで五味川純平著『ノモンハン』には、次のように書かれている。

「山県支隊は五月三十日夜、関東軍参謀・辻少佐の主唱によって、夜襲隊形で前進して東捜索隊と浅田小隊の死体を収容することになった。

沼田上等兵の記憶によれば、その夜は銃砲声もおさまって、静かであったという。星屑は満天に散らばっていたが暗さは前を歩く兵隊の影絵さえ闇に溶け込むほどであった。

起伏する砂丘を、迂回するごとに、方角を失いがちである。闇の完全な静寂は、東捜索隊の絶望を意味するか、敵の潜伏を秘匿しているか、あるいは支隊の行動がまるで方角ちがいであるのかもしれ

する。
右記考察、起伏する砂丘とはいずれの方向であろうか。草平たちはノロ高地と川又東部隊陣地の間に砂丘を知らない。そこは河原で戦火のため、草もまばらな平坦な砂原であった。さらに五味川氏の稿を拝借する。

「午前三時（五月三十一日）ころであったろう。（本項草平たちの行動と日時を同じくする）部隊は停止した。指揮官たちは前方に集って何か話し合っていた。もうそろそろ東から夜明けが来るころである。ハルハ河の近くまで来ているはずだから、明るくなったら、対岸からの砲撃に支隊七百はひとたまりもない。引き返すことになったらしい。部隊が方向転換したときに、誰かが異常に気づいたようであった。

叫び声が起こり、騒がしくなった。散乱している死体がみつかったのだ。

将校が懐中電灯で照らす地面が闇から切り取られて、そこに縦横に戦車が荒れまわったらしい痕跡がある。もし月が照っていたら、鳥肌の立つような情景であったろう。」（以上も草平たちの行動と一致する）

「三人で一人の死体を担いで行け」。

辻参謀が叫んだ。

「手ぶらで帰ることは許さん」

沼田が参謀の名前を何と言ったか、実のところ私は記憶していない。「参謀が」と聞いた記憶はある。参謀などには関心もなかった。関心があるのは戦わされて死んでゆく兵隊の運命であった。それと「無敵皇軍」が果して無敵かどうか、その真相であった。のちに私自身も戦闘に投入され、生き残って、さらに何年も経ってから戦史を辿り、悲憤を覚えるようになることなど予想できることではなかった。ノモンハン戦を調べてみて、この夜の山県支隊には村田・伊藤の両参謀のほかに、辻参謀がおり、辻参謀がこの夜襲兼死体収容の実質的指導者であったことを知ったのである。

以上の考察

一　三十日の深夜、草平たちは総勢約一個小隊ほど、しかも衛生隊を中心とした小収容班として車両三台に分乗して出撃したが、この山県部隊の一車の兵の中に辻参謀がいたとは驚きでありまったく知らない。

二　午前三時はすでに大陸の白夜である。それから遺体を探して、収容引き揚げは少なくとも四時すぎであろう。この明るい大陸の、さえぎるものとてない早朝、支隊七百の軍勢が動けば敵高台の監視砲が黙って見逃すはずがない。当時の状況を知っている者なら誰でも不合理・不審に思う点であろう。頭が一つちょっと見えただけでもそこには少なくとも五、六発以上の砲弾が惜し気もなく撃ち込まれたことは誰知らぬ者もない事実である。

さらに五味川氏の『ノモンハン』から。

「沼田たちは東捜索隊将兵の死体を、頭と脚を持ったり、足を曳きずったりして、敵の追撃や包囲を気にしながら出発地点へ戻った。合図の灯火らしいものがときどき点滅していたから、敵には山県部隊の動静がわかっていたはずだが、幸い砲撃もなく、戦車の追撃もなかった。

帰り着いたのは午前五時ころであった。血で洗ったような太陽が砂漠の地平線を突き破って昇っていた。

沼田は、収容した死体の数を知らなかった。覚えるどころではなかったらしい。二日前までは自分と同じように生きていた者が、いまは汚れて千切れて、焼け爛れて、砂丘の蔭に黒いかりんとうをばら撒いたように横たわっている。それは、いま生きている者の明日を予告しているようであった。

「厭だね。卑怯者と思われても生き残りたいと思ったね。実際には、逃げ隠れする卑怯者にはなかなかなれないんだが」

政信は、「屍体を数えて見ると、二百に近い数だ」と書いている。

歩兵第六十四連隊の戦闘詳報には、昭和十四年六月二日現在で捜索隊の一戦闘参加人員は将校一三、準士官以下二〇七、計二二〇、死亡は将校八、準士官以下九七、計一一五となっている。負傷者数まで加えれば東捜索隊の損耗率は六三％に達するから、事実上の全滅にはちがいないが、もし前掲の数字が正しいとすれば、残余数に相当する兵員の最後の局面での行動が判然しない。」

右考察

一　引きあげる時はすでに白昼（午前五時とある）のはずで合図の灯火とはおかしな話、符節があわぬ。

二　遺体二百の数字はどう考えてみてもオーバーな話。もちろんその中には浅田小隊の少数が加わっていたことは確かであるが、死亡百十五より推定すれば本陣地で探しあてうる遺体は八十体内外と思われる。なぜなら敵砲弾により散華した姿形なき遺体が相当あるはずである。また、壕内で土埋めになった者、本陣外で戦死した者等を考慮にいれた場合、当時の戦況から以上のように推理するのが妥当と思われる。

正直いって、草平は今に至るまで東部隊死体収容の難事はわれわれ衛生隊が敢行・成功したものと思っていた。もちろん山県部隊の一分隊も加わっていたが、前記のとおり全滅で、一人逃れ帰っただけである。辻参謀がいるはずがない。支隊七百を指揮して出撃した事実もまたまったく知らない。本部には総勢七百はおろか、三百以下の軍勢しかいなかった（この点、心理的下算かもしれない）。草平たち自身この支隊の死傷者収容のその中心となるべき衛生隊である。またそれこそ彼の射的場にも等しい敵砲台下の広漠として隠れるに術ないこの河原で、午前四～五時の白昼、支隊七百が何とて一・五キロメートルもの途を三人で一緒になって屍体をかついで戻れるものか。敵は日本軍がここに出てくるのを待っている。最も敵に有利、われわれに不利なる敵要塞下である。このようなところに賢明な山県部隊長が部下七百をおめおめ一挙に動かすことがあろうか。

草平らが三十一日の午前五時ごろ遺体収容してノロ高地に引きあげえたのも赤十字のお蔭である。敵が赤十字法を遵守してくれたからである（赤十字でなくちゃ生きて戻れぬノモンハン）。また、草平たちが引き揚げに成功のおり、部隊長以下幹部の方々はその勇士の英霊に敬意を表するため、わざわざ出かけてこられたことは前述のとおりである。ほんとうに三十一日現在、辻参謀は山県部隊内にいたのであろうか。

草平はいまさら事新しく東部隊将兵の、いやしくも貴き遺体収容をとりあげとやかく云々する気は毛頭ない。ただし戦線非なる時は拙戦のゆえをもってその責めは第一線将兵にはねかえり、是なる時は後方指揮参謀の功として顕彰される。世にいう一将功成って万骨枯るの方程式にはいささか抵抗を覚える。古今東西を問わず真実事実に二つはない。それは時間とともに強くなり虚偽の世界はやがてうたかたのごとく消え去るであろう。

東部隊の形ばかりの野辺の送りをすませた草平たちはひたすら壕の中に静まりかえり、その冥福を祈った。

撤収—海拉爾へ

その後敵弾がきたか敵襲があったか、いずれも定かに覚えていない。我も彼もひたすら目前にせまるわが運命をおもい、来し方行く末のみを案じていたようである。

ただ幻のごとき記憶をたどれば、午後四時ごろであったろう。部隊は本夜暗を期し明早朝までに夜襲形態をとり海拉爾に引きあげるとの連絡があり、敵の攻撃もいく分あったようであるがそぼふる雨の中を傷者収容後送の形態をとり、幸運にも虎口を逃れ帰ったのである。

本撤収の最後尾護衛部隊は染矢中隊、しかも徒歩でと聞き及んでいたが、その苦衷のほども察せられ、車上より気の毒に思えて勝手に先に帰る赦してくれ、と心の底で泣いていた。しかし草平たちが心配するほどの激闘苦難もなく、犠牲も存外僅少と聞き及び、ほっと胸を撫でおろしたものである。

幸運にも将軍廟に着いた草平たちは、ほっとする間もあらず、なりふり構わず厳たるべき日本軍人の誇りも何もかもかなぐり捨て、まさに追剥《おいはぎ》のように

水の配給には、われさきにと殺到する

給水車目がけてわれさきにと殺到し、配給の手を引きもぐようにして餓鬼のように水を争い飲んだ。そしてまた五分とたたぬうちに、いよいよますます渇きを覚え、再度水を要求し胃袋が張り裂けるように満腹になってはじめて蘇生したような気持になり、改めて予期せぬ幸運の生を深く噛みしめていた。救命水のその味は四十年近くたった今でも舌端を潤している。何とも言われぬ、世にも稀なる甘露の味がした(それはおそらく川の水であったろう)。

かえりみれば、わがノロ高地はなに知らぬ気に空漠の中にあって、平和なたたずまいを見せて静まりかえっていた。この自然の、何にてらうところない小砂丘が静かなれば静かなるほどなぜか恨めしく、爆発でもして燃えあがってくれれば気がせいせいするがなァと途方もないところに望みを抱き、怒りをぶっつけたい気持になったのは草平ばかりであろうか。

しかし平静に戻ればこのような莫大な犠牲を払ってまでもなにがための戦いであろう、と思うのだ。それは各戦線にあって全将兵のひとしく唱え認める釈然たらざる疑問符であり、一致した不満であった。一部強硬論者にあやつられて無意味な戦いをしたとすれば、英霊はもちろん一般将兵はとりつく島なく浮かばれない。なにか後味の悪い悪夢のようであり、もしそれ、五味川純平氏の説く「虚構の大義」の前に虚しく戦いに殉じたとすればなおさら不幸なことである。

思いがけなくも将軍廟の地をふたたび踏みしめ、冷静になった草平たちはお互い思いだしたように白い歯を見せて笑っていた。ただし、その喜びの顔たるやお互い顔を見あわしてはまたぐちゃぐちゃに涙を流しながら笑う――泣き笑いであった。紫褐色に日焼け充血したその顔は、欠水症の末期患者のように皮膚は弾力と光を失い、あくまでどす黒く眼窩の奥に目玉だけがギョロギョロと光り、真黒な顔の中に歯だけが白く笑っているようで、まさに不気味な骸骨の笑いに似ていた。なぜか嬉しくて悲しくて情けない、皮肉な笑いのようであった。

苦戦苦闘のわが将兵を迎える海拉爾の街の表情は何かよそよそしく、冷たく、疎ましかった。湯茶を接待する婦人の顔にも思いなしか笑いと生色が見られず、気の毒そうにお辞儀する額の下から上目づかいにちらッと垣間見るような不躾な態度が見られた。流言飛語は巷に充ち、明日にでも海拉爾《ハイラル》に大攻防戦が展開されるかのようであった。

第三章

第二次ノモンハン戦

鷹司部隊の戦死傷者の霊をノモンハンの地に祀った

(一) 再度の進軍

ひそかな復讐心と不安

六月なかばごろ敵はふたたびその威を猛々しく、ノロ、バルシャガル両高地を占領、陣地構築中といわれ、わが営内はにわかにあわただしく、騒然たる雰囲気の中にあった。

草平は一次戦において、物量・機動力ともに敵はわれの五、六倍あることを体験し、不用意に兵を進めるべきではないと心中秘かに穏やかならざるものがあった。そして時代遅れの張作霖軍を蹴散らし、おごりたかぶる辻参謀を中心とする若手中枢たちのなお強がりの猪突なきよう切に祈る気持で眠れぬような夜があった。

かえりみれば、当時一般将兵、草平たちの間にも敵は幾万ありとてもすべて烏合の衆なるぞ！というような無敵皇軍を自負謳歌し、飼い馴らされている風潮があって、草平はひとりどうする術もなく、傷心の床についていては不安な悪夢に目がさめることが再三であった。

ある夜のことである(各連隊に出動命令が下ったのが六月二十日であるから、たぶんその前夜)。ハッと目がさめ、ベッドの上に座って今夢で会ったわが幼な子のことなど思っていた。午前三時ごろであったろうか、心細くも薄い半月が霜どけの窓にわびしくかかってわが営内を淡く照らしていた。草平は今度行ったらもう二度と帰れぬだろうという思いに胸を絞めつけられ、妻子に想いをよせて、冷えびえとした床上に長らく座ったまま下弦の月に想いをはせていた。

窓に潤む下弦の月に涙して
　父なき子等の淋しさぞ憶《おも》う

六月下旬、草平の一番危惧した夜がきた。営内は予期していたものの急きょ右往左往、弾薬その他、軍事物資の補給、補充に忙殺され、早晩を期してガンジュル廟に向かって発進せよとの命をうけたのである。昭和十四年六月二十三日、再度海拉爾の営所を発進した。今回は一次の反省によるものか徒歩行軍ではなく、当初より輸送車上の兵となる。空々漠々として果てしない草原を砂塵を蹴立てて進軍する長蛇の列は、まさに怒涛のごとく壮観そのものである。

前方の列は黄塵の中に消え、目が届かない。概して進軍は見る目にも勇ましく、将兵の意気軒昂たるものがあった。輸送車の先端に蹲踞の姿勢で乗車していた草平も、いつの間にかその気勢にのり一次戦の復讐をと心中ひそかに期し誓いたくなるほど、それは勇壮にして力強い猛進撃を思わせた。このような快進撃のおりは、人間誰しも敵愾心の渦の中にその熱血はいよいよ燃えさかり、おのずから必勝の信念が湧き出すもののようである。しかし冷静にもどってみれば、戦力において敵はわれに五～六倍するというのに、いかに精神力に優位優秀な日本軍であろうともとうてい勝てるはずがない、数理の答はもはや歴然としているると恥ずかしながら危惧し思いわずらい、正直なところ、このような勝算なき戦いより逃げ帰りたい衝動にかられ、軽卒で無謀な統帥部が恨めしく、おのれの両極端の心の葛藤に悩まされたものである。

進軍するにつれ、いつとなく戦機を身近に感じ、危機感せまり緊迫の空気が身を包む。おりから小休止の命あり、総員窮屈な車上から降りて、急いで用便をすまし身を清め体調を整える。草平はその間すでに死を覚悟し、最後の姿をひとり車上に戻ってイーストマン・コダック（米国製のカメラ）を取り出し、兵の手を借り記念撮影を行った。

この休止は五分間排泄のためのものであり、あまり時間的な余裕はなかった。下の一葉がその時の写真である。

黄塵万丈《こうじんばんじょう》（土ぼこりが空高く舞い上がっているさま）の砂漠では風の強いおりは防塵眼鏡がなくてはかなわない。また、六月といっても昼夜寒暖の差が激しい、いわゆる大陸性気候では、夜間の冷え込みの予防に外套が必要である。

営所《えいしょ》（兵営）出発来二日目の早朝であった。広

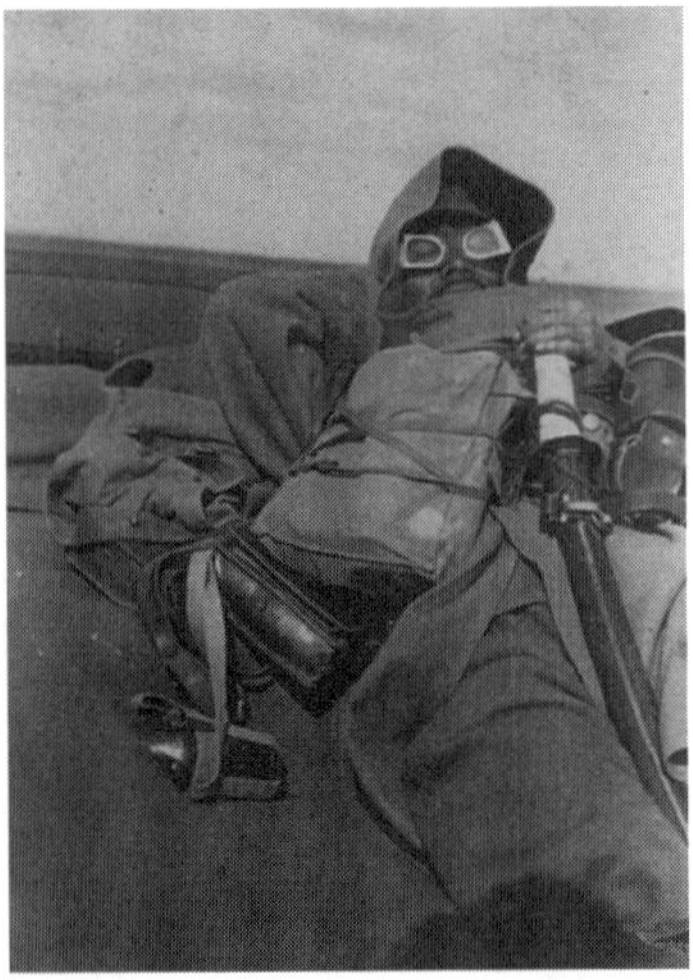

進軍の途上で死を覚悟しての記念写真
この写真の風貌のどこかに死の覚悟のほどが
読み取れるのではなかろうか

漠たる荒野の中を驀進すること時余《じょ》(一時間あまり)、前面にはすでに敵戦車の残骸累々として遠く荒野のはてまで続く。あるいは灰となり、赤く燃える者あり、余燼の煙を吐くものあり、惨憺たる激戦の跡をもの語り、遠く野松に消えている兵たちは勝ち誇り気に身勝手な計算で百台にものぼろうと概算し、友軍の戦果をたたえ喜びあう。しかも安上がりのサイダー瓶(いわゆる火焔瓶)一本をせしめている。なんたる豪勇無双ぞと肩を怒らし、わが手柄のごとく背伸びする。草平も内心勝利の心に酔っている。

やがて広野の中にひとりポツンと置かれたように下車を命ぜられる。ここは今思えば、アブダラ湖とウズル水の中間付近ではなかったろうか。見ればすぐ後方に野戦病院が開設されようとしている。末端軍医の草平は衛生隊と野戦病院の距離がこう近くてはと、その本来の機能発揮に疑問を抱きながら自分の立射壕《りっしゃごう》(立ったまま射撃するためにつくられた塹壕)を掘る。円匙《えんぴ》(旧日本陸軍におけるスコップ)で土を掘り下げながら考える。こんな平坦な砂漠では地形地理区画区分がはっきりとせず、無理もない。本地点でしばらく様子を見たうえで次の合理的な場所をみいだそうとしているのであろうとひとり合点し、なるほどとうなずきながら壕を掘る。半分掘ったところに秦医長がのぞき、俺も一緒に入れてくれと二人で二人壕を掘る。医長はいわゆる蛸壺型、草平は円筒型と意見は食い違うが、やむなく上官の命に従い蛸壺型二人壕を掘り上げる。

砂漠地帯の蛸壺型壕は土崩れのため兵が再三生き埋めになったことを、草平は一次のノロ高地戦で確認しているので、円筒型を上申したのだが。

こうしているうちに日は暮れ、医長がウオッカの瓶を大事そうに壕に持ち込み、二人でホロ酔い機嫌でよもやまの話がはずみ、いつか眠りに陥る。草平は蛸壺の縁が気になり再三目をさますが、医長大人はウオッカのせいもあろうが憎らしいほど高いびきである。

こうして清朗の払暁を迎える。東の方、興安嶺の頂上より夜明の闇を突き破って、茜に染まる大空を燃え昇る太陽は聖なるまでに清く神さびて美しい。戦いを忘れ大陸の雄大な朝ぼらけに魅せられ、冷え冷えとした清い朝の空気を心ゆくまで深く吸い込み、自然に溶け込んだ自己を再発見しているようであった。草平はつい、我を忘れ、朝露を踏みながら早晩の散歩に出る。ものの三百メートルほど漫歩したころ、ゴーと大きな音とともに真黒い敵爆撃機が頭上を圧した。　スワ敵機だと自覚し敵機の進路を横跳びざま砂原にへばりついた。たちまち野戦病院を中心として火柱黒煙天に沖す。敵機の低空払暁第二線爆撃である。

高度一、〇〇〇メートルくらいでダイビングしゅうゆうと立ち去るその後姿に、お互い歯ぎしりし、小銃で応戦するがいかほどの効果があろう。衛生隊野戦病院には対空砲はもちろん、対戦車砲も皆無である。チリン蕎麦の輓馬《ばんば》（車輌などをひかせる馬）が無闇に逃走するのが目をひいた。われながら情けない惨めな姿に思えた。ただしこの爆撃によるわが衛生隊の被害はほとんどなく、不幸中の幸いであった。草平はその間、敵爆撃の模様をイーストマン・コダックに収め、心はますます勇み、わが壕に戻る。医長殿、ご機嫌いかがとお伺いすれば、例により童顔よろしく笑みをたたえ、オーと両手を挙げ腹を抱えてトボけたポーズをつくる。いつみても白髯の好々爺である。

この辺で秦医長の略歴、風貌を紹介する。名は英雄、当年五十二歳、京都帝大医学部卒、大分市メインストリートで小児科開業、大正時代の一年志願兵をへて、当時は退役軍医大尉、血色のよい色白で顔立ちの整った童顔美男子で、軍人タイプとはほど遠い人であった。そのユーモラスな挙動は小児科医特有の磨き抜かれたものであり、堂に入ったもので、むしろ文人型のように拝した。苦戦苦闘の際はつねに彼は諧謔的言動により兵を慰め励ますことを忘れず、温和の中にも統率精神を忘れなかった。

敵爆撃の余燼なお冷めやらぬうちであったろうか、東方（後方）敵戦出現、と野戦病院で歩哨が絶叫する。全員蛸壺壕に退避の下命あり、そして幹部が頭を出すなと何度も大声で叱咤する。草平は医長とともに壕の中に小さくなって退避する。医長が急にナンマンダ！ナンマンダ！と無遠慮に大きな声で繰り返す。身体は小さくなっているが顔は例により笑っている。おかしくなってつい笑い出し外界を覗こうとするが医長は馬鹿！と叱咤して軍刀を引張る。また壕の中に二人でうずくまる。つい、外界を見ぬままだが、敵は戦車砲機関砲の乱射威嚇で引きあげた。敵の空陸一体の妙を見せられ空恐ろしく思う。敵戦車は四、五台であったという。この戦いで秀才で勇敢な野戦病院のS軍医見習医官が、我慢しきれず、つい頭を出し頭部貫通創で不慮の戦死を遂げられた。代わりとも思えて医長の親切な注意のほどが身にしみてありがたく、背すじがぞっとする思いがした。

やがて命令があり、事後整備に多忙であったが草平はその間考えた。第一線の事情は判からぬが、撃爆は確かに第二線だけを狙っている。現時点では戦車の襲撃も第二線だけであろう。これは敵の作戦用兵の妙によるものではあるまいか。ノロ高地の戦跡をふり返ってみれば当然うなずけることである。彼らは日本軍のように犠牲多き即戦即決を避け、最も効率的な、時間をかけての自滅作戦を得意としている。それはまた人命の尊さを意識しての行動であろう。すべて合理的に計画運営され、つねに友軍の虚をついているようである。敵が友軍の虚をつき裏をかく戦法には整然とした裏づけがあると思われる。

一　友軍の一挙手一投足、その軍勢のほどがよりはっきりと観察・確認できうる。

二　敵諜報網は事前に友軍兵力、ならびに兵器の性能のほどを充分把握している（戦車ならびに砲の性能は友軍に倍する）。

三　事前準備を完了し、地形その他戦略的に最も有利なところに友軍を誘導、その張りめぐらした網の中にはいったところでさらに台上よりこれを確認、その虚を出撃強襲している。

見事なり友軍機

戦雲すでに去り、衛星隊の開設もほとんど無事終了。われわれの周辺は、ことなげに平静を取り戻す。早々と飯盒をとり出し夕餉のしたくにとりかかる者あり、キャンプにきたような雰囲気の小春日和であった。戦場では食うと寝るしか楽しみがない。戦いが一段落すれば必ず飯盒の方に手がゆく。それほど慰安と愉悦に飢えているのである。

敵左岸地区に目を移せば、台上には千台をこすと思われる敵戦車・装甲車・輸送車が台上一杯に散開待機している。双眼鏡でのぞけば、その大きさは赤ん坊大に見えた。このことから推測すれば、おそらく彼我の距離は一〇キロメートル以内と推察される。先方は高く、広野の彼方に消えて目が届かないが、想像に絶する物量と思われる。敵ながらそれは壮観の一語に尽きた。

友軍機動力がいくばくかは知らぬが、兵の間では一次ノモンハン戦の体験から割り出し、十分の一くらいかなあ等と長嘆息・自嘲するものもあり、敵の気宇壮大なる構想に比し、友軍の装備性能の低劣なることを思い、目で見る計算ではすでに意気を呑まれたうらみがあった。

上空ではすでに空中戦が展開されている。雲霞《うんか》のような敵機軍の中に友軍機三機。勇敢に突入し、まんじ巴の空中戦である。ゴーゴーキューキューブーウンと異様な音をたてての戦いは、見る者の手に汗を握らせる。ただし幸運にも、火を吹き煙を吐き、錐《きり》もみ状に落ちていくのはほとんどソ連機であり、日本軍人の精華のほどを目の前に見せつけられてわれも彼も鼻高々、敵台地の烏合の衆なにするものぞと急に力み、敵台地を睨みつけ、どうだロ助奴！見たか！と勇気百倍したのは草平ばかりであろうか。友軍陣地は急に明るい空気がみなぎり、晴れ晴れしい雰囲気の中にあった。

兵の耳は意外と不思議に早い。あの三機の飛行隊長は篠原准尉だ、彼は空中戦では関東随一だからなァ、そして日本戦闘機は回転度では世界一であり空中戦はこっちのものだ、等と自分の手柄みたいに胸を張る。

当時草平は想像による誇張かと聞き流していたが、事実正真正銘であったとは驚きである。そしてまた兵の予感とはおそろしいものであるとつくづくと思う。

敵空軍は瞬時にして、五、六機の大打撃を、しかも両軍のまのあたりでこうむり物心とも相応の打撃があったものと推測され、以後数日間敵空軍の出撃は速度に速い偵察機の他ほとんどなく、制空権は完全にわれにあった。以後、不審なことに友軍機の姿もまったく見られず時たまタムスク爆撃と思われる遠望のみであり、草平参謀は気が焦った。日本軍の即戦即決主義は今のうちだ。なぜ出撃せぬ！ただし量では極端に劣勢な関東軍において、その虎の子を安易に出撃させるに忍びなかったものと憶測、ひとり涙をのむ。

日中は酷熱、夜間は冷気と蚊にさいなまれ熟睡しない関係か、草平は発熱三十八度五分、腹痛下痢血便、ついに、大陸特有のアメーバー赤痢にかかってしまった。兵の中にも相当数の同様の症状を訴える者が続出した。本症には当時特効薬もなく、ほとんど自然治癒を待つ程度だった。疑似患者を加えれば兵の半数以上に及ぶものと推察された。しかし、全患者を野戦病院に入院させたら、わが衛生隊の機能は完全に麻痺してしまう。秦医長の指示により大会戦後まで入院は延期、戦務続行することとなったが、草平には平素慢性胃腸病の持病があり、痩せ衰えていた。発熱三十八度以上が三日間に及ぶに至っては衰弱疲労はその極に達し、ついに医長の許可を得て大会戦時にはいつでも復帰するとの約束のもとに野戦病院に入院する。ここで久々握り飯にありつき、ぶどう糖メタポリンの混注を受け蘇生の思いをしたが、アメーバー赤痢の病状はいくばくも軽快せず、病臥しているもなにかおこがましく、延べ二日で退院復隊する。その間本隊は火焔瓶作戦で敵戦車を炎上擱座させ、敵主力を完全に右岸地区より撃退させたということで、敵戦車の残骸が広野のはてまで拡がり、友軍にとっては小気味よい晴々しい眺めであった。

ハルハ河渡河作戦でのつまずき

いよいよ世紀の大会戦か、本夜暗《やあん》を期し、ハルハ河を渡り敵の後方に迂回し夜襲部隊に続けとの命が出た。夕闇を待って医長と別れを惜しみ発進す。本衛生隊の医長格は草平である。空は曇っていて暗く、星もない。大陸特有のもやに包まれ視界ゼロ、闇のトンネルを行くようだ。前方隊を見失うこと再三、隊は時に停止、時に進み、蛇行遅々たる進軍である。停止するたびに我も兵もお互いの背嚢《はいのう》(軍事用のリュックサック)に突き当たりビックリ目を覚す。このようなことは平時では想像も及ばなかったことであるが、各自アメーバー赤痢と疲労のため歩きながら眠っていたのである。そこには責任感の

工兵隊の架橋で歩兵は続々ハルハ河をわたった

みが先行し、体力がそれについて行けなかったのである。

（以上のことも、さらに今後のことも、草平の周囲に起こった戦況だけで申し訳ないが、他の軍医がどうしていたか連絡不通で知る由もなく、ただ耳にしたことは、直属の軍医少尉殿二人は一次ノモンハン戦時将軍廟付近にて落馬受傷、また発熱にて戦線に出ぬまま離脱したという。他の軍医中尉殿は部隊長の直属で待機中とのことで戦線において顔を見合わせたこともなく、草平がともに手を握りはげましあい戦ってきたのは医長と福田見習医官のみで、他の軍医殿の行動はまったく知らない。またこのご両人とも戦線ではつねにはなればなれのことが多く、協同作業の機会は少なかったことを付記しておこう。）

何はともあれ、紆余曲折、白夜を迎えるころ間題の渡河点に達し暁闇のもやの中、わが軍橋を真下にみる。こうして夜襲本位の日本軍の企図は半減したことになる。本友軍の動静を察知した敵の砲弾はその周囲に間断なく撃ち込まれ、ハルハ河のわが軍橋の周囲は水柱が天に冲し、敵砲弾の白煙に包まれ定かに見ることもできない。時に軍橋の一部が撃破され渡河不能となり、敵砲弾下のなか工兵隊がただちに修理にかかるも、水深二メートル流速一メートルにて難工事中の難工事である。ようやく修理が完了すれば今度は敵機の爆撃である。水柱と砂煙が天に冲し、河岸に待機するわれわれは手に汗を握り、泣きたいくらいに無事を祈る。そして爆弾が憎らしくていらいらする。ただし、いかに巧妙にダイビングしての爆撃であっても、谷底みたいな凹地の一橋梁にはなかなか命中しなかった。それはまた友軍高射砲の援護のお蔭でもあったろう（草平がはじめて見た友軍高射機関砲の一門である）。

とにかく夜陰に乗じて敵の背後に迂回する作戦は軍橋の流失により、第二線が遅れ間に合わず、草平たちは夜明けの敵前渡河とあいなった。そして草平たちが軍橋を渡るころ第一線はすでに敵の後方に達していたそうだが、その間の間隔は六キロメートルにも及んでいたのではあるまいか。

ともかくも敵地ハルハ河左岸に足を踏みいれ、三十メートルほどの断崖を登り、広漠たる夢の外蒙を望見する。かえりみて来し方を望めば、ノモンハン広野は眼下にあり、ハルハ河の流れは白い蛇行を画いて帯のごとく、遠く荒野の果てに消え、ホロンバイル草原は一望の下、興安嶺まで見通しである。まさに雄大にして壮観の一語に尽きる。ああ！ホオ！と兵皆感嘆の声しばし、しかし、つかの間の外蒙はたちまち血みどろの修羅場と化してしまった。

右記のごとく草平たちは敵地に第一歩を踏み、広漠千里《こうばくせんり》（作者の造語。きわめて遠くまで広々としてはてしないさま）のモンゴル平原を望み、かえりみてホロンバイル草原より、遠く興安嶺の裾野まで俯瞰したその刹那、毛主席たらずとも「問う！蒼茫たる大地よ。誰か世の浮き沈みをつかさどる」と感嘆したくなるほど意気盛んなるものがあった。ただし、それが邯鄲《かんたん》の夢枕と消え失せようとは、運命のいたずらとでもいっておこう。その根源をなすものは軍橋の流失により、第一線、第二線の間隔があまりにも開きすぎ、その間の虚をつかれ、逆に敵の分断作戦を食らったからである。もし予定どおり暗夜のうちに全部隊が渡河完了し、主力と後続部隊が一体一丸となり夜襲に成功していたら、後述の惨憺さはなく、有利な展開があったものをと惜しまれる。

（二）敵高台での死闘

敵戦車兵を捕虜にする

敵地外蒙の一角ハルハ河左岸に近くチリン蕎麦の輸送車三台を中心とし、草平はその中央に位置し、縦隊前進五百メートルたらずで、右方より敵戦車五台襲撃との絶叫あり。急きょ抜刀「全員伏せ」と号叫す。間髪をいれず火を吹く敵戦車散開の隊形にてわが隊列に突入す。戦車地雷を敷け！と大声を張りあげる。と同時に、ボコンと大音響とともに敵戦車一台爆破、さらにボコンボコンと他の一台も爆破炎上す。衛生隊に続く通信隊が、ちょうど岩壁を登りついたところで、この通信隊の対戦車砲一門がしとめてくれたものである。至近距離とはいえ、二発で二台の敵戦車撃破炎上とは殊勲ものであろう。残り三台は犠牲の大きさに驚いたのか、倉皇《そうこう》（あわてふためくさま）と砂塵を蹴立てて逃げて行った。この逃走戦車三台のうち二台は慌てすぎたものか、あるいは軍橋を襲うべく指令されていたものか、ハルハ河敷に逃げ降りて行った。ただしそこには野砲隊を主として友軍が前進中であった。これに恐れをなし後述のハルハ河のジャングルにひそみ隠れていたのではあるまいか、なぜなら本戦車は水陸両用の戦車のようであった。

とにかく草平は第一線に追いつこうと急きょ隊列を組み整備しようとしたが、キャタピラ下に圧死した者（ノシイカと兵は呼ぶ）、下肢を圧断された者、戦車砲による死亡あるいは貫通創の重傷者、呻吟し仮包帯もまにあわず、救急処置に精一杯である。気ばかりあせり、手ははかどらないところに、ふたたび敵戦車五台襲撃と叫ぶ声が悲鳴のように聞こえる。見れば右方より火を吐く戦車五台直前に迫り、伏せ！戦車地雷！と叫ぶ暇もあらず、敵戦車はボコンボコンと再度二台炎上爆破さる。おそらく先の通信隊の速射砲によるものであろう。敵はこれにおそれをなしあわてて方向を見失ったものか(戦車の視界は小孔による)、敵小型戦車二台、わが隊の中を堂々めぐりするうち、敵戦車同士正面衝突、一台の掩蓋が吹っ飛び、擱座。戦車兵二名、暴露状態となる。

この敵戦車と草平の距離は二十五メートルくらいであったろう。怒りと復讐心に燃える草平は、ソレかかれェ！と兵を励まし挙銃片手に敵戦車に向かって匍匐前進す。怒りに燃えた草平の目には火を吹く戦車砲も目に入らない。よし俺が仇をと、一心不乱である。見れば草平の前方にすでにジリジリほふく前進する者がある。通信隊の軍曹らしい。草平との距離十メートルたらずである。彼も草平と同様、復讐に燃えての前進であろう。大地にへばりついての前進はままならずもどかしいと思った途端、その軍曹は大地より三メートルほど空中に吹き飛ばされ、大文字に旋回し、バタリと地上に叩きつけられた。十メートルたらずの至近距離の敵戦車砲弾が胸部を貫通したのである。彼もまた草平同様もどかしく思い、ころよしと立ち上がったところを撃ち貫かれたものと推測される。草平は思わずギョッとして砂原にへばり着く。

その間わずかに頭を挙げて前方を見れば、すでにその戦車を衛生兵が蟻のごとくとり囲み、牛蒡《ごぼう》剣(大日本帝国時代につくられた銃剣。日本刀を模したもの)をふるった。車内から敵兵の機関砲と挙銃の応射があったが多勢に無勢、一名射殺一名を捕虜とした。

草平の身代わりとなった名も知らぬ軍曹に対し、心から弔意を捧げその冥福を祈る。右の捕虜は二十三、四歳の若者であった。兵は怒りにうち震え、殺してしまえ、血祭りだ、等と叫び殺気だったが、情報入手のためにもと手足を縛り本部に送れと制するうち、いつの間にか輸送用トラックがきていたのを幸い、傷者とともに後送することにした。ちょうど草平たちが捕虜を輸送車に押し上げたときである。思いがけなくも勇壮な掛声とともに友軍砲兵隊が六頭立ての輓馬にうち乗り、鞭を振り立て勇ましく断崖を駈け登ってきた。兵は皆暗夜に灯を得たごとくたのもしく力強く、迎えたものである。続いて萌黄色《もえぎいろ》の金ピカ乗用車が猛スピードで砂塵の中に出現、その大胆無謀に驚いてしまった。

その途端である。またもや、敵戦車四台右前方に出現!と兵が叫ぶ。草平は軍刀を抜き放ち、伏せ!戦車地雷を敷け!と絶叫しながら後も見ず隊の中央に向かって突進する(そしてその瞬間、後方に磊落に嘲笑に似て呵々大笑する捕虜の声をかすかに意識しながら)。その刹那、ドドン!ヒヒン!と六頭立ての輓馬は砂塵の中空に逆立ちして両前足をあげている。その無残なる姿を前方に、同時に右方にはわがチリン蕎麦の輓馬が砂塵を蹴立てて火煙の中を狂ったように必死に逃走中、また、敵戦車二台は友軍の乗用車を猛スピードで砂煙の中を追跡中であるのを瞥見《べっけん》する。何たる悲惨なる光景であろう。一方、草平はこの情景を横目に、兵を督励叱咤し、目前の敵戦車戦を指揮統轄しなければならず、何を叫び何を指向したかも記憶がないが、とにかく怒りに燃え剣をふるい、声をからして絶叫していたようである。

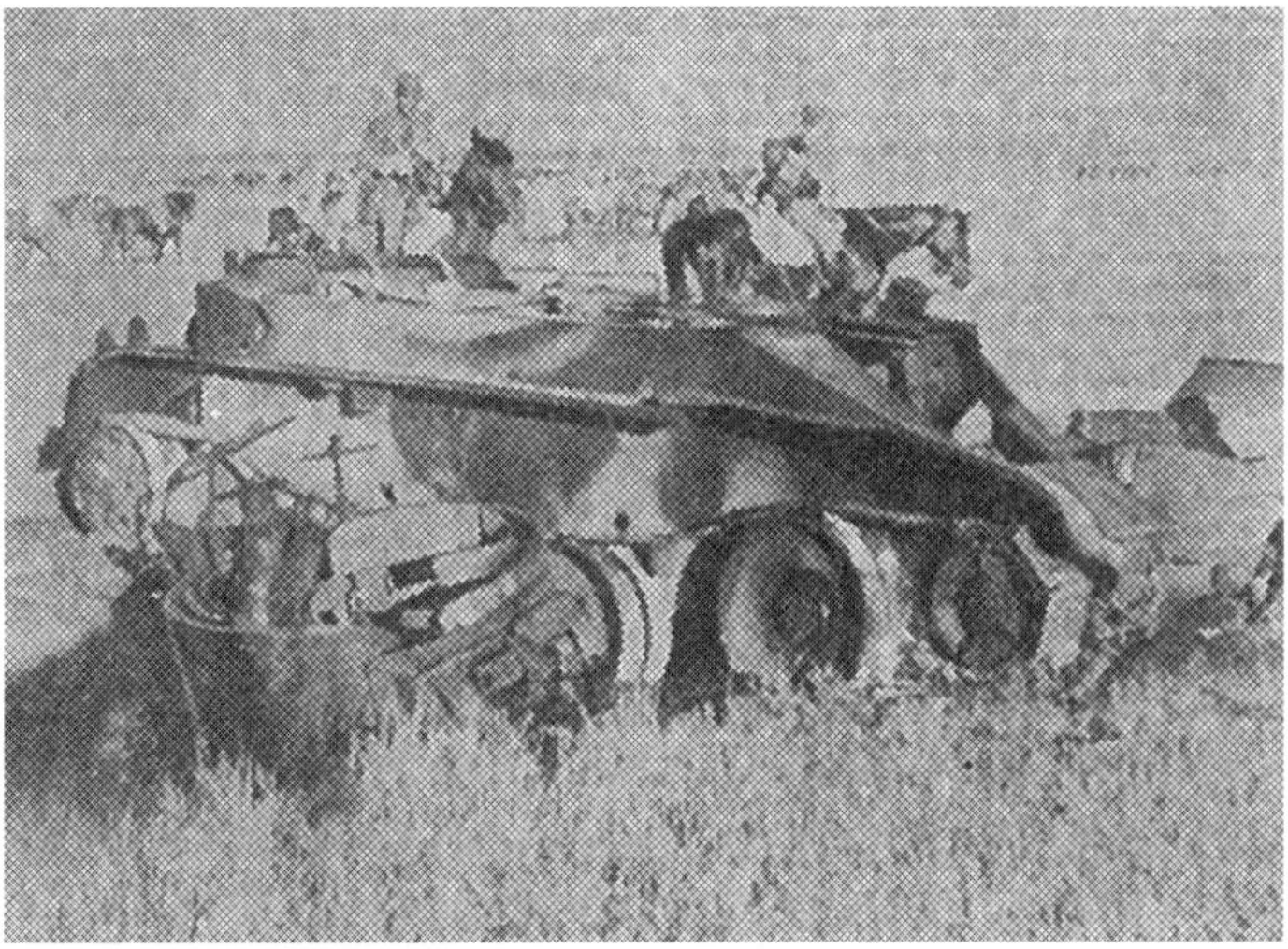

本情景は無防備の衛生隊が敵戦車に襲われた後の呆然たる姿であろう

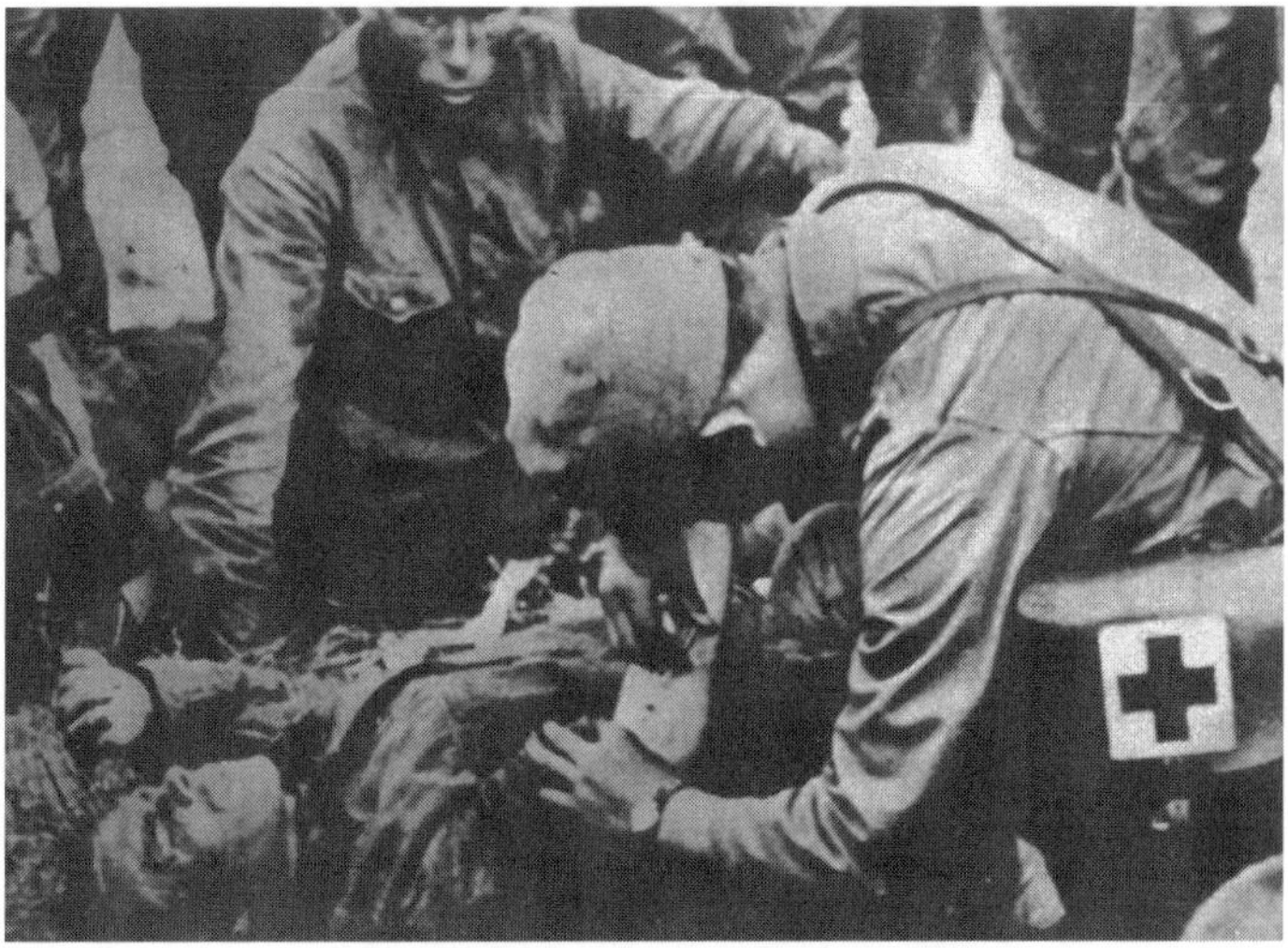

負傷したソ連軍兵士に手当する日本軍衛生隊

今にして思うと草平の一生を通じ、この時ぐらい腹の底から大声を出し喚き叫んだことはないであろう。それは必死の、あらん限りの絶叫であった。某女史の「男なら猛獣のように腹の底から吼えてみよ」にお応えできるものである。

草平の周囲は急に砂塵が飛び、ヒュッヒュッ！　パッパッ！と砂ほこりを吹き上げ銃砲声に脅かされキャタピラの音を間近に戦車砲・機関砲の煙と火襖に包まれてしまった。さては狙われたかと思い、急に、不ざまなことながら立ち上がって逃げ出す。その周囲はますます熱い砂ほこりが舞い、銃砲弾が耳を掠める。途端、おのれが立った姿勢であるのに気づき急きょ横跳びざま、地上にパッとへばりつく。敵戦車は草平の頭上すれすれ、キャタピラの音ものすごく、轟音とともに砂塵の中に消え去った。

敵陣中に捕虜となり嘲り笑うがごとく呵々大笑する若きロシア兵の態度には、いかに温厚なわが衛生兵といえども腹に据えかね殺気立ち、殺してしまえと激怒したものであるが、その反面、民族の相違もさることながら、草平たちの常識外であり、少なからず考えさせられ胸をうつものがあった。むしろ、その大陸的おおらかさに魅せられ、その度胆のほどがしのばれて教えられるものがあった。その嘲笑は、友軍が戦車に撹乱され、輓馬が逃げ出し、軍馬が逆立ちし、兵が慌てて右往左往する様が一段高い輸送車上より眺められ、滑稽至極に思えたものだろう。

ただし、友軍にしてみれば、寛大にして生かしてある捕虜のほどもわきまえず呵々大笑するとは、あまりにも無礼であろうと怒り心頭に発するものがあったが、彼としては内心その撹乱が小気味よく嬉しかったのだろう。また一面それほどまでにロシア兵に友軍はなめられていた証左とも考えられる。すなわち友軍には無敵皇軍の誇りがあり、敵にはまたそれ以上のより次元の高い誇りがあったとも思われる。

　戦陣へ乗りこんできた金ピカ乗用車には小松原師団長、大内参謀長の二名が直接第一線統轄のため乗車していたということであるが、敵台上に乗り入れたとたん、敵戦車の襲撃にあい、大内参謀長は胸部貫通にて即死、師団長は運よく難を逃れ、ともにわが衛生隊本部に収容されたと聞き及んでいる。そして師団長はここでなんと言ったか。「……」衛生隊のみが知る。

　敵は、そのよる高台より、日本軍中枢乗用車と思える金ピカ乗用車（萌黄色）ならびに砲兵隊のハルハ河通過を確認し、ころよしとそのタイミングを捉らえ出撃急襲し、水際撃退の予定作戦に成功したものと思われる。すなわち、敵側よりすれば友軍の情勢が手にとるようにはっきりと確認できるのに、それとも知らず不用意に猪突する友軍の馬鹿馬鹿しさがいかにも児戯に思えたのではあるまいか。いずれにしてもこのような一望千里の広野に、目をひく金ピカ乗用車を不用意に乗り入れること自体、身のほど知らずの軽挙妄動であり、これもまたかのうぬぼれ強き三ボーのなせることと兵の鋭い感覚は言うのであるが、いかがなものであろう。二十三師団中枢は辻の頤使《いし》（頤で指図する）に盲従、頭があがらぬように見受けられるのである。

　六頭立砲兵隊が急坂を登ってきたが、これも張鼓峰みたいな山岳戦ならいざしらず、このような平坦な一日千里の広漠たる砂漠に、大いなる日標となる六頭立て挽馬による砲を導入するのは無謀のそしりをまぬがれまい。草平たちは敵の挽馬は一頭も見ることができなかった。敵の砲はすべて牽引車によるものであった。

しかも友軍の砲は張作霖用の代物で、射程距離においてもソ連砲のなかばにも達せぬときている。とにかく、質、性能ともにまったく近代戦に通用しない時代遅れの代物であり、軍の平素の怠慢による感覚的ずれを指摘せずにはいられない。

前記のように草平たちが夜を徹してようやく到達し、頼みの綱とも思えるわが軍橋をその眼下に見たこの苦心惨憺の場所は、史書によればフイ高地の北端、ハルハ河の右岸断崖上と思われる。もしそれが事実とすれば、後日二度とこの地を踏まなかった草平はこの際その地形についてわずかに残る記憶をたどり、その概観であっても書き留めておかねばならぬ。なぜなら、本フイ高地が、以後最激戦地として部隊長井置中佐以下が、本隊より遠く離れ、孤立して気の毒なまでに悪戦苦闘された因果の地であり、地形的にも東部隊の川又陣地と似かよい、ともに最も不利な立地条件のもとにあったと思われるからである。

草平は敵台上の死傷者約百名ほどを再度フイ高地まで、兵を督励し収容、後送になかば成功した（後述のごとくその途次半数近くは敵弾の犠牲になったが）。そしてその後、本高地に約十時間駐留し傷者の収容、後送に奔走した。その倉皇の間の、その幻の影といえども今ここに再現して、その責をはたし、いく多英霊の前に捧げいく分でも報いようと思うのである。

フイ高地は他の高地よりはるかに低い、擂鉢を逆さにしたような、傾斜のゆるい、高地とは名ばかりの広い平坦な丘である（史書によれば、フイ高地は海抜七二一メートル、バル高地は同七四七メートル、バル西高地は同七二一メートル、ノロ高地同七四メートル。）

そして川又の東部隊は小松台敵砲台の眼下にあり、フイ高地は外蒙第一街道の敵砲台下に広くひろがって、敵に遮蔽すべき斜面に乏しく、友軍の動静はまのあたりであり、東部隊の川又につぐ絶対不利な条件下にある。敵よりは眼下一望のもとであっても、フイ高地よりは高低の関係で敵台上は見えず、ハルハ河の左岸、敵断崖の緑を見うるだけである（本状況は前述の辻参謀の述懐のとおりで、草平はこの目で確かめているが詳述を略す）。とにかく戦略上まったく我に不利、彼に絶対有利な、草平にはいかにも不気味な、思い出すも身震いするほどにいやなところ

砲煙うずまく前線

である。

三回目の敵戦車が逃げ去ったあと、ホッと胸を撫でおろした草平は空虚なめまいを覚え、いきなり倦怠感が身を包み、ふらふらっとした。戦車を逃避する際、馬鹿げた慌てようで全精力を使いはたし、今までのアメーバー赤痢の熱と不眠不休の疲れが重なり心身ともに限界にきていたのだろう。そしてこんな馬鹿馬鹿しい戦争などまっぴらだ、どうなっても構わないと意気地なくも投げやりな気持になり、付近にあったロ助(ロシア人を揶揄した言葉)の掘ったと思われる壕の中におのれの身を投げ込むように転げこみ、つい昏睡状態になり、眠りこけてしまった。

戦神軍曹に救われる

モシモシ軍医殿!軍医殿!と肩に手をかけやさしくゆさぶるものがある。草平はぼんやり目をあけ、穴の中より中天を仰ぎウンウンと生返事をする。目はなお空虚な一点をみつめ夢心地である。軍医殿!と兵は強く大声で肩を大きくゆさぶる。ようやくわれに返った草平は、ハッとして急に起きあがる。見れば見知らぬ格好の軍曹である。軍医殿どうしたんですかと訊く。敗け戦さがいやになって眠っていたんだと答えると、この際冗談どころじゃないですよと叱り、何隊ですかと訊く。衛生隊だと言えば、衛生隊は全滅に近く、二十人ほど渡河点に集合していますから行って下さいと何から何まで親切に教えて、急いで敵地を北上して行った。この際それは生き仏みたいに思えてその後姿を黙ってありがたく見送った。そして激戦の敵地に向かってただ一人徒歩で行くとは何たる大胆な戦神かと気を呑まれるものがあった。

軍曹が去ったあと草平は周囲を見まわしたが、他に人影はなく、荒れはてた広野の中に人馬の屍骸、血染めの戎衣が散乱し、激戦の跡を淋しく物語っていた。日はすでに西に傾き、夕日が淡く淋しく荒野を照らし、遠く銃砲声はなお耳にこだまして激戦の余韻を伝えていた。

壕の縁に立って、草平は夢のような今までのできごとを、憮然として反すうしていた。いつの間にか眠ってしまったのだろう、こんな激戦のさ中にと考えてみるが、わからない。そしてそれ以来敵襲はなかったのだろうか、もしあったとすれば医長格の草平は失格、厳罰ものだと、後退の足も重く悄然とうなだれながら渡河点に向かう。ものの十歩も歩いたころであったろう、キャタピラの轟音胸に響き、敵襲かとサッと身を引き、来し方をかえりみる。ただしそれは脳裡に残る幻の音であった。後方はただ遠く砂煙におおわれ、砂漠の中に点々と枯草の残るむなしい広野の連続であった。夕日はすでに地平線に近い。自然目は先刻の激戦地に凝結する。滂沱《ぼうだ》たる涙が急に頬を伝い、悲憤の嗚咽がグッグッと喉の奥にこみあげてくる。呆然と立つことしばし、ようやくわれにかえり、思い出したように頭を垂れ、合掌して戦友の冥福を祈る。

ふたたび渡河点目指し左岸断崖を降りかかる。夢遊病者のようにただ一人前方に悄然たる敗残兵の影が長く尾をひいて流れ、淡い夕日の日射しとともに哀れを誘う。ハルハ河の川原に達し考えるともなく考え、足どり重く伸びた草の中をトボトボひとり歩く。なんたる幸運なる俺であろう。昏睡状態とはいえ敵地の中に十時間近く激戦も知らぬ気に眠りこけ、捕虜ともならず広漠千里の砂漠の中でたった一人の名も知らぬ友軍兵に救出されるとは。どう考えてみても幸運の一語に尽きる。まさに神仏の御加護としか思えないがそれは現実である。不覚にもその戦神の姓名を聞き忘れ、残念でならないがもはやその術もない。

ただ黙々とわれを忘れ足もとのみを見ながら蹣跚《まんさん》(足元がよろめくさま)の足を運ぶこと一キロメートルたらずであったろうか、かすかに「アッ!ボサット将軍がきた」との声が耳をかすめる。何か聞き覚えのある声である。バタバタと当番兵はじめ二、三人の衛生兵が駈け寄ってきた。

「軍医殿生きとったですか、良かったですなァ、皆が軍医ドンな戦死の数に入れとったバッテン、良かったですなァ」と手をとらんばかりに喜んで迎えてくれる。

思えば亡き数に入ったこと二度目である。一回目はノロ高地に包囲され三日三晩激戦に激戦を重ね、飲まず食わずで友軍との連絡もとれず生死不明となった折である。

ボサット将軍の仇名は誰が考え出したか知らぬが、この際兵の直感から出た名セリフであろう。心身ともに戦い疲れた草平は憔悴の色濃く、かつ緒戦来剃ったこともない鬚髯《しゅぜん》(あごや頬に生えるひげ)は伸び放題のていたらくであり、加えて本日の敗戦に打ちひしがれた亡者的姿態はまさにそのとおりであろう、と自分で肯定し苦笑したものである。

周囲の愛情に迎えられ草平もようやく人心地がついたようで、ころあいをみはからって砂原に腰をおろす。四、五名の衛生兵がとり囲み、軍医ドン、あれからどうしとったですか、と訊く。しらぬ間にあそこの壕の中に眠りこけていたんだ。と答えれば、嘘ばっかり逃げて隠れていたんでしょうと、その単純なる批判は手厳しい。そして捕虜を捕らえた話、戦車を逃避した折のお互いの姿勢等、言葉おもしろく嘲り合い、笑いこけていたようだが、草平は聞く耳を持たず目は激戦の敵地に釘づけになり動かない。先ほどの軍神軍曹が夕焼け空に染まる西の広野に向かって唯一人背を向けて消え去ったその後姿が、いかにも神々しいものに思えて草平の眼底に焼きついて離れなかったのである。それは神の使者か助ける神の化身に思われ、夕闇迫る西天上に何か不思議な奇蹟が起きそうな予感がし、目はうつろに西空をみつめて動かなかったのである。まさにそれは『風と共に去りぬ』の映画最終場面、レッドバトラーが広野の中をただ一人夕焼け空の中に消え去って行った情景そのままであった。

北満の赤い夕日は特異であり、夕焼け空と暗い地平線は一線をもって画され、単純美の中に荘厳雄大神秘に包まれたものがある。その神秘の中に逆光を浴びて長いおのれの影をひいて去った軍曹の姿はいかにも後光に包まれていたように想える。しかし、それは夕月の逆光が草平の心の底に描き出した幻想による夢の五色の後光であったかもしれない。そしてその時より草平は心の奥に、俺には神助があると思い決め、今後も天意に沿ってわが道一途に歩こう、あとは運命の神まかせだと、ひとり天国に遊ぶ愉悦を覚えていたのである。昔から苦しい時の神頼みということわざがある。平素、信心信仰のまったくない草平が、神仏を信じその行動まで神仏に支配されるとはわれながら意外である。人間究極生死の土壇場に遭遇すれば、不思議と神仏に頼るようにいつの間にか教育され、習慣づけられているのであろうか。信じられない事ながら現実の方が先だから仕方がない。

かりそめにも神助を得て急に元気をとり戻した草平は起き上がり軍刀を引き抜き、衛生隊医務室集まれ！と大声をあげて何度となく繰り返した。意外にあっちこっちの河岸の蔭から、草むらの中から三々五々兵が現れ出て集まってきた。福田見習医官をはじめとし、総勢二十余名であったろう（情けない話であるが、一敗残兵のそれのごとく戦意を喪失していたものと思える）。

この際、草平麾下の医務室関係は兵員において半減、装備は輸送車（輓馬にひかしたチリン蕎麦屋台）をはじめ全滅であったが、兵は指揮官を得て元気をとり戻したようであった。兵列を整え、軍橋を渡り、ハルハ河右岸河原に開設してある仮包帯所に到着する。

奏医長がご苦労ご苦労と笑顔をもって迎え、情況報告をしようとする草平の肩を叩き、解っとる解っとる、何も言うな、よかったよかったと歯を食いしばり涙を流して喜んでくれた。とにかくこの状態では俺一人ではどうにもならん、早々に傷者の応急処置を頼む、と言って死傷者のいる暗闇の中に消えていく。見れば戦死負傷者、計百名以上にも上ろうかと思われる兵が河原一面雑然と並び、暗夜のもやの中に呻吟している。時刻はすでに二十時に近く、暗闇の中の傷者は白い仮包帯の姿が特に目立ち痛ましく、疼痛と苦悶によるその呻吟や叫喚が胸を刺す。まったくダンテの地獄絵図そのままの様相で、阿鼻叫喚の生き地獄であった。

草平たちは、おのれを忘れただちに傷者の処置にともに余念がない。五名ほど処置を終えたころ、医長命にて全員集合の声暗夜の幽谷に響く。なにごとと緊迫感に胸せめられ、医長の前に整列する。

深夜の傷者収容

衛生隊長命にて、ただ今即刻、担架中隊の収容している敵高台の傷者を仮包帯所まで後送せよとのことである。思えば友軍地にからくも一歩を踏み入れ、苦難苦汁はとにかく、人心地ついたばかりである。再度、苦戦を経験した敵高台に、しかも方向も定かならざる広漠たる暗夜に傷者収容とは暗夜の大海に漂う兵を小舟で探せと言うに等しく、真に至難の業である。兵の気持も動揺し、暫時沈黙の暗闇となる。医長はこの動揺せる兵の気持を察したのか、態度を改め厳たる人選命令となる。その人選はいまだハルハ河を渡って敵地を踏んだことのない下士官を中心としたものに絞られたようであった。ただし軍人馴れし、実戦経験豊かな下士官兵たちは要領よく言を左右にしてその命を逃避し、応じなかった。

医長の声は怒号にうち震え、涙さえ流しているようだった。シーンと静まり返る闇の中を医長の声は虚しく流れ時々重傷者の呻吟、死臭が闇の底に悲痛に漂うのみであった。再度号叫あり、誰か行ってくれ頼む、と哀願に似た響きがあった。兵皆沈黙、しばし暗雲静寂天地を包む。突如しじまを破り、医長殿「私」が行きますと申し出た者がある。続いて医務室分隊担架兵二分隊配属願いますと申し添えた。それは「草平」の亡霊が言わせたものである。

「草平」自身その時も今も、何が言わせたかまったく不思議でならない。それは天皇陛下のためとも日本国家のためだけとも考えられない。また日本兵の義務責任の自負自覚からでもない。おおよそそれらが幼少時より教えられ培われ根底になっていたのかもしれないが、直接の動機は医長の苦悩が見ていられなかった、すまぬ気持がその最たるものであったろう。さらに草平には激戦のさ中、敵高台において医長格でありながら十時間もその責任を逃避し、眠りこけていた怠慢の罪滅ぼしの意が働いていたようにも思える。医長は草平の手を握らんばかりに喜ばれたが、下士官の人選でほとほと困っておられた。草平は私物命令（指揮権のない参謀の勝手の命令）で即刻人選、強行出発となる。

時刻は二十一時ごろであったろう、暗夜の敵地は暗黒の淵が大きく口をあけて待っていた。時々敵断崖の戦車がボオボボオと龍のように闇の奥に火を吐く。それは敵火焔放射器・による暗号ならびに照明であり、友軍動向の監視であると直感し、大事をとり軍橋を渡りハルハ河左岸の水際を五百メートル上流目ざしてさかのぼり、火焔放射の光の届かない地点と覚しきところに達し友軍兵駐屯地と思われる方向に向かって河敷を北上する。むろん草平は軍刀を抜き、真先を行く。兵も着剣して後に続く。

約百メートルほど進軍した時、突如螢光のような青白い光が一直線にスイスイとわが周辺を囲む。何かなと思案する暇もなく、スルスルスルスルと大きな螢光が一直線にわが周囲に矢弾のごとく降りそそぐ。とたんに軍医殿危ない！と声がかかる。その一瞬草平は伏せている。兵は二十メートルくらい後方にすでに伏せている。そして軍医殿あれは曳光《えいこう》戦車砲弾ですよと教えてくれる。なるほど最初のは曳光戦車機関銃弾かなと、胆をつぶす。草平たちの刀剣に敵火焔放射の光が反射し、敵の知るところとなったものと思われまったく油断も隙もならないと苦笑し、河底にへばり着く。暫時にしてやおら刀を収め徒手前進、雌伏行四百メートルほどでハルハ河左岸断崖付近に達す。ただし暗夜の道標のない広漠千里の敵地で数少ない友軍傷者を見つけだすことは容易なことではない。名案も浮かばない。ぐずぐずしていればまた敵に発見されてしまう。

いたしかたない、どうせ運だとイチかバチかの気持で押し殺した声で、「どこまで続く暗闇ぞ衛生隊はどこにいる」と、小声で歌い草平の名暗号を発す。その声が終わるか終わらぬうちに「誰か」と聞き覚えのある猪又中尉の声。天の佑《たす》けと走り寄れば、わが平野衛生隊長以下担架中隊の兵計三十名ほどが断崖下に身を寄せ合って待機中である。隊長より、ご苦労！とのねぎらいを受け、担架中隊から負傷者を託される。重傷者三名を担架に、軽傷者十名ほどを徒歩患者とし、曳光弾の青い光が尾をびく暗夜の広野の中を、負傷者を後送すべく中隊と別れて渡河点に向かう（前述のように衛生兵は牛蒡剣のみであるが、担架兵は銃を持っていて着剣できる）。

まず頭に浮かんだことはさきほどの行く道の険しさである。帰り道はさらに負傷者を背負い込んでの道中であり、なおさら危険な暗夜の冒険である。ただし草平にはせっかくここまで来たものを意地でも成功させずにおくものか、との自負と前記の神頼みが心の底にあった。今来た道は危ない、帰路は大きく上流に迂回し、ハルハ河の水際すれすれ、川岸を防堤として帰ろう、それは直線コースより難渋の途であり時間もかかることではあるが、最善無難の策と考え決行することを兵に申し渡す。兵も異存なく承諾す。そこでハルハ河左岸断崖下をさらに五百メートルほど上流にさかのぼり、暗い険しい草の根をわけ声を殺して、ようやくハルハ河の水際に達す。この間は遠隔になった関係か、また前記のように不用意に刀も抜かず着剣もせず通過したためか、敵戦車の発見をまぬがれ無事河数通過、ほっと胸を撫でおろす。

いよいよ水際、いやむしろ浅瀬進軍作戦である。草平はかたわらにあった川柳の枝を二本二メートルの長さに折る。そしてまず水深を調べる。そしてまた、神助かと子供のように喜ぶ。水際は意外に浅く、底面平坦である。これ幸いと真先きに河水の中にはいってみる。水温も意外とぬるみ、砂底で、泥濘《でいねい》がない。しめたと思いほくそ笑む。この水際をたどり下流に向かえば渡河点は確か。しかも、土堤が敵襲よりわれわれを護ってくれ、発見もされずにすむ。これは幸運また天佑と、草平が水先案内するからついてこいと、両手に二本の柳の枝を持ち左右の水深、足場を確かめながら前進する。兵の間には水の中を患者を担ぎながらとの不満、危惧があったようであるが、安全策としては最高と思ったのか黙って膝まで浸っての浅瀬進軍である。

草平は両手にしっかと柳杖を持ち、真剣な面持で両側河底の状態を探索し前進する。時に二尺以上にも及ぼうかと思われる大魚、鯉であろうか足に探索棒に当たり、驚いて跳び上がり音を立てて逃げて行く。このような平穏な進軍が暫時続くうち、草平はもちろん兵も表情を柔らげ、心の安らぎをとり戻したようであった。

草平はその間考えた。幼少のころの夜振《よぶり》（たいまつを灯し、寄ってくる魚をとること）のことである。ハルハ河に夜振に来れば何と大漁で面白かろうと童心に返っていたのである。文献によればモンゴルのラマ教は殺傷を禁じ魚を捕らないという。このハルハ河の魚も大陸的で大きいが動きも鈍いようで、恐れを知らないもののように思われた。環境や習性のせいだろうか。

また、それにしても予想に反して何と幸運平静なる進軍であろう。稲村ヶ崎名将の剣投ぜし古戦場の詩歌が思い出されたりして、本当に天佑神助かと感謝しながら馴れと心のゆるみでつい速めの前進となる。

以上のように人心地ついた兵たちは冗談等ひそひそ談じ合い心の余裕をとり戻しながら、浅瀬を五百メートルほど進軍する。そして眼前五十メートルに柳の大木群、いわゆる真黒いジャングル（深夜の関係から）を小山のように発見し、通過困難で困ったなあと思案にくれる。かつ敵の火焔放射は今もなお五百メートル左方敵断崖上に火を吹いて照明となし友軍の行動を監視している。いよいよ困ったと思いながらさらに前進、草平がジャングルの大きな柳の枝に手をかけた途端、ガガガガーギュウと大音響と同時に暗い天地は一瞬の間に閃光とともに爆裂し余燼は火に燃え昼をあざむく光芒が交錯し、兵皆あっとびっくり、しゃがんだはずみに臀部まで水びたしになってしまった。そして火焔の中にこのジャングルより逃れ去る敵戦車二台が発見された。　この戦車二台は左断崖に待機している火焔放射中の戦車に向かって猛スピードで合流し、計三台の戦車は目的達成せるためか、急きょ踵を返し、深夜の暗黒の中に燃える砂塵とともに消え去って行った。

以上のことを憶測するに、この戦車は昼間の友軍の勇敢なる対戦車戦に怖れをなし、この奥深い真黒なジャングル内に逃避し無線によりソ連軍本部に連絡、援けを求めていたのだろう。台上の戦車はこの二台の戦車の道標および友軍の襲撃監視のために出撃し、火焔放射していたものであろう。

さらに二台の戦車はわが水中進軍を悟り草平たちが襲撃にきたものと誤認、水音近きに驚き倉皇として逃げ出したのだろう。それは水鳥の羽音に驚き逃げ去りし平家の故事になぞらうべく、草平としてはせいせいした気持の中に苦笑を禁じえないものがあった。

敵戦車去りし後、天地は急に真暗となり音一つ声一つしない寂たる深夜の幽谷と化してしまった。裂帛の大音響と強烈な閃光の炸裂に気を呑まれ兵は暫時声なく、敵情をうかがう草平はころよしと堤防上に立ち剣を抜き膝位にて敵状偵察するも、暗黒の壁のみ厚く明察にゆだねるほか術なし。全員土提上に登れ、そしてできうる限り低姿勢で渡河点に向かい川岸前進、と命を下す(夜戦時における兵はつねに低姿勢なることが要求される。もし高姿勢で天空をバックにした時は、いち早くその行動は敵に発見され、危険この上もないのである)。

幸い敵の火焔放射もなく、その反射のおそれもない今、草平は軍刀を抜き屈身の姿勢で先頭に立ち兵を誘導する。ものの百メートル近くも前進したころであったろう、突然暗闇の中から、ウウッグウッと猛犬の怒った唸声。草平ははっと思って膝位となり軍刀を身構える。途端ワァワァッと躍りかかってきた。闇をすかせば軍用犬である。敵に発見されたか、しまったと思ったがもう遅い。剣をふるって真二つと思うが立てば敵に姿をさらし危険であると思い、あくまで膝位の防御であり、草平くらいの腕前ではとうてい手に負えない犬の跳梁飛躍である。かつ敵は暗夜に黒色である。右に左に疾風のごとく暴れ狂い、歯をむき出しての強襲でありワァワァワァワァッとときの声が物すごく手の施しようもなく、もてあまし気味のところ、兵の中に軍医殿これは友軍の何々号ですよと教えてくれるものがあり、兵が何々号、と小声で呼べば、とたんにピタッと訓練よろしく吠声《はいせい》は消える。

ほっと胸を撫でおろす刹那、誰だ、と誰何《すいか》する。しかしそれは友軍の声であり、ほっとする反面、その声が余計に腹が立ち、わざと姓名を言わず俺だ！と答える。とっさに助けてくれ、と叫び暗黒の草群より跳び出してきた者がある。見れば某隊の軍医中尉殿であり、徒歩傷者三名を伴い渡河点の仮包帯所に向かうところである。草平はあまりびっくりしたので腹いせに上官ではあるが（年齢は下）、何だおどかすな口助かと思いびっくりするじゃないかと苦情を言い、ともに仮包帯所に向かった。

再度暗夜模索の進軍であるが、この時点では目的達成の予感があり草平は腰も伸び胸を張っての突進である。百メートルほど前進した時、突然暗闇の河岸の土堤の下より、誰か！と誰何する。日本兵だなァと直感、威張って、俺だ！と答える。途端に顔を出し助けてくれと哀願する。見れば草平が出発時指名したわが衛生隊の担架軍曹である。何と情けない態だと腹が立ち、何でここに隠れていると問えば、なにしろ戦車の襲撃にあって、と語る。馬鹿、あの戦車はわれわれが追い出したんだ、と叱りとばし肩を怒らし胸を張る。「しかしもうとても敵台地まで行けません、連れて帰って下さい」、と哀願する。「なに、俺達は今行っての帰りだ。もう敵はいないから行ってこい」と大声で叱りとばし、後も見ず威風堂々自信にあふれた快進撃を続ける。

もうこの時点では草平の心の中にはこの河敷の間には敵兵はいないものとの確信があり、いささかの恐怖心もなく目的達成の愉悦満足感のみで、動ずる気持はさらさらなかった。このような兵の泣きごとがただ情けないことに思われ、わざと大声を出し虚勢を張って自己誇示とともに兵に勇気を与えてその士気を振い起こさせたかったのである。

本ノモンハン戦における実戦経験では、夜戦にソ連軍が出撃し戦いを挑んだことは一度もない。ソ軍の戦法は昼間戦に限り、夜戦急襲を得意とする日本軍の矛先を避け、無用な消耗を極力避けることを鉄則としているように思われた。この深夜の河敷等に襲いかかるような愚かなソ連戦法ではないと予見していたのである。こうした成算が草平の胸を張らせ、自信に満ち溢れた大声となったのである。

暗霧こもる深夜の進軍もハルハ河岸をたどっての良策により、まもなく軍橋も近く思われ、草平もしてやったりと快進撃、心も軽くはずみ尊敬する医長の道化た歓迎振りを胸に描きながら軍橋前にて兵列を整え異常のないことを確かめ、足どりも軽く軍橋の人柱工兵隊の勇士の面々に対し謝々々々！と声も明るく謝意を述べ医長のもとにいそぐ。ようやく軍橋を渡りほっとした瞬間、異様な雰囲気に胸を刺された。前面は人影ただ一つない暗闇の奥深い谷底である。何たることであろう、真暗闇の中では包帯所の所在も方向も定かならず、よってさる方向を指示、兵をつかわして仮包帯所を確かめる。呻吟の声を頼りにすぐ包帯所を発見、直行する。

闇をすかせばその収容された死傷者の数は半減しているようであるがなお五十余、それは死体を主とし置き去りにされている。どうしたんだろうと不審に思いながら、医長殿！医長殿！と大声に呼んでみるが声はいたずらに暗闇の中にこだますのみである。どうする工面もつかない。そこで前記のごとく敵襲なしとの予想のもとに、さきの傷者を河原に安臥せしめ、全員明日に備えまず腹ごしらえだ、乾パンを喰い安眠をとれ、そして暁闇を期し医長と連絡をとれと命じ、死傷者とともに砂礫の上の露営となる。草平も他の兵と同様死者との添い寝である。当時の愚作。

俺のゴロ寝は砂礫の上で
　そい寝の主は冷たい骸

慙愧《ざんき》！　赤十字標識に分けられた生と死

軍医殿！軍医殿！と肩をゆすぶって起こす者がある。びっくりして、ああよう眠ったと跳び起き、あまりのおのれの大声が自身恥ずかしくて死者にすまぬ思いで呻吟の兵をかえりみる。医長殿はじめ包帯所の所在が判かりましたと兵がつげる。周囲を見渡せば河敷はなお深い霧が低迷し、暁闇に包まれているが、台上はすでに明るく、しまった眠りすぎたかと思ったがいかんせん、見れば幸い兵が五台の輸送車(トラック)を運んできてくれている。疲れはてた兵を励まし死傷者を車上に移乗させ、少なくとも三百メートル間隔にて後送を、と命ず。ただしその間種々気を配り、取り急ぎ死傷者を車上に移す間につい時間を浪費したもののようで、このころ台上ははや朝日に輝き爽快な日射しに映えていた。

とにかく予定通り後送開始を命ず。第一車発進、三分間隔で第二車発進、命を下すと同時に敵弾の物凄い音、ハッとして右岸台上を仰ぎ見れば無残!敵弾命中、第一車は砂煙とともに断崖を転落中である。せっかくここまで来たものをと泣いても泣ききれず、呆然とおののきながら、目は第二車の方向を追う。見れば烈火の砲弾幕の中を、漸く脱出、難をまぬがれた様子に胸を撫でおろす。

このような状況下に第三車発進を見合わしてはとの兵の意見具申もあり、草平も遅疑逡巡《ちぎしゅんじゅん》するところであったがとっさにひらめく陣中要務令(旧陸軍のの軍令)、遅疑逡巡は指揮官の最も戒むるところ、第三車発進、行け、行け、と絶叫する。無念、第一車同様河敷の奈落の底へ。涙も押さえきれず、顔は真赤にはれ目は充血して夜叉のごとし。ついで第四車発進、行け、行け、狂暴の鬼のごとき号令である。本車には草平が乗っている。草平とても命は惜しい。しかし前車を発進させてその指揮官が行かぬわけにはいかない。その際東部隊救出時に赤十字が助けの神なりしことを思い出し、赤十字の標識をあげることを忘れるなと念を押し、必死の面持で発進する。台上が近くなるにつれ草平も兵もともに頭が低くなり、ついには輸送車の底板にへばりつく。緊張と恐怖の一瞬が過ぎ、辛くも砂煙をついての驀進脱出に成功した。赤十字の標識のためか敵弾のお見舞いも受けなかった。かえりみれば今か今かと敵弾のお見舞いを予期し、おそれおののいていた一瞬であったが、それはやはり赤十字法を遵守してくれたソ連兵の道義的措置のお蔭である。

台上にあって草平はひとり歯を食いしばっておのれの重大なる過失が悔やまれてならず、大声をあげて泣き叫びたい衝動にかられ無言のまま河敷転落現場をのぞきこんでいた。今考えると、これはどうしたことだろうと種々反省してみるが判からない。とにかく死傷者は立派に予定通り包帯所に届けていた。しかしなぜ輸送車をひとり降り、このような危険な場所に立っていたかが皆目見当がつかないのである。ただ夢遊病者のように正気を失った状態にあったものとも思われる。その最大の原因はいかに緊急多忙の間とはいえ、あまり慌てすぎて前三車に赤十字標識の掲揚を再度にわたり忘れ、それが不慮の禍をもたらしたことにある。意識的ではないが草平たちの輸送車には赤十字のマークがはっきりとついていたのである。第四車、第五車は衛生隊専用車でありもちろん赤十字がついているのであるが、前三車は応急調達であり赤十字のマークがなかったのだろう。

いかに緊急の間といえども東部隊死傷者収容時と同様、再度赤十字の標識掲揚を忘れ怠った草平の罪は重く、泣いても悔やみきれぬ。とにかく慌ててしまって重大過失を二度も犯したことになる。その心のとがめのため呆然自失状態にあったものと思われる。

また、草平自身の予感にも誤算があった。敵はかの高台よりつねに友軍動静を監視し、その行動は四六時中彼の手中にあることを自覚しながら、ついあわてて失念してしまっていたのだ。

以上の反省をすればするほど草平にも不満があった。何がゆえに軍医が治療以外に輸送の責任まで背負いこまなくてはならぬのか。輸送の中枢である担架中小隊は何をしている。またわが衛生隊中枢部は本戦の極点であるこの場になぜいないのであろう。将校格は草平だけとはおそれいる。そもそも陣中要務令には軍医は兵の指揮権がないと明記してある。それに草平が指揮をとるとは草平自身法的に越権行為であり、とやかく言う資格はないのである。何と馬鹿な役目であろう。

台上の一角に呆然自失、おそるおそる河敷をのぞき込み、不安気に物思いに沈んでいる草平のところに、さっそく十二榴砲が炸裂し土砂を掃く。草平もいちはやく逃避しようとしたが、おのれを追って砲弾が掃くように落ちてくる。とっさに横跳びに逃れ馬糧《ばりょう》（馬のえさ）の山蔭に潜む。この馬糧は先の砲兵隊の馬糧であろうが、剛に柔の楯よろしく、お蔭で命拾いをする。暫時ここを安住の所と定め、今後の方針方向を探ろうと思い悩んでいるところに当番兵を含め二人の衛生兵が探し求めて、医長のお呼びと召集がかかる。河敷の死傷者が気にかかり、去るに忍びず後髪を引かれる思いで案内の兵に従う。

百五十メートルほど行ったところ、右岸断崖上にわが砲兵隊（おそらく岡本部隊）が塹壕を掘り待機していた。まさにこの後方を通過しようとした時、彼我いずれから撃ち始めたか不明であるが、両野砲隊戦となり、砲声あたりを圧し、砲弾が飛び交う。しまった危険、と思い本塹壕を無断拝借で跳び込み、砲兵隊戦をのぞけば、何のことだ友軍一発に敵五、六発の比率のようである。突然何のためか兵士が壕の端に登る。その瞬間その兵は敵弾に吹きとばされ重傷、またその兵を救い出そうとして他の戦友が壕の一端に姿を露出した瞬間、その兵もまた重傷である。この両名を壕にいち早く引きずり込み応急処置をすまし、炸裂砲弾の掃く中を携帯天幕に乗せ低姿勢をとり、橇の代用にして引きずり、安全地帯に逃れ収容後送する。その後のことは記憶がない。

医長殿ただいま帰隊いたしましたと、草平は直立不動で報告する。医長は顔をくちゃくちゃにして手を握らんばかり、ことのほか喜ばれ、生きちょったなァよかったよかったと童顔よろしく顔に体に感激の情を押し包みながら喜ばれ、草平としても満足このうえもない栄誉に思えた。

すでに包帯所では傷者後送をすべて終わり傷病者は一人も残っておらず、草平が届けた二名のみであり、彼らには応急処置が改めて施され、その後ただちに野戦病院へ後送されたものと思う。

前記のごとく、言うも照れくさいことながら、草平は敵高台上に十時間近くも昏睡状態で眠りこけて、その間の激闘を経験せず、まったく空白である。その修羅場がいかに悲惨きわまるものであったかもまったく知らない。そして戦友より漏れ聞いたこと多数ある中で今思い出すことも多々あるが、その場を踏まぬ者には実感が伴わず、空文に終わる嫌いがある。よってこの前後についての状況は五味川純平氏の『ノモンハン』（文芸春秋社刊）を読まれることをおすすめして私自身の描写はひかえたい。

（三）ウズル水湖畔からイリンギン査干湖

死線をこえた戦友愛

そして夕刻に転進、包帯所はウズル水湖に移動する。

ウズル水湖に到着したのはたぶん午後四時ごろではなかったろうか。すでに日は西方に傾き、夕色漂う。美しい静かな湖畔で遠くなお砲声の響きの中に茜に映える湖面は風なく波なく、平静なたたずまいを見せていた。兵は皆悪戦苦闘の終日をへて今ここに生きるおのれの命をかえりみ、平和にして虚飾のない自然そのままの姿に接し、思うともなく物思うもののようであった。草平もひとり湖畔にたたずみ、飽かず波の動きにみとれていた。いつしか河敷に置き去りにした死傷者のことが想い出され、無性に悲しくその水面に傷者の苦悩の形相が映じてくるような錯覚を覚え、思わず慄然と顔をそむけた。

はるか筒音《つつおと》激しい北の空を望めば、夕焼け空のもと真紅に燃えるさきほどのフイ高地があった。そこには低空に浮かぶ敵機三機が、紅蓮に燃ゆる焔の中を縦横無尽に飛び交う姿が望見され、おのれが機銃掃射を受けているようでその不気味な音が響き、鉄火に焼かれ砂煙に炒られ頭上に射られ、その音に圧迫され小さくなって壕に潜む痛ましい友軍兵士の姿が思い出され、この静かな湖畔にあるおのれが、ひとりあいすまぬことをしているようにうしろめたかった。

草平はその残虐の世界を見るに忍びず、心に期するものがあった。是が非でも本夜暗を期し、河敷放置の死傷者を収容しなければ生あるものも死か捕虜であろう。ソ連の戦法にはたぶん夜襲はない、とすれば救出するのは本夜をおいてほかにない。一刻を争うと固く心に決めていた。そして犠牲を最小にして収容率を最高にするためにはいかなる作戦準備計画が必要かと、種々頭を痛め、ひたすら断崖下河原に転がる死傷者の惨状に思いをはせていた。

かえりみれば草平には本戦線を通じて二度の無念な消すことのできない後悔があった。もちろん、戦線逼迫を告げおのれ一人の命に汲々たる間ではあれ、ともに赤十字の掲揚を忘れ多数の部下を失ったことである。その罪は重く、いく分でもその罪を償うべくそこにはおのれの重大なる責務があり、人として戦士として当然とるべき道があった。さらにその死傷者の中には敵台上における死闘の間、ともに手をとり体をよせあって助け助けられつつ戦った戦友がいる。なお深夜火焔放射に射出されながら草平とともにすすんで火中の栗を拾い敵高台傷者救出収容に成功し、ともに命をかけての死闘に草平の手足として命令のままに動いてくれた異心同体の同志があり、そこには脈々たる純血の交流がある。かりそめにも放っておける同志ではない。

思いにうち沈む草平の肩をポンと叩く者がある。かえりみれば医長である。草平殿、なにをいまさら考えこんでいる、里心ついたか、馬鹿な！巷間の世事を忘れろ、どうせ明日ある身ではないのだ。いまさらくよくよしても始まらないぜ。お互い諦め、それより今俺が兵に命じて貴殿の分まで二人壕を掘らしているのですぐこいよ、と勇気づけ勧誘してくれる。

草平は憤然として、医長殿そんなに生やさしい女々しいことではないのです。実は河敷におきざりにした同志の事が何分にも気がかりで忘れられません、本夜兵と輸送車を貸して下さい、助けに行きますからと懇願する。医長は唖然たる面持ちで、君の心中はよく解る。ただしだね、軍医には指揮権はないのだ。それには衛生隊長の許可が必要である。われわれは今隊長の指示命令によりここに、駐屯している。勝手な振舞いは許されん。仮にだ、君がもしここを離れている際敵襲でも受ければ君はその持場を逃避した逃亡兵扱となる。われわれは軍の掟、指令により動かねばならん、と懇々と諭される。草平も頭をうなだれせつせつたる医長の説得に涙をのんでやむなくその指示に従う。

しかし草平の心底にはなお釈然たらざるものがあった。軍というところはそれほどまでに非情惨酷なところですかと、最後の抵抗を具申せずにはおれなかった。医長曰く、そのとおり今さら君も鈍な男だね。はじめから解っているじゃないか。軍では非常召集というではないか。われわれもその非情召集にかかっているのだ。どうせ同じ穴の狢、気の毒だが彼らとはまだ来世で会える。その折お詫びなり感謝の意を表すことにして、勘忍してもらえ。わずか先になるか後になるかの違いにすぎん。お互いさまと我慢して貰おうぜ。それより暗くならないうちに壕の穴掘りだ、と手を引っ張り連れて行く。

すでに当番兵により壕はなかば完成しかけている。草平は円匙をとり急に馬鹿元気を出し、やけに土を掘り下げるが顔は憤りに泣いている。医長がかたわらで「金鵄」の煙草を吹かしながら、なかなかの掘り振りじゃないかと冷やかす。医長殿これが私の本職で兵隊向きではありません、と憤然と答えながら、それでも急に明るい気持になり気をとり直し汗を拭き拭き掘りあげる。

ご立派、ご立派、バッテン、野郎貉《むじな》(たぬきに似る犬科の獣)二匹入るんじゃ味気ないなあ、どれ俺の十八番を持ってくるかと意味ありげに去って行く。周囲もそろそろ夕闇に包まれ冷気が身に滲む。どこかで「はようこんか」と医長の呼ぶ声、声を頼りに見れば医長は今掘った壕の中から得意そうにウオッカの瓶を見せ、これこれとご機嫌である。医長殿どこから見つけてきたんですかと訊けば、何これが俺の本職バイ、兵隊向きじゃなかっぱいと応酬、出所は教えん㊙極秘バイと笑っている。草平も好きなウオッカの香りを嗅いで壕の中に跳び込む。はずみに慌てすぎて医長の足を蹴上げる。医長が上官に対して何事かと怒って叱る。草平は上官の命によりただいま参上と手を出し、久々の美酒と冗談諧謔に酔いしれる。

敵襲のない今、静かな湖畔の壕の中での歓談と美酒は酔を倍加し二人とも特にご機嫌のようであった。医長はいつしか心もほぐれ、見れば大口をあけ大の字の高いびき、狭い壕の中でつい草平に寄りかかる、足を挙げる。酒の入った草平はつい我慢ならず、医長もちっとそっちに寄れと押しやるが、ウウンアアといっこうに反応がない。困ってしまうなあと思いながら草平もすでに夢うつつ、いつしか重なり合い、死んだように眠ってしまう。

明くれば暁闇のもやの中、すでに陽光が射し熟睡の頭がいつになく晴々とすがすがしい。いち早く大口、大の字の医長を押しのけ壕よりはい出す。両手を上に挙げ、大きく背伸びしながら深呼吸する。大陸の早暁の空気は特に美味い。いつも乾燥したガラガラの空気を吸っている身には、清らかに湿っぽい冷たい湖畔の空気を吸うのはいいしれぬ愉悦で蘇生したような思いがする。

風一つない湖上には静かに水気が立ち昇り、もやが淀んで、戦いを忘れた悠長な静かな雰囲気である。どこからともなく二十羽ほどの鴨が訪れ湖上に浮かび羽ばたきする。すぐかたわらにいる草平たちを無視しているかのような悠々たる游泳である。いたずらざかりの若い兵が銃をとり出し、アッと言う間にズドンと一発、だが、運よく当たらない。鴨は百メートル上空を旋回し再度ジャブンバタバタと何事もなかったように舞い降り、悠々湖上を游泳する。また兵が銃を持ち出し撃とうとするが皆で制止する。

敵意に燃えて人を殺すべくここにある戦士も、動物を殺す気持になれないところに人間感情の機微がある。兵は久々に袋の米をとり出し湖水でとぎ、早々に朝餉の支度にとりかかる。米と水に恵まれたのは十日ぶりのことである。炊飯の匂いが懐かしく心を温める。久し振りの米の飯と鯖缶にありつき急に元気が出てきたような気がする。しかし、このご飯、黄色を呈していて、表面を見ればボーフラの炊き込みご飯であり、胃の底がムズムズしてくる。

ボーフラの炊き込みご飯は少々苦みと塩気があり、正直なところ気持のせいもあるだろうが、あまり美味しいとは思えなかった。ただしボーフラの色はさんご色に輝いていたとしておこう。

さすがの草平も食べすぎて胃袋の底を再三押さえては、湖上の鴨を眺めている。医長がにこにこ笑いながらやってきて、草平の横に座る。そして草平殿ごあんばいは、と顔をのぞきこむ。医長も腹部に手を当てている。お互い口に出さぬだけで溜飲が下がらぬらしい。やはりムズムズする。バカバカと一匹の裸満馬がかけてくるなり湖水にはいり水を飲む。馬の水というほどによく飲めるものだと感心する。飲み終わるなりジャーと、湖水の中でそのまま尻尾をあげての馬の小便、これまた物すごい。特にこの馬は牡馬でありお見事、さきほどの塩辛い味には馬の小便が混ざっていたのだろうか。この馬は放牧馬が逃げてきたのかもしれない。人を怖れないもののようである。この広漠たる道なき砂漠地帯でよくも湖水の方位が解るものだと草平らにくらべ生来の感覚のよさに驚く。嗅覚に強い犬ならばましてのことであろうが、この馬も遠く広野に食草を求めて歩きまわり、方位をたがえずここに飲料を求めるものらしい。

ホロンバイル草原は前記のごとく見渡す限り広い砂漠の中、まばらに痩せた雑草と潅木が点在する。天地の間一線に画せられた平地で所々わずかに小高い砂丘があり、なかでもわりに高いのがノロ、バルシャガル、フイ高地等である。毎日黄塵を吸い土壕の中に住み土砂の上に眠る草平たち第二十三師団の兵は、まさに土と兵隊の名にふさわしい。こうしてくる日もくる日も土と親しみ土と歎くうち、何か土に還ったような、過去を懺悔し本然の姿に戻ったようなわが姿を意識したのは草平ばかりであろうか。苦闘に苦闘を重ねて親しい隣人が次々に戦死し、わが命もいくばくかと思う間、生死の境をこえてそこには浮世に得がたい真の隣人愛、そしてまたさらにそれにもまして美しい戦友愛が死線を越えて生まれる。医長と草平、兵と兵まさにしかり、草平は戦線のすべてにこの美しい、世にも得がたい姿をこの目で確かめひとり涙する。わが敬愛する隣人戦友も今はなし。

ペンはいつしか主戦をそれて、あらぬ方向に迷い込んでしまった。

草平は土に親しみ土と寝て土と語るうちに土に還ってしまったのだろう。自然に溶けこんで浮世を忘れてしまったのだろう。いつか万物流転のサイクル上を歩き、宇宙万霊普遍の世界に溶けこみ、万物同胞一衣帯水《いちいたいすい》（細長い川）の間を彷徨し、戦友の誰彼を問わず明日は同じく土に還る運命にあると思えば、隣人がこよなく哀れに特に身近に親しく感じられたものであろう。

いずれにしても、お互い死を予期した人間同士の心の絆は麗しくも意外と強く、お互いの平素の心のわだかまりも流れる水のごとく、恩讐のかなたに遠く消え去るのであろうか。

午前十時ごろであったろうか、北方に激しい銃砲声。見れば北天は真紅に染まり火に燃えている。砂煙蒙々として立ちこめ、かつ敵機の低空銃爆撃の状況も見える。戦車による火焔放射も加えられているようであり、青い焔と煙が低空を襲っている。見るからに、戦友は熱いだろうなあ苦しいだろうなあと、手に汗を握りかたずを飲み、こめかみが熱してくる。

後日判明したことであるが、この時敵はわれに五、六倍する戦力でフイ高地を包囲総攻撃中であり、友軍は相当の打撃を受けながら死守に成功したという。

以後のことは模糊として記憶がない。医長といつどこでどうして別れ、その間何をしていたかも判からない。いつの間にか草平はイリンギン査干湖の畔にいた。

いずれにしてもここでは例の蛸壷も掘らず草をしとねにしていたことから判断すれば、臨時応急の待機の姿勢にあったのではあるまいか。

襲う寂寥感

ここは査干湖の名のとおり草平たちがいた時には水はほとんどなく、湖の中央にわずかに黄色の泥水が水溜りほど残っていて、その周辺は白黄色の岩塩の板で囲まれていた。平地よりやや低い凹地で雨期に水が溜る関係で湖の名があるらしい。この湖にはボーフラも藻も雑草もまったく生えていず死海になぞらうべき死の湖と思った。ウズル水には水があり、水鳥や馬がいて、生き生きと兵の心に潤いを与えていた。ここでは兵の心も乾固《かんこ》(かわいて固まる)として拓かれず、笑いが消え温かい人間交流も見られず、索漠たるものがあった。周囲は広漠たる砂漠であり、ほんのわずかの雑草も枯れ、動く敵兵はもちろん友軍兵の姿もなく、あるものは乾ききったおのれの身体と砂に軋む喉であった。なぜか広い荒寥たる砂漠の中にぽつんと置き忘れられたわれわれではあるまいかと想ってもみた。それはちょうど一本の棒の端に繋がれた犬が荒野の真中におきざりにされ吠え狂っているような、形容しがたい寂寥感が襲ったものである。なぜであろう。この査干湖に生色がなく賽の河原の臭いがあるからであろうか。その臭いまでが死臭に似て鼻につく、草平はつい嫌気がさし湖の周囲を散歩しわれを忘れたかった。と同時に、男のつわりとでも言っておこう、胸がつかえて食欲がなく、ただ何となく無性に青野菜が欲しくなったのである。もうすでに月余も生の果菜類を食っていない。しかも長期のアメーバー赤痢で栄養失調状態であることを思い出し、この辺に何か食べられる生野菜でもと思ったのである。随分歩いたがノモンハン桜も枯れ、小雑草の中で割に強いよもぎもない。ここに駐屯した二日間、足を棒にして探しまわった草平の得たものは喉の渇きとけだるいくたびれのみで、一本の生野菜も発見できなかった。そしてますます胸のつかえを覚えた。

ノモンハン桜といえばかなり大きな樹木の美しい桜のように聞こえるが、実は幹は灌木に似て花は鈴蘭のそれを少々桜色に染めた花の多い小さい雑草である。正式名は知らない。ノモンハン桜の名称は兵が郷愁に因んで名づけた愛称であろう。広野の中にまれに見るこの花は、兵の優しい心の寄りどころでもありオアシスでもあった。

午後四時ごろであったろうか、西天はすでに茜に染まっていても炒られるほど暑かった。突然猛烈なる銃砲声とさらに今度は大地をゆさぶるような、また天地におおいかぶさるような四十五榴砲爆撃(?)の音が銃砲声の中に混じって聞こえてくる。それは大交響楽のチェロの線太い伴奏のようであり、音楽の好きな草平はベートーベンの交響楽を連想していた。そして地獄の北天を見れば空は真紅に燃えている。ただでさえ暑い息苦しい思いが胸の奥を突き刺す。またフイ高地が包囲猛攻撃を受けているなァ、将兵皆やりきれず苦しく暑かろうなァと思い、祈る気持で目をつぶる。

夜になると索漠たる砂漠のどこに水分がこんなにもあるものかと疑うほど霧が深くなる。昼間の砂熱が大地の水分を蒸発させてつくられるのであろうか。今晩の夜霧は特に深く早々暗黒の夜を迎えた草平も兵も周囲は死臭漂う死の湖で何すべく話すべき気にもならず、歩哨のみを忘れず命じて当番兵とともに草をしとねに横になる。何かいやな淋しい予感がすると思いながら、兵に話すは将の将たるゆえんならずと口をとざし、まどろむともなくくたびれとともにいつしか深い眠りに陥る。

ハルハ河左岸敵台上のもやの上、黒服赤襟に盛装したジューコフ大将が肩を怒らし肩章を輝かし厳然と現れ出で草平を睨んだ。そして君らは死刑だと宣言しそこにならべと数人とともに砂漠の中にひき出され、四、五人の黒服のロシア狙撃兵にズドンと一発、冷っとした瞬間目が醒めた。

見れば生汗かいて全身冷え冷え、寒さに震えている。時刻は午前四時ごろであったろう。東天わずかに白み、平素であれば白夜というころであろうが、今は深い低い朝もやに包まれた大地はなお薄暗い。草の上に寝ながら起きてみようと考えたが、起きればなお寒いと思い寒さを耐えて横になり、じっと我慢して来し方行く末の空想にふける。夜霧が戎衣を濡らし、股下まで浸透し冷えびえと寒く戦慄を覚える。着たきり雀は哀れである。空想の中に一句が浮かぶ。

草をしとね　夜営の夢は　露にあけ

戎衣をじっとり濡らすほどの深い霧もいつしか消え、爽快な朝を迎える。午前五時ごろであったろうか、再度フイ高地とおぼしき方向が赫《かく》(勢い盛んなこと)と真紅に染まり、統砲声がけたたましく、六キロメートルも離れたここまで地響が伝わってくる。昨日に続いて徹底した敵の早暁包囲総攻撃であろう。兵皆、拳を握り、北天を睨んで憤慨するも詮なし。

一機当千の友軍機、ついに還らず

突如万雷の一時に咆えると見る間に黒い鵬翼《ほうよく》(飛行機のこと)が天上を蔽い尽くし、宇宙が一瞬の間に真暗になったような恐怖錯覚を覚えた。百機にも上るかと思われる敵戦闘機群の跳梁乱舞である。草平は示威による敵の精神撹乱戦術かと思いながらも、頭を押さえつけられているようで頭が挙がらない。情けないと思っているところに、友軍戦闘機三機突如低空に出現、と見る間に金属音を響かせ下方より押し上げるように、白い煙の弧線を残しざま上空に舞い昇り、鳥合の敵機群の中に突入、まんじ巴の空中戦展開である。雲を利用しての友軍の美技といおうか、ギューンギューンギューンと金属音が三度響いて敵機はみるみる火を吐き、煙を吹いて落下していく。落ちるも落ちるも敵機である。瞬時にして敵十余機は灰になり、あるいは遠く煙をひいてシベリア方面に逃走、あるいはパラシュートによる落下の憂き目。上天の友軍の美技に酔い、手を拍いて満腔の賛辞、謝意を惜しまなかった。寸前まで優勢を誇った敵機も尻尾を巻いて倉皇として雲散霧消してしまった。

目を輝かし興奮の去りやらぬ兵曰く、三機の隊長は篠原准尉である。彼は空中戦では関東軍随一だ。そしてさらに、友軍戦闘機は旋回回転度では世界一だからな、と再度胸を張りおのれの手柄のように肩を張る。

しかしその声にもどこか一抹の不安、淋しさが漂っていた。なにしろ敵物量はわれに十倍する。一対一の戦闘であればとにかく、との危惧が言外にあったように思う。事実それは空中戦のみならず本戦線のすべてを通じて言えることで、かつ友軍将兵のひとしく体験し、確認したところであり、その言い知れぬ心細い淋しい影を草平もわが身にうけとめ、行く先のことどもが気がかりで切なる思いに胸が痛かった。

なにはともあれ、昨日までの死の湖イリンギン湖畔のわが陣営は、いまや思いなしか、生気をとり戻し、先刻の空中戦をなお、まのあたりに描いて誇りの談笑がはずんだ。

午後四時ごろであったろうか、上空を圧する轟音西天上より轟きわたり、再度百機に上ろうかと思われる敵鵬翼が草平たちの頭上を圧した。今回の空襲は前回にくらべ、はるか高度にして雲の中より出撃してくるように思われた。間髪をいれず友軍機がどこからともなく頭上すれすれに現れ、急上昇と見るまに雲霞のごとき敵機群の中に突入する。ただし今回の敵空軍は雲の中より隠れては現れ、しかも多勢に無勢の迎撃である。地上から見る草平たちの目にも、わが空軍にとっては前回より至難の業と思えた。金属音に混じって機関砲の音が物すごい。たちまち火を吐き煙を吹いて落下するもの五、六機と覚えるが、今回も前回同様、落ちるも落ちるも敵機である。突如雲間より出撃した敵戦闘機三機が一体となりわが隊長機一機に挑戦、空中戦展開となった。敵一機が火を吹いて墜落と同時に、わが隊長機と覚しき一機、多勢に無勢ついに撃破されて空中分解し、同時に篠原准尉と覚しき人体が高空に放出されたのを望見する。兵皆、おのれの心臓を突き刺された思いがして言い合わしたようにその人体の落ちる方向に一挙に駈け出していた。そして心の中で万が一でも生きていてくれよとの願いと祈りに似たものがあった。しばし夢中で走ったころ、バタリと人体が地上に叩きつけられた音を体感し、兵皆狂気のごとく心で泣いて必死に走る。三百メートルあまりも走ったころ兵も草平も慄然として立ちすくみ、悄然として脱帽し黙禱す。地上に大の字になり放出された篠原准尉の無残にして偉大なる遺骸に接したのである。草平はいちおう、脈と心音、瞳孔反応を診たが、いかんせんはるかな上空から落下したその人体は、空圧に燃え暗褐色の浮腫体と変じ見るに耐えざる無残な死体であった。

惜しんでも惜しみきれないわが空軍の至宝もついにここに逝いて帰らず。涙とともに手厚く葬りたい気持が兵の中にも充満した。草平は周囲にノモンハン桜はないかと兵とともに探し歩いた。暫時にして、某兵が軍医殿ようやく一本だけありましたと叫びながら走ってくる。ほっとして足許を見たとたん、あったと草平もつい声を出す。そこに三本の痩せた蓼《たで》の株を発見したのである。御仏のお恵みと念入りに根より掘り出し、胸に抱き大事に懐に入れる。仏のかたわらに戻り、ノモンハン桜を手向け黙禱、涙とともに最後の別れを終える。さっそく野戦病院へ後送の手はずをとれと命じたがここには輸送車の配備がなく、野戦病院は遠し、困りはて相談しているところに前線バル高地（？）の方角からいずれかの車両一台猛スピードで砂塵の中に現れ、本隊に護送すると申し渡され別れを惜しみながらその指示に従う。

それまでソ連に制空権を握られていた天空には以後ソ連機ほとんどなくわずかに速力の速い偵察機を朝夕見るだけで、ソ連機の跳梁は封殺されていたように思う。それは篠原准尉以下三勇士の勇戦奮闘の賜である。

幼いころの神話によれば、その昔、神武天皇は弓にとまった金鵄《きんし》によって賊軍を討伐されたというが、これは神話らしく寓意によるもので、つねに太陽を背にして戦闘に臨まれた優れた戦術を具象・神聖化した比喩であると、何かの書物で読んだことがある。当時中学生であった草平はこのことについて自分なりの考察をしてみた。太古の原始時代の原始的戦闘は、特に地形、気象、日時がその勝敗に重大なる影響を及ぼす。天皇はつねに太陽を背にして、立ち並ぶ原始林の中に起ち、山岳地帯を利用し戦いを挑まれ、標的を違えず射止められた。

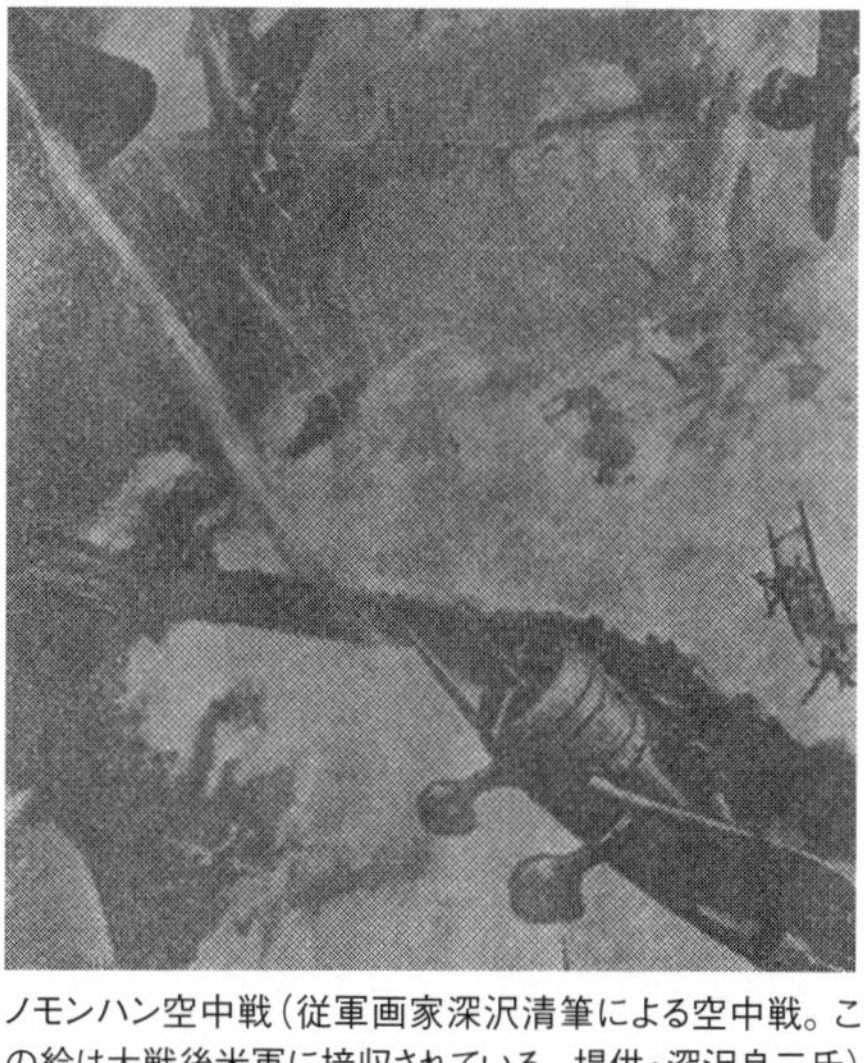

ノモンハン空中戦（従軍画家深沢清筆による空中戦。この絵は大戦後米軍に接収されている。提供・深沢良三氏）

敵はこの計にかかり、陽光に対面して猪突猛進、大杉樹間をもれ射出る光芒に目がくらみ、足を捉られて敗退したのではあるまいか等と。

草平は往年箱根の関所に遊んだ。早暁のもやの中、大杉樹間を射出す陽光に対し足を捉られた。そして弓頭に輝く金鵄と陽光を背にして断崖に立つ天皇の雄姿をそこに見た。

さらに剣聖宮本武蔵についても、彼の有名な巌流島の決闘で、彼は同様太陽ならびに海面の反射光を背にした陽光作戦を選び、佐々木小次郎をたおしたという。

初回友軍機は暁光を背にしての完勝であり、第二回の出撃は午後四時ごろの日光に対しての戦闘であり、右記同様不利な態勢ではなかったろうか。またソ連空軍はこのことを初回戦で痛感反省しての復讐戦ではなかったろうか等とも思い、悔やんでも惜しんでも足らない。わが空軍の至宝に凡夫の愚痴は消えなかった。ただしこれはしょせん空中戦にまったく無智な、しろうと判断であり、くやしまぎれの八つ当たりかもしれない。

草平はすでに一か月あまりもアメーバー赤痢の血便に悩まされ、そうでなくとも栄養失調状態であった。そしてその間、ほとんど乾パンと缶詰食であり、缶詰のにおいだけで胸がむかつき、生野菜が食べたくて咽喉から手が出るほどであった。たまたま蔘三株を篠原准尉の英霊に恵まれ、生野菜のありがた味がこれほど身につまされて美味しく思って食べたことはいまだかつてなかった。そしてその後食欲が、体力が、回復し蘇生した思いが今もよみがえってくる。

また、草平がアメーバー赤痢で野戦病院に入院した時、衛生兵がぶどう糖とＢ１の混注をしてくれた際も蘇生した思いを体験した。それは気持のせいもあったかもしれない。ぶどう糖だけでもそうであったかもしれないが、とにかく、衰弱の折にはよく効くものだとひとり感心したものである。当時脚気、乳児脚気の病名はむしろ巷に氾濫していた。そしてメタポリンは抗脚気剤として目玉薬品であり、脚気に対する救命薬であった。ただし現在は脚気、式児脚気の病名すら聞くことがない。なぜだろう。急にＢ１不用時代がきたとも思えないが、栄養過剰、栄養偏位の時代に押し隠され、なお潜在しているのではあるまいか。置き忘れられたＢ１時代ではあるが、なにか釈然たらざるものがある。

（四）三角山――長く短い日々

三角山への転進

七月も半ばホロンバイルは早朝（五時）というのに、冷気の中ポカポカと小春日和のように暖かい。雲一つない空に爽快な初夏の朝風が訪れ清新な朝もやの中に清列な陽光がすき透って流れる。それはかつてキャンプに遊んだ高原の朝である。陽気のせいか浮かれ気味の童児にかえった雰囲気でもある。広漠無限の荒野の中を三、四十名の小部隊がゆっくりと通る。それはあたかも田舎学童の通学のようである。かえりみれば不思議なあり方である。四、五日前までは悪戦苦闘し、笑いを忘れた緊張緊迫の日々であった。

ウズル水湖畔に休養をとり人心地をとり戻し、イリンギン査干湖の辺りに死臭をこえて平静なるわれを見いだし、篠原准尉のそれのごとき明日ありと思わぬおのれを再発見した今、諦めにも似て意外と戦いを忘れしもののごとく、なぜかゆえしらず明るい笑いとジョークがとび出す。

軍医ドン今度はどこへ行くんですか、と後ろに古参上等兵の声がかかる。俺が知るもんかと後を振りむきざま答える。何、軍医ドンの根性悪、エイ糞！と気合がかかる。見れば小銃を反対に持って天秤棒かつぎカラカラと笑っている。兵が皆大声でドッと笑う。種々憶測のあるところだろうが、他愛ない悪戯にすぎぬと思われ、下士官殿に聞け、俺は下士官殿について行くだけだと答えれば、将校のくせに何チユウざまだ、とくる。すかさず軍医とはそのくらい権威のないもんだ、お前ら兵隊になるなら衛生兵と軍医だけにはなるな、軍隊では本科様々だ、銃砲持ってるからねと上等兵を睨みつけた。そして平素の不満が思わぬところで爆発する。

ついでながら、古参上等兵は兵の中では一番強い。年期が入って軍隊馴れ戦場ズレしている。俗にいうなら横着振りが身についている。腕力に強く往復ビンタにも一番強い、兵の中の豪の者でありボスである。

また、衛生兵は銃を持たず牛蒡剣のみが武器である。この古参兵はどこから持ってきたか銃を持っている。たぶん、戦場に置き忘れられた銃を護身用とし、また、復讐用として持っているのであろう。もちろん、衛生隊は負傷者、戦死者の武器は後送時必ず付帯して送り届けるのが責務になっている。しかし戦線倉皇の間、また、負傷者多発の折にはこのことを忘れ、武器だけが残る場合が偶発するのである。

悪童の列はホルステン河の軍橋にかかる。軍橋とは名ばかりで鉄舟を五、六隻ならべ、上に分厚い板を置いた程度のものである。また、ホルステン河は雨期ならばいざ知らず、今の時点では潮干狩時の水溜り程度で流れもなく、一見河というにはほど遠い。ただし、水は清く澄んでいる。この水溜りは平坦地の関係で雨の量、また、その流勢、流位、気象状況により転移干満することがあるらしく、草平たちが見た軍橋付近の水中にはめだか一匹見当たらなかった。見つかれば久々生魚をと食指が動いたのである。長蛇の列のようにところどころ群生している川柳の列を見ては、これがホルステン河かと想像する程度の河であり湿地帯である。

軍橋より一キロメートルくらい進軍したところに肩を寄せ合ったように小砂丘が左右二個、やや離れてその向こうの奥に三角形の頂点と覚しきところにより少々大きい砂丘が介在、ここを三角山と呼ぶのだろうか、砂丘間の平地は車両の轍によりすでに道路をなしている。右方の砂丘をまわったとたん、はっと胸を刺される。そこには友軍戦車二台が敵のピアノ線の罠にかかり、蜂の巣状に敵弾を受け上半部は白い灰になっている。仔細に検討すれば、雑草の中に注意しなければ判からぬ程度の細い銅線が枯れ草同様に広く張りまわされている。友軍戦車はキャタピラにこれを食い込み動けなくなったところを頂点より狙撃されたものと推察される。すなわち左右の砂丘を出たところにピアノ線の網を張り、頂点砂丘に陣を構え、友軍戦車が誘導網にかかったところを滅多撃ちという作戦である。しかも頂点となる砂丘は多少右寄りであり、ホルステン河の方向よりは右砂丘の陰になりほとんど見えない。友軍戦車はまったく敵の思う通りの奸計にはまったのである。それにしても敵の戦略戦術はあまりにも定法にかないすぎている。たぶんソ連側は平素よりここを戦車戦の訓練所とし、またその一モデルケースとして訓練習熟していたのであろう。

草平たちの小部隊はようやく目的地三角山の北斜面に達した。ここには前述のようにソ連部隊が駐屯待機していたはずであり、斜面いっぱい蛸壺が掘られていた。兵はいち早くおのれの壕を物色するため右往左往忙しそうである。草平は壕探しより友軍戦車の残骸のことが何か気がかりでそこを離れ、戦車検分に行く。分厚い鉄壁が燃えて白い灰になる等噓のように聞こえるが、事実そのとおりである。今までの常識からすれば鉄は焼けで溶けても灰になる等とはとても考えられぬことである。もちろん火勢はガソリン炎上によるもので、何の外圧もかからぬのに灰になるとは草平の常識からすればほど遠い。種々、頭をひねってみたが結論は出ぬまま難解の一語に尽きた。

戦車の胴体は敵弾、円筒大そのままの大きさの穿孔を留め、完全に射ち抜かれていた。もちろん鉄壁に爆裂破砕した弾丸もあったことと思われるが、その痕跡は見いだせなかった。敵弾は徹甲用爆破用と二種類に分かれていたものと推察された。そして撤甲用弾の大きさは直径五センチメートル弾かと検分したが、いかがなものか自信はない。

草平は無残な戦車の残骸に別れを惜しみながら、ピアノ線を踏み分け悄然と三角山に戻る。砂丘の中腹から、今来た道を振り返る。戦車の残骸はここより真正面であり、実戦の模様がうかがわれる。急に言い知れぬ口惜しさがこみあげ、無謀なる友軍指導部の軽挙、人命軽視の傾向に憤まんを覚える。

滂沱たる涙にくれることしばし、ようやくわれに戻った草平は、手ごろな壕はないかと物色したが、すでに兵の占めるところであり一つも残っていない。適当なところに蛸壺を掘ろうと探すが、ここぞと思う場所はすべて兵のものとなり余地がない。やむなく頂点に近いわずかに枯草の残っているところにこのあたりと検分したが、地面は白く焼けて着弾の痕が歴然としている。そして、歴戦の勇士が一度砲弾が落ちたところには必ずといえるほどまた砲弾がくると体験から教えてくれたことを思い出し、そこから約八メートル離れたところに壕を掘る。一人で二時間ほどかけてようやく掘りあげたが、疑心暗鬼がさし何か落ち着かない。すぐ近くの砲弾の跡が気がかりなのである。しかし、ほかに適当な場所がなく、いたしかたないと諦める。それでも何か不安な気持がぬぐいきれず、五分板を一枚、壕に三十度斜めに配置し、その上に毛布を覆い、その下に草平仏像仮安置とまいる。

ことわざに衣食足りて礼節を知るという。精神的肉体的に足らざるところに何を知る、そこには人倫の頽廃のみがある。

すでに連日の悪戦苦闘で、わが身の保全だけでも持てあまし気味のところ、他人様のこと等、もちろんその限りではないのである。この時点では、つねに懇切ていねいであった兵たちもわが身のことが精いっぱいで、壕を掘るにも何をするにも加勢の余裕はなくなっていた。まして兵が持つべき重荷になる草平の軍用行李など何するものぞとの感があったようで、すでに草平の手もとに届けられていた。前記の五分板は草平の行李の下敷に備えてあったものでこの際役にたったものと思うが、この辺のことについては詳しい記憶がない。

本三角山のわが陣地は草一本ないほどの裸山である。それはいく度か友軍あるいは敵軍が陣取り、互いの砲爆撃により裸山になったものと思われる。なお、山頂はこのために形を改め、草一本ない平地と化していた。事後二旬（二十日）ほどして耳にしたところによれば、本三角山はほとんど形を止めずなくなっていたと仄聞《そくぶん》（人づてにうすうす聞く）している。すなわち各高地間の中央に位置するこの拠点の攻防は小なりといえども双方にとってかなり重要な意味があったことがうかがわれる。

生埋めから単身脱出

当日は何事もなく平隠に過ぎた。翌日もことなきを祈り草平は自製の壕に久々満足し、足腰伸ばしてゆっくりまどろむともなく来し方行く末を夢みていた。突然、頭の上で聞き覚えのある声がする。輜重隊《しちょうたい》（軍需品の輸送部隊）の曹長の声である。峭壺よりヒョイと首を出し、よおう、と声をかける。見れば草平が敵弾の落ちた痕を嫌い回避した地点に、軍曹と二人で壕を掘っている。草平はびっくりしてそこは危険だ、赤信号だと絶叫に似た大声を出す。何、軍医ドン、世話プョー、大丈夫と人でせっせと掘りあげる。草平は不吉な予感にうたれたがそれ以上介入するわけにゆかず首を引込める。

いかに三十名足らずの小部隊といえども、三日にわたる三角山の日本軍占領を敵が見逃すはずがない。三日目の午後、敵の弾雨は物すごく、壕内は砂煙のために真暗で息もならない。ただし幸運にも敵は目測を誤り、草平たちの壕の前方を叩き撃ちしていた。すなわち草平は頂上付近であるが、本隊の大部分は北斜面に布陣しているのに敵弾のほとんどは頂上を境界とし、南斜面に落ちていた。お陰様で本日の友軍被害は皆無であり、幸運を喜び合う。翌日も天気晴朗にして風なく、小春日和に似て壕内は割に冷えびえと快適であった。

午後四時ごろであったろうか、突然だまし撃ちに砲弾の洗礼を受けた。しかし、昨日と違い弾数は少ないがわが陣地に命中、その弾片は陣内一面を掃射していた。草平の壕の縁にも弾片飛来、砂煙こもり、熱気に炒られ、首を両膝に突っ込み丸くなりながら壕底にへばりつく。嫌な雰囲気に身をふるわしたとたん、敵弾を真正面に喰らった音と熱気がさっと身を包み、宇宙が一瞬の間に真暗となり気が遠くなった。刹那やられたと自覚する。ただしその時点自我をとり戻し、真暗闇の中で手を動かしてみる。手は動くが足腰が動かない。生埋めと直感、壕を逃げ出そうとあせるが、重圧を感じ動けない。息をはずませ切迫感が身を包む、両手で急いで必死に腰より土を排除、跳び出そうとあせるがだめ、大腿まで掘っても不可能、ようやく膝下まで掘り下げたところで体の自由が効き、とたんに脱兎のごとく壕を逃げ出す。

壕より跳び出す直前、逃げ出すべきか、このままじっと我慢すべきか、随分迷ったが、周囲は砲弾硝煙の海である。生か死か運命にまかせ、草平一生の大バクチと命を賭けての脱出敢行、その判断のおかげで本日草平ここにあるのである。

ノモンハン戦線では生埋めの憂き目を経験された勇士がかなりおられることと思う。草平もその状況をまのあたりに見、体験談を直接拝聴、記憶にとどめている。もしこれらの勇士が草平生埋めの右報を一読されたら、即座に虚報とお叱りを受けることと思う。ただし右記はいささかも嘘偽りない事実なのである。

草平には精細緻密な設計による火遁、水遁ならざる土遁の秘法と神助がある。それは五分板一枚と毛布があればこと足りる。およそ生埋めになった勇士はすべて他人の手助けにより助け出され掘り出されたと言っても過言ではあるまい。それほど胸下まで埋もれればすでに弥次郎兵衛で手だけ動かすのが精々、とうてい自力ではい出し、逃げ出すことは不可能に近い。しかし、たまたま草平は事前に土遁の術を用意し、自力で逃げ出し、難を逃れえたのである。

草平は一瞬真暗な死の底を経験したが、板と毛布の支えによりわずかに光明を与えられ、自分の所在を熱気と暗い硝煙砂煙の中にも確かめえた。さらに毛布の上の埋土を急いで排除し、おのれの置かれている全姿を発見できた。また背部は肩まで土に埋まっているが前部は五分板と毛布に支えられ臍部までしか埋まっていず、しかも全土でなく、板との間に空間があり手の運動はもちろん、わずかながら体の自由も効き、自力で埋土の排除ができたのである。要するに五分板、毛布様々であった。

壕を躍り出た脱兎は勢い低部に向かって猪突する。猛烈にして物すごい爆裂轟音とともに火に燃える熱気がピッと頭髪を掠める。同時に砲弾は直前に炸裂する。はっと思った瞬間、熱い敵弾が耳朶《みみたぶ》を弾いて通る。他弾が足許を払い眼前に爆裂、弾片、砂煙が兵の峭壺を掃射する。硝煙濛々砂座立ち籠め、熱気焼くがごとく鼻息もまかりならぬ。あっ危険と思った瞬間、草平は弾道を避け横跳びに最低姿勢をとり、はうがごとく必死に猛猪突、兵の蛸壺の縁伝いに敵弾幕を横に逃れ、二百メートル離れた小砂丘の蔭に脱出成功、ほっ、と一息、敵の弾道弾幕の行方を注意深く凝視していた。

われを忘れた必死の面持ちの草平の肩をポンと叩く者がある。びっくり振り向けば、わが愛する渡辺衛生伍長である。何だ君か、おどかすな、敵かと思いびっくりするじゃないかと文句をつけるが、草平の動悸はなおやまない。軍医ドン、壕を逃げ出した時の格好たらありゃせん、ちょっと真似できんほど可笑しかったですバイと言ってカラカラとうち笑う。何だお前見チョッたんか、お前笑うばってん、こっちは必死バイ、格好なんかの段じゃナカバイと抗議すれば、ソルバッテン可笑しかったと言って、また思い出したように力ラカラと笑う。草平はつい癪に触り、お前はまた陣地を離れてこんなところで一人何していたと叱問すれば、軍医ドンのお人よしとあくまで草平を呑んでかかって笑っている。人物の大小を問われたようでもあり、上官を侮辱されたようでもある反面、実戦慣れした勇士の度胸と要領のよさにおそれ入る。

緊急必死の極限にあって草平は伍長との問答等と心の余裕はない。陣地に砲火を浴びている戦友のことが気がかりでその目はまた弾幕に凝結する。ただし仔細に検討すれば敵弾はわが蛸壺群の上を掠めてほとんど本高地の裾とその下を通る通路に炸裂している。わずかに草平と前期輜重の曹長の壕付近、すなわち頂上に近い部所に命中、時々猛烈な砂煙の中に火柱がパッパッと雷光のように光る。草平はひとり心の中でよかったなあ本当に運がよかったと私語した。しかし、曹長と軍曹はどうであろう、無事であろうか、あれほど注意したのに何分にも無事でいてくれよと心の底から祈る。

昨日の猛攻は一時間くらいであったろうか、本日の砲撃は三十分くらいで終わり、そのころは北満の赤い太陽が硝煙の向こうに大きく地平線上に沈みかけていた。

わが陣地は三角山の北斜面の狭い範囲に蜂の巣のように群をなす蛸壺を主拠点としていた。本斜面は十五度くらいの傾斜であり、三角山の名に恥じる小砂丘であるが、このわずかな斜面が平坦戦においてはつねに貴重な意義を持つのである。草平参謀のはかるところによれば、右記砲弾ははっきりとはしないが、方向、角度より推察し、ハルハ河左岸小松台敵要塞より撃ち出されたもの、小松台は本三角山頂上よりかなり高い、敵砲弾は本陣地落下直前十度の放物線を描いてくる。このために五度の差で兵の蛸壷上を掠めて通るものと推理したがどうであろうか。

敵砲撃は、草平参謀の過去の経験からみれば、主として早暁、夕刻に絞られていたようである。もちろん本戦線においては間断なく撃ちっ放しのように、想像に絶する物量を惜しげもなく撃ち込んできたものであるが、砲撃の最たるものは何をおいても朝夕に指向されていたようである。それはかのフイ高地同様三角山も例外ではなかった。このことについては軍学者の基本的考察概念もさることながら、草平はこの際それを日本軍得意の夜襲と結びつけて考えていた。友軍夜襲も素手空手では用をなさない。それには準備万端を要するところでその出鼻を叩くのが敵の夕刻砲撃、夜間占領されたそのソ軍根拠地を奪回可能に側面協力するとともに、前記先占の先を占めるのが早晩砲撃と解釈したのである。

かえりみれば張鼓峰事件（一九三八年の日ソの国境争い）当時、驟雨《しゅうう》を利しての友軍大隊の夜襲は敵の虚をついて大成功を収めたと聞いている。この一年前の苦い思い出による敵は、その夜襲事前警戒的措置として等と、わが身に比して考えたものである。それほどに友軍にとっては夜襲に自信があり、ソ連軍にとっては友軍夜襲が胆に銘じて恐ろしく、日本軍の夜襲を故意に逃避して、昼間戦特に朝夕の時点の存するところに重点指向砲撃しているようにも推察された。

また、早朝の砲撃は日光に対してのもののため精緻巧妙なるソ連戦法であってもその目測にいく分の誤差がある。夕刻のそれは日光を背にしてのものなので正確にして目測に誤りないように思えた。

砲火に追われた草平は住むに壕はなく小砂丘下に腰を下ろしていた。先ほどからかたわらで、起たず黙して語らない伍長が、軍医ドンとまた舌戦を挑んでくる。草平は今この際舌戦論議の心情にはどうしてもなれない。ただ、呆然と一点を見つめウンウンと空返事だけしているのだが、先方は委細かまわず草平の肩をゆさぶりながら語りかけてくる。草平より叱られ、今自分のあるところを強調し理解を求めたかったのであろう。

御高説次第。

「結論からお尋ねします。本戦の勝敗は？」

「敗けだ」

「御同感、その理由は?」

「明治日露戦争と昭和日ソ戦であり、俺に言わしむればそこにおよそ四十年の文明文化の落差がある。ソ連は今ここで新兵器の試射試運転をやっている。それは当然きたるべき独ソ戦に備えてね、われわれは悲しいかなそのモルモットだ。

　無敵皇軍は日清日露戦後、何を考え何を伸ばしてきたというのだ。やはり肩章を怒らし、気合鋭く号令をかけ、狭い日本の山野を駈けまわり、武士道精神のみの鼓吹に明けくれ世界の近代戦に目を開くほどの明治維新のような真に国を思う英傑がおらず、在来の日本軍人精神の殻の中に厳然と蓋を閉じていすわっていたとしか思えぬ。その代表的人物が、辻だ。だから、本戦の強硬参謀の辻の理念指導は時代遅れであり、ソ連の近代戦感覚に遠く及ばない。武人として上であっても考え方が下で、国も皇軍もない。おのれの名声のほかには何もないのだ。その行動はすべて三ボーのそしりをまぬがれまい。」

　即座に伍長曰く、

「そのことを知りながらついて行く兵は、また、無謀乱暴誹謗の三ボーの的になる。
(1)近代戦感覚に甘い辻参謀の作戦指導の拙劣
(2)物量の大差
(3)兵器の性能差

（4）地形上の大差
（5）統帥部は敵情の把握、大勢の予見に疎い
（6）空陸の立体戦の妙、縦横の連携に乏しい
（7）広漠たる平坦戦、特に日本軍得意の夜襲戦に備えての訓練不足

が、かようにソ連の近代戦に対する友軍の非科学的時代遅れの戦法と知りながら、いうならば馬鹿げた戦いと思いながら、貴殿は言われるままに黙ってなぜついてゆく。その矛盾は？」

「それは国民として、兵として、当然の義務だ。」

「当然の義務も、はたされてこそ意義があり、はたされず敗戦の憂き目を見れば結果は逆です。私が言わんとするところは軍医殿それです。統帥部の指示する通りに動かねばならぬ場合でも、自分は自分なりにそれを消化し、臨機応変、有効適切に身を処遇し、いったん緩急の場合に全力投球、能率をあげ一歩でも勝利に導くのが兵の兵たる戦務と思っています。私は勝手に無思慮に本隊から離れてひとりここにいるのではありません。あそこのように兵が群しているところに火焔放射でも受けたら爆弾一つでも落ちたらとぞっとします。一瞬の間に全滅です。こんな愚かな真似は私には通用しない、無駄なことに思えます。と言っても、ご承知の通り過去と同様将来もいざという極点においては、軍医ドン、人一倍責任もって必死に戦いますから見守っていて下さい。」

と、改めてハラハラ涙を流し草平の手をグイと握りしめる。伍長の目は溢れる涙を一心に耐え、物すごい

光を放ち草平を睨んでいる。充血した頬をたまりかねた熱涙が滂沱として流れ落ちる。顔はくちゃくちゃになり、必死に号泣に耐えその切なる気持が読みとれる。いつしか伍長の手にも草平の手にも力がこもり固く握り締めて離れない。お互い無念の死を覚悟しての同胞愛の極致であり、言外に男同士の心の一致を信じ、慶び、死を誓いあった最期の美しい光景でもあった。

この渡辺伍長はいつも竹竿の先に戦車地雷をくくりつけて歩いていた。その姿は福相な童顔に笑みをたたえ、悠長に散歩でもするかのようにも見えた。この屈託ない伍長のどこに火に燃える熱誠と勇猛さがあるのであろう。彼は後日、戦車地雷により二台の敵戦軍を擱坐炎上させ三台目の戦車襲撃に及び惜しくも敵弾に斃れ、名誉の戦死を遂げられている。草平としても、ともに無言のうちに死を期せるものをと、いまさらながら無念であり、慚愧に堪えない。渡辺伍長と草平はここ三角山戦を最後にいつしか離れ離れに戦っていた。そして再び語りあえる日はなかった。

大陸の夕暮は早く、すでに薄暮を迎えた。草平は伍長の止めるのを後ろに聞き古巣に帰る。草平の壕はすでになく平地と化し、助けの五分板と毛布の端をわずかに土砂の中にかいま見ることができた。目を返して曹長、軍曹の壕を見た。そこには白く焼けた土の凹みのあたりに、焼けちぎれた襟章と帯剣の端が、そして少し離れてひげの伸びた顎の肉片が飛び散っていた。無念なり気の毒なりと思うも詮なし。いつの間にか集まった兵とともに合掌し、黙禱を捧げ、遺品を家族に送り届けるよう命ず。敗戦を意識し絶体絶命の死の関頭に立ち、また、そこにいささかの曙光なき場合、それはまさに暗黒の世界である。真先に思うものは陛下でも親兄弟妻子でもない。戦友の無惨なる死の形相と次にきたる阿鼻叫喚のおのれの地獄である。逃げることも進むこともできず反抗の業とてない獄窓に繋がれた幽囚の身にひとしい。壕を追われ住むところとてない草平はその夜どこに寝てどうしたか、はっきりとした記憶すらない。ただ夢遊病者のように、また、亡者のようにもとの壕の縁にさきほど埋土より引き抜いたばかりの助けの板と毛布に挾まれ、望みを断たれ、自棄に大の字になって寝たようにも思う。そして自己喪失の身は死人同様いつになく諦めに熟睡したようであり、案外爽快な早晩を迎えた。

蛸壷の中の日々

暗霧をすかして曙光が透る早暁の冷気の中、例の伍長の顔がほの見える。それはこの際後光に包まれた生き仏のようにも見えた。軍医殿、軍医殿！こんなところに寝ていたんですか、危ないですよ。

こっちに壕が一つあります、ないよりはましでしょうと先に立って案内する。草平は乞食のように板と毛布を引きずり後に従う。なんぼ軍医ドンが大きくてもこの壕は大きすぎるかもしれませんが、私のところよりほか、適当な壕はありません。たぶん、この壕は敵の司令部があったところでしょう。あまりに大きいし頂上にある関係で、はいる兵がないらしいです。もしよろしかったらご利用下さい、と親切に教導してくれる。なるほど、三、四人はいれる壕であり、深さも二メートルくらいあり、入口は小さく巨大な蛸壷の形をしている。

　容積が大きい関係で当然砲弾の命中率も高く、またいかにも土崩れの心配がありそうであるが、いまさら壕を掘る勇気もなく、またその適切な場所とてない。かといって医長代理の草平が少し離れた伍長のところに移転するのもおこがましく、ままよ運だと第二の安住所と決める。当然助けの板と毛布を苦心惨憺適当に設置する。

　とにかく土壕の中でもおのれの安住所となればなにくれと案配配備で多忙であり、午前中の時間は早々にすぎ、無事安泰尻の落着きよろしく昼食の堅パンを噛る。さきの伍長がどこから持ってきたか梅干を二個恵んでくれたことを思い出し、口に入れる。いつになくガラガラの喉に口に唾液があふれ、コチコチパンの味も美味しく、つい故郷に想いがかける。親爺は毎朝起きると梅干に砂糖をかけ渋茶を啜り、煙管に煙草をふかし外を眺めては朝刊に目を通していた、親爺の古ぼけた老いくたびれた姿が目に浮かんできた。とやかくに想いふけっている間に甘酸っぱい味が心をかすめてよぎる。反面このまま俺が戦死をすれば老いの両親は淋しく落胆するだろうなあ、等と急におのれも淋しくなる。今まで草平は親孝行というほどのことをしていないのである。それが急に悔やまれてきたのである。

　昼食を済ましほっと一服、「誉」をくゆらすその紫煙の中に考えるともなく空想を描く。この壕を敵は山頂になぜ造ったのであろう。しかもこんな巨大壕を？今までの草平の経験からすれば何か割り切れぬ不合理な面がある。しかし、いつも戦理戦法においてはるかに勝るソ軍が鈍なことをするはずがないと、種々考えこむ。幽遠の壕の中では雑念がなく意外と早く解明できたようで、草平は早々と明るい気持で壕をはい出す。壕の縁に頭だけ出して敵の気持になり四方の偵察を行う。そのとたんなるほど合点と、膝を打つ。ここから三角形の底辺を通る通路は真正面である。しかも本地点はホルステン河方面、すなわち日本軍側よりは左砂丘の蔭になり見えないのである。よって日本軍をこの通路に誘導、本地点より司令、敵戦車を撃破するには最も好都合である。しかも本司令部隠蔽の雑草まで生えているではないか。

何か馬鹿々々しい気持になり、草平は壕の縁に顎をつき考えこむ。ロ助の戦法はつねに巧妙に日本軍の長短所を利用あるいは逆用し、かつ事前に周到なる作戦のもとに、有利な地形を利して日本軍を誘導撃破する戦法のようである。すなわちこの三角山を中心とする対戦車戦は、その一モデルケースにすぎぬ。第二次ノモンハン戦当初における敵地突入も、さらにその以前の友軍隠密のつもりの行動も、すべて敵高台よりは見通しであったのであり、知らぬは日本軍ばかりであったのである。すなわち絶対有利な地形を利しての計算ずみの、さらに実験ずみの誘導作戦であったのである。いうなれば河向こうより鬚面の親爺が大きな手でおいでおいでをしている、こっちからは紋付袴に帯刀し、日の丸つきの白い向鉢巻よろしく勢いよく抜刀し精いっぱい力んで突進した小児が、その刹那奈落の河底に転落しもがいている姿にも似て、実に漫画材料ものだ等と自嘲してみたくもなった。何か馬鹿々々しい無意味な戦争だと思いながら草平はやむにやまれぬ大和魂で敢闘する。

あまり頂上に頭を出していて発見されては敵弾のお見舞いと不安になり、壕底に戻り安座する。自然目は側壁に移る。何か感触から土壁が固いように見える。一部をこわして手で握りつぶしてみる。どうみても今までの壕の土壁より硬いようである。考えれば山頂のトンガリ部は概して固いから尖形をなし風雨にさらされても残っているはずと思いも及ばぬところに気づき、なればこの壕はここで土崩れに一番強いと自信を深める。反面敵に教えられたようでもあり、その周到なる用意におそれ入る。敵は友軍の所在は地形上北斜面に群しているものと推察、ここを中心とした砲撃であったようで、頂上の本壕付近はその重点外であったろうか、本壕の周辺だけはなお雑草がいく分残っていた。すなわち本壕は土崩れのおそれ少ない、弾丸もわりとこない、最高安全の壕となるしだいで、草平も重々思わぬ幸運に恵まれいよいよ神仏の加護ありと自信を深める。

ことわざに苦しい時の神頼みとあるが、今まで草平はなにげない諧謔と捉らえ聞き流していた。ただし参戦来二か月余のおのれをふり返ってみる時、それがいつしかおのれのあるところをそのまま諷刺したことわざとも思え、苦笑せざるをえなかった。今まで信心信仰等まったくなくむしろ無神無仏論者を自認し、理に生きんとしてきた草平がわれながら不可解の境地であるが、死ぬにも生きるにもこう毎日苦しく無念であれば、さすがの草平も理の世界を逃避して憂き世の常道に甘んじ、つい凡夫の道に追随したかったのであろう。

いくら強がりを言って肩を張っても、そこは凡夫の悲しさ、弱きはやはり人であり、人の心である。うたかたのこの世を捨てて虚しい一握の土に還る人間本来のかげろうのごとき宿命をおもい、輪廻の道に帰依精進したかったのであろう。

草平たちはノロ高地に、三角山に、死を直前にして二旬余にわたりひとり壕内蟄居生活を強いられ、いかばかり胸を絞めつけられ孤独寂寥感を味わったことであろう。それはまさに焦熱苦のそして暗黒の世界にひとりさまよう孤児にすぎなかった。

一九六二年、堀江青年は自製のヨットで太平洋横断を単独敢行し、成功したという。その図太い神経と忍耐強い強靭な精神力を想う時、草平は日を見はるほどの脅威と感激とを覚える。草平らといく分立場は違っても、その長期の孤独と冒険に耐えうる者は真に勇者の最たるものであろう。ただし彼には動く波と舟がある。輝く太陽と希望があった。そして草平たちには真暗い闇と静かな土と死がすぐ日の前に待っていた。

とかく人間が死を間近に意識し、かつ無我の境地で本務に邁進する場合、自然、神という名を通して宇宙万霊との連帯を意識、不可思議なる御光に帰依精進するものと思われる。それは菊池寛の説く禅海《ぜんかい》（江戸時代中期、曹洞宗の僧）の心でもあろう。

そろそろ今日もおいでかな、と思っているところに午後三時すぎであったろうか、また砲弾が無茶に撃ち込まれてきた。今まで割にのんきに壕の縁で遊び、雑談冗談を交わしていた兵たちも、いっせいにおのれの蛸壺に飛び込む。うなりをこめた砲声とともに、熱い硝煙砂煙が急に壕の中を襲い息もまかりならぬ。じっと耐えて壕底にしゃがむ。いつの間にか砲声に成圧され、頭が段々さがり丸く小さくなり壕底にへばりつく。その間、時々おのれの不甲斐なき姿に勇を鼓し姿勢をなおすが、また元のように小さく丸くなり自嘲苦笑する。

なんぼひとりで力んでみても他愛ない人間のこと、なんといっても死ぬことはほんに死ぬよりつらいことらしい。必死の我慢に油汗が出てコメカミが熱くなる。おのれの全体が炒られ、灼けて燃えあがったころ、我慢にも限度がありこのまま一刀も浴びせず野たれ死同様とは情けない、祖先伝来の長船にも申しわけないと、つい刀の柄に手がかかり跳び出さんとするも、敵ははるかハルハ河の向こうであれば手の届く相手ではない。じっと目をつむり悲憤の涙を呑む。

ところで、ノモンハンの壕の中では砲弾も怖いが土崩れはなお怖い。砲弾炸裂の轟音におののき、自然身は小さくなるが、反面心は土埋れを警戒した立位たることが要求される。そしてこの心の中の恐怖葛藤に疲れはいや増すのである。身はいつの間にか下へ、目はつねに上へ壕の辺縁に釘づけされることを要し、特にこの壕は深い関係で目に砂埃りが入り困るのであるが、それでも目をつぶるわけにもいかず、砂の入った目で壕の側壁を注意深く睨み震えおののいているのは本当に苦行の最たるものである。修験者にもちょっと真似のできない亡者の行である。硝煙砂煙で真暗くなった壕の中も砲声がやむと硝煙は風とともに去り、天上はようやく明るくなり、暴風の後の静けさである。ただしその静けさも一時で、やがてオーイ、オーイあっちこっちから呼び声がかかりその呼び声に応じて坊主頭が始壺の中から次々ニョキニョキ現れ、手を振って歓び合っている。その光景は本当に滑稽でほほえましく、熱涙交流の美しい場面でもある。

ひげづらの兵はその歓びに耐えかねて無邪気に冗句をとばしては涙を流して抱き合っていた。

冥土のような暗いこげ臭い匂いのする壕の中で砲声におびえ、ひとり小さくなっていると、誰しもつい淋しくなり、戦友は皆散華しわれわれひとりこうして生きながらえているのではないか等と一瞬淋しく孤独感が襲ってくる。このお互いの同じ懐いが戦雲晴れた今、オーイ、オーイ、オーイ、の連発となり友を呼び確かめ合うのである。すなわちそれはおのれの生を歓ぶとともに血を分け生死をともにした戦友の安否を気づかい確かめようとするお互いの心からなる合歓の声でもあろう。

蛸壺の中でただ一人砲声を身近に弾雨硝煙に炒られ蒸されじっと我慢していることは本当に苦しい、無念な耐えがたいことである。兵として、戦士としてここにある以上、銃を持ち刀をとっていかに苦闘し散華しようとも心中ひそかに期するものあり、その本懐に心を癒すことができる。ただし、流れ弾丸や土埋めで野たれ死同様とは心身ともに浮かばれない。戦士の最も嫌むところであり、その心を癒す何ものもなく哀れである。しかもその哀れな姿を連日強いられるとなればなおさらつらいことであり、それはまさに死ぬよりつらい生き地獄そのものである。

戦雲もようやく去り、静かに座して土と対すればそれはおのずから幽遠の壕と化し、仙境にある心地がする。よもやまのことどもが湧然として心に浮かぶ。

希望と生を断たれた草平は考えること、さらに悩むことを強いておのれに諦めさせて、黙念と土に対す。なんのてらいなき自然の土が目の前にある。見事な堆土であり石ころ一つ混じっていない。たぶん幾億年かによりつくられた黄塵積土であろう。

壕底に高さ三センチメートル、幅四センチほどの小さな横穴がある。何者の穴居かのぞいて見るが、中は暗くて判からない。どうも野鼠のものらしいと思っていた。それにしてもはじめからあったところに壕を掘り当てたものか、壕のあとにつくられたものか不思議と気になり考えあぐねた。

小戦車戦にみる彼我の力量

傷者一人もこない衛生隊は何もなすべき業とてもなく、ひたすら運を天にまかしてここにとどまるのみ。つれづれなる日々であり、生ける屍同様でもあった。無欲無我の境地にあれば、夕闇せまるとともに自然動物のように睡魔に襲われ眠るともなく眠るが、その前にやはり土壁が気になり、必ず打診し助けの板と毛布を精検整備することを忘れない。長時間自然に抱かれ眠った頭と目は特に涼しい。まず、その目は怨めしげに天上の壕縁に移り、土壁の安全を確かめえて、ほっと一息する。そして身を浄めるため壕をはい出す。これが毎朝の日一課第一ページである。壕を出ずれば世界はなお、朝もやで白夜であり、空気が冷たく美味しい。大きく背伸びして深呼吸をする。目を遙かモンゴル台上に移せば、重畳たる雲ともやの海に早暁の朝日が早や輝き映えて、紫紅の綾を織りなし、五色の虹をつくる。神秘なまでに爽快にして雄大なる大陸特有の朝ぼらけであり、今にも龍の昇天を想わせる。

なぜかゆえ知らず、この壮観はこの世のものならず夢の世界か浄土のそれかを思わせる。暫時足を止めてその神秘の世界に魅せられる。

軽斜面を降り一隅を選び予定の立小便をする。飯盒の蓋に草露を集め小砂混りの水滴で歯を磨き口を浄めて、急に体が軽くなり爽快な気持で低部通路を久々散歩する。歩幅を意識的に小さくとりゆっくり歩くが、冥想にふける頭は夢遊病者のごとく、遠くキャタピラの音に慄然として立ちすくむ。見ればすでに三角山砂丘を離れること百メートル、前方一キロメートルにホルステン河、また六百メートル前方に小型戦車一台を発見、愕然として地面に平伏す。地面にへばり着いた草平はそれでもわずかに頭を挙げて前方注視を怠らない。戦車砲が今にもこっちを向きそうで恐ろしい。ただし一瞬これは友軍連絡用小型戦車であると直感した。ソ連のそれよりはるかに小さく穢い、錆ついたような戦車で砲身も短い。やれやれと思った。反面、危ないぞ引き返せと大声で叫び注意してやりたい衝動にかられ、あまりあわてすぎ、ついわれ知らず立位になって手を振ってしまった。そしてなんと無茶なことをと憤りに似たものが胸の奥にこみあげてくる。と同時に予感的中、暗緑色に長い砲身のスマートな敵戦車一台が猛スピードで出現し、草平の眼前でこれ見よがしと敵は自信満々の戦車戦展開である。

まず、友軍戦車が先制攻撃で続けざまに戦車砲弾を五発くらい発射するが、遠く敵戦車に届かずその弾丸はいたずらにはるか手前の土砂を蹴るのみである。これに応じて敵戦車はゆうゆう落ち着いて三発発射、全弾命中、友軍戦車は白煙をあげて爆破されてしまった。無念やるかたなく草平はわれ知らずこん畜生めと地団駄踏んで悔しがる。まさに大人と子供の喧嘩である。無念なる反面論議するのもあほらしいことである。以上は双方一対一の小戦車戦であるが、この事実は本ノモンハン戦全般の象徴であり、大局的にみてそのモデルケースと呼んでさしつかえない。

とにかく草平は河向こうの台上からソ連兵どもが、児戯に等しい友軍の行動を声高らかに嘲り笑っているようで、腹立たしかった。

悲憤にうちふるえ拳も割れよと大地を叩き地団駄踏んで悔しがっていた草平は、突如低姿勢でおのれの壕に向かって猪突していた。壕の中に腰を落とし大きな溜息をもらすと同時に、予期した敵弾の轟音が脳天に爆裂、砂煙もうもうと立ちこめ壕の中はたちまち真暗となった。ただしこの時点では戦争なれ、砲弾なれした草平は割と平静であった。確かに今日の砲撃は物すごい。ただしその砲弾はわが陣地の前方、すなわち南斜面を無茶苦茶に撃ちたたいているようであった。すなわちいつになく早暁の砲撃で、日光に対しかつ弾量の多い関係で日光に目がくらみ、砂煙に目測を誤っているものと推測され、草平はにんまり笑って鬼様こちら、と手を叩いて嘲笑し返してやりたい衝動に駆られた。

一時間にわたる、弾雨硝煙もようやく収まり、壕の中が急に静かになるにつれ、草平の気も落ち着いてきた。緊張、緊迫のほぐれとともに腹筋も弛緩するものらしく急に便意をもようした。草平はいそいで壕底の砂を集めピラミッド型を作った。そして頂点を削り富士山型に改めた。その富士山の頂点に向かって痛快にも焼夷弾を落とすのである。

草平のアメーバー赤痢はすでに二か月に及ぶが全治せず、なお、粘血便であった。さらに兵も同様であり、この地方の風土病でもありその頑固な血便に悩まされていた。誰が言い出したか、この血便を名づけて焼夷弾と呼んでいた。

用便をすました草平は、便と砂を一緒に丸め新聞紙に包み、紐でくくり、事実見事な焼夷弾を作って壕底の一隅に安置した。

安置する瞬間、さらに頭を下げて底部の不審な小穴を覗いて驚いた。草平の便臭に誘われたか、いつになく穴の暗闇の中に小さい二つの目玉がギョロリと光っているのである。草平は直感的に蛇と思ってぞっとした。さきほどまで砲弾に怯え、今また蛇に襲われ、何たることであろう。用便したのが悔やまれてならない。前門の虎に後門の狼である。草平は全身がブルブル震えてくるのをどうすることもできない。砲弾よりこの方がずっと恐ろしいのである。

壕の中にいて白昼尿意をもようし耐えきれないということはほとんどなかった。それは砂漠にいて水を飲まぬ関係でもあったろう。その用便は眠る前の夕暮と早暁の闇を利用するを習わしとしてこと足った。ただしアメーバー赤痢患の草平は白昼一日数行の便意にはほとほと困りはてた。前記の焼夷弾包みが五個も壕底にころがることが再三であった。普通であれば壕底にうっ積する便臭に鼻持ちならぬものがあったろうが、不可思議なもので、便といえども一緒に暮しおのれの身の片割れと思えばなにかと可愛いく、悪臭の記憶すらないのである。その焼夷弾は夕闇せまるころ壕より持ち出し、暗夜を利して頂上に登り南斜面めがけて放り捨てるのである。このことは草平だけではない。兵皆そうであったようで、そこにはつねに南斜面を叩いていた敵に対する意識的挑戦の蔭に糞食らえという言外の軽侮の敵意が働いていたようでもある。

また、草平は幼少のころよりどちらかといえば気の小さい男であった。特に蛇と蛙が一番嫌いであった。そもそもその遠因を披露すれば、ある日親爺がいつになく優しいおもしろい顔をして、「俺のポケットに手を入れてみよ、良い物があるからあげるよ」と言った。草平は楽しみにして親爺のポケットに手を入れギョッとした。手指に触れたものは生ぬるいザラザラした肌であった、と同時に親爺はそらっと言って、からかい気味に草平の掌上に肉塊みたいなものを乗せた。草平はぞっとして、ただちに地上に投げ捨てた。地上には大きくふくれあがったガマが草平を睨んでいた。以来草平は蛙を見るだけでも嫌気がさした。お蔭様で学生時代の蛙の解剖も握る気がせず、いまだにサボっているのである。

以上に由来するか否か不明であるが、ついすべての虫ケラ、特に蛇が最も嫌いで思っただけでも虫ずが走るほど恐ろしいのである。

今からおもえば幼少のころ子供をおどしたり、けなしたりすることは親として本当につつしむべき重大な育児訓であると思う。

蛙のたわごと

かりそめの蛇におそれをなし壕底の一隅に小さくなっていた草平も、夕闇せまるとともにいつしか睡魔に襲われるが、平素のように熟睡できない夢心地である。しかもそれがすべて悪夢である。さめると同時に目は底部の小穴に移る。同じことを何回も繰り返し何事なきに安心したか、つい深い眠りに陥る。

翌朝壕壁によりかかり、暁闇の中にうつろな目をあけた草平は、中型の蛙が一匹おのれの膝の上に留まり、暗霧を透かして草平を見すえているのを見てびっくりした。と同時にあの穴の中の二つの目玉がこれであったかと思い当たりいく分安心したがやはりいやらしく不快であった。可哀そうと思いながら手で触れる気にならず、つい片方の足で蹴落としてしまった。蛙はちょっと仰天したが、すぐ正位に戻り不平らしくオッチョラコッチョラと、ゆっくり穴の中に姿を消して行った。

右のようにやや安堵した草平は心も軽く壕をはい出し、思い切り手を挙げ大きくあくびする。そしていつものとおり敵高台を反射的に意識、反抗的に注視する。何事も知らぬげに自然は平穏にして雲と靄《もや》の大波小波の重畳が無限に続き陽光に映えて美しい。用便をすました草平はただちに壕に帰る。昨日のような無惨な光景に接したくないのである。壕の中にあって土と語ればだるま大師ならずとも、はるかなる感懐冥想が浮かび、童子にかえる。蟹は甲羅に合わして穴を掘るという。この蛙の穴も同じくおのれの体に合わしてつくられたもののようであるが、蛙は何によって土を掘るのかどう考えてみても合点がゆかぬ。蟹のようにしかるべき器具を持たないのである。かつこの穴は相当長径のようである。いったい奥はどうなっているのだろう。外界に出るように出口、入口がつくられているのだろうか。途中でUターンできるのかインターチェンジの場があるのか探ってみたい興味が湧くが、壊すのも可哀そうであり、また、罰当たり（土崩れ）がきそうでもあり中止する。

この蛙は殿様蛙の姿態をしている。しかし色は緑と土色の混合である。たぶん殿様蛙と土蛙の雑種であろう。また、殿様娃が土の中だけに生活すれば自然保護色を発揮、こういう色に変色するのかも、あるいはこのモンゴル砂漠特有のものかもしれない。なお、この砂漠で何を食い何を飲みどうして繁殖しているのだろう。特に不審に思ったのは水のない世界での生活である。小さい体を養うには朝夕の露を飲めばこと足りると思うが、産卵期にはハルハ河、ホルステン河に降りるのであろうか。オタマジャクシは原野や砂漠では育たない。こんな小さい蛙が産卵期には二キロメートルも三キロメートルものホルステン、ハルハ河までわざわざお出向きとは驚きである等、童子にかえり幼稚なおせっかいをする。

右は動物学・生態学的見地よりすればまったく嘲笑すべき稚拙な推論にすぎず、その論拠に乏しくはなはだ赤面の至りで恐れ入るが、土に面し蛙と語ればそこは冥土空想の世界であり、おのれもいつとなく土に帰り蛙の世界に溶け込むのである。そこには人間世界にある厳めしい論理科学は見向きもされず、美しい夢と幻想の世界のみがひらけてくる。以後述べることも蛙と語る夢幻の世界であり、非現実・非科学的な面がほとんどと思われるが、草平はこの際当時土と蛙と語ったそのままの幻の世界をここに再現してみたいのである。

薄暗い長い長いトンネルがはてしなく続く。半身になった草平はわけもわからずも中をくぐって黙って蛙について行く。いつのまにか蛙の背中に乗って物に憑かれたように、どこまでもどこまでもひとり黙ってついて行く。暗いトンネルははてしなくどこまでも続く。突如、幽暗の境地は消えて明るい世界がひらけて暗霧棚引く桃源境に出る。そこで蛙の踊りと酒宴にうつつを抜かす。蛙はいつの間にか美女に変わり、天女のように舞って金色に映える紫烟の中に消える。周囲がいつしか静かになり幽暗の巻と化す。中学時代の柔道の先生が突如現れ出で、草平に往復ビンタを喰らわした。とたんに目がさめた(今想い返せばどうもこれは蛙の悪戯で、蛙が蚊を追う刹那、草平の頬あたりに触れたらしい)。

すでに壕の中には朝日が射し込んでいたが、壕底はなお薄暗い。寝ぼけた目をこすり、よく見れば草平の股のあたりに例の蛙がチョコンと坐って草平を見ている。蛙の嫌いな草平も、つい愛情が湧きその鼻先きを小指でチョッと突いてみる。蛙は少し動いて方向を変えただけで動かない。ますます可愛いいわがペットである。蝿を一匹捕らえて鼻先きに恵む。グルリと目玉をまわしパクリと飲みこんですましている。こうなればますます可愛いく二人の間の物語り交友が始まるのである。

この蛙はどうも雌らしい。検視してみようと思ったがやはり握るのが億劫で諦める。そして孤独で淋しそう。草平の足に、膝に、場合によっては胸のあたりまではい上がりじゃれてくる。蛙の嫌いな草平もともに孤独と無聊《ぶりょう》を慰めあい、そのなすままにまかせ、静観というほどお互いの気持が通じあい、うちとけ信じあいいや増して友愛の情が湧く。したたかともに遊び、ともに語った蛙は何思いけんピョンと跳び上がった。その間蚊を捕らえたらしいが、鈍な草平にはその早業が充分読みとれず、目に見えなかった。ただ蛸の足みたいな舌がピッと長く伸びたようでもあった。蛙は俺の腕前はどうだと言わんばかりに肩を怒らし満足気に、ゆうゆうゴッソリゴッソリと穴の中に消えて行った。

ふり返って見ればわが衛生隊がこの三角山に布陣して以来旬日余になるが、その間一日だに敵弾の洗礼を受けぬ日はなかった。それなのに以後三日間は一発の敵弾にも見舞われず、不気味な静寂だった。たぶん敵の作戦、戦闘準備期間なのだろうと受けとめていたのである。

午後三時ごろであったろうか、天も割れよとばかり砲声が轟き、壕の中はもちろん天地が砂煙におおわれ、一瞬にして真暗になった。本日の敵の砲撃は今までにない物すごいもので推計何千発にも及ぶものであったが、冷静に考えてみればその敵弾はやはり南斜面に落ちているようで、しかもその炸裂音と地響きにより推測すれば、網の目型に交錯して落ちているようであった。すでにこの時点では草平もかなり戦争なれし、冷静を保っていたようでもあり、また一面生を超越した覚悟の判断に間違いなかったとも思われる。本砲一撃は今まで経験したことのないほど二時間余の長時間に及ぶものであったが、敵はあまりの猛攻のため、おのれの硝煙に目測を誤っていたものと思われ、わが衛生隊被害はゼロであった(この日の砲撃は一平方メートルあたり一発の率と憶測する)。

ところで、この日は事前に本日は敵の総攻撃があるとの風評が友重兵の間に流れていた事実、また、それを草平たちも予測していたことについて草平は解せぬものがある。予感によるものか事前に敵が意図的に威しをかけたものかでなくては結論が出ない。不審な点である。たぶん後者であろう。それほど敵は戦線の行方に自信を持っていたようである。

本敵総攻撃中草平はひとり壕の中に閉じこもり、外界とはまったく接触できず全戦線については何の情報も確認していないのであるが、友軍各陣地に対する敵砲撃、戦車襲撃等は物すごく友軍主要各陣地は相当の被害を受けたと聞いている。なお、確かな記憶ではないが、公主嶺のわが戦車部隊が敵と戦車戦を交え思わざる惨敗を喫したのもこの時点であったろう。ただしこのことについては、兵に漏れ聞いた遠い記憶にすぎない。

この二、三日来、朝夕は必ずと言ってよいほど蛙殿の訪問を受けるが、今日はまだ出てこない。敵砲撃による土崩れで草平の身代わり戦死ではと心配しながら夢現の世界をさまよう。目がさめて足許も胸のあたりも壕の周囲も見渡し、探すが見当たらない。何となく淋しく、無性に気がかりで穴の入口より奥を覗いて見るが、土崩れの模様もうかがえない。戦死したとすれば詮ないことと諦めるが、まず第一に心配なのは水と餌のことである。草の露を飲むにしてもこの深い壕から外界に出てそのお恵みに預かることは不可能に近い。ただし飲まぬことには体は枯死する道理、とすれば、この横孔は入口、出口があり先方は外界に通ずるものと推測される。ただしそうすれば相当長いトンネルになる。その造成がか弱いこの蛙にできるか。

ただし心配の手綱を手繰れば、それができて外界に通ずる出口があるはず、水のないところに動物の世界はない等と憶測する。以上をもとにして考えれば、このトンネルは地形より判断し数十メートルに及ぶものと推測、不審のうちにも驚きを覚える。

もし以上の草平仮定を前提として考えるならば、まずトンネル内の炭酸ガスの量が心配なのである。割と本能的知恵と習性により通風関係も考慮案配してつくられているものだろうが、やはり酸素が稀薄なはずである。とすれば蛙は酸素の少ないところでも生活適応ができることになる。これはおかしな提案であると思っているうち、神代時代よりはるか原始時代、地質時代に想いがはせ、割と空気が少ない時代この地球をまず征服しえたものはは虫類であったことに考え及び、蛙とは空気の中は申すに及ばず水の中、土の中はさておき酸素の割と稀薄な深い井戸の底でも接息できる偉大な動物であることに気づき、動物学・生物学・生態学にうとい草平はひとり、おそれ入り驚いてしまった。こうなれば草平には蛙様々であり、頭が上がらない。蛙を補らえて実験してみたくもあるが、罰当たりがありそうでもあり、やはり握る気になれない。恐ろしい気味の悪い動物には変わりないのである。さらに想いは飛躍した。幼少のころ、肺病に赤蛙がよく効くとの言い伝えがあり、山間部でも稀に見る赤蛙は貴重品として、時たま発見すれば生きたまま急いでう呑みに飲み込んでいたおじさんたちのことに考え及び、ゆえなしとしないいく分根拠ある生活の知恵かとも想った。

兵の怒りに驚く

今日もまた、火攻め煙攻めか、こんな壕の中で身動きもせずじっと我慢して死を待つ虫ケラ同然の蟄居とは情けない。日本男児のとらざるところであり、むしろ玉砕した方がよほどましなことだと思いながらも、今か今かと待っているが午後になっても一発の敵弾もこない。何か物足らぬ味気ないような寂寥感さえも襲ってくる。愛するペットも姿を見せない。かといって壕外に出るのも他に迷惑をかける暴挙に等しい。いやだなあ戦友はどうしているだろう等と淋しく心配もする。外界は人声一つ聞こえず寂としている。兵は皆草平同様一抹の淋しさに余命いくばくもないおのれの運命をかこってひとり壕の中に万感こもごもだろう等と想像する。反面これは夢の世界であり、われ一人生き残っているのでは等と淋しくもなる。

夕闇せまるころ、戦友がお互いを呼びかう声が聞こえる。もう一安心と退屈な壕よりはい出し、立小便をしながら冗句をとばし合っているらしい。草平も壕を出てこれにならう。

ホロンバイル高原はすでに秋色が漂い、風は蕭々として肌寒く、夕闇のもやの中にすすきの穂並みがはや白く光っていた。

月は雲間を北に流れて淡く、
夕闇の荒原は物憂げに無限に

ひろがり幽玄の果てに消える。
夜間戦の例なきに心を安んじ
戦友と明日を案じて語る。

寂莫の懐い胸にせまり
此処に佇み語るに忍びず、
独り足を運んで戦友の散華せる跡に至る。
故知らず涙頬を伝いて懐い
あらたに、去る事能わず。

三角山頂一角に腰をおろして
徴に城山を吟ず。
風は蕭々として
流涙を払い肌に冷たし。
声は荒寥、芒穂並みを
流れて薄暮の間に消ゆ。

一抹の淋しさに襲われた草平は感きわまって勇を鼓して吟ず。

孤軍奮闘囲みを破って還る
一百里程塁壁の間
吾が剣は摧《くだ》かれ吾が馬は斃る
秋風骨を埋む故郷の山

草平が吟ずる声は初秋の風とともに哀調を帯び、末尾が震えて遠く夕闇のかなたに消えた。吟じ終えてわれに返った草平は周囲に四、五名の兵の集いを見た。兵は皆黙して語らず、沈潜の空気が重苦しい。突如平素産摩隼人をもって任ずる某一等兵がその窮屈な雰囲気をほぐすためか、軍医殿私がご返礼申しますと、

噫々此の天地此の山上に
明日は屍を曝そと儘よ
魂観永く武勳をとどめ
神州男子の名を挙げん。

と低音で歌ってくれた。ただし末尾は思いなしかいく分気合抜けしているようで、座はいよいよ白けきっ

て重苦しくなった。たまりかねたか松永上等兵が、神州男子の名を挙げんとは何だ、馬鹿々々しいと土砂をつかみ地面に投げつけた。そして曰く、俺たちが戦死しても紙切れ一枚の訃報でかたづけられるのが落ちだ。神州男子の名を挙げるのは辻参謀くらいのものさ、一将功成って万骨枯るを地でゆかれてたまるか、と憤慨し手厳しい。草平は意外な上等兵の怒りに一瞬唖然とした。この上等兵は辻参謀が第一次戦当時ノロ高地において草平たちがともに苦戦苦闘の最中、山県部隊長を衆兵の面前で叱責した際、現場にいてその仔細を見聞した一人であり、そのことが思い出されてむべなるかなと思った。ただしこの場を続けることが軍の統制上不利と考えた草平は、あまりこの場にいて敵に発見されては危険であることを悟し、早々に解散を命じ壕に引きあげた。

暗い壕の中にやおら腰を下ろした草平はいつになくわが家に帰ってきたような安堵感にほっとして胸を撫でおろした。思わざる先刻の緊迫感に胸が痛かったのである。その重苦しい雰囲気の中から早く抜け出したかったのである。それでも上等兵の言葉が頭の芯に食い込んで離れない。いつの間にか一介の兵に至るまでかかる怒りが心底に芽生えているとは驚きでもあり、本当に淋しいことである。しかも松永上等兵は草平の片腕として今まで勇戦奮闘し、生死をともにしてきた直実な勇士である。昔から正直一徹な者に限って腹を立てるという。このように考えれば上等兵が可哀相で何かすまぬことでもしたようで、気の毒で悔やまれてならなかった。その心の奥には死を決しているのが、また第一線の苦闘をよそに参謀の無謀に近い猪突指令に対する憤りの念が読みとれるのである。いやだいやだ、こんなことを考えても今さらつまらない、無駄なことだ、考えまい考えまいと強いておのれに言い聞かせるが、上等兵の怒った形相が眼底に焼きついて離れない。

幽暗の壕の中は奥深い。そのものずばり夢の世界である。すでにすべての望みを断たれ無欲無我の境地にあれば、その切ない気持もいつしか消えて夢の世界に溶け込む。

薄暗い世界に敵弾は物すごく、壕の中は真暗となる。草平は百雷の一時に落ちるような砲声と火と煙に威圧されていつの間にか丸く小さくなり壕底にへばりつき戦々恐々としている。薄暗い世界の一角に後光が射し、射光を背にして、釈尊像が浮かびあがる。おもむろに声して君の今の姿こそ人間最終最後の尊い姿で人間の本命だ、よく見るがよいと言う。草平はおのれがいつの間にか合掌している姿を発見して、その不甲斐なき姿態に驚いてしまった。そしてさらに厳かに悟した。その気持、その無欲な姿を忘れるな、そこから人間済度《さいど》(仏教用語で救済)の信仰が生まれそれ以上は憂き世であり、衆生済度は相かなわぬと申し渡し、夢に消えた。

夢から目覚めた草平は夢の釈尊の言葉を反すうした。そして無欲無我の境地にあって宇宙万霊に対し太陽のようなあまねき大愛をもって世に処すること以外に人の道はない。また、世界平和は生まれないと解し、さらに反すう吟味した。

敵弾の来ないわが戦線は今日も何することもなく、不気味の中にも平穏で、のん気に壕の中でただひとり空想、冥想、連想、感懐、妄念にあけくれていた。

いつのまにか、三日あまりまかり出なかった蛙が、ゴソリゴソリとおごそかに穴の底より現れいで、わがもの顔に草平の足に登り、グルリと目玉をまわしてご挨拶、すましている。いかにも可愛いペットである。いったいこの蛙は三日余もどこでどうしていたのだろう。飲まず食わずの体たらくではないようだ。目が輝き生色があり衰弱した影だになくあいかわらず愛嬌がある。やはり先方に出口があるに相違ない。ただし先方の出口は先般の敵総攻撃時壊れ、ふさがれているはずとすれば、この蛙め復旧工事を完了し安心してお出向きかな等とも考えたが、いずれにしても草平の常識よりすれば理に合わぬ。それかあらぬかこやつめ草平の心配とはうらはらに平気で草平の足に胸に跳びまわって蝿を捕らえ、我不関焉《われかんせずえん》とすましている。こうなれば草平も可愛いくもあるが何かすえ恐ろしいような妖怪の変化みたいな、特に冥土の使者では等と憶測し、心配もする。薄暗い壕の中にときたま陽光が射し込めば、蛙は後光に包まれ、神々しきまでに錯覚を起こさせる。今日をも知れぬ命と戦々恐々たる者の心理は、実に徴妙で弱々しいものである。枯尾花が幽霊に見えるのは例外ではないのである。

敵弾のこない壕の中でただひとり何することもなく、われを忘れた人間はまさに動物に等しく、食って出して眠るだけであり、夕闇せまるとともにまどろむともなく深い眠りに陥り、夜明けとともに目がさめる。

外界はいつもの通り快晴である。低姿勢で低部通路に至り例により立小便をする。幸い周囲に人影がない。大きく背伸びしながら恥部をやけに大きく出し、上天を仰いで深呼吸をしながらの放尿は真に日本男子の痛快事の限りであり、全身の毒素が一時に消え去って身が軽くなったようである。幼いときから日の目を拝まなかった恥部も久々大気と日光を浴び、爽快な気分に満ちあふれ、大きく息づいていたようであった。

以上のような些細なことでも、長らく壕の中に小さくなって隠れていた者でなくてはその気持が分からない。壕より外に出て、外界の空気を吸い日光を浴びただけでも、何か蘇生しそうな、急に前途が明るくなったような光明感に身内がうちふるえる。すなわち平素気づかない普通のわずかなことどもが不思議と目新しく新鮮に捉えられ、敏感に反応してくるのである。

目をはるかフイ高地上空に移せば、今朝も空が真紅に燃えて銃砲声が轟いているが、今の草平には何も感慨もなく、やられているなあ！と思うだけであった。それほど、我にも彼にも無頓着であり我事の念がなくなっていたようである。北天を黒い長いソ連偵察機二機が東方に向かっているのが見える。低空の関係か馬鹿速いようである。

思えば篠原准尉の敢闘以来敵機は影をひそめ、その跳梁をゆるさず、その出撃を見なかったようであるが今日は久々の敵機だなァと思いながら、天の底が抜けたような紺碧の青空を仰ぐ。

名分なき闘い

三角山にあることすでに旬日余、この二、三日間は敵砲爆撃もなく、かと言って友軍傷者の収容はもちろん、連絡すらない無為徒然たる毎日である。何のためにわれわれはここにあるのか判からない。敵の餌食のためにあるとしか考えられない。

思えば戦うために、勝つために、傷者収容・治療のためにわれわれはここにあるのに、こんなに激しい砲弾下壕内に漫然と隠れすくみ、我慢しておれとはいかにも無情に思える。

そもそもこのノモンハン戦はどうして、何のために勃発したのか、こんなに大きな犠牲を払ってまでなぜ戦わなくてはならないのか。末端の草平たちには解しかねる。かつ敵はたぶんソ連であろうが、ところは外蒙である。自然、モンゴル共和国との衝突があるしだいで、漠然とした捉らえどころのない戦闘のようである。そのはっきりした大義名分のないところに何かのれんに腕押しみたいな空虚なものを感じる。

草平が本戦勃発当時、東部隊の捜索隊に従軍したおり漏れ聞いたところによれば、ハルハ河川又渡河点においてたぶんモンゴル兵であろうが、二、三人悠長に馬に水を飲ましていたということである。もしこのことが真相であり、その発火点とすれば、それは西部劇なみの水争いに端を発しているとしか思えない。むろん両者水を求めての放牧生活であれば水のない世界は死に等しく、その水争いも当然のことながら、何か子供の喧嘩に親が出たような違和感があるのは否めない。かつ当時日本は大東亜戦争に東西鵬翼を張っての聖戦遂行の途次でもあり、自重にも自重すべきときである。軽挙妄動の余裕なきころであったと思われる。

仄聞するところによれば本事件の当初、関東軍は陸軍省よりその時期尚早なるゆえをもって事件の拡大を極力差し控えるべく通達されていたということであるが、辻参謀を中心とする強硬派はそれを押し切りあえて戦端を開いたものと、末端の草平たちに至るまですでにその時点において風の音信に漏れ聞いている。

以上のことを肯定すればそこには自信過剰による自己中心自已顕示欲のみがうかがわれ、大いなる憂国の至情の片鱗をも見いだしえないのである。なお、この閉鎖的頑迷な軍人精神は他に耳を貸すことをいさぎよしとせず、敵情把握に乏しく、ソ連軍何するものぞとの軽視侮蔑の念のみ強く、その時機をもわきまえず、暴虎馮河《ぼうこひょうが》の児戯をあえてしたものと推察される。

薄暗い壕の中で草平はこんなことを考えて、かかる軽薄にして無謀な統帥部に従って戦わねばならない二十三師団将兵将来の運命に暗いおもいをはせ、ひとり涙せずにはいられなかった。世の中に敗けと判かった戦いをするほど馬鹿げたあほらしいことはない。

ただし、それをやらねばならぬところに本戦の骨頂がある。すなわち、馬鹿々々しきことと知りながら、理も非もなく戦わねば非国民のレッテルを貼られる一般将兵は、まさに奴隷に等しく統帥部は暴力団のそれと類を一にする。

右の表現はあまりにも軍を侮辱する暴言かもしれないが、少なくともノモンハン事件における軍権力は、そのように解釈されても仕方のない一面を持っていた。それは後日の将兵の待遇、特に自決幽閉強要の面において明白である。

特にここに注意を喚起すべきは、友軍で捕虜になった者の待遇問題である。各文献によれば驚くべし、彼らは言論の自由はもちろん、何らの人権も与えられず、吉林深奥の新兵站病院に強制収容され、一方的処刑にひとしい悲運にその若き貴い命を葬り去られたという。将校は問答無用と自決用の拳銃を渡され、兵はその弁ずべき一片の自由理由もなく暁に祈らされたと風聞する。何たる残酷であろう。何たる恨んでも恨みきれない同胞間の非情非道であろう。

草平はここでわが身にくらべてつくづく思う。草平が敵高台に突入した際敵の壕内で十時間も昏睡状態に陥り、眠りこけていたことである。もしあの際友軍軍曹でなく、敵に発見収容されたとすれば、それは当然捕虜であろう。そうすれば草平も吉林の奥山で自決用の一拳銃を抱かされ、人知れず無念の最期を遂げたことであろう。みずからかえりみて身の毛のよだつ戦慄を覚える。無念というにはあまりにも言葉足らざる痛恨事であり、この世の残虐として、あまりにも非道にして、酷なるきわみであろう。

以上のように、辻三ボーを中心とする強硬統帥部の非常識きわまる残虐の裏には、いかに敗るべくして敗れたかという無謀のそしりを銃後国民に知らしめざるよう、言うなればおのれの周辺の臭いものに蓋と、かん口令の最短距離強行がありありと読みとれるのである。しかもそれは日本軍のみに通用する、死して虜囚の辱めをうけずという美辞麗句のもとにである。

終戦後、民主国家として体面を整えた現日本にも、多かれ少なかれ、右同様のことが形とニュアンスを変えて行われているもののように思われる。権力利欲に弱い人間世界ではありうるべきこととも思われるが、再度お互い吟味消化し、真に言論自由な民主国家建設を指向し、熱意を燃やすべきことこそと思う。すなわち現在、軍に代わって権力を代表するものは官吏であり、官使の中心は中枢部局長級の八割を占める東大閥であろう。今や世は挙げて東大天国であるが、権力と我執に偏頗なまでに強い彼らは、戦前の軍閥同様の権力亡者にならさるよう心してもらいたいとここに紀憂とともに念ずるしだいである。なぜならば、国を興すも亡ぼすも諸氏に負うところが多いからである。

ついでに私見を述べれば、世界大戦突入そして敗戦に導いたその主導力は軍閥のみとは考えられない。当時の軍権力に阿諛追随《あゆついしょう》した東大官僚閥の媚態と、功利に強い我執の方便主義が寄与していたことも、歴史が証明する明白な事実である。

「私」は先般ＮＨＫが催した若手大蔵官僚の面々に対するロッキード事件に関する意見聴取の場を偶然にも見て驚いた。その中の四、五人の答は一律に何も今答うべき資料を持ちあわせません、知りません、とのまったく一律無関心なものであり、あまりにもしらじらしく、誠意と熱意に欠けるものであった。

彼らは将来の次官局長であろうが、こんな俊秀が国の将来を忘れ、国民を愚弄する態度たるや虫ずが走るほどいや気がさし、顰蹙《ひんしゅく》を買ったものであった。

東大天国に育てられた人間は、金権のみの塊で人間の自由良識を東大象牙の塔の奥にお預けされ、上層官権に媚びることのみにあけくれる、点数優位の人間ロボットになりはてているのであろうか。今や全日空主幹役員はほとんど元運輸省事務次官若狭得治氏の部下が占める。定年退職を控えた運輸省の部課長級が若狭法皇のご機嫌伺いに忠節の限りを尽くすのは、利権に敏い彼らの習性になってしまったのであろうか。

純真なる国民を背後に控えてその血税によって賄われ公僕を自任するはずの彼らが、そこには国なく国民なく、再就職予定の会社に忠実なる下僕になりはてていたのである。また、航空議員族はその蜂蜜の香りを嗅いで集まり、周辺より拍手を送ってその花道を飾る演出者であったのである。そのよってきたるところは、人間の利権欲の我執に強い、世にいう点数優位の俊秀、逸材がなせる猿芝居であったのであり、そこには国なく国民なく、いささかの真心も見られない。今やゴールドラッシュ金本位制の二十世紀は葬り去られんとしている――現時点において世の俊秀をもって自任し謳歌する諸賢は、何をもってか人間の栄光、その人の天命と考えているのであろう。

喜劇王チャップリンが、冥土の彼岸に立って、鎖につながれた因人どもと呼び、あの特異な目玉を転がし、くるりと踵を返して立ち去る姿が日に見えるようである。

とある日曜日の午後、草平は偶然にもアメリカの哲学者ジョン・サマウィルの『人類危機の十三日間』に読みふけり、少なからず感動を覚え、ノモンハン戦の発端時二十三師団が服部、辻両参謀の強硬論に押しまくられておかれたその立場に思いを致し、一握りにも値せぬ一部権力実権者がいく万同胞の命をいかに軽々しく扱い虚しいものにしたかに思い及び、切なるまでに胸が痛かった。

そこにはこの世にまたとないスケールの大きな偉大なまでに恐ろしい真実のドラマが克明に展開され、平和・幸福のみをただいちずに追求しようとする草平たち庶民の胸に一大衝撃を与え、現代俊秀が生んだおそるべく巨大にして、人類破滅にまで追い込もうとする核兵器をめぐっての攻防暗躍が、まのあたりに表現され、読む人の肺腑を突き刺し、感動をひき起こさずにはおかなった。そして人間叡知、良識の限界が、なおまたその感動と恐怖がまざまざと描き出されているのである。

以下同書のまえがき一部参照（中野好夫氏著）。

「ソ連がいくつかのミサイルをキューバに送った。そしてそれらのための基地群が、ソ連技術者たちの手で建設されかかっているということであった。それは一九六二年、例のキューバに対するブタ湾侵攻のあった約一年半後に起った出来事である。エクス・コム、（当時の大統領ケネディが議長となってつくられた大統領国家安全保障会議執行委員会）の行った決定とは、もしソ連が在キューバのミサイルを撤去するか、破壊してしまうか、するのでなければ直ちにソ連に対して開戦するというのであった。

この決定は直接の要求、いわば最後通牒としてソ連政府に突きつけられた。そしてまず歴史的事実をいえば、ソ連政府はミサイル撤去に同意したのである。この最後通牒による成功は、当時強力な愛国的自尊心の強調をもって演出され、そのことは、すべて人々の記憶にのこっているはずである。だが、この決定があらゆる人類の記録の中にあって、きわめてユニークな意味をもつというのは、その決定を行った人たちはこの最後通牒にソ連政府が同意するなどとは毛頭期待せず、また、戦争がもたらす結果についても、はっきり知っていたにもかかわらず、なおそれをやったということである。言葉をかえていえば、決定を行った人々の明らかに予見していたことは、おそらくソ連は抗戦するであろうし、またその戦争が必ずや世界規模での核戦争となり、人類は事実上抹殺し去られるだろうとの見通しであった。」

この本に読みふけった日曜の翌夕暮、草平はいつになく思いにうち沈んだ面持ちで看護婦の、運転する小型車に乗り里山の吉野に往診に出かけた。そして帰途夕焼け空の下、畑に降り立つ一羽のみすぼらしい舞い上がりそうにも思えない烏を見た。そして次々連想の世界をさまよった。

烏に憶う！

カーカー烏！それはわれわれ明治大正っ子が朝な夕な唱い続け、わが童心の胸にしみついて離れない故郷の懐かしい歌である。その母親の乳房のように忘れられない優しい烏が晩暗の上天から、茜の夕焼け空から忽然として消え去ろうとしているこのごろである。私たちは最近、毎朝夕の上空に朝餉夕餉の声を告げる群烏の声を、姿を見ることができない。なぜであろう。

農薬にむしばまれ半減したのであろうか、大気汚染による中毒か、逃避か経済大国日本からの嫌悪脱出か、「私」には判からないがわが心の故郷の烏を帰して貰いたい。その犯人は官僚、大企業、さらにはこれらを操り、司る一部東大閥であろう。「私」は東大閥を尊敬しても烏の歌を忘れた、名声に明けくれ金権に盲目たる指導司令部、東大閥を憎む。さらに人間獣欲に根ざす浅はかなる俊秀叡智は救国の名にかり、いく多のいわゆる文明の利器機を生み、また、経済大国の名にかくれて粗悪なる化学製品をもつくるであろう。

わが心の故郷の姿なき群烏は目で見るこの、世の姿を現し、その声なき世界はまさに昭和元禄ならざる昭和憂き世の明日を告げるものであろう。

「私」は現在俊秀が生んだ原爆症、公害病＝水俣病、ＰＣＢ混入によるカネミ油症、さらには糖尿病等の文明のひずみによる人間破滅の文明病を、烏とともに予告する。カーカー烏は冥土の使い鳥であろうか、黒い色して。

世はあげてまさに、日本列島沈没、地球破裂の時代でもある。

このような反権力的言辞を弄し、かつ前述のごとき権力・日本陸軍を批判誹謗すれば、その中枢のお歴々はただちに草平の額に赤のレッテルを貼りつけることであろう。

首尾前後することになるが、以上と関連することなので、玉名陸軍病院（小倉陸軍病院分院）勤務時の一こまを挿入する。

終戦前、草平は玉名陸軍病院勤務を命ぜられていた。昼食会の席上、某高級軍医よりノモンハン戦について、座談的に素直に忌憚ない意見を話してくれとの依頼をうけた。

「私」は、最終的にノモンハン戦はオートバイと自転車の衝突であった、大東亜戦争は自動車と自転車の激突以上のものがあり、その帰すうは歴然としている、とまとめた。

これがわざわざ依頼したその軍医の癇に触れ、赤のレッテルを貼られた草平は、ただちに転動を命ぜられた。

以後四か月を待たず終戦を、迎えた。

空蝉のひどく啼く暑い暑い昭和二十年八月十五日の昼であった。

草平は記憶のほども覚束ないが、不思議にもわが家に帰っていた。その生まれ故郷は小高い丘の上に白壁映える高い大きな古ぼけた家であった。軒は今にも崩れ落ちそうであっても、ちょっと人目を引く方であった。そのせいもあろうか、草平が家に大の字になっている時、敵の機銃掃射を受け、三発が家に命中しヒヤッとして跳び起きた(八月十四日か)、その砲弾の一つは今も家にあるだろう。親指大の機関砲弾であった。

親爺が不機嫌な顔をしてどうも物騒な、防空壕を掘れと命じた。草平は妻と子供に手伝わせて暑い日射しに汗ビッショリになって完成間近の掩蓋《えんがい》(塹壕にかぶせる屋根)にとりかかっていた。妻も子供もともにこの滑稽なまでにひなびた不格好な防空壕に歓声をあげ、嬉々として手伝っていた。汗を拭きふき昼飯を済まし、縁側で一服している時であった。いつ離れて遊びに行っていたかわからぬ、おそらく手伝いに飽いてこっそり逃げ出したのであろう長女が帰ってきた。

戦争は敗けたとサ!なにげないその子供の言葉に、予期していたこととはいえ過去を振り返り悲憤の涙が落ちて尽きなかった。反面恥ずかしながらホッとした気持が手伝っていたようでもある。わが愛すべき苦心の防空壕は物欲しげに真暗い口をパクリとあけてむなしく見えた。草平は「誉《ほまれ》(軍用たばこ)」の煙をやけにふかしてそのかたわらにひとり淋しくたたずみ、去りがたい未練の世界をさまよっていた。

ついでに玉名陸軍病院当時の駄句紹介、肩の凝りをほぐす。

院長送別会席上。

病院長は余暇にトマトを栽培していた。ころは五月で、その実がまだ赤くなっていなかった。彼は青い実のトマトに名残惜しげで、また、紅葉に囲まれた温かいいで湯の町に別れを惜しんでいた。

さらに、病院もなお、完成途次で心残りであった。

院長送別の句。

朝夕に水をかけしに茄の実のうるるを待たで去るぞ淋しき

新院長赴任。

玉名陸軍病院は紅葉に囲まれた温泉旅館を総合して形成されていた。

歓迎のことば。

もみじ葉も尚繁るらんこの里はいで湯も湧けよ主むかえて

新任劈頭訓示に。

人の歩みは第一歩から、戦いは第一撃から、と勇壮に訓示し、鍛えあげるから覚悟せよとの意を陳べ、なまけがちな草平を睨んだ。草平はその声に肺腑を刺される思いがしてブルッと震えた。当時電光石火の急襲、必殺の人間魚雷等の言葉をつねに耳にしていた。

必殺の一撃叫ぶこのくすり
　ほろにがしくも　胃の腑えぐらる

とかく草平は、生来馬鹿な損な男であった。つねに他人の上に立つことを嫌い、極端なまで馬鹿正直で嘘と上手の言えない男であった。ために平時はもちろん、戦場においてもつねに底辺を歩いていた。そして右のような駄句凡句にひとりおのれを慰めていた。

蛙の女王様

今日もまた、敵弾のこない壕の中で草平は蛙とたわむれ、思うともなく空想にふける。兵は壕の縁で何することもなく、駄弁冗句にうち興じ手持ち無沙汰に身をもてあまし気味である。それでも中には空虚な一点を見つめ、茫然とわれを忘れ、放心状態の者も見受けられる。

なぜ人間は、こんなにも悲惨な戦闘を繰り返すのであろう。神は人類に優勝劣敗の掟をつくり、勝者のみ人間社会に生きよとおぼしめされ、その淘汰により勝者のみの楽園づくりを目ざされているのだろうか。そうすれば戦争は宿命的な人類進歩の一過程にすぎず、肯定するしかない。戦争は神意によるもので、むしろ自然淘汰現象の一つにすぎぬことになる。

なるほど造物主は酷である。当然つくられた人間は冷酷な運命下にあり、勝つために戦い、勝者のみの楽園づくりに死を賭して苛酷な闘争を続けねばならぬのであろう。

あるいは言う、戦争は人間本来の闘争心に因し生存競争の一過程にすぎぬと。また、哲理レーニンは社会的経済的見地より戦争が起こるという。

ともに首肯されるところであるが、本ノモンハン戦において前者は関東軍に、後者はソ連軍に通ずる言葉であり、日本軍は情に、ソ連軍は理に戦うもののようである。

種々考えあぐねた末、カントの永久平和論まで思い出して考えてみたが結論は出ず、諦め気味に蝿を捕らえて蛙の鼻先に恵む。パクリと大きな口を開いて呑み込んですましている。とたんに草平はまた考え込む。蛙には一見歯がないようである。そしてその咽喉より奥をとおして腹の底まで見とおし、大きな洞穴みたいな食道である。

人間の心理というものは微妙なもので、その時々によりその心の状態により琴線に触れるものが不思議と変移するものらしい。

蛙は語る。

人間族は昔から歯には歯をという。それほど歯は攻撃・防御の両刃の歯である。ただし蛙族にはその歯がない。無防備・無攻撃の現れだ。咽喉から腹の底まで見とおしで、他にこびる尻尾さえない。

それは嘘がない証左である。体中いずれの部分を見ても、敵性欺瞞の節がない。すなわち全身是平和の象徴に輝いているのである。そしてカントの永久平和論はわが蛙が教祖だともつけ加えた。草平は蛙に教えられたような、蛙のつけがまわってきたような気持で空虚な一点を見つめていた。

壕の外には奥深い大陸の夕闇がはてしなく近づき広がり、無限のかなたに消えていた。蛙は今宵も泰然自若、ゴソリ、ゴソリと落ち着いた態度を見せ、穴の暗闇の中に消えて行った。

この蛙は草平とたわむれている間、蝿一匹を食べただけであとは飲まず食わずである。穴の奥に餌があるはずがない。不思議な動物だ。そしてやはり暗闇でも目が見えるのだろう。何かそら恐ろしくいよいよ神さびてくるのである。どうも神の助けの使者では等と思いながらうとうとする夢現の間、蛙に案内されて幽暗の小さいトンネルを行く。はてしなく続くこのトンネルは、いつの間にか、外の光明も消え目さきが薄暗に、静かになった幽遠の境地であろうか、長い長い琥珀色の土のトンネルが紫煙の題にけぶってどこまでも続く。ようやく一路降りたところで広々とした空間が七色の御光に包まれ、ひらけた。

耳をすまし目をさまして見れば、見事な蓮華の台の上に蛙の女王様が神々しく優しく坐っている。下界の蓮の葉上に「私」のペットがキョトンとしてこっちを見ている。草平はペットを捕らえようと手を伸ばすが蓮の葉はいかほどあせって努力しても等距離を保ち、消えては現れ、消えては現れるのみ、手にすることができない。いつの間にかコバルト色の水の流れが目の前をとうとうと流れていてハルハ河になっている。河向こうは焦熱地獄呵鼻叫喚の戦傷者の渦である。無数の蛙が口に水を含み、傷者を恵み与えている。

目をひるがえしてハルハ河の下流を望めば、運慶の仁王様が大きながまを踏みつけ大きな目玉をむいて草平をにらんでいる。紫煙の中に岩見重太郎が大がまに乗って鎧帷子に忍者の姿よろしく現れた、とみればその向こうに閻魔大王が、またも、大がまに乗って深奥の霧の中に厳かに現れ出で、眼光炯々あたりを見まわした。草平は威光に打たれ、その前に平伏した。突如閻魔の大声が天地を圧した。草平、面を上げえっ！その声は大きく虚空に響きわたった。

恐る恐る顔を上げれば、口を開け！舌を出せえ！と大釘抜きを逆手に構えて雷神のごとく物すごい形相で叫んだ。草平は戦慄を覚え、蒼白になって舌を出した。よろしいお前の舌は寸足らずだ、長口舌がない。割と嘘を吐いていない。ゆるしてやると言った。そして今から俺の説教を聞けと申し渡し、クルリと後を向きまた大声に叫んだ。

蛙ども傷者に水を含めえ！無数の蛙が長い赤い舌を出し、ハルハ河の水を含んで傷者に恵み与えていた。閻魔は静かに草平をふり返って言った。舌は味を見、すべてを愛するためのもので嘘を吐くためのものではない。俺の本職は嘘つき人間どもの舌を抜くことだ。人間の世界は俺の仕事の完了と同時に平和になるだろう。すなわち人間族が嘘の世界から抜けだし真実の世界を追求する時、そこにこそ戦いなき真の平和な時代が生まれる。

そのよってきたるべき平和な世界では蛙族が人間を支配する。そしてこの蛙の女王が民主平和自由党の党主となるだろう。そこではじめて真の平和な戦いなき理想の世界が訪れる。なぜって、蛙には嘘がない、敵意がない。愛嬌があり、つねにカラコロと笑いを忘れない。そして一面害虫駆除の天才だ。かつ熱帯、寒帯、土の中、水の中、明るいところ、暗いところ、なお前時代的な氷河時代にも生きることができる。そしてはじめて万人普遍の真のユートピアができるのだ。すなわち蛙にはどこも同じ平和自由な笑いを忘れぬ天地創造が可能なのだ。

お前も蛙を信仰せよ。平和に長生きできるぞ。蛙はどこにあってもお前を救う道を知っている。蛙には嘘がない。

閻魔は蛙の女王に向かってこの者に蛙呆陀羅経の経文を伝授せよと申し渡した。蓮葉の上のペットがグルリと目玉を動かして微笑をたたえた。草平は土間に平伏、瞑目し合掌した。女主はおもむろに桐の箱より紫包みの一巻を取り出しうやうやしく捧げ持ち、経文、天心地道空行！終わり！と告げた。そしてこれは人間世界では、まごころ！じみち！くぎょう！と読むとつけ加え、ゆめその心、その道を忘れまいぞと、おごそかに優しく申し渡した。

草平の顔に御光が射した、そしてゆめゆめ、忘れません！南無妙法蛙呆陀羅経天心地道空行と頭を下げた。そしてシュリーマンのトロイの夢を追いましょうと申し添えた。

ペットが草平を祝福すべく歓喜に満ちた面持ちで、蓮葉の上にあふれるばかりの水をたたえて草平の前に置くが、何度手を差し伸ばしても届かない。喉がカラカラに渇いてしょうがない。一心に水を求めても届かない。求めあがくうちに邯鄲の夢枕は閻魔の大喝に破れた。

草平は閻魔の大喝とともに電光石火の平手打ちを喰らったような衝撃錯覚を覚え、びっくり仰天跳び起きざまおのれの頬をかばった。

ようやく夢から醒め平静になった草平は、その足許に白い腹を見せ大の字にのびたわが愛するペットの哀れな姿を発見し唖然とした。

静かに振り返ってみれば、この蛙、草平に群らがる蚊を夢中で追っているうち、誤って草平の首の谷間に落ち込み、反射的な草平の払いのけビンタを食らい、地面へ叩きつけられたものと推察される。

どうも可哀そうなことをと悔やまれてならず、そっと小指先ではね起こしてみた。蛙は意外にもむっくり四つんばいの姿になり肩を怒らして草平をにらみつけた。

草平はつい童心にかえり、すまんすまん怒るな憤るな、閻魔のビンタと勘違いしたまでだ、と何度も友達にあやまるように頭を下げた。蛙は憤然とした面持ちで横綱の貫録よろしくゴソリゴソリと穴の中に消えて行った。

広漠無限の砂漠にあって、つねにわれわれは蝿と蚊とブヨに悩まされ続けた。彼らは餌なきこの世界でも実に生活力旺盛、無数に群れて野外の排便時の襲撃は物すごく、ロ助の襲撃よりよほど敏捷であり、困りはてたものである。また、われわれは蚊の襲撃に備えてつねに原始的な防蚊覆面をつけて眠った。しかし深い眠りに陥ると、首の部分が蚊張よりつい露出しがちでその周辺が蚊の襲撃目標となり、自然とこれを追いわがペットを狙うところとなったのだろう。

薄暗い早暁のもやをついてわずかに陽光が射しこみ、内地であれば鶏鳴暁を報ずる(夜明けのこと)ころだろうと思いながら、いつになく爽快な気持で壕を出る。大陸のたたずまい、風の肌ざわりまで快く気宇壮大な気持になり、天佑ひとりわれにありと百万の味方を得た感を深くした。

それは外に天佑神助ありとするも、なお、内に天心地道空行とおのれのあり方を蛙の女王に伝授されたことによって、心の余裕をとり戻し、今まで心の動揺を禁じえなかった草平は、今そのよりどころを得て、暗夜に光明を得たごとく心強い自信が生まれたことによるものと思う。

蚊がおしよせるので夜は
この防蚊面をつけて寝る

釈然とせずに書いた遺書

この三角山に衛生隊が待機布陣して以来、すでに二週間あまり(十六日?)になる。前旬日は連日の敵砲弾の洗礼を受け、山形改まるほどであった。しかし、この旬日近く、敵襲はもちろん、敵弾一つこない静穏な毎日である。

兵とともに嵐の前の静けさでは等と、末端に至るまで危惧していたのである。その最たる理由は敵高台を移動する輸送車の動きが前にも増して激しく、友軍陣地からも何か物情騒然たるものがはっきりと目撃できたからである。

これに反し、友軍陣地は黙殺とまでゆかなくても特別の移動対応策がとられたのであろうか、草平が知る限りその徴しさえ見ることができなかった。おそらくはその武器弾薬にもすでにこと欠き、対応策の施すべきものを見いだせなかったのではあるまいか。なぜなら俊秀精鋭をもって鳴る二十三師団が無策であるとは考えたくないのである。さらに追求すれば、陸軍省の指令に反して出動した二十三師団は本省より異端者扱いを受け、武器の補充を拒否されていたのではあるまいか等と最悪の事態まで憶測する。

何か不気味な静寂の中に最悪の予感に襲われ、もう駄目だ余命いくばくかと草平も覚悟を決め心中穏かならざるところに、明朝はバルシャガルに移動、今のうちに遺書を書けとの伝令あり、通信紙二枚を渡された。ますますいやな気持になり書く気にもなれない。また、書いてもこんな最果の地から、とうてい家族に届く気づかいもない、とすてばちな気持が逆上してくるが、せっかく貰った通信紙二枚であり、明日をも知れぬ命であればと、自暴自棄に鉛筆でなぐり書きする。

〈遺書〉　戦塵を　払いてすめる　望の月

右記は単純なる憂きの世を超越した月を歌った俳句のように聞こえるであろうが、草平にはノモンハン戦を皮肉ったつもりの、しかも当時の軍の監視を逃れるための術を秘めた作であった。

表の意味は、自分は勇敢に皇国のために戦ってきた、今としては不平不満も何もなく、望月（満月のこと）のように満ち足りた澄んだ気持で死んでゆける。裏の意味は、本ノモンハン戦のごとき低俗な塵埃のような戦いはもうコリゴリだ、こんな戦いをするくらいならむしろ死んで望月のような澄んだ世界に住んだ方がよほどましだ、というのである。以上は辞世の句である。

遺言としては妻あてに、

子供をたくましく育ててくれ　お前の幸福を蔭ながら祈る
老父母を頼む　近隣の人々に宜敷く御伝言を

と、簡単にしたためた。

この遺言は今もまだ手許にあるが、字が下手な上に膝を机がわりにしたヤケのなぐり書きでとても人前には出せぬ。

広漠無限ホロンバイル草原の一角、まさに棺桶相当の一人壕の中は夕闇とともに薄いもやが漂い、月影わずかにその虚を流れ、兵の哀れな姿態を照らす。胸襟をひらいて語り、生死をともにし、いつしか一心同体に交わりし戦友も、今は妻子父母にそれぞれ遺書を書きながら無念の涙にむせび、はるかなる故郷をあるいは恋人をおもい、懐旧の情あらたなるものがあるのであろう。すでに寂として声もない。

草平も暗い壕底にこの世の別れを惜しみ、やむなく遺書をしたため終わるも、何か釈然たらざるものがあり、無念やるかたなく、しばし瞑目する。なお、ここに坐して死を待つに忍びず、亡霊のごとく壕をはい出し、夜叉の形相物すごく、ゆえ知らず絶叫とともに長船を抜き放ち、暗夜の空間を縦横無尽に斬りつけ切りさき暴れ狂う。せっかく親父が与えてくれた祖先伝来の宝刀にいささかの用も足せず、草平とともに無念を抱いて土に埋もれ眠れとは、いかにも祖先に対し申しわけないことに思ってのことだろう。草平自身、今かえりみても判からない。

いずれにせよ、当時こんな精神錯乱状態にあったのは草平ばかりであろうか。たぶん、兵皆同様な異常・興奮状態でおのれの心の恐慌、万感の波濤におのれ自身を制するにむしろ必死であったようである。なぜならば遺書を書くに相当する理由、大義名分が判らない。いやしくもかけがえのない人間一人の遺書を書くのに、そのしかるべき代償に値する解明がないのである。たとえば明朝は敵中に白刃をかざして突入玉砕するとか、今日はバルシャガルに敵を強襲するとか、はっきりとした理由があれば死を覚悟した草平たちは、こんな醜態を演じないだろう。

いかに皇国のためとはいえ、一命を捧げるに漫然と理由もあげず遺書を書けとは、あまりにも思慮なき個人の人格を無視した統帥部の横暴無礼であろう。従順なる兵の間にも不平不満の横溢は当然である。草平はもちろん、兵もともども一命を捧ぐべく覚悟しているものを、その純血の一滴だに値せぬ統帥部の軽挙盲動に対する不平不満は誠実無垢なる兵なればこそ、ますます酷なるものがあったのではあるまいか。

ただし、そこに幾分の理由があるとすれば、明朝はバルシャガル高地に移駐し敵砲火の、また、戦車の下に惨死せよとの意に解釈されるのである。それはあまりにも至誠なる兵を虫けら同然にみている。天意に反する大逆ではあるまいか。まさにバルシャガルならざるパルチザンに通ずる反逆の道である。人間誰しも最後の死に場所を得たいのである。その死に場所はおのれが納得できうるものでなくては意味がない。その納得いかぬところに不満の爆発・暴動がある。

強《したた》かに暴れ狂い、疲れはてた草平は大の字になって大地に仰臥し、腕を枕にわれを忘れて天空の運行に見入る。

広漠無限の夜風は索漠荒寥として肌に冷たく、蕭々として心なく流れるも今の草平にはかつての死臭を運ぶ。月影淡き幽暗のはてに無念の叫びとともにたおれた戦友の悪鬼のごとき形相と慟哭が聞こえる。草平はふたたびここに臥する(横になる)に忍びずわが壕に帰る。心を平静に戻すべく瞑目するも、眼底にはなお、敵前渡河時の阿修羅の生き地獄が映る。どうすることもできずわれとわが身を制することのできない衝動と、ゆえ知らぬ憤りにひとり唇を噛んで涙する。さきほど書いた辞世の句も、われにそむいて破り捨てたい衝動にかられる。草平はつい精神的、肉体的に疲れはて、壕壁に体を預け眠るべく瞑目、鰯の頭も信心からと、天心地道空行のわが経文を腹の底から唱えてみた。壕底の暗霧の中の唱名はわれながらいかにも時宜を得て見事であり、まさに日蓮入道のそれであった。

いつしか心のわだかまりも消え、うとうとと眠りにつく。

八月十六日(?)

今朝は昨夜の不安も紀憂に、わりと夢も見ず熱睡したようで頭が涼しい。暁闇の壕の中はなお冷たく、暗く濃い朝もやが肌に迫り夜露を含んで爽快な朝を告げる。

天地は本日限りのわれわれを、聖天をひらいて気持よく迎えてくれるのであろうか。東天わずかに白むころ、草平は壕を出て、清澄きわまりない朝風を胸いっぱい吸い込む。これがわが最後の悦楽の世界かとおもえば感一入《ひとしお》である。

首をめぐらし、ホロンバイル草原を望めば、冷気漂う朝もやの世界は重畳として大海原のごとく千里万里のはてに消え、陽光に映えて美しい。やはりこの世の天地はすばらしい。本当によい世界だなァ！と改めて感嘆の声を漏らす。ゆえ知らずこの世に未練愛着の情が湧く。そしてさらに想う、こんなゆえなき戦場より脱け出し、この天地で放牧の一生を過ごしうれば自分の性格に最も適する天命の道ではあるまいか、何か脱走の工面はあるまいか等と心の惑い、黒い片影が脳裡をかすめる。草平の持って生まれた素性からして、このホロンバイルの環境・たたずまいはまさに好適である――参戦来そのようにまた思っていたのである。

ともあれ、頭の中には空想妄念の渦が走馬灯のごとく、草平一生の勇断決断の秋と思いながら黒い影とともに壕に還る。

草平の脳裡には索漠荒寥の嵐が吹き荒れていた。かえりみれば参戦以来。今に至るまで、皇国のため、同胞のため、一心不乱に命を賭して戦ってきた草平が、今日は昨日の草平ではないのである。脱走まで考えるほど不逞の輩化しているのである。われながら慄然とする。草平はおのれの胸中に押し寄せる万感の波濤を鎮めるべく壕底に降りた。壕壁をにらみ静かに切歯黙考していた草平の目の前には何のてらいもない静かな薄暗い土があった。いまだ壕底には紫暗の朝もやが漂い、暁闇の匂いが強かった。

外界は快晴でも、深い壕はなお薄暗い。外界より降りて静かに坐した草平の目がしだいに馴れ、壕壁の一隅に立て掛けてある帯刀を発見したとたん、やや背反りに曲がったこの長船が老いくたびれた痩躯に高く曲がった鼻の親父に見えてきた。親父の鼻がいつの間にか鷲の嘴に変わり、眼光炯々として草平をにらんでいる。草平ははっと胸をつかれる思いがした。この長船は出征当時軍刀に改装し、親父から草平に贈られた祖先伝来のわが家の宝刀である。草平に渡す時、いつどういうことがあるやもしれんが、嘘と人に迷惑をかけることだけは慎め、とただそれだけを別れの言葉としたものである。

草平はその当時、いつも幼少時より口ぐせのように聞かされていた言葉をいまさら繰り言のように、これが最後の別れとなるやもしれぬ今はの際に何事ならんと聞き流していたのであるが、最後の時を迎えた今、それが眼前に急に大手をひろげて立ちふさがり、心臓の奥を突き刺すような衝動と威圧感動に似た太陽のような厳しい温かい親心を懐わせるものがあり、落涙せずにはいられなかった。

草平は、人に迷惑をかける、人に迷惑をかける、と何度もひとり心の中でつぶやいた。俺がもし仮に脱走したら今までの真心から出た行為はすべて水泡に帰し、無駄になる。そして脱走の汚名を着た草平のために家族や近親者はどのような肩身の狭い思いで世を送らねばならぬことだろう。自分一人の道に草平自身満足であっても、周囲はそのため赤いぼろの濡れ衣を着せられ悲運を歎くことだろう。これが憂き世の償いというものだろうか、釈然としない点もあるがやむをえないことだろう。自分一人の世界ではないと反省し、決然諦めることにした。

草平はすべての問題解決と急におのれの死出《しで》(死んであの世にいくこと)の旅路を見いだし、心の微笑とゆとりをとり戻していた。今まで反逆感傷の渦の中にいた草平はいやなおのれを忘れるためか、急に学生時代の好きな放浪の歌を思い出し唄い出した。

その声は低音ではあったが、早暁の暗霧をついて意外と明るく軽やかだった。

流れ流れて落ち行く先は　北はシベリヤ南はノモンハン
果てない砂漠の天の果なる　島にてもよし清水が飲みたい
昨日は東今日は西と　流浪の旅は何時まで続く
何処の土地を墓所と定め　何処の国の土とやならん

この久しく忘れられていた放浪の歌が、急にとっさに頭に浮かんできたのは不思議というほかはない。そのものズバリ、草平たち戦士の今の立場を物語るものである。なるほど、このノモンハン戦は激烈悲惨をきわめる現代戦であるが、その反面われわれ戦士には昨日はハルハ河左岸、今日は右岸とあてどもない放浪的な戦いでもあり、また、いつどこでどうして死ぬやらわからぬ定めない浮草みたいな大義名分のはっきりしない戦いでもあった。

また、われわれは二、三日来飲料といえるほどの水を飲んでおらず、咽喉《のど》がカラカラに渇いて水が欲しくてたまらなかった。それでいて幼少のころ山登りに疲れ咽喉が渇いてしょうがなかったおり、下山と同時に谷川の水を手ですくって飲んだ、その冷たい清水の味がいまだに忘れられずつい思い出され、草平がこの放浪を少しもじって右のとおり作詞し替えたものである。感傷にみちた境地で唄い終わった草平の足の甲に、ぱっと軟らかい肌触りの感触を覚えた。見ればわが愛するペットのお出ましである。草平の歌を聞いていたものか、いい気なもんじゃと言わんばかりの愛嬌のあるキョトンとした顔で草平を見ている。

ついで何思いけん、突如いつになく無遠慮に腹部より胸のあたりまで跳び上がり躍り上がってくる。何度転落しても胸へ首へと登ってくる。けがらわしいと思いながら別れが惜しまれるのかなあなどと可愛いく思い、今日の草平はじっと我慢してそのなすままにまかしている。さすがの蛙も疲れたのか膝の上にちょっと休憩という格好で微笑さえたたえて草平を見ている。そしてつい唄い出したようにも思えた。草平への死出の旅路の見送りの詞でもあろう。

浮かれ浮かれて落ち行く先は
ウスリ江の上か蓮っ葉の上か
何処の水で泳ごうとままよ
何処の土地で住もうとままよ
アーホイホイカラコロカラコロ

唄い終わり、以上は蛙の自由憲章にある第一章、蛙のたわごと「流水の唄」であるとカラコロと語った。さらに大きな口をムニャムニャさして天心地道空行と唱え、目をつぶったようにも思えた。

以上は蛙の長い観察による愛着心から出た草平のちょっと茶化した妄念空想の唄であるが、暗黙の間の語らいでもあるだろう。とにかく二旬あまりにわたる蛙との同居は、蛙とともにお互い別れの惜しまれる、楽しい懐かしい忘れられざる、戦傷のいやされた毎日であった。

軍医ドン、いよいよ進軍ですバイ、と例の伍長が知らしてくれた。進軍とは驚いた。伍長もあえて揶揄し、意識的な自嘲の言葉であろうが、草平もこれに応じてさらば突撃吶喊《とっかん》タイ、とやおら腰をあげた。そしてなお、壕底にある蛙殿に対してサラバとことさらにものものしく直立不動、挙手の礼を別れとして壕を出た。蛙はグッグッと息をつめて泣いているようであった。

五味川氏著作にみる戦いの実相

草平はノモンハン戦従軍中、さらに終戦直後の海拉爾において、従軍将兵の直接あるいは間接にその悲惨なる戦況を耳にし、後日世に発表する機会をうかがっていた。そして多忙にかまけて荏苒《じんぜん》と日を過ごすうち四十年近くを過ごしてしまった。今ここにその事実にもとづく伝聞・風聞を再現すべく再考吟味するのであるが、日とともに薄れてゆくその記憶は草平の日減りする頭髪のごとく、いかに努力してもありし日の姿を再現しえず、実感に乏しく頭を悩ましていたものである。

たまたま五味川純平氏の『ノモンハン』を読みふけり、その実戦談、詳細なる作戦指導経過等を見るに及び、草平の実感そのままズバリの場面が多く、共感を覚えた。そして、より多くの真実を伝えるためにむしろ五味川氏のそれを拝借し、草平の記憶と直接関係ある部分だけに絞りここに記載する。同書、三角山よりノロ高地に転進した小田大治氏の手記（二二六五ページ）より。

「後方に向って殆んど真左に一ケ所猛烈なそして大きい砂煙と砲煙が混り合って揚っているのが見えます。〝オイ伊東あそこはバルシャガル高地の方と違うか〟と言えば、〝どうもそうらしい。山県部隊が撃たれているなあ。どうだまあ、あの砂煙は〟と答えます。

この頃或は向うからもノロ高地の方を見て、〝長谷部支隊が猛烈にやられているわい〟と話していた兵隊がいたかもわかりません。

そのうち戦車が十数台右手の稜線の蔭から現われます。歩くソ連兵もいれば、戦車の尻に乗ったのも居ります。砲塔から乗り出したソ連兵が四角の赤い手旗を左右又は上下に振って、お互に連絡しているようです。まるでソ連軍の演習を見ているようでした。

後方の日本軍と向い合う敵の前線が長谷部支隊の後方にあることを翌払暁には知りました。〝これじゃ敵の方も後ろの方もなくなって了ったぞ、まわりが全部敵だなあ〟と二人で話し合ったものでした。

たそがれます。大砲らしいのを分解して地中に埋めている様子です。いつかは弾の補給があるものと信じていたものでしょうか。友軍の飛行機さえこの頃はただの一機も見たことがありません。

長谷部支隊はこの頃すでに小銃弾にもこと欠く程になっていたものでしょう。

白兵の届かぬところから敵は支隊に損害を強います。乱戦ともなれば恐らく三角山の二の舞でしょう。全滅してそれで陣地が確保出来るでしょうか。三角山がよい例です。

そしてその前に或は増援部隊が来て陣地確保が出来るでしょうか。事実師団長が漸く出た軍命令により自力で引き揚げられるまで増援部隊は到着しておりません。

この時の長谷部支隊の引き揚げを決意された指揮官の方の心中はどんなでしょうか。二、三日にみすみす五百の生命を失って、尚陣地を失うよりは、可能な限り生還して有効な戦力にとも考えられたかも知れません。或は五百の生命に代って死をも覚悟されたかも知れません。

あの陸軍最強の時に戦場の捨て子の如き有様に置かれた二十三師団のあの実情を知って尚、責め得る人があるでしょうか。ぬくぬく生きて、後からの批判は誰にも容易のことです。全滅もまた悲愴にして又美しい軍人の華でしょう。しかしあの時、あの状況下に、即ち後方の日本軍大部隊に対するソ連軍の防御の線が出来ていたあの時点で、引き揚げを決意され断行された指揮官があらわれたとしても、それもまた勇気ある武人と信じます。

もし万一長谷部支隊を違法とするならば、あの大部隊を抱えて二十三師団の実情を知りながら救援出来なかった（或はしなかった）第六軍に果して責なきものでありましょうか。あの二十三日の三角山の現実を知って後同じ頃井置支隊も悲惨な戦闘をしたのではないでしょうか。そしてその後に続く毎日の悲惨な死闘（武器なき闘いを戦闘と呼ぶべきでしょうか）に対して関東軍は違法以前の責はないのでしょうか。

増援が或は救援が不可能と知ったとき、或はしないと決めたとき、二十三師団に命令を下せる立場の第七軍或は関東軍司令官が今数日早く引き揚げを命令することは出来なかったものでしょうか。随分の生命が救えましたでしょうにと、私は三十三年来、今尚兵隊の身勝手か、これが離れません。」

苛烈なる戦場にありながら、淡々と平静に書かれた小田氏の手記には、戦友愛の美しさと死を覚悟し大悟《たいご》徹底せるその心境のほどがうかがわれ、剛毅な兵の姿が読みとれる。

かえりみれば兵隊とは反面気楽なもので、軍人気質というか往復ビンタの蔭に稚気満々たる魅力の幸福なる泉を持っているようである。なぜか兵隊にいつも不満を言いながら兵隊生活がこよなく懐かしく思われるのは、わが苦闘の戦場を経験したからだけでもあるまい。そこには言い知れぬ温かい単純素朴なまでに真心のよき交流の泉が漂っているようである。

右記の小田氏の意見を聞いて、当時の生き残りのわが戦友諸氏は異口同音、即座にもっとも同感を表されることであろう。草平もまた、その一人である。二十三師団は捨子同然なのであった。

その直後に控えた第六軍、あるいはこれを指揮する関東軍は、おのれらの不明による非勢をかえりみず、つとにその責めを第一線将兵に負わしめ、おのれの尻はおのれで拭えとばかり、われ関せずと冷厳なる目で見ていたようである。いかにも無情であり無策であった。小田氏ならずとも草平とて不満不平の恨めしい思いをしたものである。そのよってきたる最たるものは、生きとし生ける者の浅薄さであろうか。

飲むと食うと寝るの不満によるものであり、こっちはその三つに飢えて死線をさまよっているのに、第六軍は天幕を張ってぬくぬく動ぜざるという。同じ国軍でありながら、腹立たしく思わぬ者が誰あろう。

ただし、反面冷静にして公平なる「我」は思うのである。あの当時の七師団（第六軍内）の措置は人間誰しも小を捨て大を採る大義について賢明なる道を選んだものと。七師団があの際、同胞愛の激情に燃えて猪突をあえてしたとすれば、それは前車の轍を踏み当然潰滅的打撃を受けたことであろう。まことに賢明にして深慮ある七師の中枢である。非難覚悟の熟慮断行ではあるまいか。

そもそもノモンハン戦は、二十三師団特に参謀、服部・辻を中心とする若手強硬派の、敵を知らずおのれを知らざる三ボーのなせる惨禍である。

さらに同書、小田大治氏の手記より。

「ソ軍の陣地を抜けた途端です。即ち稜線の反対側です。私達は凄い異臭に愕然となります。足許の散兵壕は目をそむけたくなる程無残にやられた友軍の陣地です(たぶんバルシャガル)。明るさが増して来ました。夜明けが近いのでしょう、急がねばなりません。この陣地を通過して暫く後のしらじら明けの頃、日本軍の通信兵二名に遭遇しました。笑わないで下さい。この二名を追いかけて日本兵と知った時、四人が四人共に腰が抜けたことを今もおかしく思い出します。観測所と呼ぶ少尉以下十名前後で観測している所へ連行され水と乾パンにありつきます。教えられた後方へと歩きます。同じ草原が別なところの様にすがすがしく見えます。助かったのです。」

これが、たぶん八月八日の朝である。すなわち後述の、草平がニゲモリソトの森に救出されて久々明るい歓びに天地が別の世界のように目新しく新鮮なものに思われた日のことである。

さらに同書より。

「前線から運ばれる負傷兵は驚くばかりです。聞けば夜襲でやられたとのことでした。可哀相でもありますが〝水を飲み米の飯を食って居り乍《なが》ら前線まで来れなかったとは〟割り切れぬ気持ちも胸に湧きました。すぐ傍に大きな天幕を張った野戦病院らしいところに辿り着きました。小さな飛行機がしきりに草原へ発着します。負傷兵を運ぶのでしょうか。この横に物資集積所があります。夜になるのを待って三人はドロボーに早変りします。背に腹は代えられません。お蔭でどうにか露の命をつなぎます。夜は拾った梱包の切れ端を被ってゴロ寝です。結構夜露は凌げます。」

小田氏が野戦病院で見た多数の傷者は草平が酒井玉砕部隊を収容した、その傷者であると憶測する。根拠は次の条件による。

一　日時が一致する。

二　敵総攻撃の二十日来、二十三日に至る敵の包囲網は完成し、草平たちはその鉄火の中の虜囚に等しく、以来二十七日まで後送の途はふさがれていた。それは敵戦車の後方迂回、監視の目がすでに光っていたからである。

もちろん、山県部隊をはじめ他部隊の死傷者収容もされたことと思うが、個々別々の担架収容であり、一挙に多数とはたぶん輸送車によるものであろうが。七師を控えた草平たちの後方以外に輸送車の途はないと思うからである。

おそらく日本帝国陸軍には戦死傷者収容・後送等の温情なく、酷なまでに切り捨て御免の観念が底深くまかりと通っていたのでは、等と危惧するのである。

中国大陸でなく、申すに及ばぬソ連相手の戦争であり、東部戦線で練り上げた近代戦であることに気づかぬ日本陸軍でもあるまいに、わが衛生隊装備たるやまったく日露戦争時そのままで、軽視された存在であり、事前より死傷者後送の道は無視された観がある。

患者車といえば聞こえはよいが、二頭の満馬が並列してひくチリン蕎麦の屋台である。広漠無限のこの地にあって、わが珍無頼の輸送車は当然その高き目標となり、敵陣高台を踏んだとたんまさに鎧袖一触《がいしゅういっしょく》に葬り去られ何なすところなく消えて、爾後《じご》一台も残っていないのである。

その操典(旧陸軍の書物)には死傷者を戦場に残さざるを日本陸軍の美風とうたってあるが、しかるべき装備・措置の何ものもない。日本陸軍の誇りとは戦車には肉弾と火焔瓶で、近代戦敵火の中の傷物にはチリン蕎麦の屋台でというのであろうか。

上記死臭の屍の山はたぶんバルシャガルであろう。それは土崩れによる生埋めとともに文献によれば六五パーセントの損耗率で壊滅的打撃を受けていたのである。

(五)三角山からバルシャガル

敵戦車の砲弾に驚く

三角山下の通りには兵がほとんどすでに勢揃いしているようであるが、特別の人員点呼もないらしく、あっちに四、五人、ここに二、三人とたむろしているだけで嵐の前の静けさとはうらはらに、のんびり遊山にでも出かける風情であった。かえりみれば三日近く敵襲・敵弾なくのんびり壕の中に暮らしていた草平たちはいつか戦い忘れ、戦争ボケしてしまったらしい。自然なれ、ノモンハンずれしまったのかもしれない。それほどこのホロンバイルは悠長である。特に今日は春のような穏やかな日和で、ころはすでに午前八時すぎであったろう。朝の日射しも晴々と遊山気分になるのは当然のことにも思えた。さあ出発だと下士官の号令がかかるが、特別整列する様子もなく、三々五々下士官の後について行く。まったく他愛ない学童の列である。小さな芝生程度の雑草を踏んでホルステン河畔に至る。ホルステン河の下流に川柳のややこんもり繁った湿地帯がある。この柳の森を避けて下方にまわり、川柳の途絶えた間を選びわが遊山の列は進軍する。草平はそのとたんギクリとした。柳蔭のその眼の前にソ連戦車がいるではないか。よく見ればこの戦車は湿地帯にはまり動けず擱坐状態にあるものと思え、弾痕も特に戦った痕も何もない無傷のものらしい。もちろん敵兵の姿も見えない。戦車砲弾が生のそのまま持ち出され、周囲にころがっている。たぶん友軍兵が戦車の中の状態、砲弾等を調査検討したものだろう。草平は敵戦車砲弾を抱きかかえながら、誰か戦車運転できるものはないかと周囲の兵を見渡すが誰もしかるべき者がいない。やむなくこの砲弾の長さ大きさをおよその見当で調べて驚いた。しろうと目にもはっきりしたことは薬莢が友軍のそれの倍の長さであることだ。

草平は反射的に三角山の爆破炎上した友軍戦車のことを頭に思いうかべていた。当時その戦車内になお残留した友軍砲弾の薬莢の長さはまさにこの二分の一である。とすれば概算してその射程距離も二分の一になる。そうすれば敵戦車は友軍戦車がその射程距離に入る前に撃破すれば、指を折って計算して待っていても勝利をかちうることができる。

右のモデルケースともいうべき彼我一対一の戦車戦を数日前草平はまのあたりに見ていたので、なるほどとうなずいた。友軍戦車砲弾は敵戦車に届かずそのはるか手前の砂塵をけっていたのに、敵戦車砲弾は

戦車を前面にたてて進むソ連軍。　当初の敵の戦車ばかり鮮烈に映り、狙撃兵は見えなかった。回を重ねるに従い、戦車の後方両側に狙撃兵がいるのがわかった

日本軍95式軽戦車―日本軍の戦車砲はチョコリンとついている、という印象をあたえた。そして、全体に錆びついて見えた。

日本軍が捕獲したソ連軍戦車　ソ連軍戦車は、暗緑色でスマートで、いずれにしても戦車砲がやけに長く見えたものである。

優に楽々と友軍戦車に達し爆破炎上、草平たちを無念の涙に泣かせたものである。さらに砲身の長さも友軍のそれの倍ではあるまいか、馬鹿長いのである。

物好き草平はその名に恥じず、この戦車内のもようを検分すべく車内にはいろうとした。少々運転の経験がある草平は自力で運転し、分捕りの功績にあずかりたいとの野望も多少あったかもしれない。また、一面怠惰な統帥部の情報収集のいく分でもカバーして、後日の役に立てたいとの熱意にも燃えていたようでもある。戦車内より頭を出してふと周囲を見れば戦友は一人もいない。すでに二百メートル前方を進軍している。草平も急に淋しく恐ろしくなり内部をあらためる暇もなく後を追う。

ただし、その折の本戦車内の状況は今もなお、少しの間ながら眼底にある。そのままを披露すればやや薄暗い鉄の底の中に無数の戦車砲弾が乱雑に転がっていて足の踏み場もないありさまであった。ただしこれは友軍兵がその内部を検討した際の乱雑な姿であろう。

隊列にようやく追いついた草平は歩きながら考えていた。もし敵の情報収集に熱意があるなら、この戦車を捕獲し友軍陣地に誘導、構造・機能等をなぜ検討しないのか。あまりにも、迂遠迂闊で緻密なる基礎的用意に欠けている。もちろん遺書を書くような現時点にあってこんな心の余裕はないものと思われるが、そのことだけでもこれからの日本軍の将来を思うとき、当然なされねばならぬ重大なる一段階、一礎石ではあるまいか。特にノモンハン戦における勝敗は戦車の機能の優劣によるところが大きいことは全将兵のひとしく認めるところであろう。この無残なる根源をもかえりみず、このよき資料チャンスをこのまま見逃すとはあまりにも迂闊である。軍統帥部はすべてをご存じのことかもしれないが、過去の実績からすれば納得すべき何ものもないのである。

これに反しソ連軍はその基幹たる人的損耗の回避に極度の配慮をし、第一線の最も危険な場所にはモンゴル兵を配していたように思えた。このことについては同じアジア民族として反感を呼ぶところではあるが、とにかくスラブの命を大事にしていた証左にはなるだろう。なお、戦争は兵器により解決されることが望ましく、兵はこの戦器を操作することだけを得策とし、無上の戦術とするという科学的合理性の風潮がうかがわれ、そのためには相手の戦器の情報収集、それに対する研究開発に重点が指向されているものと推察された。それは彼我の戦車の一つを対照してみてもうかがい知られることである。いずれにしてもすべての兵器の機能性能において、我は彼のなかばにも達しない状況にあったことは第一線将兵のひとしく認めるところであろう。草平は歩きながら考え、憤慨していつバルシャガルに着いたか覚えていない。

いつどこでどうなるかわからぬ遺書まで書かされた草平たちはまさに生ける屍であり、どこをどうしてここにあるかも判からない。止まれ、この塹壕で暫く待機せよという命令が出た。見れば今までの蛸壺と違い平地に長い塹壕が掘ってある。過去の経験からすればどうも砲兵隊用のものらしいと考えている草平のところに、紫褐色に日焼けした顔に歯だけが白く笑っている男が目を光らせて懐かしそうに近よってくる。よく見ればわが担架小隊長島田少尉である。ヤア！オオ！とお互い会釈するが何か忙しそうで、また！と挨拶したまま手を挙げて彼はどこかに消えた。

何か不安な予感にうたれたが、兵の語るところによれば左二百メートル先方の本地点よりわずかに小高い砂丘の蔭に島田小隊が待機、さらに先方三百メートルの三角山ほどの高さのところ、これを俗にバルシャガル高地と呼ぶのであろうが、岡本砲兵隊の一分隊が本高地を楯として布陣しているとのことであった。

午後三時すぎであったろう、意外にも友軍砲弾五、六発が敵陣地に撃ちこまれ、友軍兵の間に久々に快哉を叫ぶものがあった。ついで敵はこれに応じて四、五倍の砲弾の返礼を浴びせてきた。部隊はともかくも、周囲に暴露状態にあるわが衛生隊は何する術もない。敵砲声が止んだ数分後、岡本隊は憤激したものか、また、二、三発の砲弾を敵陣目がけて撃ちこんだ。敵も怒りの応酬とみえてその数十倍を返礼してきた。いよいよわが衛生隊は耐えられず、砲撃中止と叫び返す者もいる。草平は無用のことと思い何か割りきれぬ気持で暗然としているところに、島田少尉が敵砲火によって土埋めになったとの報告を受け、即刻塹壕内を低姿勢にはうように横跳びに突走っていった。草平がようやく現場に到着した時にはすでに兵により掘り出され、命拾いをしたと幾分蒼白な顔に不敵な薄笑いさえ浮かべて感謝していた。

大陸の夕暮は早く、壕内に立ってなお、さきほどの暗い世界を噛みしめている島田少尉の助かったその歓びとはうらはらに万感こもごもという暗然たる姿の影が、硝煙の匂い残る夕焼け空の下に長く尾をひいて流れていた。

そしてなぜか今もなおその淋しげな面影が不思議と眼底に残って離れない(彼は以後太平洋戦争で戦死したという。惜しい人であった)。

おのれの壕に帰った草平は薄暮の間にあって、本夜暗を期して夜襲でもしかけるのかなあ、ただし砲兵隊では等と、ひとり思いながらつい眠ってしまったらしい。

(六)ニゲモリソト移駐

医長戦死に呆然

遺書の裏づけとなるべき何らの激戦も悪夢もなく、日射しの明るい朝を迎える。昨日の緊張も一時にほぐれ、のれんに腕押しみたいな物足らなさに呆然としているところに、ニゲモリソトへ転進の命令を受ける。その道は引かれ者の小唄というほか、記憶も何の感激もない。草平たちはいつの間にかニゲモリソトの一角にたどり着いていた。ここでの第一印象は満面に喜びをたたえた医長の歓迎の表情である。

草平殿きたか、と先方で何かしていた医長はその手を休めて草平のところに駈け寄ってきた。よかったよかった、お互い生きとってよかった、と身体全体に歓びの感情を表して迎えてくれた。真赤な顔に感激の涙がいくすじも流れていた。草平もつい身体全体が熱くなるのを覚えた。ここは今までの砂漠の荒野とはいく分趣を異にし、低い灌木があっちこっちに散在し、小さくやせ衰え、老いくたびれた松さえ見える。この地方で俗によばれるニゲモリソトの森である。医長以下の兵は約三十名、草平以下の三十名ほどの兵も合流し、最近では珍しい医務室の形態を整えた。医長は例によって草平と一緒に壕を掘ろうと言う。もちろん草平も異議ないことであるが、位置をどうするかで意見が対立する。医長は前面の崖下にと言う。草平は土崩れを危惧しそれより四、五メートル後退して掘るのが安全と言う。しかし医長は灌木のある崖下であれば土崩れの予防になり安全だから、そこに掘ると言う。草平もわが尊敬する医長の意見なのであえて拒むわけにゆかず、渋々承諾、そこに二人壕を一緒に掘りあげる。

当夜はこの壕に医長とともに夜を明かす。医長はいつものように大の字になり高いびきの豪傑眠りであるが、草平は土崩れが気がかりで目はつねに崖縁にとらわれ安眠できず、目がさめても頭の芯が痛く辛い思いをした。

草平はつい愚痴が出た。医長殿草平副官はもうあの壕はこりごり、お蔭様で今朝は頭がふらふらです、自分だけ高いびきでこっちはその寝ずの番ですよ、手前に掘り代えますよとぶちまける。医長はハッハッハァと大声をあげ大きく背伸びして豪傑笑いをした。何を言う、俺が目をさました時君は高いびき、こっちの方こそ寝ずの番さ、大丈夫大丈夫俺がいりゃ鬼に金棒、死なしゃせん安心しとれと、まるで鬼の首をとったような顔をして去る。

医長が緊張の面持ちで帰ってきた。部隊は本夜暗を期して前面の敵に夜襲をかける。衛生隊は随行を命じられた。君が行ってくれるか、と命令でなく相談を持ちかける。いつも親友関係にある草平も上官である医長に対し直立不動、草平見習医官は本夜襲に随行しますと復唱する。

日が暮れて天佑なるか当夜は真の闇であった。かすかな記憶をたどれば、夜襲部隊は一小隊足らずの小部隊であった。緊迫感に胸をしめつけ、暗夜の道なき道を紆余曲折、随行二キロメートル近くも進軍したころ、衛生隊はここに待機せよとの命令が下る。

真の闇の大虚空にポッと投げ出された木の葉のようなむなしい恐怖感が身を襲う。前方の闇の中でいつ激闘の雄叫びがと、今か今かと戦線の行方を憂いながら、深夜の闇の底で待つ気持は心のおののきとともに身を削られる思いがする。待てど待てど前面に何の声もなく、奥深い寝静まり返った真の闇があるばかりである。はるか前方に吶喊の勇姿と剣撃のひらめきを夢みるも、さらに音沙汰となく友軍は還ってこない。連絡だにない。気はあせるばかりである。野中の一本杉みたいに置き忘れられた草平たちは狸にだまされたような不安と焦躁を覚える。すでに朝の三時ごろだろうか、咫尺《しせき》を弁ぜざる（暗くて近くのものの見分けがつかない状態）周囲もいつしかお互いの顔がほの見え、白夜を迎える。夜が明ければますます危険と気はあせり、心は憂える。実戦の経験なお浅い草平は、自分らが迂鈍にして馬鹿正直だったのか、もう本隊は引きあげたあとでは等と恨めしく思う。反面、任務未完遂のこととて何か引きあげるのもうしろめたく、うしろ髪をひかれる思いで引きあげることにする。

二百メートルほど引きあげたところでいつの間にか草平は当番兵と二人だけになっているのに気づく。他の兵はすでにあとをも見ず早々に引きあげたらしい。それでも草平は後の方が気がかりで振り向き振り返り、ようやくわが陣地に到着する。行きの暗夜の途は遠く、四キロメートル近くもあったと思っていたが、帰りの途は意外に早く一キロメートルほどの近い途であった。陣地に帰ってみると、医長はすでに壕で安眠している。起こすのも気の毒に思い、当番兵とともに壕のかたわらの草の上にそのまま横になる。くたびれとともに熟睡していたようであるが、突然わが安眠の世界は兵の怒号に破れた。軍医殿！医長殿が！と叫びざま叩き起こされる。びっくりした草平はそのままはね起き壕を見れば、土崩れの中に医長の帯剣のみがほの見える。

早急に兵とともに医長を掘り出し草原に安臥させ、仔細に診れば瞳孔はすでに開き、死後硬直さえわずかに現れている。草平はしまったと直感した。東天ほのかに朝日に映える静かな朝で、時計はすでに早暁五時をさしていた。草平が帰隊したとき(午前三時半ごろ)は土崩れ当初ではなかったろうか。暁闇の壕の中をよく見ておけば、医長の土埋もれを発見確認できたかもしれなかったが、薄暗い壕の中では確かに高いびきさえ聞こえているように思えた。思えば錯覚ではなかったろうか等と悔やまれる。屍体の硬直程度より判断すれば、すでに三時間以上たっているように見えた。ただし土埋めの屍体をはじめて経験する草平には確たる自信はない。土埋れ屍体はその重圧により死後硬直が早期に現れるのかもしれない。

いずれにしてもあれほど草平が注意したのに、医長はなせ自分の意見を強行したのであろう。屍体に鞭打つようであるが、今に至るも悔やまれてならず、あとの愚痴は別れの涙とともにつきなかった。それにしても草平自身は医長とはうらはらに何と幸運なことであろうと、いまさらながら神に感謝せずにはいられなかった。ほんの紙一重の差であり、改めて彼の蛙呆陀羅の神を信じたい気持になった。草平にとっては意外にも死からの逃避の夜襲であり、思いもよらない天佑ともいうべき暗夜行であった。蛙の幽暗の助けの道とも想われ、思わざる命拾いに冷汗三斗、胸を刺される思いがした。

南無妙法天心地道空行！

思えば後方にいて夜襲を命じた医長がすでに亡く、その命に従って出撃した草平が今ここにある。何たる運命のいたずらであろう。医長の冷たい骸を前にして草平は暗然たる思いにしばし呆然と立っていた。

敗走千里とでもいおうか、草平たちは敵高台に激戦をへて以来二か月余、特に敵と接戦の機会にも恵まれず、漫然と今日まで敵の砲撃に苦しみ、その重圧を蛸壷に、塹壕に逃れ堪え忍び、今ここにある。それはまさに嵐にさいなまれ怒濤に打ち砕かれて暗夜の大海に漂う小舟のごとく、右に左におのれの身の保全を図るに汲々たるのみ。それにしても暗夜の小舟には彼岸の灯台の灯が光る、今のわれわれには何がある、前途は暗黒の死の世界があるばかりではないのか。

医長本当に至らずすまなかった、もうすぐ草平も参りますから勘弁して下さい、と心の裡でつぶやいた。草平は悲憤にたぎる熱涙をふきもおおせず、じっと瞑目して医長のありし日の面影をしのんでいた。ぽっと肩を叩く者がある、M軍曹である。全員整列完了と声がかかる。途端に草平はわれに返り、帯刀を抜く。泰医長殿の英霊に対し、捧げ銃！立て銃！黙禱！

いつになく号泣に似た厳しい号令をかける。寂として声なく、すんでなお、その列を離れる者なし。あるいはありし日の医長の面影をしのび、あるいは医長と同じ明日をも知れぬおのれの運命を思い、去るに忍びがたいのであろう。

夕暮を迎えて風は急に強くなり、砂塵のため目もあけられぬほどであった。土崩れの壕の上の、名も知らぬ小さな灌木もいつになく大揺れに揺れて怒り狂ったように、唯一本生えて啜り泣いているようであった。草平はこのノモンハン戦を思うとき、この小さい一本の灌木が今でも目蓋《まぶた》に浮かぶ。なぜだろう。あらゆる戦線よりも、まずこの他愛ない何のとりえもない普通の姿の一株の灌木が眼底に映り浮かんでくる。なぜかわからない。これを世に縁というのであろうか、不思議である。あるいは尊敬し、親しみ忘れられない医長の英霊がその下にあることによるのかもしれない。

かえりみれば四十年近く前のことであり、詳細な記憶はないが、草平は当時医長戦死の詳報と追悼の詞を草し、関東軍軍医部に提出、そのおり軍医部長殿よりお褒めの言葉にあずかり、それが軍医団雑誌に登載された。

本雑誌はその後こんなときの参考資料にと思い草平宅に保存してあったのだが、今どうしても発見できず残念である。

今淡い記憶をたどり、その追悼の詞の大要を現代流に改めて紹介する。

秦医長は軍人にして軍人ならざる平凡な好々爺である。好々爺にして鬼のごとき軍人精神の骨頂に徹した武人である。詩歌をよくし、芸を堪能し、なおまた、語学に詳しく、外貌の飄々たるに似ず緻密にして整理されたる頭脳の持主である。かつ人を遇するに厚く、おのれを律するに厳しく、軍人としてまた医人としてわれわれの亀鑑《きかん》（模範や手本のこと）として本日まで心酔敬愛し、その道を慕って踏襲せんものとひそかに期し念じていたものである。

彼は戦線の極点にあってもつねに動ぜず、期するものあり、必死の激闘時においても平然として若き兵の先頭に起ち、剣を抜き叱咤してその勇を鼓するを忘れず、戦闘の終焉とともに傷者の治療指揮にわれを忘れ寝食を省いて、兵を慰めることをおのれの任務とした。それは敵高台に突入せる際、渡河点をはじめ各包帯所開設時におけるその足跡がよく物語り、また、同じく戦える各将兵のひとしく認めるところであろう。

かつ戦線苦難の折、ともすれば将兵の間に自暴自棄の風潮ある場合、必ずその洗練されたる諧謔言動によって兵を慰め指導することを忘れず、厳父のごとき毅然たる勇猛心と慈母のごとき鴻大《こうだい》なる愛情を兼ね備えた軍医の鑑とすべきわが最も敬愛する医長であり、わが最も親愛にして忘れがたき好々爺であった。

今、戦線酣《たけなわ》なるこのニゲモリソトの一角において奇しくも敵砲火による崩土のため散華せらる。何たる悲報ぞ。思えば昨日まで瘴癘《しょうれい》（伝染性の熱病）不耗酷熱の砂漠のはてにさらされ、ともに戦い、ともに生き、あるいは暗夜の荒野の中に傷者を尋ねて路をさまよい助けつ助けられつつ、そのお互いの間つねに広大無辺の大愛をもって兵に臨まれし医長、今はすでに逝いて語らず、幽明境を異にす。ああ！悲しいかな。

ホロンバイル大草原の草木も地に伏して歎き、北満特有の黄塵も万丈に狂い、天地はまさに阿修羅の世界に泣くがごとし。われわれはここに、兵とともにその霊前に額《ぬか》づき謹んで哀悼の意を表し、安らかに昇天されるよう心よりお祈り申し追悼の詞となす。

以上のようなしだいであった。

三角山の暗い壕の中で遺書をしたためた草平たちはバルシャガルの賽の河原を牧夫に追われる羊のごとく逃れて、ニゲモリソトの暗い想いいに心残りを覚え、今日はまた、砂熱渦巻く黄塵の巷を突破して、ろ陣地に向かうべく夢現《ゆめうつつ》の間に夜が明けた。

壕を失った草平は今は埋もれた壕のかたわらの草の上に横になり野宿していた。夜がほのかに明け始めたころ、横になったまま目をあけてみようとしたが瞼が開けられない。目も鼻も口も砂塵にきしんでガラガラ、歯は砂を噛み、身は砂塵に枯れて、まさに賽の河原の寝床である。癪だなあと思いながら前夜の不眠不休がたたり、そのまま夢現の間である。さては昨日の悪夢がよみがえり崖上の灌木が暴風に狂ってヒュッヒュッとしゃくり泣くようにわれわれを呼ぶ。

前進準備と下士官の号令がかかる。いたしかたないやおら上体を起こす戎衣が重たい。目をわずかに開いてみて驚いた。体の半分は砂に埋もれていて、跨下の中まで砂が食い込んでくる。まるで人間のきなこ団子である。石棺の中のミイラである。

一夜の暴風が十〜十五センチメートルの土砂を運んだことになる。大陸の出来事はいずれにしてもスケールがでかく驚きである。身体は一夜風塵の中にさらされ、乾燥しきって、目鼻は砂にきしみ、まさに人間の乾物である。求めようとしても水はなく、唾液も出ない。しばらくしてようやく唾液に恵まれ、目を潤して苦心惨憺ようやく開眼できた。朝食の堅パンがガラガラの咽喉につまって通らない。生きたミイラの世界はほんとにつらい。すでに涙はもちろん、朝の小便も出ない。水が欲しくて狂いそうである。

ろ　陣地転進

草平たちの遺書は野たれ死のためのものであろうか、いつまで待っても代償の激突がない。つい愚痴が出て憤懣を覚える。死んでもよい、なぜ敵中に突入して散華しないのかいらだたしい。われわれは漫然と死を待って生を保つより、玉砕するをいさぎよしとする等とつくづく思う。もう生きることがむしろつらい。つらい思いでまた、黄塵さか巻く地獄のはてまで前進に前進である。口にはマスク、目には防塵眼鏡をかけているが、目の中まで砂埃りが入ってきて苦しい。それでも隊伍に遅れまいと必死に後をついてゆく。

草平は急ぎ足に歩きながら考えていた。さきほどまでもう死んだ方がよい等と考えていた自分が、今はもう生きるために必死のようである。すなわち動くことそれ自体の中に生への躍動、あこがれがあるのだろう等と自嘲しながら必死の強行軍である。いつのまにか周囲が薄暗い幽鬼せまる世界に急転し、突然頬に冷たい泥水を叩きつけられびっくりした。暴風吹く黄塵の中のスコールである。これまた物すごく冷たい泥雨の矢弾が頬を刺す(本泥雨は重量感のあるもので本当に痛い。正月の炒った花アラレを思い出した。ヒョウと泥雨混じりである)。

大陸の気候の変化の激しさ、そのスケールの雄大さはいかにも男性的で荒々しい。ミイラの草平たちは泥雨をかぶりながら兵とともに久々蘇生したような歓びを覚え、泥水の流れる顔を拭くのも惜しげにお互いの顔を見合わしては笑いこけていた。反面誘い水をかけられたような草平たちはますます渇きを覚えるのだが、口を天に向けても飲める雨水ではない。よほど上空まで竜巻が土砂を運んでいるのだろう、泥んこ雨である。そしてこの雨は竜巻の砂塵が呼んだスコールでもあろう。

ふりかえれば本ノモンハン戦に参戦してから、草平たちはつねに静と動の両極端の中に生きていた。極端に動かず静かにしていればつい精神は沈降して死の世界をも考える。体を動かしている間はそれがいかに苦渋に満ちた難事であっても生の躍動、あこがれ、希望が湧くもののようである(以上のことが真に人間の通念であるとすれば、精神病対策はもちろんのこと、老人対策も動の世界に求められねば意義がない。現在の精神病院、老人病院、老人ホーム等のあり方は根本的に改められねばならぬ)。

泥人形たちの転進

泥んこまみれのどたばた進軍。それは死を決した聖なる戦士たちの、この世にも稀なる無我の、驚異に値する美しくも貴い記録である。そこには何らの悲槍感もなく、戦いを忘れ、おのれをも忘れた無邪気な童子の冗句の合戦による爆笑の列のみがある。

蒙古嵐の砂塵に埋もれ、いままた泥水のスコールを浴びた草平たちは、泥の中から抜け出した海坊主のように汚れて、まるで有明海のむつごろうそのままである。泥の中から目だけが光り白い歯だけが笑っている。まさに泥人形のお化けであり滑稽至極である。しかもそれが隊伍に遅れまいと雨降る泥水の中を、ドタバタと必死になって冗句をとばし合い笑いこけながら進軍するその姿は、真に痛ましくも哀れであり、笑うべくして笑えない。戦場にあって生を超越した者のみの知る無心の清らかな童子の世界である。

草平たちの泥んこ兵士は午前十時ごろ、ろ陣地に到着した。隊長に申告すべく服装を改める。泥まみれの兵がどうにか容姿を改め整列するころには、太陽はすでに中天に燦《さん》として輝き、忘れたように天気は快晴に急変し、清い空気の中に申告をおえた草平たちは心まではればれとすがすがしい。聖なる進軍達成であった。

申告をすました草平は某中尉殿に案内され、掩蔽壕の入口に近い席を与えられた。そしてお互いびっくりした。そこにわが衛生隊の同僚福田見習医官が同じく将校の末席を汚して腰を下ろしていた。先方も意外な顔をして白い歯を見せて、懐かしげに笑い、迎えてくれた。一別以来のよもやまの苦労話が次々に出て尽きなかった。彼の話によれば本陣地にはよく思い出したように突然曲射砲弾が撃ち込まれてくるが、不思議と砲弾はまったくといってよいほどにこない。なぜなら敵陣地との距離があまりにも接近しているので砲爆撃は味方を損ずる危険があり、かつ砂丘の傾斜の関係にもよるのであろう。しかし時々曲射砲と同時に戦車が近接襲撃してくることがあるので危険であるが、ともにこの掩蔽壕によれば安泰である。傷者はほとんど曲射砲弾によるものであるが、敵弾の割には軽微であるとのことであった。

草平は福田見習医官の説明を聞きながら、はじめて見るこの掩蔽壕を注意深く検討していた。広さは高級将校の席である奥が十畳、草平たちのような下級将校の席である手前の入口に近い部が六畳くらい、内部の高さは一丈くらいであり、直径一尺ほどの松丸太と一寸板で囲まれていた。入口の直前には土壁があり、その間に挟まれた左右の狭い出入口から将兵は出入していた。

壕の掩蓋は天井の松丸太の上に一寸板、さらに松の丸太、そして土嚢、その上に五寸くらいの厚さのコンクリート板五枚くらい、その上に土嚢、そしてさらに丸太、土嚢、コンクリート板、さらに土嚢、土砂にて隠蔽され、わりあい厳重な壕であった。たぶんその間に鉄板も介在していたかもしれないが、そのへんについては自信がない。いずれにしてもかなり巧妙堅固にできていて、兵隊の手になるものと推察された。

福田見習医官によれば、部隊は山県部隊に所属するとのことであった。

第二次戦以来、すでに三か月近く苦戦苦闘を重ねた草平たちはすでに心中ひそかに死を期するものあり、生を超越した心境にあるとはいえ、今現実にその死を目前にするたびに、このまま死んでは浮かばれない、一刀でも一撃でも敵に報い、言うなれば死に花を咲かせなければ死にきれないとの無念、焦躁の気持にさいなまれ、その精神状態も異常耗弱《こうじゃく》の域にあったようだ。

また、それほどすてばちな自棄気味が多分に影響して、見るもの聞くものに無関心なる亡者の域にあったもののようでもある。後述はその域を出ないかすかな記憶によるものである。

(七)ろ陣地戦

わが掩蔽壕に敵全弾が命中

草平たちが嵐の中をこの陣地に移動した事実を、敵はかの高台よりキャッチしたものか、さっそく陣前二百メートルほどのところに敵戦車二台が出現、草平たちの陣地は戦車と同時に曲射砲の集中砲火を浴びた。草平は掩蔽壕の中に硝煙けぶる外界をよそに、黙然と砲声を聞き流し静かに戦火の収まるのを待つ気持であった。突然戦車の爆燃する轟音を耳にして外界をのぞいてみた。敵戦車一台が擱坐炎上していて、他の一台が倉皇として逃走する姿を見て、驚きとともに快哉を叫んだ。

福田見習医官の言によれば、これはわが渡辺衛生伍長の戦勲によるものであるという。彼は前日にも敵戦車一台を戦車地雷にて炎上させた勇士であるとのことであった。草平は三角山における渡辺伍長の真剣なる悲憤の涙を想い出し、悲壮なるその覚悟のほどがうかがわれて心をしめつけられるものがあった。

翌午前中再度二台の敵戦車が歩兵の護衛を伴い、わが掩蔽壕の直前百五十メートルまで迫ってきたが、不思議にも発砲しなかった。草平はあまり近距離なので直感的に本掩蔽壕の偵察、撮影の任を帯びてきたものと思った。しかし、その直後おのれの目を覆いたくなる光景を目にして、眼底より心臓の奥まで突き刺される思いがした。それは四十年近く経た今、思い出しても目を覆いたくなる無念無惨なる光景である。敵戦車の近くまで戦車地雷を抱いて匍匐《ほふく》前進した渡辺伍長が目的達成寸前、敵機関砲のため草平たちの眼前において惜しくも名誉の戦死を遂げたのである。他の一名は十字鍬《つるはし》を持って敵戦車上に乗り移り、望遠鏡を破壊すべく奮闘中敵弾により無残にもその車上において散華したのである。無類のわが双璧の勇士を一瞬の間に失った友軍陣地には声なく、無念の涙にむせびその英霊のやすらかなる昇天を祈る他、術がなかった。今やわが全戦線は暗澹たる空気に包まれ、敗色いよいよ濃い雰囲気の中にうち沈んだ。

草平は盟友渡辺伍長が本陣地内にいることを知り、一刻も早く会いたいと当初から念じていたが、昼は壕外に出られず夜は夜襲に従っていった関係で、イタチごっこのようにはぐらかされて、その機会を逸してしまった。また、彼の遺体も敵火中に没し、収容することができなかった。残念なことながらもうこの時点で

野重七部隊の大砲。ソ連軍の偵察から隠蔽するため偽装網をかぶせている（野口千束氏提供）

大砲薬莢の傍らに休む従軍軍医（野口千束氏提供）

撃墜されたソ連機の残骸（野口千束氏提供）

は、草平も兵も、明日ありと思わず、やけ気味で人ごとどころの騒ぎではないほど、わが戦線は荒れ狂っていた。

かえりみれば、それは八月十九日敵総攻撃前日ではなかったろうか、もうそのころは、敵の蠢動《しゅんどう》は野に空に満ち風雲急のきざし濃く、われわれの一挙手一投足にも敵の監視の目が光っている気配があり、大きくも小さくも敵の包囲網内に圧縮されていた。わが衛生隊は八月十六日(?)、このろ陣地布陣当日の午前中を除いて、まったく敵の虜囚に等しく活動の自由を奪われ、その機能を発揮できず、自隊内負傷者の処置程度がせいぜいであった。

山県部隊の背後に待機していても、四キロメートルも離れていてはどうすることも、連絡さえもできなかった。

由来、三角山、ろ陣地における衛生隊機能は、完全麻痺状態であり、何らの見るべきものがない。要するに友軍陣地は乱麻のごとく敵に切りさかれ、昼間は陣外はおろか、壕外にも出られず、連絡はすべて暗夜を利用した。ずばり言えば、われわれは戦意を喪失していた。

戦車地雷は当時のアンパンのような形をしていたので、兵の間ではアンパン地雷の愛称で呼ばれていた。火を吹く何十トンもあろうかと思える敵戦車に素手に等しい火焔瓶とアンパン地雷を抱いて肉迫攻撃する兵、それは皇国に殉ずる火と燃える赤誠がなくてはできる術ではない。まさに神技である。必殺の人間魚雷を操って、敵艦を撃沈すべく勇進する日本帝国海軍軍人となに変わるところがあろう。まさに軍神と讃えるべき悲痛なる壮挙である。

だが驚くべし、このノモンハン戦においては全軍の一人一人がすべてその軍神の壮挙をなしとげて黙して語らないのである。こんな世界に稀なる誉れ高い戦士を、辻参謀は痛罵して、恥じないのである。ちょっとひるがえっても後ろを見せると言う、連絡に行っても逃げるのかと叱咤する。第一線将兵は身の処する場所とてない。いかに上官に従順なる兵といえどもつい怒り心頭に発するのは当然であろう。

そもそも対戦車火器としてサイダー瓶とアンパンをもって、対等にあるいはより以上に戦えと強要する方がおよそ無謀乱暴なことであり、また、その敗戦を非難する、辻参謀はまさに横暴の三ボーの誇りをまぬがれない。

サイダー瓶とアンパンはまさしく窮余の一策にすぎぬ。それを近代戦に対する当然の武器と考える参謀があるとすれば、いやはや神か狂人以外の何者でもない。われわれ第一線将兵はどのように戦えば辻参謀のお気に召すのか、少しでも生きのびてさらに戦勝のため一歩でも二歩でも前進しようと考え努力するのは戦士の、恥というべき行為であろうか、それは卑怯な日本軍人あろうか。

無謀遮二無二の猪突のみが玉砕と讃うべき日本帝国軍人の華であろうか、その意を汲むに苦しむ。そしてまた、ノモンハン戦の生き残り将兵は実に運に恵まれたというより他に言葉を知らない。それほど不利にして熾烈なる死闘を、劫火の中の苦渋苦闘を、身をもって完遂し、今ここにある。死は生より易いのである。

そもそも近代戦はその国と国との総力の衝突である。その総力に欠けた方が敗けである。備えなきまま兵の勇武のみをたのみ、戦いを強行した辻参謀にその敗戦の責めの一半があると思うが過言であろうか。敵将ジューコフもわが第一線将兵に「返り感状」を贈ってその武勇を讃えているほどで、辻参謀がいう「未熟の二三師団なるがゆえに」との非難は遠く当たらず、自己弁護の詭弁に過ぎぬ。

以上はあまりにも辻参謀一人を誹謗してはばからず気の毒の至りであるが、それは遠く軍中枢をまかり通った根幹に由来するものであろう。

とかく日本軍には戦いの勝敗を度外視して、理非もなく身を挺して大和魂よろしく敢闘せよとの、花と散るいさぎよき山桜花精神を謳歌強調する気風が読みとれる。それは資源に乏しい小国日本のたどる必然の道であり、日本人の当然背負うべき宿命的遺産かもしれない。

火焔瓶は、サイダー瓶にガソリンを入れ、戦車後尾の火熱した部にこれを投げかければ引火して敵戦車は燃えあがった。戦車地雷はとにかくとして、火焔瓶はわが劣勢を補うべく、実戦兵士が窮余の一策として応急に編み出した苦肉の対

ソ連軍戦車に肉薄する日本兵

戦車名火器であろう。その創案者を私は知らない。

本名器はノモンハン戦においてはじめてその威力を発揮し、世に認められたものである。草平の知るかぎりでは戦車地雷より、むしろ軽便で有効であり使用しやすい対戦車火器と思えた。

緒戦時の威力は抜群で、敵戦車はこれで面白いほど燃えあがった。ただし後半、敵がディーゼル戦車に乗り替えた時点を境にしてその効果は半減した。それでも砂漠の酷熱に焼けた敵戦車は引火し、爆燃することが再三であった。

以後ソ連はその威力を認め、ガソリンに生ゴムを混ぜて新火焔瓶を考案創製し、「モロトフのカクテル」の愛称をもって襲撃するドイツ戦車を悩まし相当の戦果をあげたとは、第二次世界大戦当初のことである。奇しくもそれが今ゲリラの有力火器と変わり、巷になお、生きているとは皮肉であり、神ならぬ身の誰知ろうはずもない。

その夕刻、友軍の沈潜した空気も知らぬげに再度敵戦車一台草平たちの掩蔽壕の直前百メートルの近距離に迫り停止すること二十分に及び、その行動をほしいままにした。その沈着な行動の中に自信のほどが読みとれ、いかにも憎々しく残念であった。一方で、草平はこの掩蔽壕が敵に探知され、狙われている、危険がせまっている、おそらくその位置配備等を仔細に撮影、検討し攻撃の下準備中なのだろうと憶測、心中ひそかに穏やかならざるものがあった。

この陣地は山県部隊所属ということであるが、草平たちが、駐屯した時点では山県部隊兵士はほとんどおらず、わが衛生隊医務室関係だけのようで、山県部隊は隣接のバルシャガル高地を主として守備していたようである。この掩蔽壕には某少佐殿(大隊長)をはじめとして幹部の将校のお歴々を時々拝するだけであった。ソ連軍はこの陣地に駐屯しているのは戦力のない衛生隊のみであることを察知していたようで、その行動はいかにも沈着にして横柄であった。

右を肯定すれば、敵の偵察情報収集は実に恐るべきものがある。それは本ホロンバイル広野が敵高台より眼下一望のもとにあることが最大の原因であろうが、すでにこの時点では友軍の捕虜がかなりの数あったようで、その内偵の関係にもよるものと思われる。

草平は夕暮れ迫る壕の中で、ひとり敵の戦法はつねに緻密に合理的に数理の上に算定されているように思えて、感服せずにはいられなかった。これに反して友軍の戦法はただ兵の勇武だけを頼りにし、数理の戦いが皆無に等しく無念のきわみであった。

暗い壕の中に口惜し涙を噛みしめている草平のところに、本夜暗を期して前面の敵に対し夜襲を敢行する、衛生隊も追随せよとの命令があった。草平は渡辺伍長の復讐に燃え、即座に衛生隊は草平が参りますと申し出た。

その心の奥にはここにいて漫然と土埋めになるよりいさぎよく敵陣に突入して一刀でも、という思いがあったのだろう。ただし、この時点の複雑機微なる人間感情は、おのれにしておのれが解らぬ人間感情の極致であり、平静な現在の自分では憶測、解明できぬ世界のようである。すなわち、まさに夜叉亡霊の域であり、理性ある人間の遠く届かぬ感情の世界であった。

時は月夜であるが雲多く薄月夜であった。陣地の北側に友軍夜襲用のものであろうか、狭く細く長い凹道が掘られていた。草平たちはこの凹道をはうような低姿勢で必死になって本科の兵に追随した。本高地を下り、さらに敵の高台に上がり、敵陣地に突入すべくやや降りたところで衛生隊はここに待機せよとの命令があり、注意深く前方をうかがい暗夜の敵陣の中に待機する。

五分ほどたったころであったろうか、前方の暗夜の空に小銃の尾底部の三角がはっきりと浮きあがって見とられ、いよいよ叫喚激突の嵐かと予期したが、以後寂たる暗夜の風肌寒きのみにて何らの音沙汰なく、人声一つしない。敵陣地の夜風は時がたつにつれ特に冷たく身にしみ、戦慄を覚えるも友軍の声、連絡の一つだになく、緊張した淋しい思いの一時間がすぎた。草平は前回夜襲時置いてけぼりされた経験を思い出し、勇を鼓して兵とともに早々引きあげることにした。やはり草平たちは置いてけぼりにされていたのである。

暗夜のことで本科の兵も草平たちが潜む姿が判からなかったものらしい。戦陣ではつねに情況判断による英断を必要とするようであり、ただ命のままに盲従することは危険であると思い三角山における渡辺伍長の教導がいまさらのように思い出された。草平はわが掩蔽壕の中に帰り、前回と今回の夜襲の徒労を反すうしていた。ともに無収穫で敵陣には一兵も発見できなかった。

以上のことから敵は友軍の得意とする夜襲を意図的に避け、暗夜は陣地を引きあげ早暁を期して布陣、つねに昼間戦のみに指向し無用の犠牲・損耗を極力さけていたようであり、なお友軍の夜襲戦法はこんな広漠とした平地で、しかも機動・機械化部隊を敵とする場合には、損耗が多いだけであり、成果があがらぬように思われた。

草平はこの壕が明日は襲撃される、戦車によるか、砲弾によるかと憶測しながら、疲労とともについ眠りに陥るも不安はいなめず早々に目が覚める。飯盒の蓋にわずかな水を貰い、歯を浄め目を潤すほどに、敵機一機わが掩蔽壕真上を数回低空飛行、さらに十分をへずして再度、敵機の低空飛行あり。草平はいよいよ危険を予知、福田見習医官を誘い、ともに兵の壕に待避すべく勧めるも、この壕なれば大丈夫と応ぜず、草平もやむなく本壕の出入口付近に不安感とともに腰を下ろす。

ものの十分もたたず予感的中、青天の霹靂である。草平たちはその脳天に直撃を食らってめまいを覚え、お先真暗となった。ボッコンバラバラシャーッと砂嵐の滝が落ちついてきて、鉄兜にカチカチカチと当たり火を吹き壕内は砂嵐に呑み込まれ、一瞬真暗となる。草平たちは膝まで砂に埋もれ、真黒な砂人形となり、目があけられずまさにあの世である。しかも今も覚えている。前後六回である。敵弾はわが掩蔽壕に六発とも命中し天蓋《てんがい》より周囲の丸太板壁をブルブルッと震撼させ、まさに大地震、震度百である。草平たちは一瞬の間に火に土に呑まれ、砂嵐の闇の中に孤立、最期を自覚した。ただし幸運にも人も壕もまずはこの際安泰であった。

不安の胸を撫でおろした草平はいち早く本壕を脱出、当番兵の壕に退避していた。再度敵機低空偵察、旋回二回と見る間にさっそく敵砲弾本掩蔽壕に六発命中、もうもうとした砂煙の中に哀れ大いなる摺鉢型の凹みを残して壕は全壊、内部の将校（三名？）も全滅の悲運にあったのである。驚くべし第一回六発、第二回六発、計十二発の敵弾は全弾命中、一発の無駄もなく二十畳のわが堅塁をいっきょに壊滅し去ったのである。それは戦車による平面、偵察機による立体、両面のあくなき事前偵察による微分積分の総和による成功であろう。彼は我に対しつねに数理の上に科学的戦いを挑み、理の当然なる戦勝をかち得ているのである。なお、その間一兵たりとも損じない合理的戦法はわが友軍指導部の反省し学ぶべきところではあるまいか。

福田見習医官には再度危険を予告、退避を勧めたが、彼は部処を離れるはおのれの本命たらずと固執し、軍紀に忠実なあまり無惨なる戦死を遂げられたことは返す返すも残念であった。

これに反しとっさの機転により命拾いをした草平は、幸運なりしおのれを喜ぶとともに、同僚の福田見習医官に対し何か悪い申しわけないことをしたようにも思えてうしろめたかった。ただし今はどうすることもできず、ただおのれの信ずる天の道を歩むより他に術なきものと諦め、狭い当番兵の壕を出た。そしてそのとたん自分の住むべき壕を失っていることに気づいた。

すでにしかるべき個所の壕はすべて兵が占めている。頂上に近いところに小さい摺鉢形の壕が残っているのを見いだしたが、この壕は数日前別敵の曲射砲弾が命中し山県部隊の兵士が戦死した跡であり、兵はそれを忌み嫌い利用しないということである。しかし今の草平には新たにどこかに壕を掘る執心もなく、また掘るべき円匙もない。どうせなら運を天にまかせてと、すてばちな気持でその壕を利用することに決める。しかし擂鉢の底は浅く底部にはっても体の一部は敵に露見し、不気味である。何か不安な気持のところにさっそく敵曲射砲弾があっちこっちに散発した。草平は危険を自覚し、再度当番兵の壕に飛び込んだ。

由来砲弾が身近に炸裂している際、体を露呈して移動するのは最も危険とされ、戦士の特に慎むべきことである。以上のことを草平とても知らぬはずはないのであるが、曲射砲と戦車砲は協同作戦を展開するをつねとし、この敵戦法を知っている草平にはさらに戦車の襲撃がある場合、一番露出している草平がその砲撃の的になることをおそれたからである。幸いこの時は戦車の襲撃はなく、戦火が収まってくれた。

山県部隊では幹部の数名をいっきょに掩蔽壕内に失い憤激せるものか、今夜さらに敵に夜襲をかける、よって衛生隊も随行せよとの下命あり、当然草平が随行する。前夜同様細い凹道を敵に発見されないよう匍匐前進、二ツ山越えて敵陣に突入する。幸い当夜も薄月夜で行動に好都合であったが、やはり敵兵はすでにも抜けの殻で何らの激突、収穫もなく、引きあげることになった。

置き去り同然で自滅を待たれる

翌日もまた草平たちは曲射砲弾の雨にさらされた。草平は次にくるであろう戦車の襲来をおそれ、当番兵の壕に待避したが戦車の攻撃もなかった。擂鉢壕に引きあげた草平は、擂鉢だけに横臥が可能であり、両手枕に仰臥し瞑想にふけった。

敵の戦法から推理すると、曲射砲と戦車の協同作戦のないことは過去の敵戦法の常軌を逸脱し不審な点である。やはり敵はこの陣地には戦力なき衛生隊のみであることをすでに看破していると憶測せずにはいられなかった。

すべてを諦めたつもりの草平にしても憂き世の風は冷たく当たるものらしく、同僚が戦死した壕に定住するのは、おのれの墓穴にいる心地がして気味悪く不安で落ち着かなかった。いうなれば尻の坐り心地が悪く、この擂鉢壕を出てよく高台下の砂原に起居することが多かった。

草平が壊れた掩蔽壕の蔭に無念無想に世を観じていると、某下士官が肩を叩き、軍医殿、また、遺書を書いておけという通達ですと言って通信紙二枚を渡した。草平は、せっかくだが遺書はもう書いて送ってある、必要ないと断った。遺書を漫然と何度も書かすような統帥部への腹立たしさが先に出たのである。すでにこの時点では全軍動揺のきざしが濃く、敵はわが方の後方遮断、包囲殲滅を策したようであり、わが陣地からは敵兵・敵戦車が後方に迂回移動する状況がはっきりと読みとれた。その一挙手一投足も間近に、人声すら聞こえるのであった。

さらに兵の早耳は興安軍騎兵部隊が反乱を起こし、日本軍指導将校をその血祭りにあげた、フイ高地の井置部隊は戦線利あらずと認め部隊を再建すべくノモンハン方面へ後退転進した、等と耳にしたくもない悲しいショッキングニュースをもたらした。

とにかく、この時点では、草平の身近に前にも後にも敵が平気で大声を張りあげながら右往左往しているのが明らかに読みとれ、腹立たしかった。さらにこの戦いの極点にあって敵戦車一台は草平たちの眼前五十メートルにせまり、その兵は指導将校であろうか、砲塔より大きく半身を乗り出し大声で草平たちに何か呼びかけてきた。しかも親しみさえ見せているようであった。残念ながら草平たちの中にロシア語に通ずる者なく、黙して答えなかった。草平は一瞬その意を解し自製の赤十字旗を振った。敵戦車はただちにバルシャガルに向かって砂塵の中を驀進《ばくしん》していった。

以上より推察しても、敵は本陣地には戦力のない衛生隊のみであることを知悉していたものと思われる。そして、この部隊を置き去り同然にして、自滅を待つ戦法のようであり、わが主力であるバルシャガルの山県部隊に重点指向したものと推察された。今やバルシャガルは完全に敵包囲にあった。勇猛果敢なる山県部隊がなぜ敵中に突入、敵の意図粉砕を策しないのであろうと、固唾を呑んで見守った草平は同病相憐むの情に涙せずにはいられなかった。すでに撃つに弾丸なく、突破してノモンハン方面に転出成功できても、いずれは敗残軍の汚名のもとに自決させられることは必然である。それよりも、むしろ天命を待つを利巧なる君子の道と考えたのだろう等と、おのれの現況に照らし同情せずにはいられなかった。

尾羽打ち枯らして沈潜するわが陣地に、突然敵曲射砲弾が撃ち込まれてきた。草平は壕内に逃避するのも億劫で、壊れた掩蔽壕の蔭に身を寄せてその止むのを待ち、おのれの擂鉢壕に戻った。どうせ死ぬなら頂上に近い眺めのよいこの壕を死に場所にとの魂胆があったと思う。時刻はすでに四時近くであり、大陸の荒野も早や暮色が漂うころであった。

突然万雷の一時に落つるが如き物すごい銃砲声とともに硝煙の臭いがきつくあたりに立ちこめ、火と煙の地獄と見る間に、わがバルシャガルは真黒い煙の渦の中に埋没し、たちまち見えなくなってしまった。敵の猛火猛攻はまさに時余にも及んだことであろう。わが陣地は友軍の苦衷を偲び、胸せまる暗澹の中に沈み、あえて顔をそむけずにはいられなかった。ようやく銃砲声の小康を待って草平はバルシャガルに目を返した。今度は青い焔の煙の中を噴射閃光が一直線に数条にも飛んでいるのがよく見える。おそらく、火焔放射攻撃であろう、目はバルシャガルに釘づけされて動かない。

その憤怒の視線の中に青い煙の中をかいくぐり、二名の青白く霞んだ勇士がバルシャガル頂上目さして猪突する姿を瞥見、草平ははっと胸をつかれる思いがした。何たることであろう、敵のこの物すごい火焔放射を浴びながら、その身をあえて敵にさらし、しかも頂上を目ざして駈け上がるとは尋常のこととは思えない。

この二勇士はすでになきおのれの命を自覚し、最後の栄光をバルシャガルの頂上に求めたのであろう。その心の奥や真に美しくいさぎよく、あっぱれなる日本魂の鑑と思われ、草平はその心情のほどを思う時万斛《まんこく》（著しく多いこと）の涙なくてはかえりみられず、末永くその勇武を後世に伝えてこの二勇士の英霊に報中べく深く心に期するものがあった。

必死の凝視も時余に及べば、目も体もつい疲れを覚え、目をあえて遠くに移した。本陣地よりバルシャガルは四キロ近く離れた小砂丘であるがいまなお、銃砲声のまたたきと叫喚の嵐が聞こえるようでもあり、それはおのれの気のせいのようでもある。いずれにしても無惨なる友軍最後の奮闘であろうが、今われわれは何する術も知らない。また、わが戦友には一片の同情が何になると思えば、目は自然バルシャガルを避けてホロンバイルの大草原に移る。戦いの庭はすでに夕暮れである。無限に広がる平地一線に黄昏の静かなもやのように硝煙が低く遠くたなびいて、まさに歌川広重の夕暮を思わせる。その雄大にして静寂なるたたずまいは、憂き戦いを忘れて心身ともに洗い浄められた心地こそする。

草平はようやく平静なるわれに還り、おのれの摺鉢壕に仰臥し両手枕に上空を仰いでいた。大陸の夕暮は早く、蕭々たる風は生臭く肌に冷たい。中天にかかる月は雲間を北に流れて、無惨なる憂き世の戦いを見るに忍びず物憂げに見える。

草平はついさきほどの二勇士のことが頭を離れずに、思い浮かべては憶測のるつぼに沈殿していた。進めば死ぬ、退けば死ぬ、撃つに弾丸なく、敵の銃眼・矛先は目の前にある。草平ならばどうする。やはり二勇士の道を選ぶのではないか、ただし万が一を頼み、その苦衷実態を銃後に報ずべく懐中一物書き留めておきたいところであろう。草平は壕の中に深々と頭を沈めて、この二勇士の怨念の万分の一でも代行し報いねばと固く心に誓った。

強硬なわれは一命を賭しても本事実を銃後にと叫ぶ、ただしそれは軍検閲厳しき今、とうてい銃後に届くはずはない。とすればどうする、名案が浮かばない。草平はつい半ば諦めて、背嚢枕に安眠を仰ぎ大きく深呼吸をする。空気はいつになく冷たく月も雲もおのれの心も生臭き風にさらされて哀れである。故知らず謙信の鞭声蕭々が思い出され、声低く口ずさんでみた。その間はったと膝を打って喜んだ。詩歌に寄せてこの二勇士の怨念の万分の一でも同胞に伝えよう、誰かその意味を解し読みとってくれる御仁があるかもしれぬと想い、夜が明けるまで考え作詩したのが次の苦肉の作である。

燎原の火押し寄せ来り　今焼かれんとするを
君は断崖に起ち　剣をふるって何を叫ばんとする
鬼哭啾啾《きこくしゅうしゅう》神州に響け　月は雲間に隠れんとして

右はまったくその意を尽くしておらず、はなはだ赤面の至りであるが、その当時軍部の権力の前には草平とてこの程度の抗議しか言えず、やはり恐ろしかったのであろう。さらに一面当時の草平たちは軍権におどらされ、その権力下に飼いならされ、心の真髄まで蝕まされ、それが忠孝の当然の道とされていたのである。

なお、右は無念なる二勇士の心情憶測とともに、もちろん草平自身の心でもある。それは無念なる意味を銃後に伝えるだけの粗略なものであるが、当時としてはそれが精いっぱいの表現であった。とにもかくにも非科学的な無謀、悲惨をかえりみず、あえて猪突する戦法に対し、真に国を思う勇士は無念の涙を呑んであえて大和魂の名のもとに祖国に殉じていた。指導部は真に祖国を国民を思う忠誠の真情あるや否やと、英霊は改めて問いただしているとのつもりではあるが。

井置部隊の撤退という重大ニュースを耳にしたこの時点で、フイ高地とともに遠く見聞した事実をもとに考察を加えてみたいと思う。

フイ高地はノモンハン戦の最右翼陣地である。バルシャガルより十キロ近くも離れ、友軍主力より遠く孤立状態に配備された陣地で、井置中佐を部隊長とする。守るにむずかしく、攻めるに苦しく、緒戦来敵包囲下にあり、ソ連軍の最も攻撃しやすい好餌であった。

井置部隊長以下よくも今日まで奮闘、陣地確保されたものとその苦衷のほどをしのび、同情の念一入なるものあり、その勇戦のほど、いかほど讃えてもあまりあり、草平たちは遠く尊敬の念を捧げていたものである。

われわれはウズル水において、三角山に、さらにニゲモリソト、バルシャガルで、つねにフイ高地の上空が敵火のため真紅に染まり、火に燃えさかっている姿を望見し、敵機の低空掃射爆撃等の情況を毎日のように遠望し、悲憤の涙にむせび、兵はフイ高地が今日もまた火に燃えている、こう連日叩かれてはかなわない、まるで火あぶりの刑だ等と私語し、戦友の苦戦のほどをしのんだものである。当時草平たちが戦陣において漏れ聞いたところによれば、フイ高地は連日の敵砲爆撃によって山形改まり、全陣地裸の焼野原と化し、戦士の剣はくだけ、服は破れ、壕は壊れ、身を隠すべき蔭もなく、裸のまま身を挺してただ肉弾をもって戦うよりほか術なき無残きわまるもので、すでにこの時点では後方との連絡も、途絶えている状況にあったという。

　こんな状況で井置部隊長が戦況不利と断定し、この戦いの続行がわが勇士を損ずるのみであって、何らの意義ないことを自覚されたことは当然と受けとめられる。

　井置部隊長は決死の覚悟をもって部隊を後退させ、その実状を中枢に釈明し戦線を立て直すべく転進されたものと推察される。その心中にはおのれの汚名も覚悟の上、優秀なる部下をこれ以上失いたくないとの温情あふれるものがうかがわれ、彼が統帥部を前にして後日従容自決したそのあっぱれな事実を思う時、むしろ武将の亀鑑として讃えられるべき御仁と拝察される。

　この部隊にいた鬼塚初義氏は、この陣中のもようを伝えて、次のように書いている。

「戦記」　捜二三　鬼塚初義

部下百有余の命を助け
従容自決　井置部隊長
過酷な我が上司に反し、ソ連はフイ高地の英雄と賞讃
君の為何か惜しまん桜花
散りて甲斐ある命なりせば

時に昭和十四年、夏草しげり、ノモンハン桜の咲きほこるホロンバイルの一角フイ高地は、第二三に師団の最右翼陣地、その守備を命ぜられた捜索第二三連隊（守備隊長井置栄一騎兵中佐）若干の配属部隊を合せて僅かに八百八名。

昼は敵砲弾、戦車群、歩騎連合軍と砲火を交え、夜は蚊軍に悩まされ、仮寝の夢も半ばに夜は白む八月二十日より敵の総攻撃開始、我に幾十倍の歩騎連合の大軍、乃ち我が正面には第三十六狙撃師団所属第六〇一狙撃連帯、右側背に第十一戦車旅団、左側背に第七機甲旅団、又第九機甲旅団をさしむけ、怒濤のように攻めかける。幾十門の敵砲兵は之を支援し間断なき砲撃下にさらされ我が陣地フイ高地は、黒煙濛々咫尺を弁ぜず、煙幕見る見る大地を掩《おお》い、天日為に暗く彼我の激闘将に凄惨の極に達す。更に又二十一日には敵は第九自動貨車旅団を、二十二日には第六戦車旅団第四大隊を投入、遮二無二の攻撃を開始す。

勇将の下に弱卒なく、我は之に対し魚鱗（戦陣の一種）に攻め、鶴翼《かくよく》に開き、以て百人に当る善戦健闘、かかる大兵力を以て攻撃したるもフイ高地は微動だにせず、敵は愈々《いよいよ》あせり、二十三日には第一集団の最後の手持である第二一二空挺部隊を向わせ、正に気違いじみた人海戦術を試みるに至った。されど我が方も疲労の色濃く、糧食も已《すで》に尽き果て、飲むに一滴の水もなく、弾薬亦欠乏す。配属の砲兵中隊の砲も、敵の砲撃の集中火を浴びてあわれ全滅破壊され、八百八名の将兵残は僅かに二百に足らず、然も敵戦車二百に包囲され、蟻の這い出るすき間もなく、寡兵とあなどったか敵戦車は自由に横行するに至り、特に火焔放射の使用は将にこの世の地獄かと思われるばかり。屍山血河《しざんけつが》の大修羅場と化す我はただ小銃あるのみにして之の敵と対決、戦友の屍を踏み越え、乗り越え、突撃又突撃、肉弾又肉弾、死闘激闘幾十時間、砂丘の陣地は義烈（義を守る心）の血に彩られ、両者の死傷数うるに算なく、その勇戦敢闘は将に鬼神もおののくばかり、日本魂を遺憾なく発揮す。されど雲霞の如く寄せ来る敵の大軍に我が戦線も徐々に縮小され、我が陣地は将に風前の燈火にも似て、残る将兵僅かに百余、将兵の無念亦やる方なし。今はただ対抗兵器の無きをうらむのみ。

比処に於て井置中佐は残存中隊長を集め、爾後の戦闘指導に就いて協議せらる。師団命令に依る「死守」を固持する部隊長に対し、各中隊長の意見は「現況に於ては最早策なし。一応此の地を脱出、兵力、装備の増強を得て、再びフイ高地を占領するが良策。此の儘にては、戦力なき現況に於ては犬死も同然如何ともなし難し。」との意見一致し之を部隊長に具申す。

井置部隊長はこと此処に至っては致し方なしと。拳銃を凝《こら》して数多の部下英霊に続かんものと自決せんとせらるるを、歩兵中隊長、辻大尉殿にその手をおさえられ、尚部隊長に撤退命令を下されんことを意見具申す。井置部隊長暫く瞑目、苦慮の末、意を決し遂に撤退命令を下す。止まりても死、撤退しても死、二者何れにせよ井置部隊長の死は此の時已に決す。たとえ撤退に成功しても師団命令に対する違命の罪はまぬがれぬ。当時の軍隊指揮官の苦慮亦あわれとも言うべきか。百余名の残兵の命を如何せん。戦場に於て死はやすく生は難し。残存百余名の将兵を救出し、再度の御奉公させんものと悲壮なる決意の下に八月二十四日夜半、月没を期して、無限の恨みを残し、後髪を引かるる思いに今は無き部下の英霊に袂別《べいべつ》し、傷者を励ましつつかん遂にフイ高地の撤退を決行す。思うだに悲しく将兵の無念限りなく断腸の念亦禁じ難し。

鉄壁の囲みを破り撤退には成功したるも、果せる哉井置部隊長に待ちうけていたものは何であったか。痛罵と怒声と自決の強要であったとは。予期され、覚悟されていたこととは言え、あまりにも無情なる言葉ではあるまいか。

井置部隊長はフイ高地撤退の顚末書を第六軍司令官、並びに参謀長に提出し、身辺を整理し後途を後任部隊長（高橋中佐に申送り、撤退の罪を全将兵に及ぼさざる様総てを自己一人の責任と断言した遺書を残し九月十六日深更、月已に没し北斗空しくまたたくホロンバイルの草むらに鳴く虫の音もそぞろあわれを催す夜露のしげきが中に、数多の戦死者を出した罪を至尊《しそん》（天皇のこと）に深謝し奉り遥かなる東の空を伏し拝み、従容自若《しょうようじじゃく》として壮烈自決しホロンバイルの露と消えらる。秋霜烈日（刑罰や権威などがきわめて厳しいこと）、軍隊指揮官の末路亦あわれなる哉。百余名の部下の命を救助したる後、自らその責任を全うされしことに対し陸軍刑法懲罰令は如何にあろうと、井置中佐の執られた手段にはほのぼのとした愛と責任感旺盛、悠揚迫らざる最後の処置をなしとげ、至尊に対する敬虔なる深謝の姿等美しき人間像を見ることが出来る。
身はたとえ北満一片の土と化すとも英魂は永久に皇国を守護し給わん。」

フイ高地の戦闘は後日ソ連指揮官が認めているように、断じて皇軍は負けていなかった。むしろ勝利であったのである。撤退は卑怯ではなかった。むしろ当然であったかもしれぬ。フイ高地の守備隊を「英雄」とまで賞賛しているのは、ほかならぬソ連軍であった。

これは昔の武士の世界では返り感状といって、これを貰うことを最大の名誉としたものである。事実この戦いの第一線将兵は死をみること、帰するがごとく七度生きて国に報ずるの私心なき熱情に燃え盛り敢闘したことをもって疑わない。

撹乱宣伝に終末を自覚

翌朝（八月二十四日？）は明快な日射しを迎えたが、早朝から風強く、そのため砂塵渦巻き、外界は早や倉皇たる雰囲気の中にあった。兵の間にも、ただならぬ動揺の空気をはらみ、口にこそ出さないが暗黙の間に右往左往の色ありしことはいなめない。

草平とても、兵の前に平静を装って不安動揺の色なきに見えるも、内心の動揺は隠せず、それは今死を目前に控えておのれの死際を飾りたい虚飾と、いやしくもこの陣地の衛生隊の長である責任上我慢し、外見を糊塗していたにすぎぬ。

この時点での連絡兵の言によるとノロ高地にはすでに赤旗が立ち、その奪取をめぐって激戦が続いているが、多勢に無勢、対戦車砲はなく弾丸は欠乏し、その勝敗は歴然として時間の問題であるという。また、三角山バルシャガルの一角はすでに形をとどめず、平地と化して、ノモンハンはどこも敵兵が充満し身の隠すべきところとてない無残なありさまで、わが全戦線の中央ホルステン河に沿って敵兵敵戦車が充満しているとのことであり、わが陣地の周辺も敵兵敵戦車が怒濤のように押し寄せて、その進軍の大河の流れがよく読みとれるのであった。なおなお、敵の押し寄せる大進軍はあとからあとへと続いて果てしがない。敵戦車の轟音とともに歩兵の大喊声とどろく雲霞の大進軍は、砂塵を蹴立てて広漠無限のホロンバイル大草原をバックにますます壮観に、見る者をしてつくづく怒濤の押し寄せきたるを思わせ、その意気まさに天をつく概あり、敵ながらあっぱれ見事であると、ほれぼれ見とれたものである。そして男ならば軍人ならば、今一度こんな盛観の列の中におのれを置いてみたいと思うほど、それは華絵巻に見る大進軍の圧巻であった。

ただしそれが味方であればともかく、位置を替えた敵ともなれば草平も早や見るに忍びず、ひとりおのれの摺鉢壕に還る。壕内に仰臥した草平は憮然たる気持のまま雲の流れに想いをはせていた。当番兵が軍医殿、と不安気に訪ねてくれた。草平は何も答える勇気も意地も失っているかに見えた。しかし直後おのれの長たる責任に思い当たり、兵の士気を鼓舞すべく仰臥したまま歌い出した。

それ惨敗は死にあたる
男子一度《ひとたび》敗るれば
鮮血とびて永久の闇
その悲しみを知るや君

歌い終わった草平は仁王立ちになり、豁然と目を見ひらいて、全員！必勝を期せ！と必死に叫んだ。そしてそれがおのれの最後の華だとも自覚していた。草平は再度壕内にやけに大の字になり、来し方行く末を懐っていた。下士官が通信紙二枚持ってきて、また、遺書を書いて下さいと言った。なるほどと思った草平はこのたびはその意が読めるとただちに受け取った。そして自作詩鬼哭啾々を書き留め懐中深く身につけて心はほのぼのと明るい思いにひたることができた。もう何も思い残すことはない、あとは天まかせだと思いながらも、なぜか蛙呆陀羅の神がわれを守ってくれる、また、おのれの過去が悪なき世界である以上、神は必ずわれに味方するであろうとの自信ある光明を見いだし今生死の関頭に立ち、わりと平静であったのがわれながら不思議である。

翌日（二十五日？）、敵は、なお朝まだきに早や女性の声で拡声機により日本兵に告ぐと題して、兵器を捨てよ君らは欺瞞軍部に操られている。無用な戦いをやめて家に還れ！はては佐渡おけさ等の民謡まで放送し、神経攪乱戦術をも展開する。草平はその声を聞いて直感的に岡田嘉子（女優／一九三八年ソ連に亡命）だなと思いながらも、心の底に穏やかならざる胸さわぎを覚えた。

ついで空からは飛行機による同様の意味の攪乱宣伝ビラを撒かれると、なに馬鹿げた、だまされてたまるか、と思いつつも、やはり気になり、その終末いよいよ近きを自覚する。

日本人であれば誰しも、草平であれ兵であれ、ともに日本軍のことを悪口言われて腹立たしく思わぬ者はない。それを公然と大声で怒鳴られることになると、それはまさしく敗けと判かっていても反発反抗心をあおられ何糞っ！と跳び出し突き込んで行きたい衝動にかられるが、反面どうせ駄目だ敗けだと観念するような弱気も出てくるもののようである。

この時点でこの戦闘に関係したことどもをいくつか、述べておきたいと思う。

1　興安軍（満軍）反乱

それは石蘭支隊（石蘭斌少将の指揮する混成旅団）の一部が二十一日の夕刻、突然その日本軍指導将校四名を血祭りにあげ、二百五十名近くの将兵が一団となりソ連側に投降したものであるが、その給与関係も最悪の条件下にあったもののようで、飲料水争いに同僚間の刃傷沙汰まであり、そもそも不穏不満下にあったものと思われる。なお、この時点では敵の飛行機のビラ、拡声器による逆宣伝あり、内攻外攻による反乱となったようである。

2　ジューコフ記録にみるソ連軍の補給量

敵総帥ジューコフの回顧録によれば、補給駅ボルシャよりハルハ河まで六五〇キロメートルの長距離を急造道路によって運搬された砲兵弾薬は一八、〇〇〇トン、空軍弾薬は六、五〇〇トンであり、これに要した輸送車は五、五〇〇両弱とのことである。これに反して友軍輸送車はすべてを入れて四五〇両である。以上から推計すると友軍弾薬量は十分の一以下である。兵数は三分の一、弾薬は十分の一、地形的にも最悪の条件下に戦うわが勇士は気の毒なまでに叩かれ、生き残りの兵士の語るとおりそれは大鵬（大砲）と子供（小銃）の喧嘩である。そもそも非科学的な無理な戦いで、しょせんは無理な暴挙であった。

3　フイ高地戦での損害（五味川氏稿より）

フイ高地での八月二十日～二十五日までの兵の損耗、総員七五九、死者一八二、傷者一八三、生死不明二一、損耗率五十一パーセント、脱出人員二六九、井置中佐直属の騎兵第二十三連隊は総員二五四、死者一〇一、傷者七四、生死不明一〇、損耗率七十三パセント、脱出人員六八にすぎぬ。井置中佐は命なく陣地を放棄せるかどで後日、小松原部隊長より自決を強要され、夜露しげきホロンバイル荒野のはてにむなしくおのれの命を断つことになる。時に九月十六日停戦前夜の深更であったとのことである。

4 榊原陣中日誌(バルシャガル後方?)

榊原「陣中日誌」と同人著「ノモンハン桜」を併用し、その部隊の戦いのありさまをみよう。

同二十七日、野重一(第一大隊)

「七時二十分敵戦車装甲車現わる。直ちに之に対して射撃開始、精度良好の様子、第一中隊の三門と合せて四門、全く力強い。それにまだ伊勢部隊だっていくらか残っているだろう。十五加は兵一名残ったのみで全滅した模様。天候は雨雲低く下り、敵機からの観測困難。之正に天佑なり。何が!!畜生!!露助奴等の弾で全滅してたまるものか。何としても友軍主力の来る迄頑張るんだ。」

連日死闘を演じている守勢部隊は、友軍主力の進出を唯一のたのみとしているが、森田(範)部隊の戦況は780高地線で膠着し、新来の第七師団主力はその後方二キロに展開したまま動かず、第二十三師団長の手兵は諸隊の残兵にすぎなくなっていることを知らないのである。

陣中日誌は次のように続いている。

「来る来る。頭をスレスレに掠めて砲弾が飛んで来る。〝平気だ。後方へ戦争が廻った〟との情報。死ぬ覚悟の今は別に新な感情も湧かぬ。弾雨の中ベン止めず。九時〝友軍主力が優勢に転じ敵を包囲している。奴等はすでに袋のネズミ〟という情報に接し嬉し涙が出る。」

これは誰が流したか虚報であった。デマであった。草平も敵火の中に起ち、敵軍河の流れに抗して、久々の快報に嬉し涙にむせびながら、ろ陣地の

塹壕中を警戒しつつ進む友軍兵士

頂上に近いおのれの壕を幸い、手をかざして遠くホロンバイル草原を注意深くうかがったが、目の届く範囲はすべて敵兵の流れであり、悄然とうなだれて坐り込んだものである。それでも真実であってくれと切に祈る気持でいっぱいであったが、ナシの礫《つぶて》におのれの出鼻をくじかれたおもいに、なおさらに血涙を呑む思いがした。

「九時四〇分通信新小隊長掩体《えんたい》（味方の射手を敵弾から守るための土のうのこと）へ重砲弾落下、俺の個室当番だった内田が戦死した。鎌田少尉も相当の深傷らしい。あと一人これも重傷、畜生！！畜生何とか早くこの砲兵を制圧したい。内田仇をとるぞ。長い間御苦労様。空は尚曇っている。雨気あり、十時四〇分負傷、十五時十分戦車襲撃、対戦。幸いかなこの負傷、まだ働ける。拳銃と軍刀を握り締む。拳銃は鎌田准尉の奴だ。十六時、いよいよ最後だ。二、三十分の命だ。山崎大尉殿（第二中隊長大隊長代理）やられる。鈴木曹長同じ。敵二、三百メートルに近寄る。」

「天皇陛下万歳。」

榊原軍曹の「陣中日誌」はここで終わっているが、同人著「ノモンハン桜」にはこのあとのことが克明に書かれている。

それによると、副鼻から口腔へかけて砲弾の破片による重傷を受けた山崎中隊長は、挙銃を部下の少尉に渡して撃つことを命じた。部隊の最後は迫っている。いつ意識不明になるやも知れず、そのまま敵手に落ちることを避けようとしたものと考えられる。

「中隊長殿、では御免下さい」

少尉は隊長の後から静かにそのコメカミに挙銃を向けた。しかしすぐ右手をおろした。苦肉の策、咄嗟の気転ならん、

「中隊長殿挙銃が故障です。」

「よし一寸待て。まだ息が出来る。それでは、息の続く限りもう一度射撃の指揮をする」これから朱に染まった山崎大尉が硝煙のなかに仁王立ちになっての奮戦がつづくのである。

だが、やがて遂に来るべき時が来た。

「これで終りです！中隊長殿。」何とも言えぬ無念の声。ここに我が全弾撃ち尽す。自爆する弾丸すら残さずに。

万感こめて深く火砲に最敬礼をした全員は山崎隊長の命に従って火砲に最後の処置を施す。このあと山崎大尉以下最後の突撃の機をうかがう。

「ああ、なるほど矢張りこれで死ぬんだなと思う。みんなとっくに死んだんだから当り前のことだと思う(中略)。ひと思いに死にたい。矢張り人間としての弱さがあった人が驚く程の立派な死に方であり度いとも希う。戦闘開始以来これは常に自分の心を支配していた(中略)。万が一にも生き残っていた時、たとえ一人でも「榊原は敵弾を怖がっていた」などと言う人があるとしたら、それを思っただけでも本能とは異なる筋肉が動いていた。人間は死ぬまで芝居気があるのだろうか? 見栄が捨て切れぬのだろうか? そんな悲しい反問も頭に浮ぶ。いや違う。これが恥を知るということだろう。恥を知るが故に強くなるのだ(中略)。何でもいい遮二無二突っ込んで早く片付けたいと焦る。三十分程前に中隊長は誰から借りたか、或いは自分のものか小さなポケット鏡でジッと自分の顔を見ていた(中略)。

今はもう生への執着も死の恐怖もない。只、凡人の悲しさ、この世に生を享けて二十二年、苦楽の思い出が拭っても拭っても心の中を去来する。

耳に突撃号令を待ち、日に敵戦車を見つめながら「苦労して覚えた射撃教範もこれ迄のものか」「苦闘の英語も三角もこれで用無しか(中略)今何時だ」突然訊かれて右を見ると中隊長は覘窓《のぞき》を閉じて生き残った部下の待機姿勢をじっと見ていた。

「十七時十五分です」「あ、そうか」(以下略)

この直後に山崎大尉を狙撃兵の銃弾が前額部から後頭部へ大きく貫通するのである。戦死した山崎大尉は全軍中ただ一人の個人感状を受けることになる。

「砲声はおとろえ、もはや友軍の叫び声も無く、この草原に生きている日本人は我々のみかという感じがする。（中略）『壕に入って姿を見せるな。全滅と見せかけて戦車がこの壕を踏みにじる時、後から跳び乗ってやっつけよう』飯田少尉の結論であった（中略）。夕暮と共に何処へともなく撤退して集結する敵戦車は今日のこの圧倒的優勢な時でも例外ではなかった。我々は突っ込む時期を失し、はぐらかされて了《しま》った様だ。月が昇った。寒さが増した。砲弾も疎らになった。しかし戦車はこの壕に近寄らずカタカタという無限軌道のキシミも遠ざかりつつあった（以下略）。」

右は断末魔の様相を如実に表して妙である。草平は残念ながら各戦線に追随し、白兵の極点に直接参加する機会に恵まれず、その心理状態実相にうといのであるが、その実況をまのあたりに見て、およその見当がつき、筆者のノモンハン桜に花咲く激闘またその兵の心理にわが意を得て同感まったく、と両手を挙げて共鳴共感するものである。

特に〝人間は死ぬまで芝居気があるのだろうか〟この一語の中には千金の値がある。草平も敵戦車を注意深く睨み、死を目前にした今、榊原氏と同様な思いにうち沈み、来し方をかえりみては不思議と人間のあり方、考え方に自問自答を繰り返しながら、その不審疑問に何らの解答も見いだせず、心のみあせり、夜のくるのを待ち、ようやく愁眉をひらき、われにかえって眠りにつくのが毎日の日課であった。草平たちは夜だけがこの戦場にあって唯一の安住安眠の世界であった。

それは過去の経験から敵には夜襲がないことを万承知し、夜の闇の訪れとともにほっと胸を撫でおろし、今日も命があったかと、うす笑いのうちに安堵安眠したものである。

5　我が懐かしくも無惨なる三角山

草平が各陣地に配属された間、二旬に及ぶところはこの三角山を他にしてない。

その前旬日に敵の熾烈なる砲撃を毎日連続受けてきたが、後旬日はまったく平穏であった。

そしてこの平穏は物々しげに動く敵高台の輸送車、戦車、さらに物量の想像に絶するものがあるを見るに及び、いよいよ物騒にただならぬ威圧を覚え、嵐の前の静けさを想わせ、反面われに陣地構築等の命ありというもその実、何らの対策なく、またその糧なく道なく、その機を逸し、漫然と手をこまねいてただに兵の勇武と火焔瓶のみに期待するような指導部の風潮を見とっては、すでに涙も渇れて諦めに似た平穏ならざるやけに徒然たる毎日であった。過日の砲撃は物凄く、今にしてかえりみればフイ高地同様一平方メートル当たり一発の率ではなかったろうか、その友軍の苦衷苦闘とともに改めて記憶によみがえってくるほどである。

また、やむなくしいてわれを諦め、死を期する徒然たる旬日は、草平の一生を通じて忘れ去れざる自然に溶け込んだ、真に人間性に目開く、何か悟りに似たものを感じとった貴くもしかも気ままな毎日でもあった。

わが思い出深き三角山に赤旗翩翻《へんぽん》とひるがえるを思う時、胸しめつけられる思いに悲憤の涙あらたなるものがあり、なおその蔭にはわが愛するペットのことがなぜか故ありげに深く心の奥に潜んで忘れられない。その後どうしているだろう、どうなっているだろうと、やはり心配で心残りであった。

史説によれば、二十三日の三角山の友軍守備は森田徹部隊の第三大隊によるものであった。撃つに弾丸なく、自決用の手榴弾のみ残すわが兵は、ただ白刃によるか敵戦車に肉弾猪突するほか術なく、援軍、弾薬輸送の望みもたたれ、川又における東部隊同様泣いても泣ききれぬ悲愴なる全滅をしたと聞き及んでいる。そのあとには彼我の死屍累々として転がり重なり無残のきわみに、赤旗のみ山頂にひるがえる姿を見ては兵皆感無量、悔し涙を流すのみで、せんかたない帰すうであった。

6　ノロ高地戦での戦力比較

同二十三日のノロ高地。

長谷部支隊は歩兵二個大隊と一個中隊、速射砲七、連隊砲、迫撃砲四、機関銃三五で梶川大隊をその指揮下に入れていた。

これに対するソ連軍は狙撃二個師団弱と戦車一個旅団であり、その戦力火力差は歴然われに十倍するのである。

そして長谷部支隊がノロ高地において戦力が尽きるのは、三日後の二十六日のことである。

当時草平たちは、ろ陣地にあってノロ高地の梶川大隊が高地台上にひるがえる赤旗を見て憤慨苦闘中であるが、戦うべき兵はすでに十名余の微々たるもので見るに堪えざる惨状であるとのことで、切歯扼腕、目を、耳を蔽いたくなるほど親身になって悲憤慷慨《ひふんこうがい》したものである。

そしてこの際欠水症に陥り、その激戦のさ中、ややもすれば眠りこけるような兵がいたと聞き及び、睡眠不足と水に飢えてどれほどまでに渇きに悩まされたのだろうかと思い、その惨状のほどもしのばれ、草平たちがかつてそこにいたころ渇きに耐えかねてガソリンを飲んで死亡した者、また歩哨が居眠り中、それはむしろ欠水症による昏睡状態であったのだろうが、口惜しくも敵に拉致され捕虜となってしまった事等に思い及び、その苦闘苦衷のほども思われて、同病相憐れむの至情に堪えず、わが身を削られる思いがした。

なお、友軍陣地で敵戦線に最も近いところは、東都隊の川又陣地についでこのノロ高地であり、二十六日の梶川大隊は友軍戦線の三角形の頂点にも比すべき最尖端に位置し、両側背の敵攻撃を受ける公算大なるものあり、寡兵よく衆に耐えたるも、ついに三日目の夕刻、敵の完全な包囲下に陥り、援軍の道も途絶えて、東部隊のそれと類を一つにして終焉を迎えたのは、あまりにも無念無残である。

ノロ高地における（二十三日～二十六日）梶川支隊（歩二八）。

火力	ソ連軍	日本軍
自動小銃	五二二	○
軽機関銃	五三一	四四
擲弾筒	五二二	四四
重機関銃	二一一	三九
高射機関銃	七二	○
速射砲	一五一	一一
連隊砲	一八	八
迫撃砲	一八	四
各重軽砲	九六	八

高射砲　　　　六　　　　　○
十五榴　　　　一六　　　　○
戦車　　　　　一個旅団　　○

なお、大砲に関してはこの数字のほかに、敵高台の砲兵の主火力がノロ高地に加えられた。さらに爆撃掃射がある。

右は、また、全戦線における彼我の戦力火力比と考えてさしつかえないと思う。わが二十三師団がいかに苦戦奮闘したか、その対比的記録として紹介した。

赤十字旗を枕の下に

筆をろ陣地に戻そう。

一刻をおいて、草平は冷静なるわれに戻っていた。この戦力なきわが衛生隊が必勝を期せ！とは何事だろう、まったく支離滅裂の感情むき出しである。わが統帥部の理性なき感情、無謀なる猪突をあえて戒める草平自身がこんなであるとはまったく慙愧の至りであるが、では現時点で冷静なるわれならばどうすると頭を抱える。

もし敵が明日わが衛生隊を殲滅すべく攻撃してきた場合は、草平が一命覚悟の上その先頭に立ち赤十字旗を掲げて敵前に出て行こう、もしそれでも敵が攻撃を加える場合はわれわれも日本軍人として恥ずかしからぬ最後の奮闘、阿修羅の世界を展開しようと決意したのである。ただしそれはとうてい思い届かぬ夢の華であろう。なぜならばわが衛生隊はまさに非戦闘員に等しく、敵の科学兵器に対応すべき何らの武器をも持たないのである。武器と名のつくものは衛生兵のゴボウ剣と草平の自決用旧式チェコ式拳銃とわが長船のみである。敵の超近代科学兵器の前に何する暇があろう。ただ玉砕のその名のごとく、わが祖国を思う純血は敵弾一触下に散華し、戦友とともに手を握り憂国の至情燃ゆるがゆえに、いく多の苦戦苦闘も必死に耐えて今ここにあるわが肉体も敵戦車の一蹴下に葬り去られることであろう。何たる意味なき悲惨ぞ。衛生隊の華と謳われようとてそこに何の意義がある、貴いわが数十の命は逝いてふたたび還らないのであると思ったとたん、草平は深く期するものあり、滂沱として落ちくる熱涙をおのれのハンカチを出し、強くいつまでもおさえていた。

天を仰いで仰臥した草平の枕の下には、赤十字旗と男涙に濡れた白のハンカチが置かれていた。思えばわが戦陣訓には生きて虜囚の辱めを受けずとうたってあり、日本軍人としてははなはだ恥ずかしい忍びがたいことであり、赤面の至りであるが、赤十字下にある草平の当時としてはそれ以上の名案は出なかった。

ここに立場はいく分違っても、その軌を一にして自決された井置部隊長の耐えがたい苦しい心情のほどが改めてうかがわれ、哀悼の情一入《ひとしお》切なるものがある。

右赤十字旗のいわれ、因縁来歴について紹介する。かえりみれば、第一次戦当時東部隊死傷者収容に際して、草平は敵戦車砲口前三百メートルを赤十字を掲げての横断に成功、第二次戦時渡河点包帯所より死傷者後送中その輸送車の大半は敵砲弾により撃破されたが、草平の赤十字標識がある輸送車は、何らの被害なきのみか敵弾のお見舞いさえ受けず無事であったこと、それはすべてソ連軍が赤十字の標識を重んじ、国際赤十字法を遵守してくれたお蔭によるものと、敵ながらあっぱれと感謝している。

よって草平は過去の経験より、わが衛生隊は赤十字の標識を高く掲げてその所在を明示すべきであると考え、イリンギン湖畔の安閑を利用して三角巾を二枚その斜線において綴り合わせ四角となし、紙に赤チンを塗り赤十字に貼りつけ本赤十字旗をつくり、いざという場合に用意し背嚢の奥深く大事に所蔵していたものである。もちろん本部には赤十字旗があったが草平の指揮する医務室にはなく、草平の即製赤十字旗が万が一の場合に用意されていたものである。

もうそのころは暮色が漂い、われに返った草平の目には一兵の敵も見当たらず、敵は例により夕闇迫るとともに引き潮のそれのごとく鮮やかに引きあげていた。敵は友軍得意の夜襲を極力警戒していたようにも思え、その神出鬼没の妙技は実に見事に思えた。

大陸の日暮れは早く、ホロンバイル草原は静かなたたずまいに戻り、硝煙低くたなびくもやの中に早や暮れゆかんとしていた。草平は頂上に近いおのれの壕の中にたたずみ、戦雲去りし後のホロンバイルの夕暮を独占する思いにひたり、ひとり悦に入っていた。それは大陸の夕暮がいかにも静寂雄大にして美しく惚れ惚れと去りがたく、最後の未練の世界のようにも思われた。

当時わが連絡兵の話によれば、敵は夜間においても、ホルステン河湿地帯付近を中心として夜警していたということで、その態度たるや悠々としたもので、平地の砂原に体を投げ出し豚のように眠りこけていて、わが連絡兵がかたわらを通過するのも気づかず非武装のわが衛生隊連絡兵の方が度肝をぬかれ、びっくりするような場面が再三であったと笑いながら話してくれた。いずれにしても国と国とはともかく、個人同士の心のつながりに温かい友情のほどがほの見えて、敵愾心のかなたに心温まるものを覚えた。また、一面この時点における彼我の戦線はそれほどまでに入り乱れ混戦状態にあり、わが陣地は敵の横行豚寝の中に埋没しその重囲下にあった。言うなれば敵に呑み込まれてしまっていたのである。反面陣地にあるわれわれとしては敵兵の海の中の孤島に等しく孤独寂寥感に胸をしめつけられる思いがした。

第二次戦当初敵高台に突入した際、もちろん心身の疲労もあったであろうが、激戦さ中の敵陣において十時間も眠りこけていた草平も、今夜はなかなか眠りつけず、両こめかみが熱し激しい鼓動の圧迫に胸が痛かった。

どこからともない情報によれば、明日は二十三師団の名誉にかけて敵中に突入玉砕するとのことである。また、別の情報は七師団の援軍が将軍廟付近に押し寄せ待機しているとのことである。さらに兵の話によれば援軍の力を借るをいさぎよしとせず、来援を待たず師団全員玉砕するとのことである。

草平は摺鉢壕に仰臥しながら眠れぬままに右を分析していた。明日までのおのれの命か、武器をも持たぬわれわれが敵中に突入玉砕する、それは玉砕の名に値する名誉の戦死であろうか、意味なき無謀の犬死ではあるまいか。山県部隊、酒井部隊の主力もすでに対戦車砲の一門とてなく、撃つべき弾丸さえこと欠く現状にありながら、敵の奥深い弾幕の前に突入散華し、あたら皇軍を損じて何が国軍の華であろう。以上のことは賢明なる第一線将兵のひとしく抱く疑問ではあるまいか。そしてさらに思う、中枢部は何を考えているのであろう、第一線の現状をまったく認識していないのではあるまいか。草平は開戦来、辻参謀をノロ高地ニゲモリソトにおいて、服部参謀をバルシャガルにおいて、つかのま拝見した。彼らは激戦盛んなる時点に遭遇していない。むしろ本実戦の極点をまったく体験していないのではあるまいか、また、第一線指導部は自隊の体面上その真相を中枢に充分伝達、解明していないのではあるまいか等と憶測するに至る(ただし、文献によれば服部、辻両参謀は敵高台に突入激戦を体験しているとのことであるが真実であろうか。彼らの自伝はつねに誇張に過ぎる)。

草平たちは、こんな無謀の玉砕より、来援を待ちこれを後楯としその先頭にたち、過去の経験を生かして、捲土重来剣をかざして敵中に突入・玉砕するをいさぎよしとする。たとえそこに死あろうとも、また、冥して可なりと思うのである。無意味の短気にはやる意地張り猪突では死んでも死にきれず、そこに釈然たらざるものがある。すなわち草平たちの常識外、狂気のさたとしか思えないのである。

七師団の援軍はノモンハンに散開、天幕を張って待機中とのこと、こっちはまさに散らんとするに何の援軍ぞ。しかも、草平たちの現状とはうらはらに弾薬と糧秣も豊富だという、同じ国軍にして同じ戦場にありながら垂涎をもよおすほど羨ましい限りである。しかも近距離にあって来援はもちろん、知らぬ顔の半兵衛を決めこんで他人事のように動かないという。

すなわち各師団個々ばらばらの行動であり、そこに一貫した統帥なく、国を、国民を思う真情を疑いたくなるほど冷たく、縦横の連携・温情に欠け、そこにあるものは統帥部の自己顕示と功名争いのみであると憶測せずにはいられなかった。

鬱勃《うつぼつ》たる思いに胸を責められ、しばしまどろむと思う間もなく、はや暁闇を迎える。頂上に近いわが摺鉢壕に仰臥し、そのまま青天井を望み、胸いっぱい朝の冷気を吸い込めば、心身の疲労困憊も一度に消えて目がさめるほどに気持がよい。

八月二十六日（？）

午前八時ごろであったろうか、ドンと一発、また、一発、散発的に敵曲射砲弾が撃ち込まれてきた。草平は用意した赤十字旗を急いで抱いて隣接の兵の壕に跳び込む。今までと違って壕の中はいつになく冷たく、温かく迎えてくれなかったように思う。それはお互い今日限りのわが命と自覚し、観念しているので他人事どころではなく、各自の索漠たる心中のほどを物語る。

草平は狭い一人壕に何かいづらく窮屈に思い、十発ほどを数えてわが摺鉢に戻る。引きあげた直後、なお、二、三発が撃ちこまれたが、草平は兵に迷惑をかけては申しわけないと思ってじっとわが摺鉢に我慢する。

今回も損害は皆無で幸いであった。

曲射砲弾は極度の放物線を描いてほとんど直角に近く撃ち込まれるため、直撃の威力はあっても掃射に乏しく、かつ他の砲弾より小さいので兵の間ではわりに軽視されていたようである。ただ突然不意撃ちを食らうので馬鹿にできず、行動の制限を受け威嚇的効果の方がむしろ大であった。以上の関係か、その弾数もわりと少なく、一度に多い時で十発余、少ない時は四、五発のこともあった。

早朝からわが全戦線にわたり不穏不安の空気がみなぎり、わが陣地周辺より遠くバルシャガルに至る広範なる間、敵兵、敵戦車の右往左往する姿を間近に、わが戦線は敵の明るい雰囲気とはうらはらに暗澹たるものがあった。草平は兵とともに最期の阿修羅断末魔の世界を今か今かと危惧し覚悟しながら、心のおののきをどうすることもできず、高鳴る鼓動に胸を絞めつけられ、目の前が真暗になる思いがし通しであった。戦々恐々たる草平の頭上に突然天地にこだまして刺すような大声がとどろき、はっと胸をつかれた。

今日もまた、早々から拡声器による撹乱戦術である。敵は無用の損耗をさけて、この時点ではこれに限るとばかり自信満々の精神撹乱戦術に、手を替え、品を代えて執拗に大声を張りあげる。実に意地悪な、いやな、神経戦術であると思いながらも、つい気が狂いそうになるおのれをどうすることもできない。腹が立って、泣き出したくなるほどいらだたしい、同時に上空よりは飛行機による宣伝ビラの散布がくる。上天よりヒラヒラと不気味に舞い降りる紙爆弾は、この際この場でなぜか幽霊に頬を撫でられているようでいやな思いに胸をさいなまれた。

兵が何げなくそれを拾って持ってくるが、草平はつい癇癪を出して、馬鹿者！と叱りつけ、見る気もしなかった。

いらだつわが心のすぐ前を敵兵と敵戦車が吶喊の声とともに不気味な無限軌道の音をたてて砂塵の中に消えて行く。それはこの際、悪鬼の進軍のように見えて、いやに胸騒ぎを覚える。手を伸ばせばすぐ届くような低空に頭を削るように爆音が唸り、紙吹雪を撒き散らす。北方の晴れやかな空より、日本軍に告ぐと題してまたも女性の甘い甲高い声が胸を刺す。また、哀愁を帯びた軽快な佐渡おけさまでが奏でられ、郷愁を誘いわが蝕み傷ついた心を重圧し、さらに鞭打つ。

こんな敵の卑怯な神経戦に敗けてたまるかと理性は叫ぶが、いやはや俗人の悲しさ、気が狂いそうになる。心は千々に乱れてやるせなく、我慢の熱涙が頬を伝い、目の先が一瞬の間に真暗になり、足もとが地につかず宙に浮いているようである。今、おのれの最後を飾るべく万般の用意を整え、おのれの全智全能を絞り、この低地に下りたった草平も、おのれの緊迫感とはうらはらに、のれんに腕押しみたいな耐えられざる侮辱・空虚感にさいなまれ、なすべき業なく、ついにやけを起こしてしまう。草平はどうでもなれとばかりおのれの摺鉢壕に引きあげる。

壕に体を投げ出しやけに大の字になった草平は、それでも例の赤十字旗を大事に枕頭に置き、両手枕に天井を仰ぎ、うつろに雲の流れに見入る。風の流れるままに大空を流れる雲、その悠々とした姿を見て、これぞ神がわれに授け給うたおのれの道と思う。もう運命の風の流れにおのれを預け、そこに自己を生かすより他はないと考え心の落ち着きをとり戻す。そしてもう今日はたぶん敵襲はないと思ったとたんに脱力感を覚え、そのまま昨夜の睡眠不足がたたり眠ってしまう。

(八)玉砕突入

一升瓶をかついで

八月二十七日

「軍医殿！今夜玉砕だそうですよ！」と意外に明るい声で肩をゆすり呼び起こされる。「軍医殿、目がさめんですか、これこれ」と草平の目の前に一升瓶を突き出す。草平は一瞬の間にはっとびっくり目がさめて、久々会心の笑顔が出た。イリンギン湖畔で医長のご馳走になって以来一か月ぶりの一升瓶である。ヤア！これはといぶかりながらも手の方が先に出る。飯盒の蓋にまず一杯、兵は草平の飲み振りを面白おかしそうに眺めている。そしてもう一杯とくる。草平は俺一人でそのようにご馳走になっては罰が当たる、皆に飲ませよ、と遠慮する。兵はなあに、これは魔法の瓶ですよ、酒はなんぼでも出ますよとくる。そしてもう一杯、さすがの草平も酔い気味になる。軍医殿まだ持ってきましょうかと言う。「うん！うん！こんな時にァ、これに限るなあ！」兵はいそいで意味ありげに去って行く。そしてまた後を振り返り、黒い日焼けした顔に白い歯を見せ愛嬌たっぷりに手を振りながら低部のかなたに消えて行く。しばらくして、一升瓶二本持って帰ってきた。「軍医ドンな、一本じゃ足らんじゃろと思うて二本持って来ました」と置いてゆく。ありがとう、すまん、すまん、と言いながら飯盒の蓋にさらに一杯、今度はゆっくり飲むつもりである。そしてつい酔魔に襲われ眠ってしまっていたようである。

「軍医殿、部隊長殿がお呼びです」と叩き起こされる。「何、部隊長が？用事があればここに呼べ！」と大声で叱咤する。一杯機嫌である。

あまり大声を出したので聞こえたらしく、部隊長じきじきの呼び声がかかる。ただちに低部に降りる。戦場ではじめてみる部隊長の顔である。そして改まって「命令！」と言った。「貴殿は健康そうだから、本夜酒井部隊の後方迂回玉砕部隊に従え。本ろ陣地は丸山軍医中尉が担当する。命令終わり」である。

草平は一瞬ムッとした。故医長と草平は開戦来つねに最激戦地を担当させられた。今またかと思えば、そこについ不平不満が出るのであるが、いまさら、せんない。最後をまっとうしようと、「本夜より酒井玉砕部隊に従軍します！」とあらん限りの大声で絶叫した。復唱終わり、である。さっさと部隊長に背を向けて、わが壕に引き上げた。その心の底には、穢い奴らには罰当たりがある、正直者には神が味方するとの強い信念があった。壕に戻った草平は、さらに一杯グッと飲んで憂さばらしをした。そして仰臥したまま、本夜襲のことを考えていた。過去の経験からすれば、こんな広漠無限の、いずこも同じ平地では夜間その目標を絞ることが不可能に近く、その成功は覚束ないのではあるまいか。

ままよ、ついて行くしかない、どうしても駄目と思った時には好きなこの酒でも飲んであとは運命にまかせようと決心した。草平はわが赤十字旗を背嚢に納めて、その両側に一升瓶を各一本ずつ左右二本ゆわえ付け、出撃を待つ。草平見習医官独特の出撃準備完了の珍風景である。

同二十七日

午後五時近くであったろうか、ホロンバイル荒野も静かな暮色が漂い、戦いを忘れて平和なたたずまいを見せていた。

酒井部隊に合流すべく出発！と命令が下る。草平はおのれの珍無類の風姿を意識し、兵の手前遠慮もあり、最後尾に従った。兵が時々草平の風変わりな姿を指し、あとを振り返っては悪童らしくわらう。草平は黙って前を向いて歩けと叱りとばす。兵がまた、どっと笑う。玉砕当夜とは思えぬ珍風景の進軍である（この雄姿は草平最後の写真と思い兵の手を借りイーストマンコダックに収めてあったが、残念ノモンハンの広野に失った）。

ものの二百メートルほど進軍したころ、とある一か所に酒保《しゅほ》(兵営内などにある日用品などの売店)の跡らしく酒、缶詰等が山ほど積まれて露天にそのままにしてある。草平はハハン魔法の瓶はここが本拠かと納得する。兵は、われわれは飲まず食わずで我慢していたのに何事だ、このように沢山あったのか、酒保のケチン坊め！罰かぶりだ！一徹な奴らだ！と横目で垂延をもよおしながら憤慨して通る。

右記一升瓶は実は七合入りぐらいで、今の一升瓶より少々小さいような記憶がある。酒は「忠勇」、灘の銘酒であった。この瓶を背嚢に結びつけるには相当苦心したものである。背嚢に結びつけたまま飲めるようにしておかなければ急場の間に合わない、そのように固定するに草平は一時間以上を費やしたと思う。

実のところ二本ならずとも一本で用を足したと思うのであるが、円錐形の瓶一本を背嚢に固定してみたがなかなか調子よくできず、もちろん、ゆわえ方が下手なのでもあろうか、すぐゆるんでしまった。そこで二本の瓶の頸部に小さい板切れの棒二本を渡し挟んで、固く結びつけ、その二本の瓶を背嚢の左右両側に固定、ようやく目的を達したのである。これならば背嚢から解らずに、そのまま飲むことができた。また、酒好きな草平にとっては一本をそのまま見送って残して行くのが、この際死ぬよりつらいことのようでもあった。また欲だと言われようと仕方がない。

かなりの酒量に少々酩酊していたのか、その直後のことはあまり記憶がない。酔眼の中に今もなお残るのは、どこまでもつづく暗闇である。大陸のもやは特に深く、月夜のはずであるが雲が多かったのであろう。二メートルも離れると戦友の姿が見えなかった。前の部隊との連絡が途絶えたり、目標を失って戸惑ったり、部隊の進行は紆余曲折の鈍行であり、遅々として進まず、草平は歩きながらつい眠り、前の兵の背嚢に突き当たっては目をさましびっくりするありさまであった。まるで闇のトンネルを手探りで行くようで、士気もあがらなかったように思えた。

このようなことではと草平参謀も気が気ではなく、心はあせるばかりであった。充分の作戦準備がないまま、平坦なる広野を行く暗闇の急進撃は、むしろあわてる盲人の手探りにも似て、しょせんは無理で、予定のなかばにしてはや東天が白みほのかに暁をつげた。草平は作戦見事失敗と思った。そのとたん、背嚢が重く肩に食い込みそうで痛くて歩けぬほどになった。随分歯を噛み我慢したがついに足は一歩も出ぬ。負い慣れぬ背嚢に酒二升の重みを加えて不眠不休の進軍である。もう足は一寸もあがらぬ。ままよどうとでもなれ、とばかり隊列を離れ草の上にどかっと座って「忠勇」を口づけに飲む。

飲む草平の前を進軍する兵も今は何も言わない、語らない、ただ黙々として骸《むくろ》の進軍である。兵皆何を思い、何を考えているのであろう。直前に迫る玉砕のことを憶うているのであろうか、疲れはてもの言う元気もないのであろうか。ままよこっちは酒を飲んで夢の世界で死のうが、捕虜になろうが運命まかせとやけに酒をあおる。

銘酒「忠勇」の霊験はたちまちあらたかにして速効がある。力と勇気が出た。前方を見れば友軍はすでに一キロメートルかなたにあり、ふと後方をふり返って草平はびっくり。もうろうの酔眼を開いて刮目した。暁闇のかなた、広漠無限の草原一面にわたりかすかにもやにかすむ散兵の大軍を見る。ほんのさきほどまでどうでもなれとばかり「忠勇」をあおっていた草平も、さすがにびっくり仰天、腰を抜かさんばかりに驚いた。ご執心の一升瓶ものかは、そのまま放り捨て、背嚢ぶら下げての一目散、友軍兵の後を追って韋駄天に駈け出した。

必死にあとも見ずに駈け出した草平は五百メートルほどで酒のせいかほとほとうちくたびれ、動悸がうち、息がつまって動けなくなりくたばってしまった。もう足は一歩も前に出ぬ、ついに荒野の砂の上に身も心も投げ出して坐り込み（これが腰が抜けたというのであろうか）、おそるおそる後方を振り返って首をかしげた。どうみてもこの大散兵は日本式である。中央に軍旗らしいものが見える。そしてつかのま考えた末、たぶんこれは七師団のそれに相違ないと、伝え聞いたことを思い出し、いくらか心の余裕を取り戻した。草平はほっとした気持で容姿を整え、背嚢を背負い、ようやくにして友軍停止の位置に追いついた。

八月二十八日

時刻は午前四時ごろであったろうか、すでに薄明に近いころであるが、霧深く、本隊はなお後続の散兵に気付かなかったようである。草平が到着する寸前これに気づき、酒井部隊の名誉にかけても七師団の援軍を待たず玉砕に突入との意気込みようで、前面の敵に対し突っ込め！と激しい号泣に似た突撃命令が下ると同時に、指揮官ははや怒りに燃ゆる軍刀をかざし、すでに百メートルの先方を吶喊中である。と同時に、全軍火の玉となり砂塵を蹴立てての猛驀進、突撃である。

あたりはもうもうとした砂塵の低く立ちこめる中に、全勇士の鉄兜と抜刀の姿のみ浮かび、なお冷気こもる暁闇の空に映えていさぎよく死にはやり、血を吐く裂帛の吶喊の声のみが虚空のはてまで響きわたる。勇壮にして晴々しい進軍譜であり、また、悲痛の限りであった。その必死の吶喊の声は血を吐くに似て、驀進の姿は夜叉の暴れ狂うがごとく、あたりは一瞬の間にもうもうたる砂煙、硝煙のるつぼの中に沈み、火と煙のたぎる阿修羅の巻と化してしまった。当初、無謀、遮二無二の暴挙であると一瞬思いためらった草平も、次の瞬間憤怒の剣を抜き放ち、突っ込め！と絶叫しながら衛生隊の真っ先に突進していた。草平は敵がどこにどうしているか、皆目見当がつかず、ただ友軍の後を必死に追い、遅れまいとまっしぐらに突き進んだ。

必死無我夢中、体当たりの鬼と化しての突撃であった。どのくらい突進し、途中がどうであったかまったく記憶がない。砂煙、硝煙の熱い火の海の中を血に怒り燃え狂い、かいくぐっては猪突撃していたようである。前方高台、また、わが第一線と覚しき地点は青黒い硝煙と暁のもやの、渦の中に敵火の物すごい爆裂閃光が飛び散り、飛びかい、その銃砲声はまさに空き缶を叩くがごとく天地にとどろき、硝煙くすぶる血生臭き熱風は鬼気をはらんで、早暁の冷気といえども身に肌に焼くごとく、まさに阿修羅暴れ狂う凄惨苛烈の地獄である。

血を噴く包帯所

どこをどう直進したか判からない、まなじりを決し喊声に血を吐き猛猪突した草平の眼前、薄暗きもやの中に突如現れ出でたる幽鬼がある。血にまみれ、戎衣は破れ、止血包帯の姿も痛ましく三角巾で左手を肩に吊っている。

顔色蒼白にして歩行もままならず、刀に杖して死相あらわである。草平はとっさの機転で周囲のやや低い凹地を見いだし、本傷者の応急処置をするとともに兵に命じ、かの誇るべき赤十字旗を小高い小砂丘上に立てさせる。

その処置も終わらぬうちに来るわ、来るわ、衛生隊総動員の仮包帯救急もままならず、止血包帯だけに汲々である。たぶんこの赤十字旗を見て傷者がいっきょに殺到したものと思われる。たちまちにして重傷者のみ百名に達するかと想われ、鬼哭啾々としてこのうす暗き凹地に充ち、暗鬼荒れ狂う生き地獄と化してしまった。あるいは気息奄奄《えんえん》のうちに悲痛な叫びとともに息をひきとるもの、深傷の痛みに堪えかねて息を殺して呻吟するもの、ほとばしる出血を抑えて必死に我慢し、悲憤の涙に堪え歯を噛み虚空を睨む者、まさに青黒き硝煙こもる暗澹の世界である。その惨憺きわまる状況は神もこれをさけて通るべく、見るもあまりにも無残である。このような見るに堪えざる残酷非道、暗鬼荒れ狂う暁闇の天地のみが、今もなお草平の脳裡と眼底に彷彿としている。

特に印象に残るのは、某少佐殿の死を決した落ち着きはらったその眼差しである。彼は四肢をその根部よりともに切断され、まったく達磨のごとき無惨な姿でありながら、苦痛の色さえも見せず、平然とその高貴な顔に大目玉を見開き、草平の驚きいたわるその姿をただ黙々と見すえて動かなかった（動くにもすでに動く四肢がなかった）。その神々しきまでに気品の整った勇姿に心をうたれるものがあり、今も眼底に映じよみがえってくる。その直後草平の親友森田信軍医中尉（酒井部隊付軍医）が肩甲部貫通創で三角包帯の姿も痛ましく暗黒の霧の中に出現、たび重なる激戦時の奇遇に驚くも少佐殿はじめ多数の傷者の救急にこそ多忙で、「ヤア！」「オオ！」の応答のみしかできず、特に彼の処置を施した記憶もない。

また、その処置たるや近代医学とはほど遠く、創面に濃沃度丁幾《ようどちんき》を筆の先で塗りつけ、昇汞《しょうこう》（塩化第二水銀）ガーゼを圧貼して止血を兼ね、高度の出血には駆血帯《くけつたい》をぐるぐる巻きし止血強心剤注射を施し、砂原に放置する野蛮行為だけが、精いっぱいのサービスであった。なお、わが包帯所の周囲はつねに勝ち誇る敵戦車二台の徘徊監視の目が光って不気味であったが、幸い赤十字旗のお蔭か突入してこなかった。

わが衛生隊の救護班は頭上に敵弾集簇《しゅうぞく》し、硝煙こもる焦熱地獄、暁闇のこの凹地にわが身をかえりみる暇もなく、傷者救急に命を捧げて多忙であった。寄せくる傷者の群れにいったいどの傷者を先に、どこをどう処置すべくもなく戸惑いを覚え、おのれ自身気が遠くなり、狂いそうになる焦燥を覚えた。しかも敵戦車はすぐ目の前に周囲を徘徊し、その搭載砲をわれにむけて睨んでいるのを見とるに及び、いつ火を噴くかを怖れおののき注意深く横目で睨みながらの応急処置であり、それはいうもはばかる乱雑なまでのものであったろう。

気のみあせり、その手は思うなかばにも達せず、血は頭に逆流し、やすりをかけられるほどのいらだたしさを覚えた。阿修羅血を吹くわが包帯所はただただこの際鬼哭啾々《きこくしゅうしゅう》（鬼気迫ってものすごいさま）たるどす黒い血潮のほとばしる地底をおもわせ、四肢なき少佐殿をはじめとし気息奄奄《えんえん》として息をひきとる者はもちろん、そのあまりにも無惨なるまでの重傷にもめげず、なお物足らぬまでの応急処置、看護にも誰一人不平不満を訴えず、さらには死にまさる苦痛にも声すら出さず、寂たる暗黒冥土の世界を思わせた。

過去経験した包帯所とはうらはらに、まるで趣を異にし、草平たちをして深く考えさせられるものがあった。それは今や全員玉砕の信念のほど奥深く全傷者ともども生を超越し、おのれのその苦痛を誉れ高き諦観のかなたに忘れ去った忘我世脱の境地でもあろうか、何たる日本軍人のいさぎよき、気高き、またとなき境地であろう。なぜか幽遠の仙境にこんこんと湧き出る泉の、静かにして清く澄みわたる聖なる世界をおもわせ、日本武士道精神の禅に通ずるその道に徹するものを思わせた。

こうした苦痛苦渋きわまる難局も知らぬげに、本部からはもうすでに万事終われり、各自の重要書類、携帯品のすべてを焼却あるいは地下に埋めて全員自決の大命につけとの伝令あり、草平も今は何すべくもなく悲憤の中にも不思議と静かに死を待つ思いに、かの大事に隠し持ったそのフィルム・メモに心残りを覚え、血涙を呑んで付近の壕に、執心の軍用行李とともに埋め、悔しさに万感せまる思いがして、なぜか人生うたかたのごときむなしさを覚え、暗然たるものがあった。以後傷者の多忙なる救急にわれを忘れて、その後のことについてはまったく記憶がない。おのれにはただ傷者のみがあり、自己喪失の状態にあったものと思う。

かえりみれば、わが衛生隊も、もしも二、三百メートル前方に進出していればともに命がなかったと思うのであるが、奇しくも第一回傷者収容が本地点であったため命拾いをしたようなものである。なお、敵射程距離から勘案・換算すれば、敵高台は一、〇〇〇メートルたらずの前方にあり、今戦史を参照しても記録がなく、どこかいまだに不明であるが、たぶんイナ高地（七五七高地）であろう。そうすればわが玉砕の途は敵堅塁を高台に控えたその直前の広漠たる平坦線突入であったことになる。すなわち敵後方迂回夜襲の予定は見事にはずれ、早暁敵が高台陣地に待ち構えた敵弾の集簇を真正面に受ける低平地を、まさにその名のごとくまっしぐらに玉砕に突入したことになる。

そして思う、酒井部隊勇士の弾薬盒《ごう》（弾入れ箱）は空であったと。しかし草平の弾入れには、なお自決すべく挙銃弾が三発残っていたのであるが、強いて自決する気も生きる気も、そんなことを考える余裕もなく、傷者の応急処置に没入していたようである。

今静かに思いめぐらせば、記憶はもうろうの中にかすみ、史書を手繰ってもはっきりしない。ただ血に燃える刃をかざして玉砕に追随したおのれを意識するとき、どす黒い血に汚れた傷者が悲憤に狂う物すごい形相で、暁闇の凹地に土にまろんで悶え苦しみ転がっている姿を、そしてその周囲間近に勝ち誇りげに徘徊する敵戦車二台をおぼろに思い出す。その後口惜し気に、自分の手でわが行李を、標識を意識しつつ付近の壕に埋めたことだけがかすかによみがえる。そこには煩悩の子――また未練の世界がうかがわれる。

わが自決の恐怖も忘れて必死に救急に奔走し、その所要時間が前後通じていくばくかもはっきりとしない。草平は精魂尽きはて、忘我の境地に傷者ともどもたおれていたのではあるまいか。それもわからない。以後の道がどうであったか、どうして助け出されたかもはっきりしない。呆然とわれにかえって目がさめてみれば、日射しの強い明るい朝だった。たぶんそれは翌朝だったかそれもはっきりしない。おそらく半死半生の間を彷徨していたのであろう。

草平は酒井部隊の玉砕に追随し、あとをかえりみる余裕もなく、やみくもに猪突し、部隊傷者の応急処置に奔走した。その間特に印象に残っているのは前記のとおり、大隊長（少佐）殿の達磨のごとき悲惨にして偉大なる勇姿である。当時としては畜生！と、反発・敵愾心の反面、言いしれぬ緊張、興奮、感激のるつぼの中にうち沈んだおのれをかすかに意識する。

以後それ以上考える余裕・余力もなく今日に至り、本稿を草するにあたり種々思いあたることもあり、玉砕の根源について辞書・百科事典を調べてみた。「玉砕とは全力をつくしたあと名誉や信義を重んじて、いさぎよく死ぬこと、散華と同意」とあるだけで、他に見るべきものがなかった。ただし東部隊長と本大隊長の勇姿に共通する玉と砕け散った達磨のごとき形骸を思い出し、これこそ日本帝国陸軍軍人精神の粋を刻む、まさに玉砕の典型的勇姿であるとつくづく思いあたったものである。当時の状況判断から、両者いずれも今は敵手にゆだねることをいさぎよしとせず、手榴弾を抱いての自爆であったのだろう。

そして前述の東部隊長の遺骸を拝して敵が手足を的に火焔放射で焼きまわったのだろうと憶測した草平の判断は誤りであったと、四十年近くたった今思いあたったのである。いやはや赤面の至り、迂遠無礼のそしりをまぬがれない。

武骨栄えある酒井部隊勇士

草平は幼少のころ、陸軍の秋季野外大演習といえば握り飯を持って必ず見学に行き、幼いながらどこまでもどこまでもついてまわっては、その銃砲声のとどろきに心をときめかし、驚異の目を見はり童心をかきたてられていた。そして硝煙の匂いこもる秋の野外で日の丸弁当を食ってはおのれも勇ましい兵士になったような気になり、余計に握り飯がうまかった。

草平の家はかなり小高い丘の上に建っていて、前面には広い田野が広がり、わりと眺望がよかった。こうした関係から、よく機動演習の司令部にあてられた。その司令部の大将は大佐であったような気がする。草平は意気揚々たる大将の容姿を目近に拝して、おのれもまた、こんな身になってみたいという憧れを内心抱くようになっていた。ただし、一ついやなことが童心をかすめていた。それはこの大将が馬に乗って三軍を叱咤し奔走する時、つねに馬丁《ばてい》(馬の世話をする人)を従え、その馬丁は馬の後ろを鞄をさげて走りまわって従って行く、その姿を見ては「オイコラ大将、あまりに人を食った、馬鹿にした所業ではないか」と抗議を申し込み、馬から引きずり降ろしたい反撥、衝動を感じていた。

奇しくも草平は末端軍医であってもハイラルでは乗馬を与えられ、馬丁は馬をひいて毎朝夕丁重に送り迎えを欠かさなかった。そして例に漏れず鞄は自分が持ちましょうと申し出た。ただし草平はこれだけは断固として断わり、幼心を生かしおのれが鞄を背負うのを慣いとした。

たまたま馬丁の迎えが遅くなり、焦燥を覚える草平のもとに迎えにきたのは医長の馬丁とその大きな馬であった。乗り馴れぬ馬であり少々心配であったが、時間に遅れまいと草平は馬に鞭して疾駆していた。そのはずみに鞄の負い紐と帯剣がもつれ、その身は雪の広野の中にどうと放り出されてしまった。足を痛めた草平は馬を追おうとしたが、いかんせん、奔馬は遠く営門に向かって疾駆していた。そして営門前でその訓練よろしくピタリととまった。足を引きずりようやく追いついた草平は、乗馬がこわくなり手綱をひいて営門の前を通った。

酒井部隊の門衛は無様な見習医官を軽侮《けいぶ》の目で見て、言い合わしたように意識的に敬礼をしなかった。草平は足腰痛い上に往復ビンタを食らったようなめまいを覚え、ことさらに憤激し、何糞っと、門衛に怒鳴り込んで大声でその非礼を叱責した。それは私心からなる憤りでなく、軍の統制上なにはともあれ、こんな上官侮辱をゆるすべきではないとする公的憤りに根ざすものであった。が、あまり外見のよいものではなかった。以後不可解にもわが衛生隊軍医には（もちろん草平も含めて）門衛が敬礼せず欠礼していたのである。それは草平が怒鳴り込んだのが原因らしい。

とかく、軍権最盛、軍紀厳しい当時にかかわらず、理由なく軍紀放棄も辞せぬほどの武骨の固まり集団であった酒井部隊のいかにも豪快な一面をうかがわせるものがあり、憎さあまってこの世知辛い世に痛快なあと味が残る。

ああ！思い出深く、なつかしき酒井部隊勇士よ、かえりみればわが衛生隊は海拉爾駐屯以来酒井部隊兵舎の一角に起居を構えていた。

謹厳なる酒井部隊長は清楚なまでに整った容姿の中に、どこか温情をたたえてつねに人を魅するものがあった。部隊はその統率精神よろしく外目にも一丸となり、強固なる団結心に燃えさかるものを想わせ、二十三師団管下最精鋭を誇り、自他ともにあい認めるところであった。

部隊はハルハ河右岸戦において左翼酒井、右翼山県と轡《くつわ》をならべて二十三師の中枢をなし、敵に一歩もひかず全員激闘のほまれ高き勇名をはせていた。ただし運、不運は戦いのつねにして、このころ部隊長は敵弾のために受傷、やむなくハルピン陸軍病院に入院、その不運を嘆き、かつ部下将兵のあまりにも犠牲多き責に任じ、停戦直後自決されたという。日本陸軍軍人の華とうたうべく美しくもいさぎよき武将であった。

酒井部隊の血気旺盛は部隊長そのもののごとく、営内は若さにあふれ、勇気燃えさかり、元気ありあまり、戦友間、時に流血の惨事をひき起こすことがあった。軍ではこんな兵はただちに重営倉《じゅうえいそう》の重罰に処するをつねとした。ただし、部隊長のその処遇はわりと寛大なる温情をしのばせ、いつどこでもその処遇に人情厚きものを思わせ、いよいよ上下一丸となり異身同体の感を深くするものがあった。それは不思議にも高潔なる人格よりほとばしる自然な人の心の温かさを思わせ、部隊もまた、隊長と同じく武骨の反面どこか稚気満々たる温情をたたえて武人のほまれを高く謳歌するふうがあった。

今、酒井部隊の玉砕に追従して部隊長の広大無辺の温情と剛毅果断なる武人のほまれを、そしてまた、部隊長の光輝ある自決のあとを追うがごとく火の玉となっての全員玉砕を身にしみてつくづく懐う。

五味川純平著『ノモンハン』より

「園部第七師団長が部下の須見連隊長に送った手紙には痛烈な予見がある。

小生がハルハ河の渡河を非常に無謀と思ったのは、
一　上司の此の作戦に行きあたりばったり、寸毫も計画らしきものなきこと。
二　敵は基地に近く我は遠く、敵は準備完全、我は出鱈目。
三　敵は装備優良、我は裸体。
四　作戦地の関係上ノモンハンの敵は大敵なり。（地形の優劣を窺知しての予見だろうか、また敵高台は明らかに外蒙領である。この地に足を踏み入れること自体、由々しき国際問題であるという意味であろうか。）
然るに拘らず上司は之を侮って殆ど眼中に置かざるの態度なり。

要するに敵を知らず己を知らず、決して軽侮すべからざる大敵を軽侮している様に思われ、若し此の必敗の条件を以て渡河、敵地に乗り込むか、是こそ一大事なりと愚考した次第なり。」

以上の要旨である。

結果は園部師団長の予見どおりに終わった。七師団の非情を恨む前に、この戦いを強行した関東軍指導部の三ボーを非難すべきであろう。第二十三師団の敵高台突入を、彼は必敗の条件を備えていると予見し、酷評している。そして敵高台に部隊の連隊旗進出をも憂えていたようである。こんな冷静、深慮遠謀ある七師団長なるがゆえに前車の轍を踏まず、終結をみたことは七師団にとって、また国軍にとって、誠に幸いであったと思う。また、その措置には何ら非難すべきものなく、むしろ感謝すべきことと思う。

兵を死に追い込んだ戦略家たち

ここでもまた、至上命令の乱発である。直後に七師団の援軍を控えてなぜ熟慮採決しないのであろう。意地張り・猪突が何の意味がある。あたら貴重な皇軍兵力を損ずるばかりではないのか。兵力をいく分でも温存し、七師団と合流、その先頭に立って誘導協力を至当とする、それ以上の至上があろうか。軍ではあまりにも身勝手な至上命令の乱発である。兵を庶民を虫けら同然視してはばからない風潮がある。そこには何らの人権もかえりみられず、ただ指揮官の面子と大命の名に隠れた無闇な意地張り・猪突のみがあり、平静なるわれなく、遠きをおもんばかる頭脳・理性なく、国を、国民を忘れた自己陶酔のおごれる狂気のさたのみがある。

草平はかつて、三角山の硝煙渦巻く壕の中で土と対して自問自答するうち、つねに不思議と中学時代の国語の先生の姿が目に頭に浮かんできた。彼は丸坊主に似合わぬ金縁眼鏡をかけて、その奥に神経質そうな目をしばたたかせながら、不勉強で国語の苦手な草平をにらんでいた。その講義の中で、なお頭に残っているのは、人間は感情の動物であり五欲五情の塊である、すなわち五欲とは色声香味触（財・色・飲・食・名誉・睡眠）、五情とは喜怒哀楽欲であると、得意気に教えてくれたことである。

今この生死の関頭に立ち、幽暗の境地に土と対して「名」とは何かと根本に掘り下げ、改めて問いただしてみたが解らずじまいであった。それは架空かもしれないが、おのれの好きな面子にすぎぬのであろうか、とにかく人間は死ぬまでしゃれっ気と芝居気があるようである。そしてまた、人間の恥とうそぶく根拠はどこにあるのであろうか、いずれにしても人間はおのれの納得するその「名」に死ぬことを本命としている。そもそも単細胞動物のようである。

死線に花咲く一場の芝居、これで幕である。

少なくともこのノモンハン戦において、赤誠を信じ、進んでその残虐に身を投じ、むなしく散ったわが第二十三師団の英霊は、今やその名に！恥に！いやその根幹に疑問を抱きむなしさを覚えながら無念なる悲憤の涙を流していることであろう。以上は英霊を冒涜するかにも聞こえるかしれぬが、それは言葉足らずで草平は英霊に代わってその三ボーに非難を加えるべく表現したつもりである。

とにかく三ボーの考えるところなすところ、これすべて自已中心である。天意にあらず、大命の乱用である。忠誠を信じて戦うわが勇士もここでは虫けら同然視されているようである。

大君は　ますらおなれば　死ね　と言って　ここにやるか

記録に見る山県部隊の敗北

同十九日山県支隊（支隊本部および諸隊、五味川純平著『ノモンハン』に借る）

「山県部隊伊勢部隊の撤退を発見したソ軍は、歩戦砲をもって襲いかかった。支隊が撤退の進路をホルステン北岸河谷に沿ってとったことも被害を大きくしたと考えられる。その辺はソ連の中央兵団と南方兵団の両方から挟撃される地帯であった。

交戦は忽ち混戦となり、諸隊は支離滅裂となった。

山県伊勢両連隊長は、歩兵連隊副官、同連隊旗手代理、命令受領の工兵軍曹と兵一名と共に新工兵橋に近い元日本軍野砲陣地の掩体壕内に孤立し、敵歩戦の包囲攻撃を受けた。

急襲されたにしても、連隊長が手兵もなしに孤立する状況は容易に理解出来ない。諸隊浮足立って、てんでんばらばらに逸走したらしい。指揮官を中心として円陣をつくる余裕もなく、統制もとれなかったものか。前夜まで激戦を経験している将兵である。烏合の衆であるわけがない。砲撃によって諸隊が寸断され、戦車群の突入によってそれぞれ離隔されたとしか考えられないが、それにしても連隊長二名を含む将校四、下士官一、兵一が孤立するという状況は想像外である。

軍旗は焼かれ両連隊長は自決した。八月二十九日午後四時半頃であったらしい。他の二名の将校もこれに殉じた。下士官と兵は脱出して両連隊長の自決を報告したという。後日停戦協定後に実施された死体収容の際、焼ききれなかった旗竿、軍旗の房、布地の一部は山県連隊長の遺骨の下から軍旗の紋章と、山県連隊長の遺書は旗手の軍衣から発見された。連隊長の遺体を誰が埋めたかも判然としない。脱出した下士官と兵がそれをしたのならそう報告したであろう。

第六軍司令官以下は軍旗が果して完全に焼却されたかどうかを心配したという。

関東軍がこののち第七第二第四師団、その他軍直轄部隊を集結して反攻を企図する下地には、軍旗の運命についての懸念が大きく蟠《わだかま》っていたのであるという説がある。

もしそうだとしたら馬鹿げている。軍旗は連隊の象徴であるとしてもたかが旗である。天皇から下賜されたというのは形式に過ぎない。戦は勝つべきものであって軍旗の安否によって進退を拘束さるべきものではない。　まして軍旗の安否を気づかって大軍を発動しようなどとは愚の骨頂である。関東軍があくまで反攻を企図したかったのは敗軍の汚名を返上したかったからで、軍旗の安否の一件は忠節の名分をもって軍の面子の衣としたに過ぎぬ。旗旒《きりゅう》(はたあし・旗のたれ)のために数万数千の大軍を死地に投ずる将軍や参謀がいるとしたら彼らは狂人以外の何者でもない。無用の神経を費す暇があったら、敵をもっと研究する方がはるかに国家に忠節を尽す所以であったろう。」

以上は日本陸軍に介在する、実なき形式論を痛罵し、かたくなまでに他に耳を貸さざる尊大なる軍伝統の病根にメスをいれたものと思う。

奇しくも草平が命拾いしたニゲモリソトであろうその一角に、草平は不死身のようにわれを忘れて昏睡状態に眠りこけていたのではあるまいか。その後の激戦についても、各模様についても何も知らない。いつどこでどうしてか判からない、目がさめてあたりを見まわせば、さんさんたる日射しを受けて砂原がいかにも清く美しく輝いて見えた。戦いも忘れ、おのれをも忘れた草平の心には、砲声も悲惨なる戦争も、なにもかも、はるかなる幻と消えてまったく聞こえない、見えない。清い空気と日射しに映える広漠たる砂原が陽炎さえ見せて、ただ淡々と遠く霞の中に消え、塵埃の一つだにない、妄念のかけらさえない苦海を抜け出した聖なる浄土の世界のみがあった。

そしてこの無垢の世界に土にまろんで無念無想に転がっていたおのれを今意識するのみ。他にいささかの記憶も、思い出もない。

ふとわれにかえれば、そこには、岩あり、痩せこけた灌木があり、川又の東部隊陣地で見た背丈の低い松があり、久々懐かしいような気持のよい丘であった。これが名に聞こえしニゲモリソトの森かとひとりつぶやく(ニゲモリソトの森の北端?)。ここは本ホロンバイル大草原にある唯一の森であり、それは名ばかりの低い赤茶けた不毛の岩山であるが、草平たちはその岩蔭を利用して久々安住の地を得た心地がした。岩蔭の一角に仰臥していた草平のもとに、衛生軍曹と兵一名が息をはずませながら山県部隊撤退の模様を伝えにきてくれた。彼らはろ陣地に草平らと交替し、丸山中尉と行をともにしたものである。ここに医長代理格の草平に報告する義務があると思ってのことであろう。なるほど、かえりみれば衛生隊軍医は六人のうち草平一人が生き残っているのみである。

それによれば二十九日の早暁、ろ陣地を出発、一望千里の草原を徒歩患者二名を伴って撤退中敵戦車の発見するところとなり、その砲撃撹乱にてわが衛生隊は支離滅裂となり、個々別々に逃避するしか方途がなかった。丸山中尉はその惨敗の中にも二名の傷者をまもり、行をともにし、体の自由を奪われながら撤退するうち、胸部を敵機関砲に射抜かれ、無残にも散華昇天された。傷者二名もまた、その敵弾にたおれた。自分らはかたわらの敵砲弾痕口に隠れて暫時潜伏、機を見て脱出に成功した。

また、山県、伊勢両部隊長は軍旗を奉焼し、旗竿の根部のみを抱いて、ともに壕内に刺し違えて自決された。と、その情況をまさに目の前にあるがごとく熱涙を浮かべて、口早なズーズー弁でしらせてくれた。

以上は草平の記憶にあるところであるが、今文献を参照すれば、両部隊長の最期の局面にいく分の相違あるようであるが、いずれにしても、以上よりその側近の部下は全滅に瀕し、両部隊長は雲霞の敵中に孤立無援となり、あくまで軍旗を死守されたその悲痛悲惨なる最期のほどがしのばれる。

第六十四連隊(山県部隊)軍旗の最後

(第二十三師団衛生隊後藤金市一等兵の証言、第二十三師団衛生隊附少尉海老原為明記)

『私がノモンハン戦の末期に配属になったのは山県部隊であったが、何大隊であったかははっきり覚えていない。しかし、山県部隊長の奉ずる軍旗が身近かにあったのをみると、連隊本部かあるいは第一大隊であったのに違いない。衛生隊から派遣されていたのは上村伍長以下七名の担架兵であった。

八月下旬になると戦況もいよいよ終局を迎え、川又(七三三高地)付近の第一大隊の陣地をはじめ、友軍の陣地という陣地はすべて敵戦車と歩兵にぐるりと取り巻かれ、悲惨きわまりない情勢に追い込まれていた。八月二十八日夜半十一時ごろ、部隊長は撤退命令に従って闇夜に紛れて行動を開始した。その際兵隊には敵陣地夜襲に行くと告げられていたので、患者の後送と一緒とはおかしいなあと感じつつも、まさか退却行とは誰も気づかなかったのであった。我らはうまい具合に敵の包囲網の間隙をくぐって脱出に成功、一路ノモンハン方向に向かって前進をはじめた。記録ではその時の同勢は数十名とも、あるいは四、五百名であったとも言われていてはっきりしないのであるが、私の目には千人あまりの大部隊がぞろぞろと歩いていたようにうつった。ちょうどそのころは片割れ月が不気味に照らしていた。私たちは敵に発見されたら大変だと全神経をびりびりと緊張させながら静粛行進を続けていった。

私たち担架兵は患者を毛布で風呂敷包みにして、これに歩兵銃を十文字に差し込み天秤棒として四人でかついで運んでいた。このような奇妙な運搬人が他にも二十組もいたように思う。この時期にはもう担架などはなく、このような哀れな方法しか残っていなかったのである。

山県部隊長の「ノモンハンに向って進め」という叱咤激励の声を聞きつつ、私たちはホルステン川右岸を流れにさかのぼって進んでいった。

月は段々と西に傾き、やがて真暗闇となってきた。ちょうどそのころ、友軍のいるノモンハンの方向から、ごうごうたるキャタピラの音とともに戦車が十台ぐらい現れてきた。私たちは友軍がきたものと思い込み、歓呼の声をあげたのである。ところが意外にもそれらはばりばりと機関銃を乱射しつつ攻撃を始めたではないか。

わっとばかり私たちは四散してしまい、弾痕か凹地に隠れるのが精いっぱいであった。敵戦車の去ったあとには寂として人影もなく、唯累々たる死骸のみが残されていた。

気をとりなおして私たちは前進を開始。私は患者を捜し出して運ぼうとしたが、相棒四人のうち、二人は行方が解らず、赤崎一等兵が一人見つかったので、たった二人で運ぶはめになった。

私の患者は階級は解らなかったけれども、両足を砲弾で切断していた。

さきほどの戦闘で大分少なくなった同勢は、またとぼとぼとホルステン川岸を歩き始めた。そのうちに夜のとばりがあがってやっと視界が開けてきた。八月二十九日の夜明けであった。前進を続けているうち八時ころであったろうか、対岸のホルステン川の左岸約二十メートル位の断崖上の平地におびただしい人影と戦車群が出現して、こっちに向かってばりばりと猛射を浴びせてきた。友軍はばたばたと倒れていく。これを見た山県部隊長は「あれは友軍だ。俺たちを間違って撃っているんだ。軍旗を振って友軍だと知らせろ」と叫んだ。旗手は軍旗の雨覆をはずして軍旗を大きく振り出した。ところがあにはからんや、これが敵であったからたまらない。雨あられと集中射撃が注がれて、わずかに残っていた部隊もほとんど全滅の憂き目をみることになったのである。

私は実にこの目でこの苛酷なる惨状をつぶさに見たのである。しかし私のどぎもは完全につぶされてしまい、その後のことは何が何やらさっぱり解らなくなってしまった。』

戦記によるとこの地点この時点においてもはやこれまで、と覚悟を決めた山県部隊長と、伊勢部隊長は掩体壕の中で軍旗を奉焼した後、従容として拳銃で自決されたのであった。随行していた兵隊たちもほとんどどこここで散華したという。

『この苦戦と紛戦の真最中、私と赤崎と患者は一つの弾痕の凹地に無我夢中で伏せていたが、もはや進退きわまる絶望的な悲況に陥ったので、私は赤崎に目配せするや否やこの患者を打ち捨てて次の弾痕に向かって一目散におどり出た。うしろで、連れて行ってくれと患者の哀れな声がしたような気もするが、こうなっては他人のことどころの騒ぎではない。自分のことだけでやっとであった。

幸いにすぐ近くに凹地があったので赤崎と同時に飛び込むと、他隊の少尉と兵隊の先客が伏せていた。敵弾が雨あられと飛んでくるのでどうしたものかと思案しているうちに、例の少尉と兵隊は同時にばっと飛び出して走り出した。ものの二十メートルも走ったろうか、二人は次々に敵弾の餌食となってばたっと倒れ、次の瞬間には川岸の傾斜をごろごろと転げ落ちていくのが見えた。これはいけない。二人で連れて走るのは絶望的であるとわかったので、これからは一人で突っ走ることに決めた。

赤崎はノモンハン目ざして走ったが、私は敵の意表をついて斜面を敵に向かって走りに走り、ホルステン川にざぶんと飛び込んだ。私の方策は図に当たり不思議にも弾は一発も飛んでこなかった。あるいは弾の音が耳に入らなかったのかもしれない。

川は浅くて流れもほとんどなかったので、私は川面に繁茂しているやっち坊子を頭に打ちかぶりつつ静々と敵側の崖の真下にへばりついた。川幅は七、八十メートルもあったろうか。そこは幸いにも死角となっているので敵に発見されることもなかった。それでも頭上で敵兵の奇矯な叫び声や銃声が渦巻いているので、私は生きた心地はしなかった。

しばらくするとようやく胸が落ちついたので、私は崖に沿って少しずつさかのぼり始めた。何時間もかけて苦心惨憺の末、ようやく敵にも離脱することができた。岸にはい上がって夢遊病者のごとき足取りで歩きだした。ズボンの中に入った水がごぼごぼと音を立てる足の運びの重いこと、重いこと。それでも夢中で逃げる時、筋肉は硬直して全身の関節がきしんで音を立てて、しかも腰が抜けて腰から下は言うことを聞かず、焦れば焦るほど足は重くなり、うしろに引っ張られる恐怖でいよいよ重くなる。この重さにくらべるとごぼごぼ水の重さの何と快いことか。

私はこれまでの数多い戦闘中、砲爆撃の洗礼を受けながら壕の中でひっそくしている間、いつも「九段の母」やら「勝って来るぞと勇ましく」などの歌を念仏代わりに口ずさむのがつねであったが、今度だけは歌どころの騒ぎではなかった。生死の関頭に臨むと歌も出ないものと見える。

私が必死に歩いて行くと幸いなことに友軍の砲兵陣地があった。私は夢中で地獄に仏とばかりそこに救いを求めた。砲兵さんは親切にもこの哀れな敗残兵にいたわりの言葉をかけながら米の飯を食わせてくれた。しかし生死の瀬戸際を潜り抜けてきた興奮のせいか、世にも恐ろしき修羅場を見てきた恐怖のためか、喉がからからに乾き切ってしまい、米粒が通ると血が出るように痛いやら苦しいやらでとうていのみ下せるものではなかった。

そうこうするうちに砲兵陣地も敵の戦車にくるりと取り巻かれてしまった。しかし大砲はお手のものだから二、三発ぶっ放すと、敵はあわてふためいて逃げて行った。こうして私は九死に一生の奇しき命を取りとめることができたのである。幸運にも私の他に数人の兵隊がこの陣地に救われ、その中に誰あろう、かの赤崎がいるではないか。二人はしっかと手を握り合って泣き出してしまった。

あれほど沢山おった兵隊はどこに姿を消してしまったのであろうか。全軍が煙のように消滅したのであろうか。山県部隊長たちはどうなったのか。私の胸中には黒雲のような不安がもくもくとたち込めてくるのであった。置き去りにしたあの患者はどうなったのであろうか。敵軍に捕虜になって連れ去られたのではなかろうか。そのまま死んだのではあるまいか。私の心は自責の念でうずくのであった。

とにかくこうして私は砲兵隊に救われ、傷一つ負うこともなく、無事将軍廟に撤退するを得た。そして衛生隊の本隊にも復帰がかない、懐かしの戦友たちと無事を喜び合うことができたのである。

やがて九月十六日停戦協定締結。九月三十日海拉爾に向かって将軍廟を出発。無数の戦友の無念をこめた英霊をノモンハンの広野に残しつつ、私は生きて還ったのである。本当に私は生きて還ったのであった。日本軍の赫々《かくかく》たる歴史の中で軍旗奉焼という大惨事が、私の目の前で決行されたのである。何という悲しい無念なことであろうか。私はこの惨事を身をもって体験し、しかも生きて還ったのである。

私の歩いた道はまさに、歴史上の現実は小説よりも奇なりという言葉そのものであると言っても過言ではあるまい。』（昭和五十一年十月二十三日）

(九)ニゲモリソトの森——最終陣地

黒いアブとの撃ち合い

草平たちはある日、広大無辺の荒野の一隅にポンと放り出されていた。まさに目隠しされた捨猫のように、いつ、どこで、どうして、何のためにあるか分からない。あたりを見まわせば赤茶けた地肌にところどころ黒褐色の岩肌さえ見せて、いままでの砂漠とはまったく趣を異にしたたたずまいである。そしてところどころに痩せこけた小さい、磯馴松までが地面をはうように生えている。さらに点々と小さい灌木がようやくわずかに生えている。小さな狭あいな谷とも呼べそうなところも見える。たぶん、ニゲモリソトの中央付近であろうか。思いなしか死の山のような賽の河原を思わせる。

ニゲモリソトの森へ来たのは、これが三回めである。一回目はニゲモリソトの北端、二回目は西端であった。この森はかなり広くひろがり、辺縁と中央とでは随分趣を異にしている。それにしても、岩があり、小さな松ではあっても、何かよりどころを得たような安堵感を得たものである。

いつ、どうしてか、久々W担架小隊と一緒になって、岩肌の露出した低い崖下に蛸壺を掘って駐屯していた。まさに河原の乞食のように草平には何らの命なく指令なく、何部隊に所属し、どこの傷者をどう収容すべきかも分からず、ただ漫然と前面にあるだろう友軍を対象として自已判断のもとに待機していた。（たぶん二十九日であろうが、この時点では日時等に関心なく植物人間化していた。）

頭上に黒い大きい影が現れたとみる間に敵機の低空掃射である。岩肌に当たった敵弾はパッパッと閃光を発し、砂礫が飛び散る。一機が去ってほっと一息する間もなく、次の敵機がさらに地面すれすれに掃射してゆく。低い小山の蔭から突如現れては消え、消えては現れ、次々執拗なまでの掃射である。小山の蔭を利用しての妙技は敵ながら見事であり、友軍の間にも讃嘆の声を惜しまなかった。まるでアブの襲撃だ！と誰かが言うと、他の兵があれは東欧でも有名な低空掃射の名手で、アブの異名をとり怖れられた存在だと説明した。草平は兵の早耳に驚き、よく知っているなあと感心する。その黒いアブは三機であり、追っても追っても食いさがるアブのようで始末におえなかった。しかし犠牲は意外に少なく、ただ威嚇による行動の制限を受ける程度だった。

草平はその夜、夜襲に従えとの命を受けた。何部隊の誰が命令しているのか皆目わからず、少々不満であったが、たぶん酒井部隊であろうと思い、従っていく。例に漏れず月夜であるが、濃霧のため真暗である。七百メートルほど死の闇のトンネルを進撃したころ、衛生隊はここに待機せよとの伝令あり、奥深い不気味な暗闇の中に膝位にて停止待機する。暗闇の奥をうかがうと、前方百メートルほどのところに敵陣があるように思われた。それはわれわれが玉砕をかけて直進した、かの憎むべき敵陣のようである。草平は暗夜の前方に勝利の激突、雄叫びを期待し、目的達成を願う心、特に切なるものがあった。

ただし真の闇の中はいつまで待機するも何らの音沙汰とてもない。草平たちはすぐそこに敵が現れるかもしれない暗闇の中に、二時間もいたずらに待ちぼうけをくっただけであった。部隊は、また、早々に引きあげたらしい。憤りに似た悔いを残して暗闇の道を引きあげる。帰途、草平は友軍戦死者のものと思われる三八式歩兵銃（旧陸軍の主力小銃）と弾入れを拾って帰った。それは低空にあるアブ一機ぐらいこの俺が撃ち落としてみせる、という敵愾心がその心底にあったからである。

八月三十日（？）

翌早朝より草平たちはまた、アブ三機の跳梁に悩まされた。草平は敵機がいつも現れるその通路とおぼしき岩蔭に仰臥しながら、銃を構えて待った。敵機が小山の稜線に現れた瞬間、憤怒の一発をぶっ放した。当初のつもりで一度に五発ぐらい発射できると思っていた草平も、敵の敏捷な早業にせいぜい二発がやっとであった。敵機は草平の銃火を見て、何を小癪なと草平に向かって真正面に急降下し真黒いプロペラの火を射かけてくる。猛烈な雷光の噴射である。草平もまたあくまで断念せず何糞！とばかり岩蔭に待機して反撃を加えた。敵機は草平の銃火に敵意を燃やしたものか、再度反転して反復猛射を浴びせてきた。

草平はいつどうしたか分からないが、左大腿部に出血と疼痛を覚えた。袴下《こか》（ももひきの下）をとって見れば、大腿中央部に小創を認めた。ついに無駄なことだと自覚し、敵機撃墜の大望を諦めてわが壕に帰った。幸い傷は浅く、ゾンデ（傷口などから体内に挿入する細い管状の医療器具）を挿入すれば皮下脂肪層のすぐそこに異物に触れた。軍医携帯嚢よりメスとバンカインをとり出し自力で掘ってみたが、一人ではなかなか都合よくゆかぬ。

ついにあきらめてホルステン河畔の野戦病院を一人で訪れる。野戦病院に草平が着くと同時に、敵の猛砲撃にあい、壕のない野戦病院では重傷者続出、草平の小創くらいで治療を申し出られる雰囲気、状態ではなくなってしまった。草平もつい、恥ずかしくなり、黙ってそのまま帰隊し、当番兵を助手としてようやく摘出に成功した。この怨敵は小指頭大の岩の破片であった。この破片は親指大の敵機関砲弾が岩肌を射当て、その飛び散る岩の破片が仰臥していた草平の股をかすめたものと思われる。

ああ、二十三師団

月光は朧に、幽暗のわが手狭き凹地を照らし、血臭き夜風は鬼気をはらんで冥土のそれを思わせる。わが二十三師団残兵一、〇〇〇は、すでに刃こぼれ肉割けて、悪鬼の形相とともに血に染まる。物量を問わぬ敵の誇る幾万の機械化部隊はわが最終陣地ニゲモリソトの森を十重・二十重にとり囲み、その包囲網をいよいよ縮むるの極みあり。わが戦線はまさに窮鼠《きゅうそ》猫を噛むにひとしく、大和魂の花と散るいさぎよき気魄とともにこれにあたるも、すでに蟷螂《とうろう》の斧にして、まさに窮鼠白熊に立ち向かうの感あり。

西北の空は敵銃砲声とともに、紅く黄色く、熱く燃えて、夜霧を透して焦げ臭いオーロラをしのばせる。この天地に谺呀《こだま》する銃砲声も、はや草平の耳には聞こえない。上の空の世界である。心にあるものはなぜか暗黒の大海に太陽のまさに沈まんとする黄昏を思わせる。

ふと我にかえって、わが第一線を凝視すれば、集まる敵鋭鋒はすでに二〇〇メートルの前方にあると思われ、焦げ臭い硝煙と夜霧のけぶる中を、敵兵か友軍兵か、間近に青く紅く東奔西走する凄絶なる姿が敵火の間に間に散見する。手榴弾戦を交えているらしい。

わが衛生隊の中にも、すでに最期を自覚し、あるいは言う、どこでどうして玉砕を肉攻をとそれとなく耳にする。

なれどわが衛生隊は本戦の極点にあるこの場で、何らの機能も発揮していないのである。このままでは、何かうしろめたく思うが、この凹地を自己判断のものに勝手に出るのもいたずらに危険であり、また、いずれの方向に傷者を探すかも皆目わからない。この際、敵味方の判別もつかない草平は、良心の呵責にさいなまれ、立ったり、しゃがんだり、落ち着かない。そして思う。敵には友軍の最期の場が憶測されているのであろうが、日本軍のように即戦即決の短兵急なる突撃・夜襲・肉攻がない。遠方から鉄火の熱い鉄壁包囲網内にとじこめ、自滅を待つ魂胆らしい。まさに火あぶりの刑である。動けば動くほど、あせればあせるほど、敵の罠にはまる愚な所作である。草平は、ここは隠忍自重・辛抱するのが君子の道と、戦々恐々としながら、じっと岩壁の下に歯をかみ我慢する。そしてまた考える。このまま、流れ弾で人知れず最期を迎えるとは情けない。わがもっとも忌むところである。やっぱり死に花を咲かせたいのである。もし、敵が見えたら、わが残弾三発のうち二発を敵に報い、わが長船とともに敵中に散華、重傷のおりは最後の一弾をおのれの顳顬《こめかみ》にと固く心に思い決めていたのである（すでにこの残虐の世界では、おのれの本分――衛生隊なることをも忘れ、怨敵斃《たお》すべし、との思いと復讐心とに燃え盛っていたようである）。

この倉皇の時点の極にあって、どこからともなくわが第一線叱咤督励中の、第二十三師団参謀長岡本大佐の瀕死の重傷を耳にする。わが陣営はいよいよ破断界の極みにある。いずこからともなく、自決の下命あり、ただし草平には、人知れず無為に自決とはどうしても納得がいかぬというなれば、死に花を咲かせたいのである。そしてまた、わが最期の機をうかがうべく岩壁下にじっと我慢辛抱する。敵は、やはり、この際この場でも例にもれず、寄せては引き潮のそれのごとく、鮮やかに引き揚げたらしい。わが最終陣地ニゲモリソトの森は、きな臭い硝煙と、暁闇の中に白夜を迎えていたようである。

八月三十一日（？）

今日もまた、真黒いアブ三機の跳梁である。頭上を黒い影がギューンと金属音を立て、低空を襲ったと見る間にダダダダダアと銃火の閃光を浴びせ、眼前の岩壁を蹴り、砂煙を射立て疾風のように消え去ってゆく。思いなしか前方西方に鬨《とき》の声がかすかに聞こえ、銃砲声がとどろくようであるが、今の草平には用なく夢のようであり、うつろに雲の動きに乗って空想の世界をさまよう。真に英霊に対し、苦闘の戦友に対し、申しわけないしだいであるが、戦争がつくづくいやになったのである。戦いも、皇国も、妻子も、はてはおのれの命までも、どうでもなれとばかりやけになっておのれが生きることにさえ執念がなく、眼前が真暗な世界に思われてきたのである。

今生の歓びも希望もすべてを見失った草平のその心眼に映ずるものは、人間の権欲に根ざす貪欲なまでに汚い暗い闘争の現実である。そこには真に国を思う純真無垢なる無辜《むこ》(罪のないこと)の庶民兵士の赤誠を踏み台とした功名派閥争いのみがあり、美名のもと、私欲に汲々たる黒い霧に閉ざされた特権階級の第四世界がある。

午前九時ごろであったろうか。日射しの強い風のない明るい朝だった。当時赤蜻蛉と呼ばれていた友軍機三機が速力も遅く高度の上空に現れたとみるや、草平たちの五百メートル前方に急降下もせず、まるで鳥が糞するように爆弾を落とし、そのまま引きあげていった。

友軍練習機の誤爆であろうと思った。いずれにしてもこんな旧式飛行機をこの場に出撃させるとは、友軍の底力のほどが思われ、淋しい気持がした。兵が慌しく跳び込んできた。軍医殿!友軍機が友軍地を誤爆して傷者七、八名出たようですよ、衛生隊は出動しないのですかと詰問する。

草平はちょっと間をおいて答えた。軍医には指揮権はない。何か命令があるまでここにこのまま待機する、と答えて動じなかった。その心底には辻参謀に対する草平最後の抵抗があったと思う。

そこには辻参謀をはじめ十三師団の最高幹部が顔をならべ最前線を叱咤激励して無用のことに玉砕に追い込んでいた。このことを草平は兵の通報により知っていた。直後に七師団の援軍を控えていながら、協調・連絡もなく眼前の膨大なる鉄壁の前に肉弾猪突を強要するとはあまりにも思慮なき残虐ではないか。それが何を意味し、何の効果があるのだろうか。むしろおのれが身をもって範を示すべきではないのか。あたら若き純真無垢な戦士の命を無用の死に追いやって、それが真に皇国を思う一軍の将たるもののなすべきことか、と憤りの熱血が逆流するのを覚えたのである。草平はこんな悲惨を見るに忍びず、暗然と壕により、むしろ反感さえ覚え、憮然と虚空を見つめていた。穢いこの世の姿にいや気がさし、さらにいままでのおのれの無意味な苦闘が悔やまれ、惜しまれ、言いしれぬ淋しさがこみあげてきたのである。

厚顔無恥なる参謀

かえりみれば緒戦当初から今日まで、敵の優秀優勢な科学兵器と物量の大差の前に苦戦をしいられた友軍である。いま全軍創痍の二十三師団の残兵を糾合してここにたとえ千とするも、眼前のソ連軍は誰が推測しても万をこえる。そして敵は高台を楯とし、われを眼下に見下ろしてしる。その帰趨《きすう》は当然にして参謀たらずとも予見できるものを、辻参謀は純血なるわれわれ一般将兵を何と考えているのであろう。その心中を読むに苦しむ。自己中心・自己顕示のための奸策を強行したとしか思えない。

なお、直後に控えた七師団の動きにも納得しがたいものがある。援軍によるしかるべき活躍を聞いたことがない。まったくその期待を裏切られた思いに沈む。今二十三師団は全軍玉砕をかけての瀬戸際にあるというのに、ただ傍観するのみで、捨子同然である。

各師団それぞれおのれの固い殻に閉じこもり、何かそこには開かれざる頑なな不可解な扉がある。やはり功名争い、派閥争いを思わせるような黒い霧に閉ざされた特権階級の第四世界がうかがわれる。

皇国を同胞を思い、命を賭け死闘を尽くして、今ここにある純血にして残り少なし草平たち一般将兵は痛恨の涙なくてはかえりみられない。草平ならずとも、この妖雲たなびく、辻参謀を主軸とする本戦中枢が悪心をもよおすほどいやになったのは当然と思うのであるが、それは偏見であろうか。黒い霧に閉ざされた妖雲の世界、そこには上層指導部のみの安住できうる、他に知らしむべからざる、よらしむべき、特権社会がある。彼らはおのれの座を保つため、またその勢力を増幅すべく頑ななまで閉ざされた派閥堅塁をつくる。そのためには国民を犠牲にしてはばからず、むしろその犠牲の上に安座し、おのれの意をほしいままにすることにより、英雄・豪傑の偶像化を図り、その虚名虚声を国民の前に売りつけて誇り喜ぶ態ありとみた。しかもそれが私権を増幅すべく派閥個々別々にとは、戦国時代の群雄割拠にも似て驚きであるが、それはひが目であろうか。

三十日のことである（以下引用は五味川純平著『ノモンハン』に借る）。

「無線が不通であったので、小松原師団長は、戦況の報告を兼ねて、患者の後送と弾薬糧秣補給を図るため将校を伝令として第六軍司令部に派遣した。

この連絡将校・田中中尉に関しては、辻政信が一場の挿話を書いている。

辻参謀が五度目に戦場へ出向いた八月三十日夜のことである。場面としては、辻が第六司令官に対して啖呵を切ったところにつづくことになる。「……話している最中に一人の若い青年将校が入って来た。弱々しそうな美青年である。それは田中専属副官（特別志願）であった。〈師団長閣下は最後の決心をなさいまして、絶筆を軍司令官に託されました。御命令で私はそれを持って参りました。〉鉛筆で肉太に通信紙に書かれた筆跡は、まがう方なき師団長の遺書であった。多くの部下を失った罪を謝し、最後の一兵まで立派に戦って死ぬから御安心下さい、という意味のものであった」

以上からすると師団長の覚悟のほどがうかがわれていさぎよいのであるが、草平ら召集兵にしてみれば無意味な犬死に等しくいただけない。

「（辻が）〈おい君、今から軍の高級参謀が師団長を迎えに行かれるから案内せ。〉と話したらこの少尉は、（当時は少尉であったと思われる）

〈いやそれには及びません。師団長は必要ならば師団の力で救出します。軍のお世話になりません。〉

花も羞じらうような優男のこの若い少尉が何たる気魄であろう。このような戦況になると出身階級は物を言わない。私心なき一片耿々《いっぺんこうこう》（ひとかけらの清く澄んだ）の心だけが勇怯を決するものである。平素威張って元気のよい軍参謀が誰一人進んで危地に飛び込もうとする者がいないときに、少尉の落ちつき払った態度には見上げたものがある。しかも〈軍のお世話にはなりません〉の一語には千言万言の感情が秘められている。」

右記田中少尉の言葉の裏には、第六軍に対する不平不満が昂然と物をいっているようですがすがしい。悪戦苦闘中のわが二十三師団に、同じ国軍でありながら何らの手を差しのべることなく、ぬくぬくと天幕を張っての傍観には怒り心頭に発するのは当然である。彼が第六軍中枢を前にして臆する風もなく言い放ったその裏には、決死の覚悟のほどが、また憶病な第六軍に対する言外の反抗が読みとれ溜飲の下がる思いがする。

また、傍点の部分についてはなるほどとうなずける節がある。えてして中枢で幅をきかせ、平素威張っている者に限り戦場ではつねに逃げまわる最も怯懦《きょうだ》（臆病で気が弱い）な部類が多いようである。

しかし第六軍中枢は辻三ボーに対して割り切れないものを持ち、その大軍発動に自重警戒の色あり戦線の行方に不安を抱き、むしろ園田七師団長のごとく必敗の条件を備えた戦いであると読んで動ぜず。辻のごとき香具師《やし》的行動にひんしゅく、そそのかされるのを恥とさえ思っていたのではあるまいか。

以上推理の裏づけとして、さらに五味川氏の著書に借りる。辻が五度戦場に出向いた八月三十日の夕刻のことである。

「天幕内の幕僚室は誰一人一語も発するものがなく陰惨な空気にとざされている（戦線の行方の絶対非なるを予見せる暗澹であろう）。

軍司令官室に申告にいった。ウイスキーで大分酔が回っているらしい。心の苦しさを酒でまぎらわさねばならなかったのだろう（一軍の総帥があの際如何に本戦に心痛していたか、尊大不遜な、辻には解しえなかったのであろうか）。

申告が終ったとき、

〈辻君、僕は小松原が死んでくれることを希望しているが、どうかねえ君っ〉その瞬間唖然とした。

そこにはあまりにも無謀なる猪突を敢えてせる小松原、辻に対する憤懣の意が含まれていると思うのである。いやしくも一軍の総帥としてその直属部下の二十三師団長に対して如何に非情であれ、かかる暴言を吐く程非常識ではないと思う。ただ血気に逸《はや》り、成算なき猪突を敢えてせる罪は重く、死に値するとの言外の示唆が仄見えるようである。

ついで憤然とした。

この事件が発生してからこんな癪にさわったことはいまだなかった。〈辻はこの時点でも、なお、反省の色さらにないようである）。

辻は、ここで軍司令部を怒鳴りつけるのである。

〈軍の統帥は師団長を見殺しにすることですかっ。小松原閣下としては数千の部下を失った罪を死を以て償なおうとしておられる心は当然であり御胸中は十分判ります。それだけに軍司令部としては何とでもしてこの師団長を救い出すべきではないですかっ。これが閣下の、部下に対する道ですかっ。〉

胸のすくような快啖呵といいたいところである。「数千の部下を失った罪」が問題なら、敵の戦力をいく度も誤判して、惨憺たる悲運を招いた罪の少なからぬ部分は彼、辻政信に帰せられるべきだが、彼がここではそのことをすっかり棚上げして、一方的に荻洲立兵を非難している身勝手さは、あまりにも厚顔無恥にしてその責を他に転嫁しようとする奸策とも憶われ、自已中心・自己顕示のほどのみがその言外に隠されているようでそら怖ろしいものがある。

何はともあれ、毎日毎夜飲まず食わずで惨敗を重ねる草平たちとしては、それにつけても情の欲しさよ！であった。

友軍誤爆！その下には運悪く小松原師団長が残兵をかき集め、一千余名が一団となり待機していた。久々の友軍機出撃であり、全将兵快哉を叫んで喜んだがつかの間、前記のとおりの惨劇に終わった。

小松原師団長の表情には叡智のひらめきと高貴な風貌がある。彼は敵将ジューコフとはうらはらに博識で俊秀の家系に恵まれたものを思わせ、その風貌、挙措ともに雲上人を思わせるが、惜しいかな武人として実践苦闘に磨き抜かれた剛毅なものを持たない。そのなすところ辻参謀の容喙《ようかい》（横から口出しをすること）を全面的に受け容れ足れりとしたところに重大なる過誤があったと思う。むしろ軍中枢ならび大内参謀長の大局的見地からなる意見具申を容認すべきではなかったろうか。彼は崇高なる日本武士道精神の名に生きることを本命とした日本陸軍軍人の典型的誉れ高き武将であり、ジューコフの求めるところと対比してまさにその両極端をゆく憾みがある。そしてそれは日本帝国軍人の根深い伝統が培いはぐくんだ光芒に由来するものであろう。

いく度も非戦を繰り返し、下り坂になると得てしてとどまるところを知らず奈落の底である。わが戦線は、ぼろのように乱れて、全将兵がとっくにおのれの最期を自覚し、玉砕の機をうかがうのみである。惨敗の思い切なるものがあった。

小松原師団長はなおも、その中央に立って決死の覚悟よろしく、全将兵を叱咤督励して再三敵鉄壁陣に肉弾猪突を命じ、阿修羅の巷を再現するもいたずらに損耗を増すだけで、効果なくいよいよ破断界に突入しつつあった。

日没とともにさらに夜襲を敢行するが、その帰趨は明らか、悲惨を繰り返すのみであって全将兵ますます疲労困憊の色を深めた。この時にあって辻参謀が出現、雷神のごとき形相にて兵を叱咤し、再々肉弾猪突を命じおのれもまたその夜襲に参加し気勢ならびにその実をあげたということであるが、草平たちはむしろ酔狂の空騒ぎに似たむなしさを覚え、無用の介入であると反感さえ覚えた。

右記、辻の勇戦は辻の『ノモンハン』にあるところであるが、草平たちは兵とともに、当時辻が兵を叱りとばし無理な突撃に、あくなき玉砕に遮二無二狩り立て無闇な死に追いやっているとその非情非道に切歯扼腕、憤慨したものである。

彼の著書にあるとおり、丸腰になり練兵場の基本にあるごとく疎開隊形をとり、はたしておのれもまた、出撃に参加したのであろうか。草平はそこまで聞いていない。何かしらじらしいものを覚える。今戦史をひもとけば、辻のこの出撃は彼が六軍司令官に会い、二十三師団撤退救援の誓約をとりかわしたその直後のことであり、彼のその行動には解しかねるものがある。本夜暗二時を期して小松原師団長を中心としてノモンハン方面へ撤退することを知りながらの肉弾猪突敢行である。そこに何の意味がある、何のための出撃か、誰がための玉砕か、その意を汲むに苦しむ。いたずらに純心無垢なる兵を犠牲にしておのれの勇名をとどろかすべく仕組まれた一芝居にすぎない。

記憶もうろうの撤退経路

八月三十日（?）

草平はこの撤退についていついつどう命令を受けたかも知らない。翌朝は、草平たちは思い出深いニゲモリソトの一角、凹道を惨敗の姿に足重く、戦々恐々のうちに戦う気魄《きはく》もなく、尾羽うち枯らし逃げまわり退避していた。それは今や追われる者の情なさ、三々五々、何すべくもなくみじめな姿であった。突如山蔭から敵戦車二台が出現。隊列は乱れ草平も兵とともに岩蔭に退避し、身をすくめてうかがった。敵は平気なものである。掩蓋を開き身を乗り出し、大様に何事かを呼びかけ襲撃もせず立ち去った。たぶん兵の包帯袋の赤十字のマークを発見してのことであろう。いつもながらこの赤十字のお蔭でわれわれは命があるなあと話しながら兵とともに胸を撫でおろし、敗残の重い足を引きずり、身にぼろをまとい、疲れと飢えに物言う元気もなく、引きあげる。

わが行方、ホロンバイルの荒野は何知らぬげに静かにかすみ、さらに遠く天空のはてに消えていた。以後草平の記憶はもうろうの域にあって、どこをどう通ってノモンハンに引きあげたか、また、そこでどうしたかも解らない。全身の力が一時に抜け去って、荒野の砂の上に飲まず食わずの疲れはてた身を投げ出し、枯れはてた死人のように眠りこけていたようである。

ただし後半は輸送車であったかもしれないが、ただ無性に渇きに襲われて、水が欲しかった以外に、何の記憶もない。夢遊病者のように広野のはてをさまよい、半死半生の飢餓線上にあったようである。幸連にして、また、不思議にも以後敵襲の記憶もない。七師の後楯のお蔭によ

小松原師団長

るものであろう。とかく非勢、非運になればそれを歎き、その後の愚痴は絶えぬのが世のつねであるが、山県部隊のバルシャガル撤退、二十三師団中枢を主軸とするニゲモリソトの撤退を思いみるに、あまりにも支離滅裂の感が深い。それは無線その他の連絡もできかねるような、破断界の極点にあって、いたし方ないことであったかもしれない。

しかし、わが衛生隊には何の系統だった命令・指示もなかったようである。ただ本夜ノモンハンに向かって撤退するとの風評のみどこからともなく流れて、草平たちは崖下の壕に漫然と待機してその最終命令を待っていたが、案に漏れずその後何の指令・指示もなくいたずらに夜が明けてしまった。われわれは、また置いてけぼりされたかと歯を噛みながら、夜明けとともに自己判断のもとに三々五々最終陣地を引きあげた。おそらくニゲモリソト撤退の最終部隊になっていたのではあるまいか。

この点については、ソ連の退却は機を見るに敏にして、進むも退くも科学的根拠に終始し、訓練習熟している感が深い。日本のそれは進撃突撃には強いが、両撤退ともども支離滅裂で、あまりにもみじめである。その統帥の考えるところ玉砕に賭けたものか、釈然たる何ものもない。そして衛生隊は軽視の筆頭であろうか、まさに目隠しされた捨猫同然であった。

前記草平たちの玉砕進路の後方、大散兵は七師のそれであると草平は今まで思っていたのであるが、文献によれば七師は二十七日に到着しているが、二十九日まで行動を開始していないのである。しからば草平が見たのは幻の大散兵であったのであろうか。それとも二十九日未明に山県部隊救援におもむいた小松原師団長の率いる師団中枢であったのだろうか。解りかねる、理に合わぬ点が多々ある。ただし、草平たちは当時七師の援軍の力を借りず、玉砕に猪突と酒井部隊の指揮官が絶叫したその声を、いかにもうろうの域にあったとはいえこの耳で確かめている。当時連絡不通で混戦状態にあり、なにもかも誤算から誤算、流言蜚語《りゅうげんひご》の渦の中に巻き込まれ、敵味方の確認の暇もなく玉砕に突入したのであろうか。草平にはなにもかも、解らなくなってしまう。それは、ノモンハン戦を通じてあまりにも嘘報・美言麗句が多いからである。

いずれにしても、日本陸軍のエリートたちはおのれの勇戦を誇示し美化しようとするための作文練達の士が多すぎるようである（それは太平洋戦争中の敵機撃墜数十機、わが方損害なしといった誇大報道にあるとおりである）。特に辻参謀はその道の先達であろう。彼の美文には敗戦・敗退の文句を見ない。破断界の寸前まで敵を包囲・殲滅しようとしたとか、必敗の条件を備えていても夜襲によりこれを確保せんとするとか、うたい文句がやたらに多く、現地で戦っている者のひんしゅくを買ったものである。そこには友軍の不備なる点、作戦の拙なるところ等まったく反省の色もなく、つねに進軍らっぱの吹きどおしで、他をかえりみざる勇み足の連続に終始している。辻のこの大ぼらに草平たち第一線将兵は煙に巻かれ、煮え湯を呑まされ、苦戦の連続を強いられたのであった。

このように、歪曲された歴史が史実として伝えられるとすれば、歴史は当時の権力者の身勝手な偽文に終わるもので、事実とはうらはらに古人の言うとおり、勝てば官軍敗ければ賊軍、というほどに、あまりあてにならない美作文に終始してしまうものであろうか。

この末端軍医、草平見習医官が彼辻参謀の頭蓋骨を掘削してその内部拝見と参ろう。この頭蓋骨は総合的・形態学的にデブチンではない普通型である。ただし、医学的に彼の脳髄は前頭葉が極度に発達して勤勉努力のあとが見られ、内容は生理学的に極度のデブチンであり、エリートの右翼である。しかし側頭葉、後頭葉、前頭葉は反比例に幼稚にしてバランスに乏しい。すなわち智欲・権欲のほかには何物も残らぬ所見である。

すべからく脳生理学的見地からすれば、人間も自然界の一分子であり、その中にまじって生きているとすれば、自然の歩みと現在のいわゆる文明叡智の流れが食い違ってくれば、おかしなものになる。同じく脳の各葉がバランスよく保たれてその連携・平衡を保ち、本然のサイクルに乗ってこそはじめて人間としての価値あるものと思う。とすれば彼は日本陸軍三ボーとしてはエリートであっても自然の原理にもとづく平和、平等なる人間社会には受けいれられぬ我執のみに強い、誇大・妄想狂的存在である。

以上ノモンハン戦をかえりみて現在管理社会のエリートの中にも、こんな存在が肩を怒らしてまかり通っているのでは等とおそれる。

かくのごとき、わが陸軍統帥部とくらべ、敵軍指導部がいかがであったか、ジューコフ元帥の回想録をもとに、この戦いを振り返ってみたい。

彼の精悍にして、真摯な表情は、周到・緻密にして、獲物に襲いかかる前の白熊のそれを思わせるものがある。上の写真は、八月ハルハ河畔で、ソ連・モンゴル軍の共同作戦を指揮するジューコフである。同じソ連元帥・アレクサンドル・ワシレフスキーによる彼の伝をみてみよう。「ノモンハン機関誌」による)。

「私とジューコフが二人きりになるとき、かれは自分の子ども時代や青年時代を回想し、かれが生まれ、少年期をすごしたカルーガ(ロシア南西部の州)の小さな村について語った(ジューコフは、一八九六年十二月二日、カルーガ州ウゴッコ・ザボッキー地区ストレルコフカ村の貧農の家で生まれた)。家が貧乏だったので、自活して、両親を助けるために小さいときから毛皮職人の徒弟になった。そして、昼間は働きながら、夜は町の学校の卒業検定試験を受けるために熱心に勉強した。

人民の息子ジューコフは、勤労以外の人生を考えなかった。だから、第一次世界大戦で召集され、ツァーの軍隊の一兵卒となったジューコフは、一九一七年十月にロシアで社会主義革命が勝利するや、ただちに革命の側に投じ、一九一八年に創設された赤軍の隊列に志願兵として加わり、戦場へおもむいた。

一九一九年、共産党に入党。指揮官としての高い地位を占めながらも、ジューコフは真剣に軍事学を勉強した。かれの軍隊における昇進は、一見、トントン拍子で進んだようである。一九二九年―旅団長。五年後―師団長。さらに五年後――軍管区司令官。だが、この早い昇進の背後には、大きな努力、綿密な研究、指揮官としての成熟がある。ジューコフは、大軍団を指揮する自分の権利を戦場で確証した、と語った。」

ジューコフ元帥の回想録をみて、この戦いをふりかえってみよう。

「昭和十四年六月五日クレムリン（モスクワにある旧ロシア帝国の宮殿。この時期はソ連政府諸機関があり、転じてソ連政府を指す）の命を受けたジューコフは師団長フェクレンコが指揮する第五十七特別兵団の基地タムスクにおいて、すでにその時終わっていた第一次ノモンハン戦の戦況とその後の状況を聴いていた。しかし同兵団のたれひとりタムスクから一二〇キロも離れたハルハ河に行ったものがないと知ったジューコフは、ただちにフェクレンコ師団長を解任し、自分がその後任となった。」

右と対比して友軍統帥部はどうであったろう、ジューコフの熱意と実行力に比肩すべき勇将があったであろうか。

事後ジューコフの述懐。

「ハルハ河で戦った日本軍はよく訓練されていた。特に接近戦でそれが目立った。日本軍は規律が厳しく、真剣で頑強、特に防御戦に強い。若い指揮官たちはきわめてよく訓練され、狂信的な頑強さで戦う。捕虜にならず、腹切りを躊躇しない。

日本軍の高級将校は積極性に欠け、臨機応変の適応もなくきめられた行動しかできない。」ジューコフはさらに、わが生涯で最も苦しい戦いはノモンハンでの日本軍との戦いであった、と述懐している。

右を総合すると、統帥参謀部は鋳型にはまり無能にして適応性がないが、下部将兵は俊秀勇敢であることを敵ながら認めている。

赤軍某参謀の事後告白によれば次のようである。

「ソ連軍戦死者は日本軍の倍にも達した。あのころ、ソ連軍は欧露方面でドイツ軍を全力をあげて防衛していたが、やむをえずその防衛軍の中から兵員器機をノモンハンに送り、その帰りの列車で多数の負傷者をモスクワ方面に送還していた。こうしてソ連軍が最後のドタン場に立った時、幸いにも日本軍が攻撃を中止したので私どもは命拾いをした。」

以上のことによっても、敵は相当の兵員物量を投じてノモンハン戦の早期解決を急いでいたことがうかがえる。また、われに対し彼は五、六倍の戦力を投入していたことが事後判明している。

これらのことを要約すればノモンハン戦は一対一の勝負であり、負けではないと辻参謀が豪語する事実もまた、数理の上からはうなずける点である。ただしそれは参謀の言としては謹慎を欠き、第一線将兵の言葉でなくてはならぬ。

馬の屍に群がるハゲタカ

九月五日(?)

その後のある日のことである。暑い日射しが砂熱の中に燃える炎天下の朝だった。広漠無辺の砂漠の中を、草平ははるばるとあてどもなくひとり黙然と歩いていた。何のためか記憶がない。ただ砂埃りにまみれた汗を拭き拭き足どりも重く、生ける屍のようにただ歩いていた。二十メートル後方に二名の兵が従っていたが、ともに言葉を交わさない。疲れはててしまっていたのである。

枯れかけた草がところどころにわずかに生え残った低い砂丘をこえて、やや降りかけたとき、草平はギョッとして立ちすくんだ。世にも稀なる異様の雰囲気と情景に接したのである。そこには土に汚れはてて羽もまばらにところどころ抜け落ち、肌さえのぞかせた真黒い大鷲が、鋭いまなざしで今にも草平に跳びかかろうとする勢いを見せて身構えている。頭部にまったく羽毛がなく禿頭、頭蓋骨がそのまま露出して禿頂に二、三本の毛がわずかに生え残っている。いやはや何ともいえぬ不気味ないやな姿である。草平が近づくとヒョイヒョイ二、三歩退いては大きな翼を拡げて身構え、今にも跳びかかろうといかめしい姿勢をとる。

よく気を落ち着けてこっちも身を構えた瞬間、さらにギョッとした。この砂漠のいやなギャングの足許に、半身砂に埋もれかけた屍を見たのである。草平はつい顔をそむけて通りすぎようとした。ただし五、六歩進んだところで、またあと戻りせずにはいられなかった。もし友軍戦死者の屍であれば戦友として衛生隊としてこのまま放置できかねると、良心に呼び戻されたのである。草平が再度近づくとこのハゲタカは、

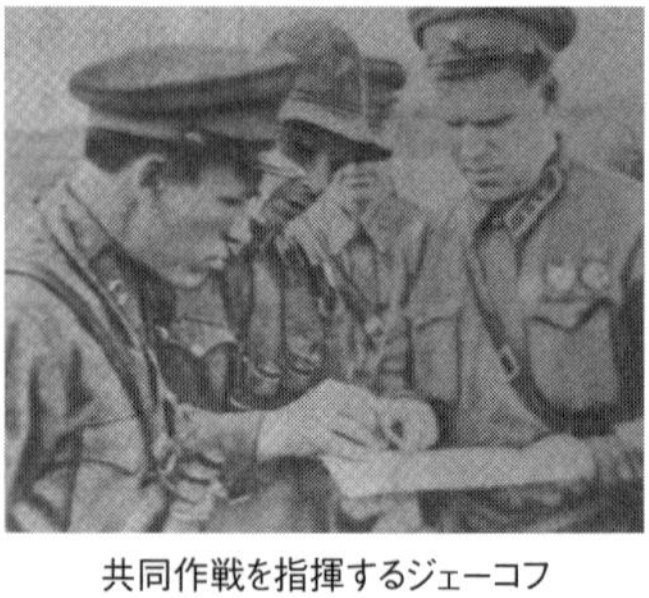

共同作戦を指揮するジェーコフ

はや屍を引きむしるように嘴《くちばし》でつついていた。そこに兵二人も到着して、あっと異様な叫び声をあげた。ハゲタカは再度翼を拡げて身構えた。その隙によくみれば、幸いにもそれは馬の屍でありほっと胸を撫でおろした。兵二人はこの場を見るに忍びず、顔をそむけて通り過ぎ十メートルほど離れて草平を待っていた。

軍医ドン、気味が悪い、よくもあんなところにたたずんで見ておれるですなァ、と感嘆とも非難ともとれる言葉を浴びせられる。草平は答えた。俺も身の毛がよだつほど気味悪いが、友軍の屍ともなればそのまま見すごすわけにゆかぬと思い、恐る恐る身ぶるいしながらみていたのだ。ところが幸い馬の屍でほっとしたと。兵は納得したような安心したような、淋し気な笑いを浮かべて、また黙って歩き出した。草平も黙って今の光景を想い浮かべながら、砂熱の地獄のはてまで歩き続けていた(たぶんそれは死体捜索のためだったろう)。

真黒いうす穢い、頭の禿げたこの不気味な老大鷲、これが名に聞こえたハゲタカであろう。それはアラビヤンナイトか何かで読んだ記憶にある名前であるが、一見その名のとおりピンとくる名前であり姿である。翼を拡げれば優に三メートルも、体重六十キロ、禿げ頭は小児頭大と推測した。何ともはやたとえようのない凄惨な感じのする、いやな鳥である。が、その動作には児戯に似た滑稽味と愛嬌がある。とにかく、この世のものとは思われず、死の砂漠にすむにふさわしい存在で、賽の河原の使者とも受ける。また、穢い中にもその威風堂々たる雄姿はモンゴル砂漠の、さらにヒマラヤ山系の精なる貫禄と風格を示す。草平はついその影にヂンギスカンの雄大なる野望と雄姿をしのび、彼の偉大なる忘れ形見では等とも思った。

また、ヒョイヒョイと跳んでは身構える姿と、まばらな翼の格好はいかにも空を飛べそうに思えない、不格好な重量感のする姿ではあるが。草平はさきの日、ニゲモリソトの森にすごい速さで低く飛ぶ黒い影を見た。それはあたかも内地の雉《きじ》が飛ぶ姿に似て、それを思い出し飛べる飛べると一人でうなずきながら、砂漠の陽に焼けた砂の上を黙々と歩き続けていた。

そしてまたこの幼鳥、若鳥も早々に頭に毛がないのだろうかと種々思ってはひとりおかしくなり、つい笑い出し、大地に大の字になり、おかしい、おかしいと大声を張りあげて笑いこけた。兵が何事だろうとびっくりして心配そうに顔を覗きこむ。草平が、禿げた頭がどうも滑稽でおかしいと笑うと、軍医ドンの頭がおかしいんじゃないですか、気でも狂ったのかと思ってこっちがびっくりしますよと、兵は憤然と横を向いた。味噌漬みたいな汚れたハンカチで汗を拭き、起きあがった草平は、兵とともに砂漠の中に腰をおろした。

三人とも、ものを言わない。語ろうともしない。疲れと同時にさきほどの不気味な悪夢がよみがえり、縁起の悪い悪感に身がうち震えているのである。それが馬の屍であったとしても、人間の屍も同様であろうことに想いをいたし、ぞっとした思いに、なおうち沈んでいたのである。たしかにその光景は冥土の使者を、冥土の世界を思わせる凄絶なまでにいやな不気味なものであった。

右記の草平の大仰なる挙措言動は、本戦線の間いつしか故医長が草平に伝授した遺産である。苦しい戦線の極点にあって友軍の間、ともすれば士気沈滞の雰囲気にあるとき、医長はつねに頓狂なまでの大声、諧謔をとばし、兵のうち沈んだむしばまれた心を慰めることを忘れなかった。今死の世界を歩いていた草平の眼前になぜか医長のその頓狂な動作が映じ、草平が医長になり代わってそうしたまでである。また、この時点では見るもの、聞くもの、すべてが絶望の深淵の断崖にあり、ともに砂熱の地獄のはてまで死の河原を歩いている感じで、われもかれも、ついうつむいて黙って語ろうとせず、ただ歩いていたようである。まさに生ける屍のように。それはお互い本戦の悲運を歎くとともに、明日をもしれぬおのれをかえりみて、つい様々なことどもが心に頭に浮かび言いしれぬ淋しさに襲われ心は暗澹として、行く道は陰惨なる死の砂漠に似たものを覚え、語ろうともしなかったのであろう。今、ことさらにここで不吉なる光景をまのあたりにして、いやが上にも暗く淋しい気持に閉ざされ、お互い黙々と暗黒の餓鬼道を歩いていたもののようである。草平は何をいまさら、とついおのれに鞭打ちたい気持と、兵に勇気をつける気持もあって故医長のさることを思い出しその真似をしてみただけのことである。とにかく瞬時でも、また少なくとも笑いの世界をとり戻したかったのである。そして草平はひとり心のうちでつぶやいた。「ハゲタカ！ハゲタカ！衛生隊はハゲタカだ。いさぎよき軍人戦士ではそもないのだ。あのみすぼらしい汚れはてたハゲタカだ。戦いの跡の屍を拾うハゲタカだ。いやだいやだ、あのいやらしい地獄のはての黒い鳥、不気味な冥土の使い鳥、今日もまた、砂漠の中に屍を拾うか、誰が衛生隊なんかになるものか、死神に仕える黒い鳥に似て」。

ノモンハン戦をかえりみれば、いつもそうだったおのれを反省し、今ここでみるハゲタカの隠坊《おんぼう》（死者の火葬・埋葬の世話、墓を守ることを職業とした人）的姿に、おのれを連想してつくづくみじめに見え、つい自嘲してみたかったのである。

（十）停戦協定成立

軍医ただ一人の生き残りに感謝状

いつどこかわからない。何の感激もなくうつろに停戦の声を聞いた。それは真実か嘘かわからない。風の音信に、夢のように、そしていつしかホルステン河の川柳の生えた中に、どうして来たかも覚えていない。腰をおろしていた。

停戦の声を聞いても、なお真偽のほどがわからぬと思いながらも、ホルステン河の川柳に囲まれたわが陣いつになく明るく、久々陽光をとり戻し、初秋の風も爽やかに肌に快かった。兵はあっちこっち円座を作っては、笑いをとり戻していたようである。草平はひとり、なぜか淋しく、川柳の小枝の上に腰をおろし、山県部隊のことをしのんでいた。それは第一次、第二次と山県部隊配属の期間が一番長かったせいと、部隊長に間近に接する機会が多かったからでもあり、山県部隊長の無念無惨なる自決の報とわが身代わりとなった丸山中尉の訃報を耳にするに及び、痛恨の情一入切なるものがあったのだろう。そしてまた、おのれの幸運をつくづく思っていた。

草平等が駐屯している西方五百メートルたらずのところ、そこはたぶん、ホルステン河畔の一部であろうが、日ソ両首脳による停戦交渉が行われているようであった。何の設備もない、普通の野外で立ったままのようであった。その光景、その雰囲気はいかめしい中にも平和的に見え、外界の明るい光とともに、両軍首脳ともども満足気のように思われた。しかし、そこに、辻参謀が、またジューコフもいるかと思えば、なぜか草平は見る気にもなれず（事実、辻はいなかった）、わが座に戻り、柳の株にもたれていた。

そこにたぶん、担架の某下士官かが来て、明るい顔で軍医部回報と言って小冊子を渡した。見れば軍医部長殿よりの草平に対する感謝状であった。貴官は第一次、第二次戦を通じて首尾一貫衛生業務に奮闘せられ、よくその任をはたし、わが軍医部の面子をたててくれた。ここにその労をねぎらい、その功を賞す、との意味であった。とにかく、この時点では、本実戦を経験し、生き残っていた軍医は二十三師団管下で草平一人ではあるまいか（野戦病院除外）。しかも、草平は第一次、第二次通じて全戦線に従軍している。

この感謝状を受けた時、失礼かもしれないが、特別嬉しいとも、ありがたいとも思わず、浮かぬ気で回報を次にまわしただけであった。何か見るもの聞くもの、いやな虚脱感に襲われていたようである。うたかたのようなはかない人の運命をかえりみて、むしろ厭世的な雰囲気の中にうち沈んでいたおのれを今意識する。また、自分一人が表彰されて何が嬉しい、戦友はみな死んでいるではないかとの自責の念が先にあったのであろう。しかし草平の気持とはうらはらに、兵は明るい笑いの円座を作って童児的悪戯、冗談にうち興じ、いかにも楽しそうであった。

松永上等兵が、軍医殿風呂を沸かしました、どうぞ、と案内してくれた。まっさきに入るには気がひける思いがしたが、せっかくの好意であり、三か月ぶりの風呂であれば、気持よく違慮なくはいる。ああ露天風呂は気持がよい、極楽様々だ、ありがとう、ありがとう、ついでに最後のお願い、記念に写真を撮ってくれと頼み、撮ったのが上の写真である。

草平は、イーストマン・コダックを自分の命から二番目に大事と抱き、何枚かの写真をとったが、その貴重な写真は、この写真と、緒戦時輸送車上でとったものと、二枚があるばかりである。激戦惨敗時の写真は、草平の身代わりとして、ハルハ河畔に眠っている。この戦いはそれほどまでに修羅の巷で、ちょっとのすきもなかったのである。

右側に立っているのは、松永上等兵、他の両名は顔は思い出すが、姓名は失礼ながら失念してしまった。この後方五〇〇メートルの原野では、日ソの両首脳による停戦協定が行われている。結ばれようと、決裂しようと、もう俺は知らんぞというわけだ。

風呂桶はドラム缶の即製、水はホルステン河のボーフラ水で少々濁っていたが、ぜいたくを言えた義理ではない。そして気持のよい露天風呂以後のことは、風呂ボケしたのか夢のかなたに消えて、まったく記憶がない。緊張が急にゆるみ、虚脱・放心の世界にあったもののようである。

停戦交渉のころ、ドラム缶風呂に入る

1　山県部隊軍旗、そして帝国軍隊

ここで、本筋から少しはずれるが、この章に関連して、思いつくことどもを若干述べておきたいと思う。

三ツ子の魂百までという。私は本軍旗の写真を見ただけで身を低くして頭の下がる思いがする。幼少のころ、母は陸軍の機動演習があれば必ず下の往来まで出向いて、付近の人とともに歓迎を怠らなかった。そしてその母の背中には草平がいたようである。黒い布地で包まれた軍旗が剣着き鉄砲（先端に剣をつけた銃のこと）に取り囲まれて通る時、母は土下座してありがた涙を流して伏し拝んでいたようである。その帰りみち、母は草平を背中に揺すりながら歌って明るく帰っていたようである。とぎれとぎれによみがえる歌。

剣着き鉄砲かるて
ピカピカピカピカ

9月15日停戦協定が成立した

兵隊さんは勇ましい
お馬に乗ってカッパカッパカッパカッパ
兵隊さんは勇ましい

われわれの幼少のころは、軍国調が横溢、飼いならされていたのであろうか、六十年以上たった今でも三ツ児の魂は草平のどこかに生きている。恐ろしいことである。三歳児教育が見なおされるゆえんでもあろう。

かえりみれば徳川幕府が大政奉還して後、わが日本帝国は英君明治大元帥陛下を頂点として、欧米先進国に比肩すべく猛猪突したことは想像にかたくない。そしてまた、武士道精神大和魂を鼓吹する全国民総決起は、火の玉となって諸先進国に追いつき追い越すべく、つい軍国調に走ったことが考えられる。それはまた、資源に恵まれぬ小国日本の当然たどる道であり運命でもあったろう。

以上によってか、われわれは幼少時より学生時代のすべてを通じてその周囲は征け征けムードの軍国調の海であり、そしてこの世にわれあらんとすれば是が非でも泳ぎ渡らねばならぬ劫火の海であった。それは老若男女を問わず、兵隊さんは勇ましいと神さびて超人間世界であったのである。その頂点にある軍人はまさに神威の化身であり、そしてまた権威の鬼でひとりよがりの狷介固陋の堅塁に安座して天下を見くだして足れりとし、あえて目を世界の大勢に転じて開くことがながった。

当時ドイツではハインツ・グーデリアン将軍が装甲師団を創設して、ナチスドイツが全欧ににらみをきかせた。これに応じてソ連は空軍を強化し落下傘部隊を創設、対抗した。それは昭和十年ごろであり、ソ連の五か年戦備増強計画と一致し、独ソ両国の暗黙の間の対抗意識が読みとれる。こうした東欧戦力の近代化を知らない日本軍でもなかろうに、あえて関心なきよう見える点、その根底にはおごる無敵日本軍の蔭に弱小日本の、その裏づけとなるべき経済的基盤のひ弱さがうかがわれてともに淋しい想いがする。当時の日本軍はあまりに中国大陸に手を広げすぎ、背伸びしすぎて足許が宙に浮いていた憾みがある。わが身知らずの、分不相応の、欲ばりすぎの格好である。よって戦器・戦備の充実は現時点の緊急事と知りつつ、やむなく血涙を呑んで馬謖《ばしょく》を斬った憾みがある。

2　ノモンハン桜

この世で一番美しいのは花である。そして花といえば桜というほどに日本人の心の奥にしみついて離れられない桜である。ホロンバイル草原にたまに咲くこの桜色の小さい草花がまた、誰いうとなくノモンハン桜である。

郷愁に似て兵の心からなる呼び名であろう。いかにも可憐な親しみ深い花である。

黄塵万丈、血吹雪荒れる北満の広野に稀に見るこの花は、阿修羅の中にあってつねに静かに優しく見守って、血に飢え狂いすさんだ兵の心をいかばかり慰め、いやしてくれたことであろう。日本人と桜、それは生まれる前から切っても切れない縁があるのであろう。

それにつけても思い出す。親爺が草平の幼な心に植えつけた唄、それは日清・日露戦後の流行歌であろうか。

ジャンガプップ！ジャンガプップ！
ヒュードンドン！印度の土人は色黒で
支那のチャンチャン坊主髪さげて
日本男児さんな死んでも桜色
日本男児さんな死んでも桜色　そして又
草平どんな死んでもカッパ色
草平どんな死んでもカッパ色

と続くのである。

色黒の草平が泳ぎほうけて紫褐色に輝いた幼少のころが思われる。

その創作者の親爺も今は冥土の彼岸に立って、鷲の嘴のように曲がった鼻をうごめかし苦笑して見守っていることであろう。そして朽ちはてるように紫褐色をして北満の土に消えはてるおのれの運命と、そのかたわらに咲く可憐な一株のノモンハン桜を淋しく思ったものである。

3　公主嶺戦車

公主嶺（中国吉林省四平市に位置する県級都市）戦車兵団長安岡中将は、その性能敵のなかばにも及ばない旧式戦車を引き具して、帰趨のほどは歴然なるも、大命の前に涙を呑んで不満ながらの出撃であったようである。

経済の裏づけのない、資源の乏しい奥行きの浅いわが大日本帝国の、泣いても泣ききれぬ悲哀の裏面史である。当時わが国の戦車製造能力は月産わずか三台であったという。しかも、その周囲に

軍旗を奉じて進む山県部隊

は英米の経済封鎖が遠巻きに制裁、関連しているのである。中国大陸にその裏づけもなく分不相応にふくれあがった風船はどこをどう補繕する術もなく、手をこまねいて神風を頼りに大和魂とともに最後の勝利を信じて猪突に猪突を重ね、他をかえりみる暇もなく、奥へ奥へ、上空へ上空へとたどる運命をはらんでいた。

そしてノモンハン戦は小型世界大戦というべきそのよきモデルケースであり、なおよってきたるやむにやまれぬ大和魂は他をかえりみる暇もなく、さらに大いなる世界大戦に突入する宿命にあった。草平は一次戦の体験によりこの戦争は必敗の条件を備えて自身命はないものと覚悟した。それは戦備戦器の重大なる格差によるものであり、特に地形を利した敵高台重砲の威力に何すべくもなく脅威を覚えたからである。

一次戦はもちろん、二次戦当初にも友軍には重砲一門とてなかった。七月なかば重砲戦車の来援ありと聞き、わが一線将兵は欣喜雀躍たるものがあり、夜が明けたように心強く期待するものがあった。一方、貧乏人がへそくりを小出しにするような定見・予見のない参謀の場当たり的無策に憤りすら覚えた。

さらに、干天に水を求むるがごとき待望の公主嶺戦車七十台(当時の風評で二四〇台と聞いていた)がホロンバイル荒野に展開して、敵と雌雄を争った。友軍戦車は大和魂とともに猪突猛進して敵の心胆を寒からしめ、相当の戦果をあげたが、当方の被害もまた甚大であった。それはいうまでもなく前記戦車機能の優劣によるもの、すなわち敵は五年計画で辛抱強く日本に備えてその機能を倍にして企画しているのである。戦車砲身だけをとってみてもわれに倍している。

今戦史を通覧すれば、小松原師団長は長年のソ連駐在武官をへて日本軍きってのソ連通であり、大内参謀長にもその経歴ありという、ともにソ連の戦備戦力に通暁しているものと思われる。それをあえてしたこの戦いの根底には、重大なる原因があるものと思う。それは遠く禅に通ずる日本武士道精神、さらにはよってきたる日本軍人精神の神さびてまでの頑迷な基調、すなわち無敵皇軍のうぬぼれに因する、近代戦を馬鹿にしてかえりみざる尊大不遜なる伝統によるものであろう。

はばかるところながら、日本軍人精神には禅味を帯びて、どこかにつねに神威・神風的風潮が今なおその根底に横溢している。古くよりフビライの蒙古嵐元寇の乱は、亀山天皇のご祈願による神風巻き起こり、玄海の藻屑と消え去ったという。

信長は驟雨をついて寡をもって衆を桶挟間にて破る。日本軍にはこんな神がかり的な軍神的風潮を謳歌、飼いならされ、いつしかそれが当然に帰している雰囲気がただよっている。とかく、軍も民もともに、いつしか神風の嵐の中に巻きこまれ、本然の自我

戦場に咲くノモンハン桜

を忘れ、近代戦の何ものたるかも判からずじまいの孤高を喜び、陶酔の中に閉じこめられていたきらいがある。
草平の幼な心に親爺の蛮声がよみがえる。それは多分、明治十年前後の流行歌であろう。

宮さん宮さん　お馬のお前に
チラチラするのは　アリャ何か
あれは朝鮮征伐せよとの
錦の御旗じゃ知らないか
とことんやれトンヤレトンヤレトンヤレナ

以上は西南役前後、西郷隆盛側の自讃の唄であろうか。おごる軍人精神が読みとれ、その錦の御旗の蔭に浅薄な幼稚な日本軍人魂が神さびてまでに独善的にうごめき、ひしめき、ちらついて、征け征けムードの中にそら怖ろしいものを感ずる。

4　わが観測気球身守るものもなく哀れ

せっかく待望の来援重砲も、射程距離・弾量ともに遠く敵に及ばず、かつ前述のごとく地形の高低に重大なる戦力格差の脅威をみとるに及び、独立気球中隊は急きょ穆棱《むーりん》（中国黒竜江牡丹江市）重砲兵連隊の対砲兵戦に気球をあげて側面協力、射弾観測しようとしたのであるが、十分もせぬうち敵機の低空急襲を受け、観測将校小林大尉は紅蓮の炎とともに気球と運命をともにしたのである。ここでも空陸一体は単なる言葉の綾にすぎず、何の協調もなく貴重なる皇軍気球はむなしく一瞬にして虚空に消え去ったのである。

記憶のほども覚束ないが、たぶん七月二十五日、われわれがバルシャガルに駐留していたころであったろう。わが第二線と覚しき後方に突如真黒い大入道坊主が浮きあがり、草平はアッとびっくり、何と馬鹿げたうら茄子の化物坊主をあげたりしてと、思わず怒鳴って憤慨した。そしてまた、誰かが瓢箪のふ抜け坊主と揶揄・自嘲した。

事後数分、何か確たる自信があり援護があるだろうと思って、自重沈黙して見守った。だがとたん、爆発炎上して虚空に消えた。何たる無謀・狂気に近い挙止であろう。空軍の警戒護衛もなく、わずか一台の高射機関砲の援護のみではなかったろうか、あまりにも無謀・無念である。当然友軍機の護衛がなくてはならぬ。この一望無限の砂漠に射落としてくれといわんばかりに空軍の護衛もなく、人目をひく巨大気球をあげるとは、あまりにも無策・無責任であり、いかに窮しているかを如実に証明するものであろう。友軍将兵も肩をすぼめるものがあった。

　今、栄光の日本帝国軍隊の裏面秘史をひもとけば、陸海空の協調はおろか、おのれの名声に汲々して、お互い個々別々袖を引きあい牙をむいて功名派閥争いに終始した観ありし由。

　ノモンハン戦においても、陸軍は制陸、空軍は制空のみ。ともに一片の協調のうるわしさも見いだせなかったことは無念に堪えない。第一線将兵はひとしく期待を裏切られて切歯扼腕、悔恨の涙にくれた。なお本事実は彼我の地形的優劣がいかに友軍を損じ、敵を利せしめたか、そのよき教訓でもある。

　敵は眼下一望のもと、友軍情勢を判読するに、われは一発の砲撃にも犠牲多き気球をあげて相対せねばならぬ。しかもその苦肉の策の気球も敵は高台を利してあざ笑うべく一発の掃射で射とめているのである。彼我の苦労優劣、また思うべし。そも誰が罪ぞ。今にしてなお、熱血の逆流するのを覚える。

観測気球で射弾測定しようとする試みもむなしかった

第四章

ノモンハン事件鳥瞰

停戦後ホロンバイル平原に集結した日本軍

(一)巧妙なソ連の外交戦略

ノモンハン事件停戦協定成立という時点に立って、本事件の当初から関係し見聞した者の一人として概括的に忌憚ない私見を述べてみよう。ただしそれは軍人精神になじまぬ若き召集見習医官の、軍人生活前後通じてわずか四年に充たない、専門的見地に乏しい未熟な一見解で、いうなれば草平のうわすべりの、とるに足らぬしろうと鳥瞰図にすぎぬ。

ノモンハンの名は事件によって改めて脚光を浴びた地名である。文献によれば山の名前であるというが、草平はその付近にそれ相当の山を知らない。関東軍中枢、特に辻参謀もこの時地図を開いてはじめてその名と所を知ったという。

ノモンハンとはあちらの言葉で平和境という意味があるという。なるほど、近くガンシュル廟《びょう》の聖地を控え、コビ砂漠の北端であっても、ハルハ・ホルステンの両河に擁せられ、数多の湖沼に富み、付近に稀に水があり、またホルステン湿地には牧草に恵まれ、遊牧には最適な古くからなる平和境でもあろう。こうしたことから、外蒙とハルハ河を隔て遊牧民の水争いによる紛争が多年絶え間がなかったということでもある。

しかも、この砂漠に似た広漠とした不毛の地は確たる境界もなく、また、その必要もなく、ロシア帝国時代はハルハ河の南方を、満州国時代には日本はハルハ河をその国境と独自に決めていたようであり両国ともあまり関心なく、かえりみられないところであったようである。このような曖昧模糊たるところで、なぜ多くの犠牲まで払って戦争が惹起されたのか。

草平が見聞したところでは、蒙古兵が川又付近で馬に水を飲ましていたのでこれを越境とみなし、満州国兵が追い払おうとしたところに端緒があるようである。まさに西部劇の水争いなみである。すなわち、満州国側は敵が越境した、外蒙側は越境していない、わが領地で、というしだいである。ただし国際法上はなお外蒙に属するものらしい。

とにかく帝政ロシアも、帝国日本も、ともにその勝勢に乗り勝手に境界を決めていたようで、地形上、常識的にはハルハ河を国境線とするのが将来ともども紛争の具にならずにすみそうで、またはっきりすると思うのであるが、日満軍が敗れた今、当然ハルハ河の水と急流、岸壁上の堅塁を後に控えてその南方ノモンハンに近く赤旗が翩翻とひるがえっていることであろう。

今この事件をとり囲むその周辺の歴史の流れに注目してみよう。

当時ソ連は外蒙の朱徳と軍事同盟を結び、その南辺境防衛第一線と見なしていたようである。昭和十年までソ満両国境兵力は前述のごとく一対一であったが、ソ連は日本の中国大陸進出をおもんばかり、五か年計画により戦備を整え、ノモンハン事件当時すでに三対一の戦力を誇るようになっていた。ソ連は、その小手さき調べの意味で、一年前戦略的に最も有利な地点、張鼓峰にことを構えて故意に戦いを誘発、それが成功した。さらに事後一年、五か年計画の完了を間近に控えて、ハルハ河を隔て、またも戦略的絶対優位な本地点を選び、堅塁を構えて戦いを誘発したものと想像される。張鼓峰は山岳戦、ノモンハンは広漠たる平坦戦と、すべての考察案配準備に万端至れり尽くせりの、精緻にして巧妙周到なるものがある。

ソ連が紛争を誘発したと憶測される根拠は次のようなものがある。

一　ソ連の五か年計画は本事件当初ほとんど完了している。

二　この地は前述のごとく地形的に彼に絶対有利な条件を備えている。

三　そこには偶発と思えぬ、既設の小松台をはじめとするその周辺の重砲陣が堅塁を誇ってパクリと口をあけて待っている。さらに渡河を準備して鉄筋コンクリートの井堰《いせき》橋二本が水面すれすれ、面を隠して伏兵に備えて川に準備されている。いうなればおのれの要塞下にことを構えて日本軍を誘導している。これは、張鼓峰事件より数歩前進している。以上の一事をもってしても、偶発と考えるのは早計であろう。

四　敵はお家芸ともいうべき情報網により友軍兵器の性能を把握し、戦車砲、重砲の射程距離はもちろん、戦車の装甲その他万般に至るまですべてわれに倍して企画している。さらに戦線の行方を確たるものとするため、他面、外交交渉をたのんで東部戦線を配慮するとともにその兵力をノモンハン戦線に移動、われに数倍している。

五　連戦連勝にあるソ連が、何が故の停戦協定であろう。それはその周辺をとり巻く世界情勢を把握、遠謀深慮してのことで、その機を見るに敏であり、その無駄なく戦線の機微を捉らえて外交と一心同体となり、あますところなく神出鬼没の絶妙技発揮であろう。この時点把握の妙技の中にも、予定の行動をうかがわせるに充分なものがある。ただしその辺は当時のモロトフ・ソ連外相と東郷日本大使に聞いて確答を得たい。

八月十日より敵は不思議と沈黙を守り続けていた（それは独ソ不可侵条約交渉期間と一致する）。その旬日の間、敵は総攻撃に備えて万般完了し二十日より（成立の確約を得て）、自信にみちあふれた過大なまでの火量を撃ち込んでいっきょに友軍殲滅を企図している。その三日後の二十三日、友軍は敵包囲網の中に閉じこめられ悪戦苦闘、破断界にあるころ、ソ連は憎々しくも独ソ不可侵条約の締結に成功しているのである。その布石は碁聖のそれにも似て、あまりにも的確絶妙、わが方唖然としてなすべきところを知らざるもののようである。ここにも予定の行動をうかがわしめるものがある。

さらに、八月三十一日、二十三師団の残兵一、〇〇〇は、第六軍の指令によりノモンハン方面に完全撤退し、ソ連は予定の戦線を確保して静観、旬日後、東部戦線の行方を考慮し、九月十七日鮮やかなまでに停戦協定に押印しているのである。

日本内地では八月二十三日、独ソ不可侵条約成立とともに、時の平沼内閣は欧州の情勢は複雑怪奇であるとして政治弱体をさらけ出して退陣している。

九月一日、ドイツがポーランドに侵入。

九月三日、右によって英仏は対独宣戦、第二次世界大戦の幕が切って落とされたのである。

九月十七日、日ソ停戦協定のその日、ソ連は独ソ不可侵条約に安心できず東ポーランドに兵を進めた。ポーランドの東部分割占拠によって対独安全界域を確保したものと思われる。

すなわちノモンハン戦線で全力傾注、日本の出鼻をくじき、返す刀でドイツに備えたもので、ソ連としては日独伊の三国同盟の将来を予見して、後顧の憂いを切り払った、何とも鮮やかな両刃の剣の太刀さばきであろう。これに反し、日本の戦略外交の拙なる、まさに慙愧に堪えず、割腹に値する。

なお、ソ満国境紛争を論ずるには、筆を「満州事変」まで戻さなくてはならない。

日中戦争開戦以来、日本のソ連に対する態度は北方絶対静謐保持の方針であった。すなわち「侵されても侵さない」当時の陸軍としては珍しく消極的なものであった。ただし関東軍はこれに飽き足らず、特に、辻参謀は「侵さず侵されず」に改めている。「満州事変」が柳条溝で勃発した時、内外ともに日ソ戦を当然とし危惧し注目した。ただしソ連はその軍備の劣弱なるをおもんばかり、戦火がハルピンよりハイラルに拡大されてもその塁を堅くして動かなかった。以後臥薪嘗胆、対日戦に備えて充分なる日を待った。当時一対一であったその戦力は、昭和十二年七月七日、日中戦争勃発時にはその対比二対一、さらに昭和十四年五月、一次ノモンハン戦当時には三対一の優勢を誇るに至り、ころよしと宿願のソ満国境侵犯に出で、一年前張鼓峰にことを構えて関東軍の戦力のほどを山岳戦に試し、今またホロンバイルの平坦戦に日本軍を誘導、ころよしと撃って出たものと思われる。その準備万端、精緻巧妙なる数理的作戦、そのタイムリーなる出撃の妙、まさに作戦の粋を尽くしたものがある。それは五年前より辛抱強く周到なる検討をおえて準備されたものであり、友軍の短兵急なるその場かぎりの猪突と対比して、あまりの格差に心胆を寒からしむるものがある。

（二）張鼓峰の失敗に学ばず

張鼓峰事件は周知のごとく、わが一個師団がほとんど壊滅的打撃を受けているのであるが、当時のソ連外相リトビノフと日本大使重光葵氏の間、一応の停戦を得て関東軍としても愁眉を開き、不満ながらも表面平静にして波静かなるを思わせた。反面ソ連はうしろに優勢なる軍備・戦力を控え、かつ勝勢にのり多大の犠牲を払いながら、何がため黙っての停戦協定であろう、暴風雨の前の静けさを想わせる。

そこで今一度張鼓峰事件をふり返ってみよう。張鼓峰は図們江の河口近く、朝鮮、満州、ソ連と三つの領土が相接する国境線不明確な丘陵地帯の主峰の名前である。堤防なき広漠たる平野を流れる図們江は、時に流勢流位が変わり、そのたびごとに国境界不明となることが多かったようで、また、それまで双方ともその必要がなく、その設定に無関心な様相があったものと思われる。この点についてもノモンハン同様共通したものがある。昭和十三年七月上旬、ソ連騎兵が張鼓峰上に姿を現したと見るやたちまち陣地を構築、この峰の一帯を占領してしまった。

張鼓峰は高さ百五十メートル程度の小丘陵であっても、頂上から

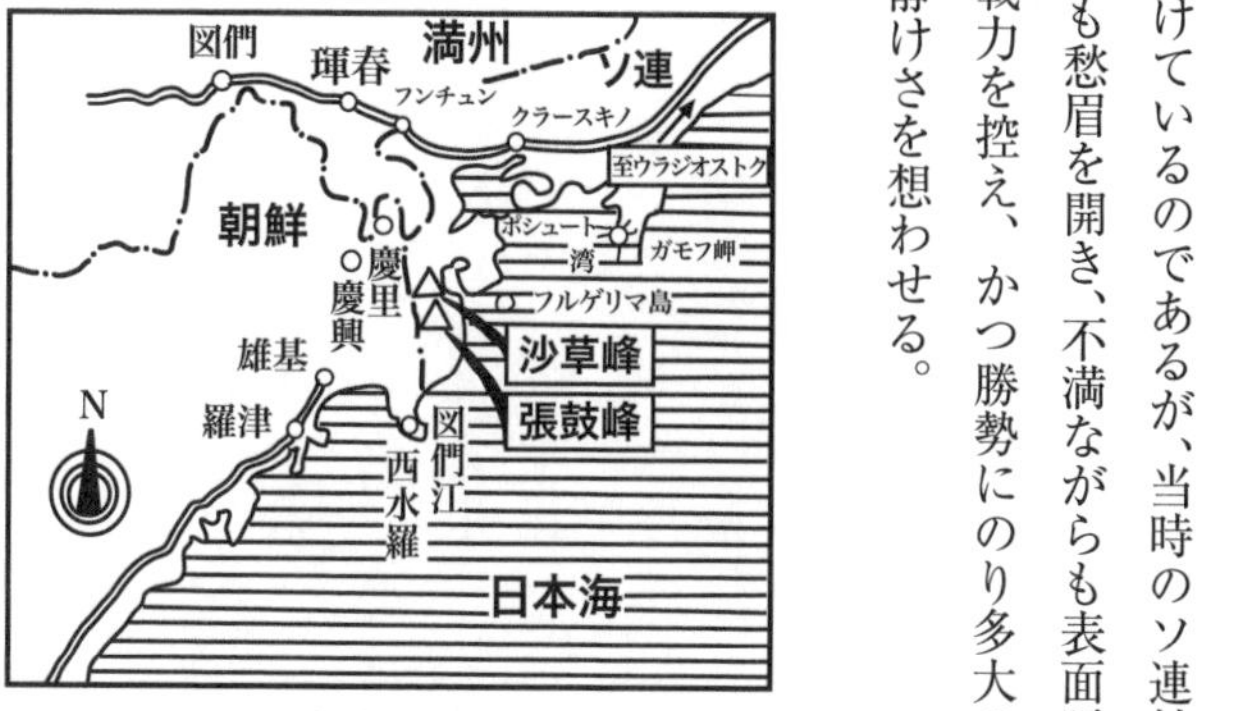

張鼓峰付近要図

ソ、満、鮮を俯瞰しうる要所である。ただし友軍はそれまであまり関心を示さなかった戦略上の要地である。しかも、ここからは真下に日本軍の監視哨を見おろしていた。

この地形もノモンハン同様類似しているところに特に注目すべきであろう。昭和十三年七月ごろ、日本陸軍は中国大陸において武漢作戦を推進中で、兵力をその方にさいていてその在満兵力はわずか六個師団にすぎず、これに反しソ連極東兵力は優に二十個師団に達していた。昭和十三年七月二十九日、ソ連は備えある優位をたのみ、沙草峰にまで進出し、その意をほしいままにした。第三十一師団長尾高亀藤中将は連隊長佐藤幸徳大佐に命じ、苛烈な夜襲につぐ夜襲で駆逐しようとしたが、ソ連軍は五対一の猛砲撃を浴びせ逆襲に逆襲、ついに友軍は惨敗を喫したのである。にもかかわらず大本営は増兵を許さず、時局がら戦局の拡大を極力押さえ、あくまで局地的紛争の範囲にことを収めようと図り、自重目をつぶって我慢したのである。

かえりみれば「満州事変」のころ、日本軍が破竹の勢いで全満州を席巻したさい、ソ連はじっと目をつぶって我慢した。それが今、逆に日本軍の上にのしかかってきたのである。

以上によってソ連は在満友軍の実力と、その底意のほどを読みとり、一年後、地形・戦力ともに絶対優位の条件下、今度は砂漠に等しい平坦地、ノモンハンにことを構えて日本軍を誘導したのである。このような類似点のうちにも予定の行動が読みとれ、そしてまた機を見て停戦、返す刀で東部戦線に備えて両刃の剣を一挙に生かすべく策したものと思われる。その時宜を得て神出鬼没なる作戦の妙、老練にして巧妙無駄なき外交の時点把握は、まさに神技を思わせるものがあるが、どこか妖雲をはらんで予定の行動を思わせる割り切れぬものがただよっている。

今や日独伊三国同盟を控えて、ソ連が五か年計画で用意し敷設したその執念のレールの上には分秒の誤差もなく、外交の指針がリズミカルに動き、予定の戦力は予定のコースをへて予定のノモンハンに予定通り運ばれ、予定の戦果をあげ予定の線で鮮やかにとどまり、本願の宿敵をたおすべくすでに破かれたレールの上にポーランドに突入、牙をむいて当然なる世界大戦のドイツに備えているのである。

すなわち張鼓峰、ノモンハン事件はソ連が世界大戦に用意したおのれの戦力を、そして日本の戦力を試すべく誘発したテストケースであり、また日本、ドイツの出鼻をくじくべく事前示威的前哨戦で、今かりそめにもヒットラーと手を握り東部戦線の戦力をさいても、是が非でも勝たねばならぬ既定の第一撃であった。

日本の国境紛争的思考と違い、彼にはうしろに強力なるドイツを控え、国家の存亡をかけての慎重なる構えと激しさがあったのは否めない。そしてそれはかの通るべくして通った五年前より、予見・予定・計画された洞察的イバラの道であった。

かえりみればわが明治陸軍がドイツに学んだ軍人精神ならびにその戦法は、以後さらに日本武士道精神に磨き抜かれて世界に冠たる光芒を放ち、無敵日本を自他ともに許すほどの栄光を見るに至り、日本軍人精神の粋として、また至宝的存在としていよいよその光輝を増し、その信念、その戦法はますます確固不動のものとなり、妄信とまでに拡大解釈固定し、他に耳を貸さざる尊大不遜なる一方的尊厳としてまかり通り、いわゆる狷介固陋の日本陸軍軍人精神の神さびてまでに庶民と遊離した特権をほしいままにしたのである。

かつ中国大陸に原始的なまでの戦闘をへて勝ち名乗りをあげ、ますます増長、そのうぬぼれは牢固として抜くべからざる狂信の域にまで達していたのである。

今東部戦線に辛抱強き鍛錬をへて近代戦力を誇るソ連極東軍と張鼓峰に相対して当然なる惨敗を喫するも、その甘夢に酔いあまえてなおさめず、偸安《とうあん》（目先の安楽をむさぼること）の夢の上に安座して近代戦の何ものたるかもわきまえず、ひとえに日本在来の旧武士道精神の殻の中に閉じこもって恥じざるその戦法・戦理は、さらに周到緻密、強力なる陣地を控えた巨大なるソ軍戦力を迎え撃つに及び、緒戦の功を奏してもかの奥深い戦理の前には風前の灯に似て慄然たるものがある。

それはあまりにも敵を知らず、おのれを知らずして軽挙暴走せる日本陸軍軍人精神のよってきたる思いあがりに因するものであり、その驕傲《きょうごう》は過去の歴史がおしえるように一瞬にして一朝の夢となりはてたのである。

思えば忠誠を信じ、飲まず食わず、矢弾なき苦闘を強いられ、無名戦士として北満の広野のはてに悲憤の涙とともに眠るわが貴き戦友には、その慰めの言葉も知らず、まさに哀れあまりにも無残痛恨のきわみである。

ソ連が西にドイツ、東に日本を仮想敵国として柳条溝事件以来鋭意準備した五か年計画は、その熱意・執念とともに完全にみのり、ノモンハン事件当時ソ連極東軍とわが関東軍兵力比は三対一（二十個師団と六個師団）であった。兵器性能を考慮すれば、その戦力差においては優に五対一の較差があった。そしてこの事実を彼は知り、我は知らなかったのであり、あまりにも迂遠尊大なる関東軍であった。このことについては、辻の『ノモンハン誌』によって十分うかがうことができる。

また、安易に安岡戦車兵団を駆り出して痛打を食い、その性能、戦力差をはじめて知り驚き、虎の子大事と引きあげたことによってもうかがい知ることができよう。

ソ連はここに五か年計画まさにならんとする栄光の切先を、張鼓峰に合わせ、わが意のあるところを汲みとり、今また、執念のノモンハンに要塞を構えて日本軍を誘導、その小手先に彼我の実力のほどを試し、理の当然なる大勝を得て、やがて名実備えた必殺の刃を当然なる日独の頭上に振り下ろすべく、虎視眈眈《たんたん》と数理の上に遠く大きく東西をへいげいしているのである。これに反し日本軍の浅薄なる平板的猪突戦法には顔をそむけて恥じ入るものがある（以上はあまりにも友軍の非力を誹謗してはばからず、遠慮されるところであるが、得てして非勢ともなれば世界に冠たる日本軍といえどもその戦線は乱麻のごとくかくなってこうなるものであろう）。

要するに友軍は装備・性能ともども敵のそれに比し、あまりにも劣弱にして第一線将兵を泣かせたものである。敵の重厚にして奥深い火力の前に不用意に猪突して不毛な戦闘を繰り返し、むなしく荒野を血塗らした本事実はかえすがえすも残念で悔やまれてならない。その無法無理なる戦いをあえておこした第二十三師団中枢、特に服部、辻両参謀は、なお、一対一の戦果のほどを自負し、豪語するといえどもその罪は重く、死をもって償うべきことと思う。

今この時点でソ連の戦法・戦理をかえりみれば、ソ連伝統のお家芸とも思われる一貫した足跡を見いだす。

一　まず拠点を構えてその陣地前に奥深い戦線を幾重にも張りめぐらし、敵に痛打を与えつつ退却と見せて拠点陣地に誘導、その絶対有利な拠点を利して有終の美を獲得、というのである。

それは遠くナポレオンのロシア遠征に、また乃木大将の二百三高地に、さらには張鼓峰、ノモンハンに、近くは独ソ戦におけるスターリングラード攻防に、ともにその指向する拠点に帰するものを覚える。

二　ソ連の戦法にはその国民性に由来する縦深ある重厚なものがある。それは世界陸地の七分の一の広大なる領土、しかも極寒地多く辛抱強き生活を強いられる環境が大きく育てあげた粘り強き国民性によるものであろう。

その戦略は遠き過去に由来し、未来を遠望してともに遠大にして重厚なるものがあり、友軍の短兵急なる近視眼的、平板的猪突戦法とは対照的で、あまりにも両極端を行くうらみがある。

かえりみればわが無敵大日本帝国陸軍がその備えなく、多大な犠牲を払ってまで猪突敢行した本ノモンハン戦にせよ、第二次世界大戦にせよ、ともに一握の軍部ならびにこれに阿諛追従《あゆついしょう》せる官僚がもたらした悲劇である。今や軍部のそれなきにみえるもその一端の責めを負うべき現官僚に、以上の事実をふまえてその教訓をいかしその責めに任ずる反省の色ありやなきや、寒々たる思いに沈む。

その思いあがりに意をほしいままにするところ、当時の軍権のあるところと軌を一にするものを覚え、その因果応報のあるところノモンハン戦の終末を思わせる。

ノモンハン。みはるかす大平原にとどろいた砲声は、日本にとっては運命が扉を叩く音であった。日本の指導者たちはそれを聞きわける耳をもっていなかった。

今、広袤《こうぼう》（はば・長さ・ひろがり）果てなきホロンバイル原頭《げんとう》に立てば、みはるかす大平原は砂の大波、草の小波の重畳に、その尽きるところ天空のはてに消えて、陸の大海にもなぞろうべく、ノモンハン、その名のごとく大きく平和にして静なるたたずまいを見せ、なぜかいわれなくわが心を捉らえて離さぬ郷愁にも似て、魅せられるものを持つ。

この寂漠たる大地に一度風吹き荒るれば紺碧の大空はたちまちかき曇って、風は雲を、雲は風を呼びその黄塵は万丈に逆巻く。雷鳴はごうごう、はてなく天空にほえ、篠つく雨は矢弾を射るにも似て物すごく、ために天地まさに暗く容赦なき神威の怒りを思わせ、大砂漠は一瞬にして瀑布のごときスコールの世界と化す。やがてその暗雲はれてつきるところ青一色陽光燦として目にまぶしく、五色の虹は天空に映えて美しい。まさに神さびてまでに聖なるノモンハンであり、また生気みちあふれ、暴れ狂う躍動の世界でもある。

今や北天堅塁上にとどろく大砲声ものかは、満を持してなお放たず、蕭々としてこの原頭を睨んで進む大散兵は、中央に軍旗を擁し、いやまして毅《つよ》く、たのもしく壮観の限りである。そは厳として誇るべく強く逞しい、世界に冠たる日本帝国陸軍勇士の光輝ある歴史的進軍譜である。

やがて鉄牛（戦車の意）を頼み近代戦の粋を尽くして誇る敵大軍の押し寄せる火襖の前に、わが勇猛果敢なる日本軍人精神は火の玉となり肉弾猪突敢行、戦線は彼我ともに入り乱れてたちまち血吹雪荒れて阿鼻叫喚、阿修羅の巷と化す。

ようやく戦塵収まるホロンバイル大草原は草も土も穢《きたな》く血塗られ、彼我の屍累々として血みどろなる激闘の跡をしのばせ、戦火にけぶる数十台にも上る敵戦車の残骸は遠く荒野のはてに尽き、近代戦のあまりにも冷厳で無残なさまを思わしめるも、反面われにはむしろ華々しい戦勝の限りであり、帝国陸軍のうたう忠勇の誇り燦として中天（天の中心）に輝きひるがえるを覚え、戦線の行方に幸ある曙光《しょこう》を思わしめた。

とはいえ、敵は高台を楯として堅塁を構え、われに十倍する戦力、物量を投じて、奥深い戦理の前にわが鋭鋒を迎え撃たんとする。

いかに皇軍伝統の勇猛果敢なる光輝ある肉弾猪突といえども、その超近代科学戦の前にはしょせんは蟷螂の斧にしてその結果は、はや歴然！戦い終えてなおそこに残るものは、砂漠のはてをいたずらに血塗らしたむなしい事実と、荒野に叫ぶ無念なる勇士の悲痛なる声あるのみ。そしてまた、忠誠無比なるわが大和魂のいさぎよき光芒と、おごる者久しからずとする歴史のおしえる道のみが残る。

かえりみればわが勇猛無比なる前進の道を阻むものは、まず何といっても物量を問わぬ敵の要塞砲であろう。眼下に見下ろし撃ち込むその十二榴砲弾は、実に猛雨のごとき観あり、突進の足を奪われ、突撃の剣届かず、わが忠勇なる大和魂に凝り固まり血に飢え狂う刃も無念にも空を斬ったうらみがある。奥深い火襖に、ようやく血路を切りひらいて敵陣に迫れば、われに数十倍する鉄牛を楯に押し寄せる敵火鉄力は十重二十重に、なお、奥深く、敵中枢にせまるころは自決すべき弾もなく、肉弾体当たりをもって敵砲口に立ちふさがり玉砕するより術なく、悲惨、無念きわまるものであった。

戦いなかばにしてようやくわれにも砲の来援ありと聞き、わが一線は欣喜雀躍たるところあるも一朝の夢にすぎず、その戦力・物量ともに敵のなかばにも及ばず、かつ敵はわが陣地を俯瞰しうる高台にあれば、いかに優秀を誇るわが砲兵といえども、そのとるべき手段なく、無念の涙とともに砲を抱いて玉砕の道を選ぶ。

以上のごとく敵優勢なるに及び、倉皇として遠路戦力を追加してその足らざるところを補うは、貧乏人がへそくりを小出しに使うに似て、敵を、おのれを知らざる作戦の最も拙なる下の下たるものであろうが、驚くべし、再三飽かずその繰り返しが性こりもなく全戦期を通じてみられ、わが参謀の浅慮計なきを思わしめ、第一線将兵のつねに歯を噛みひそかに涙するところであった。

ちなみに鬼神を呼んでこのホロンバイル大草原に日ソ両国の兵力を並列し、眺めて見れば、いかばかり驚異に近い優劣があろうか、五対一はおろかその戦力性能を、さらには地形の優劣を追加勘案すれば、天地雲泥の差に、地に伏しておそれ入り、天を仰いで嘆息するものがあろう。

この数理なき無謀の戦いをあえてせる服部、辻両三ボーははたして人間として、軍人として、またいやしくも参謀として、花咲き誇る中枢に参与する資格があるであろうか。兵の言うとおりそれは三ボーに値しても、兵の兵たらず、人の人たらざるゆえんのものであろう。

(三)派閥抗争に明け暮れた日本陸軍

今史書をひもとけば当時の陸軍は皇道派、統制派、理想派、関東軍、中央、等の各派に分かれ、そこにはただおのれあって人なく、国なく、派閥抗争にあけくれ、陸海空の連携協調はもちろん、その一心同体は単に言葉の綾にすぎず、支離滅裂、乱麻のごとく乱れて整然たる統帥なきに等しく、兄弟ともにその垣根で争い、さらにはその足を引っ張り、引きずり、戦線の行方に水さすごとき卑劣なる振る舞いさえありしと聞き及ぶ(太平洋戦争の日米両側資料による)において、はや皇軍の厳たる威風の夢さめて、狐狸庵(人里離れたいおり)にありしおのれを意識し、われながら情なく唖然として寂漠の思いに沈む。

今わが第二十三師団と関東軍、また関東軍と陸軍省の連携・折衝の間に、少なくともその縮図的片影を読みとるに及び、実戦兵士として寒々とした怒りを覚える。

なお、その統制派・右翼を〝カミソリ東条〟が(戦前の『改造』―社会主義的な評論を多く掲載した総合雑誌―にはつねにこの異名が記載されていた)独裁していたようで、右記両参謀も東条カミソリ(石原将軍?)の流れをくんで、虎の威を借って君臨、三ボーをほしいままにしての猪突敢行と思えば、さらに進んで即世界大戦と思えば、ただにその持つ手ふるえて、稿なかばにしてこぶしをふるって筆をなげうちたい衝動と憤激を覚える。

思え、銃後この苦闘！

食なく水なく眠るなく、かつは敵弾に射ちだされて住むに壕なく、鉄火砂熱に焙られて裸のままの肉弾猪突を！そしてまた、矢弾尽きはてて玉砕を！これをして誰ぞ戦いという、そも誰が罪ぞ、忠誠無比のわが勇士の魂魄《こんぱく》も、なおあたりにさまよって慟哭するがごとし。

以上をかえりみて、

青春の一徹な、そして未熟な理想と希望と冒険のロマンを描き夢みて、平和なる、また残虐なるノモンハンの両極端に立って若き兵士草平が、はたして正鵠を得て本戦をかえりみたか幾多の疑問と寒心に堪えざるものが残渣《ざんさ》（残りかす）のように心底に、また、言外に残る。

（四）ハルピン、大連、そして祖国

停戦協定後二週間ほどを経たころであったろうか、草平は傷病者の内地送還の護送を命ぜられ、海拉爾を出発しハルピンに途中下車した。いつ死ぬかわからぬおのれのはかない命を想い、何か記念すべき思いきった中国独特の土産物をと、一人で市内を物色した。ただし中国語を十分話せない草平は思いままならず、大店舗と思われるところを次々歩きまわったが、これぞと思う品物を見いだすことができなかった。

とあるデパート風の大店舗を見いだし物色したが、しかるべき品がないばかりか、何か奥の方に鋭い黒い目が光っているようないやな予感がしてすぐそこを出た。ものの二十メートルほども行ったころ、後方にはっきりと銃声（ピストル）一発を聞き、はっとして振りかえるとともに、左側の官庁と思われる塀の側に身を寄せてそのデパートを注意深くうかがった。二階の西側の窓辺の付近が何か騒然としているように思えた。たぶん十九路軍か張作霖軍の残党が軍服姿で目立つ草平を狙撃したものと直感、治安なおいまだしと思い、早々に引きあげることに決めた。だが、周囲はまったく中国人一色であり、黒い敵の渦の中にひとり取り残され、心細さも一入で、心のおののきとともに無知無謀なるおのれの行動が、いまさら悔やまれてならぬがどうすることもできぬ。暗夜の暴風の真っただ中に一人おきざりにされたようなむなしい寂寥感に身が打ちふるえて、自然腰の拳銃に手がかかり、日本軍人として醜い死にざまは見せまいぞと深く心に念じ、後ろを意識警戒しながらも故意に肩を怒らし、素早くあとをも見ず引きあげた。

ただしその後がまた困った。平素より人一倍方向音痴の草平である。歩けば歩くほど暗黒街の中に突き当たるような心のあせりを覚えた。ノモンハン戦苦闘より以上の恐怖不安があった。ものの半刻も急ぎ足で歩きまわったころ、やっと警官らしき者に出会い道を尋ねてようやくハルピン駅を見いだした時は、心身の疲労が一時に襲って日の前が真暗になるほどであった。この時のことで草平にはハルピンは魔の都としての印象が深い。

ハルピンを出発し、大連に着いた。もう大連の街を歩く気はさらさらない。大連港の売店でその中で一番高価だった七宝焼一個二十八円なりを購入し、念願の土産物に代用し、いく分でもおのれの意を慰めることができた。

やがて草平たちは玄海の荒波を越えて、輸送船の上から懐かしい故郷の山々を眺めえて、嬉しさいっぱいであった。ただし久々に見るわが故郷の山々は特に美しいと感じたが、何ともはや窮屈に肩突き合わせ、寄り合い、競り合い立っていることだろうと思った。

下関に上陸した。埠頭を四輪の馬車が荷を山ほど積んで、冬というのに馬は全身汗ビッショリ、湯気が立ち、鼻孔より吐く息が白く物すごい。馬夫が轡の根元を持って馬と一緒になって荷をひいて行く。何か北満の雄大悠長な光景を見た目にはこと新しく奇異に思えた。

とかく山も人も馬もともにせせこましく、コセコセと肩突きあわせ窮屈に、くそ忙しく働いているように思えて仕方がなかった。

わが遺産
そしてなお草平の心に生き続ける歌、よみがえる歌。

海ゆかば　水づく屍
山ゆかば　草むす屍
大君の　辺にこそ死なめ
かえりみはせじ

戦友はとおの昔　死んだんだから
さい果ての　あしこかしこに
敵高台に　バルシャガルに
荒野の土を　血みどろにして
ノロ高地に　ハルハ河の河敷に
隊長を囲んで　黒焦げに汚れて
血にまろんだ　草の葉蔭に朽ち果てて
錆びついた鉄魂と　まごころを抱いて
無名戦士の名をもって
皇国を信じ　同胞を愛して

参考文献

五味川純平「ノモンハン」／読売新聞「昭和史の天皇」／平松鷹史「郷土部隊奮戦史」
ノモンハン会「ノモンハン機関誌」／辻政信「ノモンハン」／小沢親光「ノモンハン戦記」／
御田重宝「ノモンハン戦」

写真提供

野口千束氏／秋谷精章氏／深谷良三氏

この本を出すにあたって、次の方々から写真のご提供を受けた。記して感謝に代えたい。

また、ノモンハン会事務局（東京都町田市木曽住宅ホ一三―五一二）の相馬氏にも多大のご協力をいただいたことを感謝する。

稿を終わるに臨み

翻って思いみるに、本稿は文語、口語の二体同居する姿で、我ながら面映ゆく気になるところであるが、明治幼年、大正少年、昭和青壮年老年、と明治大元帥陛下のもとより動乱の昭和中期をへて昭和元禄の今日まで倉皇たるこの世に生を享けし草平は、時運の流れに掉さし、時潮の流れに乗じえず、現在文潮の進歩変転に乗り遅れ、ひたすら旧来文潮の中に閉じ籠り、むしろ孤高を喜ぶ風情あり、つい文、口両体雑居の姿になるのである。

師曰く、統一せよと、ただし草平の胸中にあるものは、およそ戦前文語、戦後口語の二潮流に大別され、その心に、話にあるものはむしろ両体混居の姿である。その時点のある処をそのままに目にある如く表現せんとすれば、草平の運筆はつい両体混淆の姿になる。それは虚節なき自然を愛する草平のおのずからなる心の叫びであり、運筆の流れである。

要するに我が心の奥底に懸るもの流れるものをそのままに、いうなれば「出まかせ口まかせ」の空砲であろう。

水に流れる瓢箪のそれの如く、あてもなく寄る辺なく、実のない何ものにも縛られず、ぷかぷかとひとり楽しみ、ぶらぶらと風に戯れ、ひとり遊び呆けている草平のおのずからなる口ずさみと御諒察願いたい。

なお数ある混戦の常として、相似たる様相、場面多く、その的を絞って射当てんとする筆勢はつい乱麻のごとく再三重複し、かつは参考文献の中にも常に錯誤交錯する場面多く、事後添削せる部が各所に見られ、首尾統一せぬ嫌いがあり読む者の顰蹙を買うを憂うるものである。ただここに明言できることは、草平自身、おのれの見聞した体験した事実を、そのままに、素直に、記録に残す義務がある。それはかの曠野に眠るわが戦友に対する当然の責務であり、これよりほか、道を知らない。ただし死を直前に控えて破断界をさ迷う身は、前後縦横の連携にうとく、なお四十年前の記憶であれば愈々益々、彷彿なる阿修羅の世界を再現する嫌いあり。記憶違い、勘違いの点があることと思うが、いずれにせよ、英霊に対し草平はわが真心一途に捧げるのみ。いうなればそれは「蛙のたわごと」に似て諸事混淆のわが随筆放談であろうか。

とはいえ、わが全生霊を捧げての敢闘記録でもある。

また以上の裏づけとして草平とともに戦った戦友の実証と同時に、個々のあからさまなる悪戦苦闘の模様、特に体験談を主としてここに挿入したいのであるが、何分にも多忙にかまけて戦友を訪ねる機会に恵まれず残念至極である。

かといって、手をこまねいてこのままでは、余命いくばくもないおのれをおもう時、後日のために是が非でも、ノモンハン戦における衛生隊とくに見習医官草平の体験・実戦記録を、たとえそれが未熟・未完結であっても、この世に残しておかねばならぬ。道は遠い。

さらに以上を通じて、草平自身反省しなければならぬこと、それは - 歴史というものはあくまで現在の心で憶測する歴史である。過去を識り、ふり返って、その長所美点を生かし、汚点失敗を戒むべくわれわれは歴史を追求せねばならぬが、特に戒むべきは、現在の物差しでそのすべてを裁断することは危険であり、慎まねばならぬという事である。

読後生想

前田精一郎

畏敬する松本先生が今度、〝戦記〟を出版される、という話を洩れ聞いて、最初はわが耳を疑いました。かつて戦争の話を承ったことはないし、第一、先生の温厚な風貌から〝軍人〟というイメージはまったくなかったからです。が、ある日、奥様同伴で拙宅に見えられ、原稿を示されてまず一驚、後で拝読するに及んで三嘆しました。先生は実はあの惨烈をきわめた第一次・第二次ノモンハン戦を戦い抜かれた生き残りの〝勇士〟だったので、改めて先生を見直した思いでした。

描くところ、御自身の体験をもとにして、無謀な戦いに対する慷慨、悲憤の情、紙面に溢れ、戦争指導者に対する批判は痛切をきわめる一方、黙々と死地につく友軍戦士に対する慟哭、極限状態下の人間の動向、などなど読む者をして慄然たらしめるものがあります。

その、想念のほとばしるところ、筆勢のおもむくところ、あたかも天馬空を翔るがごとく、天衣無縫、不羈奔放《ふきほんぽう》、時に暢達《ちょうたつ》のあまり文法の破格あり、用語の奇想あるもさして判読の妨げとならないのも、一に区々たる推敲を超越した、心霊至誠のほとばしりが、化して文章を成したもの、先生の全人格がここに結晶したものであり、先生のご人徳の至すところというべきでしょう。

戦争体験記は、得てして興味本位に走り、あるいは誇大、あるいは虚構、読者をしておもしろおかしく読ませるをもって第一とする観なきにしもあらず、およそ戦争の実相とはかけ離れたものが多い中に、一つの信念に貫ぬかれた真摯な記録の出現は、もって「貴」とするに足りると信じます。

先生の御密闘を祈ります。

妄言多謝

偶成

丈夫就死豈為辞
只恐戎器彼倍我
鉄牛鉄火対肉血
平沙万里鬼哭谺

前田氏は、戦中は中国で軍務につき中国語が堪能で、戦後は高校の漢文教諭とされていました。
草平の文章について指導をいただいた。

四十年目の真相

張鼓峰・ノモンハン事件の報道

栗林良光　記

十五年戦争において軍部の行った検閲は方法的に二つに大別できる。昭和十六年の秋〝以前〟と以後〟である。戦争・事変・事件別にわけると、昭和六年の満州事変にはじまり、日中戦争・張鼓峰事件・ノモンハン事件をへて南部仏印（ベトナム）進駐にいたる期間と、太平洋戦争の期間である。その特色は何か。

前者では、ともかく新聞記者側に取材の自由というか、戦場へ気まま（でもないが）に出かけていく自由があった。出身市町村長発行の身許保証書を軍部に提出し、取材目的を告げ、従軍許可をとらねばならぬ煩雑さはあったが、許可さえとれば輸送船や軍用機に便乗する便宜もはかってもらえた。

日中戦争段階では、従軍記者に主食だけだが戦場で支給することにもなった。従軍記者はそれぞれの社の編集方針とか記者個人の記者感覚で戦場をかけまわり、その実態や戦闘内容から兵隊の行状まで取材することができた。軍中央、軍中枢にたいしても戦局の見とおしから軍の考えを取材することができた。

そして検閲は、こうした新聞記者たちに記事なり写真を作成するについての禁止事項を前もって伝え、それを守っているかどうかという方法で行われた。言うところの事前検閲である。同じ検閲でも、事後検閲でネチネチ陰湿な内務省のそれと異なり、カラリ男性的な面をもっていた。ネチネチとはせず「検閲済」とか「不許可」の判を高らかにポンと押すあたりはいかにも兵隊的だった。もっとも、そこで検閲の網にひっかけられるのは、本当は最も国民に知らせなければならぬ内容のものだったから、問題の重要性はすこしも軽くない。

後者の特色はわずかなその取材の自由もとりあげられたということだ。「総動員令」により新聞記者は陸海軍に徴用され、軍属である陸・海軍報道班員とされ、戦場に出されることになった。軍属となれば、それぞれの社の編集方針に従うことは許されない。もっとも各新聞社も「総動員令」体制に組みこまれるのだが、取材は軍の方針により、軍が報道させたい戦場、戦況だけが対象となる。個人的自由はない。原稿、写真原稿のすべては軍中央へ集められ、フィルターを通し、ここから各新聞へ送られるということになった。完全なファッショ検閲である。

戦死者数に一万人の差

さて、昭和十三年の張鼓峰事件と同十四年のノモンハン事件である。

この二事件をここにとりあげたのは、前者時代において最も検閲のきびしかった事件であったからだ。

そこにおける検閲のすさまじさは、戦後十数年が過ぎて、やっと真相がポツポツわずかずつもれてくるだけということで理解できよう。ノモンハン事件にいたっては、四十年近くたった今日でも不明部分がまだまだあるのである。

たとえば戦死者だ。

昭和十四年十月、ノモンハン停戦協定成立後にひらかれた地方長官会議で、陸軍省は極秘と前置きし、「ノモンハンにおける戦死傷者は一万八千名である」と発表した。

六個師団半が投入された第二次上海事変における損耗数（戦死傷数）は戦死九千百十五名、戦傷三万千百二十七名で、合計四万二百四十二名だった。これにたいしノモンハン事件の出兵数は一個師団半だったから、比率的に第二次上海事変の二倍強の損耗を出したことになる。

大変な戦闘だったのだなあと出席地方長官は理解した。地方長官会議出席者は当時の親任官、勅任官だが、彼らは少なくともそう理解した。

これに対し戦後になって発見されたノモンハン方面出兵の第六軍軍医部作製資料は、戦死七千六百九十六名、戦傷八千四十六名、合計一万五千七百四十二名としている。当時の陸軍省が地方長官会議に示した数字より二千二百名ほど少ない。おそらく第六軍調べの生死不明千二十一名（捕虜）を加えて発表したのだろう。

ところが昭和四十一年十月十二日靖国神社で行われたノモンハン事件戦没者慰霊祭でまつられた戦死者は一万八千余人とされた。激戦地の、それも敗戦の戦傷者数の把握はむずかしい。三万のうち二万人が餓死などで損耗したガタルカナル島の撤退者数も、第十七軍、大本営、各師団の報告もすべてまちまちである。しかし差異の単位は十ないし百で、一万人も戦死者数で差が示された例は十五年戦争でノモンハン事件だけである。

そして、この究明は今日となってはもう至難の業だろう。

被害損耗については後からまたふれるとして、この両事件だけみると検閲内容で大きな違いがある。張鼓峰事件では発生当初の検閲管制がきびしく、ノモンハン事件では発生後の検閲管制がきびしかったのだ。

これは両者の発生事情による。

前者では、陸軍省と参謀本部の幹部は、ソ連が出てきたらと考えるあまり対中国戦争へ徹底できない、たとえば南京攻略のときも作戦発動をしぶるところがあるのをみた参謀本部中堅参謀が、「このさい局地戦ですむ張鼓峰で一戦を展開し、ソ連の出方をみてみよう、出てこないとなれば対中戦を徹底的にやれるあかしになるし、省部の幹部の尻をたたくこともできる、出兵を一個師団にかぎれば負けても一個師の損害ですむ」とはじめたものだった。この事情を知られるのをおそれたのだ。

これも戦後になって判明したことだが、海軍は揚子江遡江作戦、沿岸封鎖作戦で、もっている小艦艇の大半を中国大陸へとられていた。対米戦の心配はないとしても、陸軍が一個師団をもって行おうとするこの威力偵察に、もしソ連が本気になって応じ、全面戦争となったら朝鮮(対馬)海峡、津軽海峡、宗谷海峡の封鎖と交通確保は不可能であった。そのため、状況判断によっては空母二隻で編成する機動部隊で、いっきょにソ連海軍極東基地のウラヂオストクを先制奇襲しようとする案を検討していた。

こうなったら対ソ全面戦争である。ともかく張鼓峰事件は、発生当初に最高機密があったのだ。威力偵察で一個師団出動を発令するとき、天皇の命令の出る前に、参謀本部参謀を現地軍指導に出したりもした。そこへ天皇が出兵に反対し、現地軍第十九師団長が独断で攻撃を開始したなども、国民に知られてはまずいことだった。

しかし戦闘がはじまると、取材はわりと自由だったし、不思議とソ連が国境問題に柔軟で、短期間で戦闘は終わったが、その結果についても現地師団長はフランクに喋っている。ソ連が重砲、飛行機を動員し、その二つを持たない日本は、

歩兵第七十五連隊　五一パーセント

歩兵第七十六連隊　三一パーセント

という被害をだし、全面崩壊の寸前までいったが、このことも現地軍は語っていた。ただし、それらの事実を報道することは許されなかった。

帰還部隊への接近も厳禁

これに対しノモンハン事件は、外蒙兵十数名が日本側（満州国側）の主張する国境線ハルハ河を渡ってきたのに日本軍・満州国軍が攻撃を加え、追いかえしたのにはじまる。第二十三師団長は捜索連隊を出動させ、再び越境して来た外蒙軍と交戦させ、国境線をハルハ河の東であるとする外蒙軍と以後激しい戦闘を繰り

かえし、ついに前に書いた悲劇的な被害を出すのだが、この初期のころは張鼓峰事件と異なり、フランクに事情と戦況を語っていた。

ところが七月攻勢の失敗、そこへ外蒙と同盟関係にあるソ連軍の八月大攻勢で言語に絶する大被害をだすあたりから、取材も報道もはげしく検閲統制され、日本側が折れた形で停戦協定が結ばれたのちも、その取材報道禁制はゆるめられず、逆にきびしさはひどくなっていった。

出動した連隊長クラスの最期は、日本陸軍創成いらい例をみないほど悲惨なものだったが、その部隊に接近することすら動員された憲兵により禁じられた。たとえば、

歩兵第七十一連隊　初代連隊長岡本徳三大佐は戦闘中に第二十三師団参謀長へ転補されたが、ソ連軍砲撃で負傷、草原で右脚切断の大手術をうけ陸軍第一病院へ後送され、そこで同期生に斬殺された。二代目連隊長長野栄二大佐も重傷後送、三代目連隊長森田徹大佐は戦死、東宗治中佐が連隊長代理となったが、八月三十日連隊は全滅にひんし、同中佐は軍旗奉焼ののち僅かな手兵をひきつれ突撃を敢行し、戦死。

歩兵第七十二連隊　連隊長酒井美喜雄大佐は停戦成立後の九月十五日、戦傷のため入院中だった斉斉哈爾《ちちはる》（中国黒竜江省西部にある都市）陸軍病院で敗軍の責任をとり、自決。

歩兵第六十四連隊　連隊長山県武光大佐は八月二十九日、手兵もなくなるまでの戦闘ののち戦場で、自決。

捜索第二十三連隊　連隊長井置栄一中佐は部隊全滅の直前に、無電機を破壊され師団司令部との連絡が

とれぬところから、いったん撤退ののち再攻撃をはかろうと独断、残兵に退却を命じた責任を問われ、九月十六日自決。

野砲第十三連隊　連隊長伊勢高秀大佐は八月二十九日、砲全壊、全滅状況のなかで自決。穆棱重砲連隊連隊長染谷義雄中佐はおなじ状況のなかで、自決。

野戦重砲第一連隊　連隊長三島義一郎大佐は七月下旬作戦会議中に砲撃をうけ重傷、後送、梅田恭三中佐が連隊長代理となるが敗軍のなかで自決。

第八国境守備隊　守備隊長長谷部理叡大佐は寄せあつめ将兵で編成された部隊が崩壊し、撤退のやむなきにいたった責任を問われ、九月十日、自決。

野戦重砲第七連隊　連隊長鷹司信煕大佐も敗走の責任を問われ、九月三十日付で停職、男爵だったが礼遇停止の処分をうけた。

これらのことは眼の前で確認したり、確実な情報をえても記事・写真にすることは禁じられた。岡本徳三大佐の草原手術の場にいあわせた一記者が、その目撃談をやっとコメントできたのは、昭和三十七年になってからだった。それも当時高級将校の姓名は「不許可」となっていたため、メモはとらなかったのだろう。歩兵第七十一連隊長岡本徳三大佐の名はなく、某連隊長の手術をみたこと、「足を切断される連隊長は指で自分の顔を掩っていた」（『太平洋戦争への道』第四巻付録）の記述があるだけである。

ノモンハン事件で緒戦から停戦成立まで生き残った連隊長は、第七師団から第二十三師団へ応援にきていた歩兵第二十六連隊長須見新一郎大佐だけだった。その須見大佐も停戦成立後まもなく予備役へ退けられたが、こうした戦後処理も秘密であった。

秘められた虜囚の運命

戦後処理といえば、負傷し戦場へ放置されたためにソ連軍捕虜となった日本軍将兵の数は三千名とも四千名とも伝えられるが、確証は今日まで断片すらもれてこない。そのうち約五パーセントが戦後日本軍側へもどってきたというが、ここでも確数は伝えられていない。彼らは吉林省の人里はなれた新站陸軍病院へ収容され、「原田航空少佐以下数名の将校は自決を命じられた」とされている。昭和十四年十月末のことである。

だが厚生省に保存されている軍人名簿（旧陸軍作製）によると、ノモンハン事件に従軍した原田姓の航空少佐は〝第一戦隊長原田文男少佐〟しかない。その原田文男少佐は昭和十四年七月二十九日ノモンハン上空の戦闘で戦死となっている。捕虜となり、戦後自決を命じられたとはなっていない。もし〝原田少佐〟が〝原田文男少佐〟なら公文書を偽作してまで、死すとも虜囚の辱めをうくるなかれの伝説を貫こうとしたのだろう。

調べてみると、七月二十九日の航空作戦は中程度の激戦で、可児才次大尉、鈴木昇一中尉など空戦による戦死が報告され、〝原国文男少佐〟の第一戦隊でも同少佐のほか福田武雄伍長の名もみえる。同伍長は空戦のさい被弾し、ソ連軍陣地後方へ不時着し捕虜となっている。おそらく〝原国少佐〟はこの時同じく不時着、捕虜となったのだろう。

福田武雄伍長は名簿には「昭和十四年七月二十九日戦死」とされ「捕虜生還」と注記されている。その後のことはいっさい不明である。

ともあれ興味をもち少し歩いただけで、ノモンハン事件には謎の部分が今日なおボロボロと出てくるのである。

戦闘部隊では将兵損耗率が三十パーセントをこえると壊滅的損害とされた。三十パーセントの被害を出すと戦線維持はかろうじてできるが、攻撃続行きわめて困難となるからで、後方から兵員補充を行わないかぎり建て直しは不可能とされた。五十パーセントは壊滅とされ、これはいっさいの戦闘行動の続行困難とされた。七十パーセントになると全滅である。

両事件におけるその数字を調べることも許されなかった。双方の兵員数、装備、火器数、戦車、飛行機数をならべ、この損耗率を勘案していくと、その軍隊の弱点が専門家にはたちどころにわかる。

それがこわかったのだろう。張鼓峰事件における損耗率は前に書いたので、ここにノモンハン事件のそれをしるすと、

歩兵第六十四連隊　六九パーセント
歩兵第七十一連隊　九四パーセント
歩兵第七十二連隊　七九パーセント

搜索第二十三連隊　　六六パーセント
野砲第十三連隊　　七六パーセント
工兵第二十三連隊　　八五パーセント
輜重第二十三連隊　　三四パーセント

（第二十三師団固有部隊の分のみ）

壊滅的大損害、壊滅をこえた全滅的損害である。特に砲兵、工兵、輜重兵といった、普通の戦場では損耗率が常に歩兵を下まわる特科部隊の損害のひどさが眼につく。これは長射程重砲の威力においてソ連軍が圧倒的に強かったこと、足にまかせ大量の機甲部隊を日本軍の背部へ迂回させ攻撃をしてきたこと、それに対応する能力を日本軍がまったく持たなかったことを物語っている。

ともあれ、こうしたことを知らせない検閲へとノモンハン事件報道管制は移っていったのであった。

外交交渉も秘密だった

いっぽう「新聞紙法」（明治四十二年公布）により、外務大臣も陸海軍大臣と同様に、外交関係の記事を禁止、もしくは制限する権限をあたえられていたことから、両事件の停戦協定をめぐるにニュースも国民へ知らせることができなかった。これもまた両事件を考えるとき重要なことで、〝満州〟事変から太平洋戦争まで共通したことであったとはいえ、日米交渉の経過が比較的報道されたのにくらべると忘れてはなるまい。

まず張鼓峰事件のときは、はじめ日本側がソ連軍が越境したと抗議したことでスタートしたが、ソ連は琿春界約付図をもちだし正統性を主張。外交交渉はものわかれになった。そのうちソ連軍の大攻勢で日本軍は壊滅寸前になり、日本側にあせりが出はじめたとき、なぜかソ連側が停戦に同意する。

おりから欧州でナチス・ドイツが台頭し、英仏はその前に妥協外交を展開、西からの脅威をソ連は感じていた。英仏もまたソ連が東でことをかまえるのを歓迎しない雰囲気にあった。それらをすばやく見てとったソ連の一種の電撃外交だったが、こうした背景は国民の知るところでなかったのである。

この種の外交の機微をことあるごとに知らされていたら、当時の国民世論も馬車馬のごとく太平洋戦争へかけだすことはなかっただろう。

ノモンハン事件の場合は、すでに独ソ不可侵条約が日本軍への八月大攻勢のさなかに調印され、九月一日に、ソ連の了承のうえでドイツがポーランド進撃（第二次世界大戦開始）をするといった背景のなかで、日本側の停戦交渉は難航につぐ難航。日本側は、第一案（国境をあらためて画定するまでノモンハン戦場を互いに非武装地帯とする）、第二案（まず停戦し、同じく新国境をきめるまで停戦時の第一線を越えないことにする）、第三案（新国境をきめるまでソ連＝外蒙の主張する国境を両軍とも越えないことにする）という三案を敗戦のなかで用意したが、ソ連は張鼓峰事件のときとうってかわって強硬で、九月十五日、ほぼ第二案に近い内容で協定が成立した。

そうした交渉の過程も〝新聞紙法〟により報道は許されなかった。

ソ連は本当は第三案を通したかったが、九月十七日にポーランドをドイツと分割占領するためのポーランド進撃をスケジュールにのせていたので妥協したのだったが、こうした足もとを見られた交渉過程の報道も、もちろんタブーであった。

不敗の関東軍というイメージの転落、師団命令もなく退却した連隊長の出現といった、帝国陸軍の転落をけんめいに秘匿しようとする軍と、ドタバタ外交の実態を隠しとおそうとする外務省、右をみても左をみても国民には救いがないのであった。

後のことになるが、昭和十五年五月二十七日ダンケルクで壊滅的大損害をだしたとき、英国首相チャーチルが敗戦の実相のすべてを素直に国民に告げ、昭和十六年十二月二八日の真珠湾の被害も隠すことなく発表した米国大統領と、これらのことは大きな違いである。

これは国民を信じるか否かの問題であり、結局は民主主義はファシズムより強いということだろう。そして言論統制は常にファシズムが生みだすということだろう。

なお参考のためつけ加えておくと、関東軍参謀として張鼓峰にはじめてソ連兵があらわれた昭和十三年七月八日ごろ現地へ出かけ、関東軍の管轄地外であるのに大本営と朝鮮軍に警告を発し、ついで実力行使を要望するなど、強硬主張を展開した、辻政信少佐、ノモンハン事件ではソ連軍を常に過少評価し積極攻撃を主張し、辻少佐とともに事件の推進者となった同じ関東軍参謀の服部卓四郎中佐、この二人は事件後も予備役におとされることも処罰をうけることもなかった。

そればかりかともに大本営参謀となり、このコンビであのガダルカナル二万名餓死作戦の指導にあたる。

いつの時代でも哀れなのはツンボ浅數におかれ、言論統制をする側に命じられるまま死地から死地をタライまわしされる側であろう。ノモンハンの戦場で死に、軍発表の戦死者数にも入れてもらえなかった一万名の兵隊の亡霊に、一度、検閲時代の感想をたずねてみたいものである。

ある年の靖国神社の大祭のとき、第二十三師団の上部統帥機関だった第六軍司令官荻洲立兵中将があらわれ、遺族の群れを前に「俺の部下だった者の遺族はいるか」と胸をはったという話がのこっている。何人かの遺族は顔をそむけたというが、この話も戦後になってはじめて公になった挿話である。

〈表1〉 第23師団部隊別損耗表

区分／部隊別	戦死		戦傷		生死不明		小計		戦病	総計		出動人員
師団司令部	26	(11)	45	(19)	6	(3)	77	(33)	26	103	(41)	232
歩兵団司令部	1	(5)	3	(14)	0		4	(19)	3	7	(32)	22
歩兵第64連隊	1,361	(30)	1,506	(33)	113	(2)	2,980	(65)	198	3,178	(69)	4,615
歩兵第71連隊	1,036	(36)	1,777	(39)	359	(8)	3,772	(83)	482	4,254	(94)	4,551
歩兵第72連隊	847	(28)	1,222	(41)	54	(1)	2,123	(70)	244	2,367	(79)	3,014
捜索隊	120	(32)	69	(18)	9	(2)	198	(52)	53	251	(66)	380
野砲兵第13連隊	569	(33)	595	(34)	98	(6)	1,262	(73)	66	1,328	(76)	1,747
工兵第23連隊	70	(21)	109	(32)	0		179	(53)	109	288	(85)	338
輜重兵第23連隊	41	(14)	28	(9)	0		69	(23)	33	102	(34)	299
通信隊	51	(24)	38	(21)	0		89	(46)	32	121	(67)	180
衛生隊	59	(18)	55	(17)	0		114	(35)	68	182	(55)	334
野戦病院	5	(2)	8	(4)	0		13	(6)	21	34	(15)	221
病馬廠									5	5	(1)	42
合計	4,786	(30)	5,455	(34)	639	(4)	10,880	(68)	1,340	12,230	(76)	15,975

（注）10月27日師団軍医部調整。6月20日から9月15日の統計である。

〈表2〉 ノモンハン事件における小松原部隊の人馬死傷一覧表

戦闘参加人（馬）数		戦死（生死不明を含む）	戦　傷	戦　病	計
人	15,140	5,070（33）	5,348（36）	706（5）	11,124（73）
馬	2,708		2,005（74）	325（12）	2,330（86）

備　考

本表は第23師団調整（前掲）の分と若干異なる点があるが参考のためそのまま掲載した。

かっこ内数字はパーセントをしめす。

本表はノモンハン事件のおおむね全期間（7月1日から9月16日まで）における死傷を示す。

日露戦争の主要会戦における死傷率（人）は次のとおり。

遼陽会戦（5日）　17%
沙河会戦（7日）　17%
奉天会戦（13日）　28%
（防衛庁戦史室調製）

筆者注　上表馬の死傷率は近代戦では馬は目標になるのみにして通用せざる時代遅れの代物を意味する。

〈表3〉 主要戦争・事件における創種別区分比（%）一覧表

<table>
<tr><th></th><th></th><th>銃創</th><th>砲創</th><th>その他</th></tr>
<tr><td rowspan="2">日露戦争</td><td>主要戦闘（要塞戦を除く）</td><td>81.0</td><td>13.7</td><td>5.3</td></tr>
<tr><td>旅順要塞攻撃</td><td>60.5</td><td>22.9</td><td>16.6</td></tr>
<tr><td rowspan="3">第一次欧州大戦</td><td>1914年</td><td>75.0</td><td colspan="2">25.0</td></tr>
<tr><td>自1915年 至1918年初 陣地戦闘</td><td>16.0</td><td>76.0</td><td>8.0</td></tr>
<tr><td>1918年運動戦間</td><td>30.0</td><td>58.0</td><td>12.0</td></tr>
<tr><td colspan="2">張鼓峰事件</td><td>35.4</td><td>39.6</td><td>28.7</td></tr>
<tr><td rowspan="2">ノモンハン事件</td><td>入院傷者</td><td>35.9</td><td>53.0</td><td>11.1</td></tr>
<tr><td>死体</td><td>37.3</td><td>51.2</td><td>11.5</td></tr>
</table>

備考
1. 防衛庁戦史室調製
2. 欧州大戦は仏軍，その他は日本軍についての数字である。

筆者注　近代戦になるにつれ砲創死が多い。ノモンハン戦では当初友軍には重砲もなかった。軍中枢は，なお夜襲に依存し近代戦に目を開く参謀がいなかった。第1次欧州大戦，張鼓峰も経験しているのに。

〈表4〉 常設師団の兵員概略

師団	2個旅団（平時ほぼ10,000名，戦時ほぼ13,000名）。
旅団	2連隊。
連隊	3個大隊，および本部30名，連隊砲192名，通信192名。計3,294名。
大隊	4個中隊と機関銃。960名。
中隊	3小隊と指揮班。197名。
小隊	62名。
分隊	15名。

付記

復刻版「茫漠の曠野ノモンハン」にあたって

輝かしき陽光のかげで

故・松本弘の想い出

大好きな碁盤の前で

患者さんに慕われる松本草平医師

松本弘（草平）略歴

1908年3月26日	熊本県荒尾市平山に生まれる
1927年3月	熊本県立玉名中学校卒業
1932年3月	九州医学専門学校卒業（第1回生・現久留米大学医学部）
4月	福岡市立第一病院勤務
1934年10月9日	大分市戸次に松本医院開業
1935年5月4日	大野綾子と結婚
1938年10月7日	応召—ノモンハンに。満州国海拉爾陸軍病院勤務（～15年）
1942年11月5日	第5子長男文六誕生
1943年8月6日	再び応召
1945年	敗戦時小倉陸軍病院勤務 以後、戸次に戻り、 10月から診療開始 大南地区の医療のために東奔西走
1978年5月26日	松緑神道大和山教主様と出会う
6月25日	著書「茫漠の曠野ノモンハン」刊行
1979年10月10日	松緑神道大和山の本拠地である青森県東津軽にて 悟りを開き、以後、松緑神道大和に帰依する
1980年8月31日	松本医院閉院
1980年9月1日	天心堂へつぎ病院開院、名誉院長となる
1981年7月20日	午後3時20分永眠

筆名　草平について

草平の家は、小岱山（現熊本県荒尾市）の麓の寒村にある旧制中学校まで三里余の道程であり、雨期には泥んこ道を徒歩で通学した。家に着くころは雨にかすんだ家の灯が、くすんだ障子をすかして仄かに思い出される。懐かしのわが家路である。農繁期には勉強どころではなかった。泥んこまみれで田植えもした。泥の中を這いずりまわっては、有明海のムツゴロウを想い出して、不思議と面白かった。童心に返って今や恋しい思い出である。土まみれになり密柑畑の草もとった。芋も掘った。思えば土から生まれた草平である。

ノモンハン附近は前記のように広茫果てなき砂漠である。われわれは四カ月近くもこの土にまみれて逃げまわり、土壕に潜んで敵火を逃れた。その苦戦苦闘の中にもわれわれを支えてくれたのは幼心に沁みついた土の香りであろう。土壌の中に隠れすくむ草平の頬を、壕の緑の枯れかかった草の葉末がやさしく撫でてくれ、語りかけてくれた。草平には忘れられぬノモンハンの土であり、漸く微かに生えている草である。

当然、松本弘の筆名は土平か草平かでなくてはならぬ。だが土平はノモンハン曠野で死んだ。草平は今も微かに息づいている。あそこの野草のように英霊を見護って、その意味の草平である。

昭和五十三年七月

松本　弘

血の担架 ―松本軍医殿を偲ぶ詩―

多田 計（ノモンハン従軍時の戦友）

戦闘は悲惨だ
人間の殺傷だ
器の中に入れた
蟻の様だ
敵の包囲は縮まる
敵戦車は爆走する
砲　戦車
弾　間断なく攻撃飛来し
全く地獄だ

戦死する者
負傷して苦しむ者
腹部貫通銃創
骨折は亦苦しむ
肉親には見せられぬ
収容する軍医は
手早く治療す
担架は血で真っ赤だ
染血して悪臭だ
生気有る者は
乗れない　気絶しそうだ

重傷兵は
肉親の名まえを絶叫しながら
死んで行く
戦死した兵は
軍医殿が
一部証拠骨を残し
死体は外被に包み
土に埋めて銃を立ておし
負傷　戦死者数知れない

義父のこと

松本　明子

松本弘は、私の夫、文六の父である。私達夫婦は長く福岡にいたので、私が父と同じ家で暮らしたのは、天心堂へつぎ病院を創る前後二年余にすぎなかった。しかし、このわずか二年の間に私は大きな感銘をうけた。

暑い日に「暑い、暑い」を言わず、寒い日に「寒い、寒い」を言わない人だった。食事の用意が遅くなっても文句一つ言わず、黙って新聞や書物を読んで待っていた。「患者さんです」と言うと、飲みかけの杯をおいても、すっと診察に立ってゆく。記憶力は抜群で、カルテに何の記載もしなくても、患者のすべてを覚えていた。まるで仙人か神様のようだがユーモアも鋭さもあった。「あんたの旦那さん(自分の息子のこと)、ちと馬鹿と思わん？」とまじめな顔で私に聞かれたのには答えようがなくて困った。

ともかく日常生活の態度、患者への姿勢には一貫したものがあり、それがどこからくるのかは、「茫漠の曠野ノモンハン」という父の著した本を読んでわかった。飢餓の中、狂気無謀な命令のために、多くの兵士が、悲惨な死をとげねばならなかった。父は危うく生きて帰り、その資料を保存し、戦争の無残さ、戦友の無念さを書きためて本にしたのだ。そして自分の生涯を患者へ捧げるものとして、使い果たした。

天心堂へつぎ病院の仕事初めの日、地下食堂で全職員四十人余に向かって、「これ(天心堂へつぎ病院)は戦友への供養塔である。私はうれしい」そう言って絶句してしまった父の姿を思い出す。帰して四十年間、亡くなった戦友への追悼をいつも胸に抱いて、〝ともに生きる〟ものとしての生者への医療を行なっていたのだ。

父は誰にでも声をかけた。「どうか」「具合はどうか」、父が逝ったあとでなんと多くの人から、あの時こういわれた、こう声をかけてもらったと話を聞かされたことだろう。その人達の心の中に、父が癒したことばは、宝として残っている。

聞いた話だが、昔、吉野から息をひきとった子を背負って、夜半、松本医院をたたいた親があったという。その時、父は母に、酒を一本つけてやれといったそうである。母は〝どうして不幸のあった親に酒など〟と思ったというが、今は母にも、三人の子の親である私にも、よくわかる。真夜中、すでに息絶えている我が子を、医者に一目みせてやりたいと、一心に山道を越えた親のこころ。黙って出された酒の中に、その悲しみも汗もとけていったのではないか。深く深く人の心を受けとめた父を偉いと思う。医はかくありたいと思う。医は、まずは病んでいる人に声をかけることであり、その病んだ心と身体をもった人を受け入れることだ。理づめで、治す治さぬということではないということを私は教わった。

父が亡くなってそのお通夜は、私があとにも先にも見たことのないものだった。古い二十畳の座敷をびっしりと人々が埋め、焼香する人たちが行列をなし、あとからあとから続いた。階段は順を待つ人で、きしんでこわれるかと思うほどであった。その人々の様子は、次男（当時小一）が作文に書いている通りである。

七月二十一日のなつやすみのはじめに、おじいちゃんがしんだ。おそうしきのとき千九百七十人ぐらい人がきた。おとなの人はかおをまっかにしてないていた。

（原文のまま）

先日、若い看護婦さんが「絶望的な病で死んでゆく人のそばにいることはつらい。逃げたくなる。何もしてあげられない」と、私に語った。しかし本当になすべき医療行為、看護行為はないのだろうか。否！その人のそばで汗をふき手を握っていること、ともに怖さやつらさ、淋しさ、絶望を感じることが医療行為だ。医は施すものではなく、治してあげるものでもない。病む人（自分も含め）と共存、共感、共生することが医の原点なのだ。天心堂へつぎ病院は立派な建物、施設、技術をもっている。しかし中で働く私達が、医の心をもって人々とつながっていてこそ、それらが花開くのであって、このことを忘れたなら、天心堂へつぎ病院の医療は、あの古ぼけた松本医院の、血圧計や心電図計等わずかの器具をもって行われた医療に劣るのだと思う。このことを自ら心して、また、次の世代に伝えたいと思う。父は、今頃、戦友と固く手を取り合って再会を喜び、また、大好きな碁に打ち興じていることだろう。父よ、安らかなれ。

（長男文六の妻／初代天心堂へつぎ病院小児科部長）

ノモンハン事件とは

ミリタリー・ライター　堀場　わたる

昭和七年の満州国の成立にともない、事実上、日本は中国東北部に広大な領土を有するに至った。そしてそれは空間的にはソ連に対する防壁になると同時に、長大な国境線をも発生させることになった。

これにより、元来は海洋国家で国境紛争の経験に乏しかった日本だが、満州国の誕生によってソ連との間に大小無数の国境紛争を繰り広げることになったのである。

なかでも昭和十三年に勃発した張鼓峰事件は、おたがいに師団規模の戦力が激戦を展開する大規模な紛争となった。最終的には外交によって解決したものの、その結末に納得がいかない軍人もいた。ことに、満州全土の防衛を担う関東軍司令部の若手将校は憤激し、その怒りを『満ソ国境紛争処理要綱』としてまとめ、各部隊に配布したのである。

この要項をひと言でいうならば「越境してきた敵は断固として迎え撃つ。そのために場合によってはこちらから越境することもありえる」というかなり過激なものだった。
こうした下地があって発生したのがノモンハン事件であった。

◆第一次ノモンハン事件

昭和十四年五月、外蒙古（現在のモンゴル）軍兵士の一団がハルハ河を超えていたところを、周辺を巡回していた満州国警察隊が発砲したことから事件は始まる。このときは外蒙古側が逃げ帰ったが、それから暫く後、今度は巡回中の満州国警察隊に向けてモンゴル軍が発砲した。もともと、双方の国境線に対する認識が異なっていたことから、それぞれ相手が「越境」しているものとして、あくまで「不法越境者」に対する攻撃という建前であった。

こうしておたがいに撃ったり撃たれたりするたびに双方は増援を送り、事態はしだいに拡大していく。当初は外蒙古軍と満州国軍の小競り合いだったものが、ハイラルに駐屯している日本軍第二十三師団に報告が届くに及び、師団長の小松原道太郎中将はただちに隷下部隊の出動を決意した。その決心の背景にあったものは、先に述べた『満ソ国境紛争処理要綱』であることは言うまでもない。

小松原師団長は東八百蔵中佐指揮による東支隊を編成し、ただちに紛争地域であるノモンハンに向かわせた。東支隊は第二十三捜索隊と歩兵二個中隊（歩兵第六十四聯隊所属）を基幹とする、乗車歩兵による機動部隊である。

東支隊は十五日には戦場に到着、さすがに外蒙古軍もこれには手が出せないと見たのか、ただちにハルハ河を渡って西へ退却した。これにより当初の目的は達せられたと判断、東支隊は命によりただちに帰還した。また、この東支隊の戦場進出に時を合わせて、飛行第十戦隊も出動、日本側が国境線と主張していたハルハ河を超えて、敵軍に銃爆撃を加えている。当然、外蒙古軍はこれに抗すべくもないが、問題はそれゆえにこのことをソ連側が重くみたことである。

日本側はこれに懲りて当分外蒙古側が進出してくることはないと判断したが、ソ連はこの日本の越境攻撃に対して、断固として報復することを決意した。

ソ連軍は外蒙古軍とともにふたたびハルハ河を超え、陣地の構築を始めたのである。この報に接した小松原師団長は、今度はソ連軍の姿も確認されていることから、前回よりもさらに大規模な部隊を派遣して敵に痛打を浴びせ、一気に事態を終息させようと考えた。

そこで、歩兵第六十四聯隊長・山縣武光大佐を指揮官とし、一個大隊と捜索隊を基幹として、これに若干の砲兵部隊を付けて送り出した。総兵力1600名あまり、これに満州国軍も加わり、鎧袖一触《がいしゅういっしょく》(相手を簡単に打ち負かしてしまう)のはずであった。

ところが、ここで重大なつまずきが発生する。支隊は大きく三隊に分かれて前進していたのだが、先行した東捜索隊は敵と接触、想像より遥かに大規模な部隊であった。すでにハルハ河東岸にはソ連軍の機械化狙撃兵三個中隊と外蒙古軍騎兵部隊が展開しており、さらにハルハ河西岸には増援が到着しつつあった。捜索隊は二個中隊規模で兵員数は220名、普通に考えて真正面からあたったら勝ち目はない。そこで東隊長は山縣支隊長への無線連絡を試みたが、あいにくまったく繋がらなかった。当時の日本軍の無線機はあまり信頼性の高いものではなかったこともその一因かと思われるが、それに加えて、山縣支隊本隊が道に迷ったことも影響していた。

戦役を通じて日ソ両軍ともに頻発しているのだが、部隊が現在地を見失い、迷子になってしまうのである。ノモンハン一帯は目標となる地形物に乏しい草原地帯である。いってみれば、海の上にも等しい。つまり、山縣支隊はただでさえソ連軍より乏しい戦力のうえ、各部隊間の連絡も思うに任せず、結果的に各個撃破されるような形となってしまった。このため、東捜索隊は全滅に近い損害を被り、山縣支隊本隊の損害も多数に上った。

このため、5月29日夜半に遺体収容を兼ねた夜襲を決行し、31日を期してハイラルへの帰途についた。

さらに、ここで事態悪化への偶然が重なる。山縣支隊の撤退支援のために多数のトラックを向かわせたのであるが、ソ連軍は航空偵察によってこれを察知し、このトラック群を増援部隊と勘違いしたのである。そのためソ連軍は一時的に東岸にあった部隊を撤収させたのであるが、この日本軍の行動に対して、ソ連軍はさらに大規模な部隊派遣を決意するのである。
こうして、舞台はもう一人の主役であるジューコフ中将を迎えることになる。

◆タムスク爆撃

第五十七特設軍団の司令官として着任したジューコフは、さっそく動き出した。モスクワ＝スターリンの意向にそって、断固とした態度で攻撃を開始したのである。その手始めが、カンジュル廟やアルシャンに対する空爆であり、さらに日本軍の物資集積所であるアムグロにも爆撃を敢行し、ガソリン缶や糧食など多数を焼失させた。

いずれの地点もソ連側が主張する国境線より満州国側であり、これは明らかな越境空爆であった。関東軍としてもこれを看過するわけにはいかない。ただちに報復として、ソ連軍の飛行場などがあるタムスクへの爆撃を計画した。しかし、これが陸軍中央に知られると絶対に止められることは目に見えていた。その結果、敵機50機以上を撃墜破する大戦果をあげた後に、意気揚々と事後報告として参謀本部へ連絡したのである。ところが参謀本部は関東軍のこの独断専行に激怒した。

関東軍としてはよかれと思って実行したことを頭ごなしに否定され、このことで参謀本部と関東軍の感情的なすれ違いは決定的となった。

本来であれば、このときに陸軍中央は断固とした態度で関東軍参謀の更迭を断行すべきであった。作戦課長の稲田正純大佐は実際にそれを板垣征四郎陸相に進言している。

ところが、板垣陸相は「北辺の些事は現地に任せて解決させればいい。一個師団くらい、自由にさせてやれ」と言い放ったのである。自身が満州事変でスネに傷を持つ身である。そうでも言わなければ自己の行動を正当化できなかったのかもしれない。

しかし、一個師団の出動がどれほど重みのあることなのか、陸軍大臣にわからぬはずはない。ともあれ、この板垣陸相の安易な発言で事態はさらに拡大していくことになるのである。

◆第二次ノモンハン事件／7月攻勢

六月二十日に出された「関作命（関東軍作戦命令）第一五三二号」によって、事態は動き始めた。当初、関東軍の参謀たちが作成した案では、ノモンハンを担当戦域とする第二十三師団ではなく、この際精鋭の第七師団をもって一気にソ連軍を叩くつもりであった。しかしその報告を聞いた植田軍司令官が「俺が第二十三師団長だったら、切腹するよ」というひと言によって、実行部隊主力は第二十三師団へと変更され、第七師団からは歩兵第二十六聯隊のみが参加することになった。

こうして炎熱の砂漠地帯を六日間かけて、第二十三師団は苦労しながら将軍廟まで前進した。そして七月二日、第二十三師団は攻勢を開始したのである。

おおよその作戦計画は以下の通りであった。

まず部隊を二手に分け、主力である小林支隊はハルハ河を渡河して西岸に布陣しているソ連軍を撃破し、コマツ台に向けて進撃する。一方、第一戦車団を基幹とする安岡支隊は東岸に布陣しているソ連軍の前哨部隊を撃破して、川又に向かって前進する。また、砲兵隊は小林支隊の渡河を支援した後、同じく渡河して西岸の攻撃を支援することとされた。

川又とはハルハ河とホルステン川の交わる地点で、ちょうどT字の形になっている。この地点に橋梁があったことから、ソ連軍はここを通過して部隊を東岸に送り込んでいたわけである。つまり、安岡支隊を鉄床として東岸のソ連軍部隊を圧迫する一方、主力の小林支隊は金槌として敵戦力が手薄と見られている西岸を急進撃して、敵を一気に包囲殲滅するという作戦である。

ハルハ河を渡河している点は異なるものの、基本的には山縣支隊の執った作戦を拡大して焼き直したものである。当初、辻正信参謀は戦車部隊を渡河させて西岸を攻撃させようとしていたようだが、貧弱な架橋設備しか持ち合わせていなかったためにそれは断念したようだ。

また、もともと小松原師団長は渡河攻撃に消極的だったが、これを辻参謀が強引に推し進めたという話もある。

いずれにせよ、第二十三師団の作戦は上記の方針に則って進められた。

安岡支隊の攻撃は三日の早朝と定められており、そのために部隊の集結を急いでいたが、そこへ師団参謀（伊藤大尉）が攻撃命令を持って到着した。そしてその際に敵軍に退却の兆候があることを伝え、これを受けた安岡支隊長は「追撃」を開始することを決心した。

ところが、ソ連軍は退却するどころか陣地を構築して手ぐすねを引いて待ち構えていたのである。攻撃開始は夕方からとなり、折りからの雷雨の中を夜通し戦闘する結果となった。しかしこのために各部隊間の連絡は思うようにまかせず、それぞれが目の前に現われる敵を攻撃することに終始し、とても連携した攻撃というわけにはいかなかった。

さらに、夜が明けてからはソ連軍砲兵隊の砲撃に翻弄され、損害も逐次増加してきたこともあり、戦線の後退を余儀なくされたのである。

ここに、日ソ両軍の諸兵科協同に対する認識の違いが表われているといってもいいだろう。第一戦車団の戦車第三、第四聯隊の前進に対して、歩兵第六十四聯隊（山縣部隊）はまったく追随できず、また当初から協同しようという意図もあまりなかったようである。結果、戦車部隊だけが突出する形で損害を増すことになるのである。さらに言えば、一度動き出した部隊は相互の連絡が取れなくなっている。というのも、当時の日本の戦車には無線機は搭載されておらず（無線機が搭載されるのは九七式中戦車からであり、全部で四輌しか参加していない）、部隊の指揮はもっぱら手旗信号などによっていたのである。これでは悪天候の夜襲で、連携などできるはずもない。

それに対してソ連軍は各兵科ごとに無線による連絡網を構築し、必要と思われる砲撃支援を歩兵部隊や戦車部隊から砲兵部隊に対して申請することができるようになっていた。安岡支隊に加えられた砲撃も、その後、他の日本軍が苦しめられた砲撃も、すべてこうして行われていたのである。それに加えて、ソ連軍の砲兵隊が布陣していたコマツ台をはじめとする西岸は、東岸よりも標高が高く、したがって目標の視認が容易だったのである。

一方、西岸を進んだ小林支隊であるが、こちらは当初、敵の油断もあって渡河に成功、順調に前進を続けていたが、報告を受けたジューコフがただちに増援を差し向けたことでその進撃を止められることになる。このジューコフによる緊急的な采配も、じつは歩兵を伴わない戦車部隊（第十一戦車旅団）単独での攻撃であった。しかし、ソ連軍の対応が優れていたのは、この戦車部隊による攻撃に対して、充分な砲兵および航空支援を与えたことにある。この結果、小林支隊は地上戦で敵戦車多数を破壊しながらも、砲爆撃によってそれ以上の前進を続けることができず、結局ふたたび河を渡って東岸へと転進することになるのである。

ここにも、日本軍（関東軍）による場当たり的な作戦指導が目立つのであるが、ともあれ西岸からの攻撃を断念した第二十三師団は以後、東岸における攻撃に終始することになる。しかし、敵が高地に陣取っている以上その所在はすべて暴露され、それゆえに作戦企図も手に取るようにわかってしまう。したがって日本軍に打てる手としては「夜襲」しかないということになる。そして事実、以後の戦闘は夜襲に終始するのであるが、当然それは決定打に欠けた。不本意ながらそれを認めた関東軍参謀たちは、重砲を含む、大規模な砲兵隊の派遣を決定した。

つまり、砲兵戦によって敵砲兵隊をまず潰し、しかる後に主力による再攻を行なう考えである。しかし、そもそもそれがおかしい。敵戦力の過小評価に加え、充分な偵察も行わないままの出撃の結果、まんまと罠にはまりに行ったようなものである。

先述したように、ソ連軍は縦深防御によって日本軍の攻勢を受け止める準備ができていたのである。それでも、この時点において敵火力を圧倒するだけの砲数と弾薬が確保できたのなら、あるいは事態の推移は違っていたかもしれない。

『有形的戦闘力（主として火力）上からみたノモンハン事件の一考察（陸戦研究）』という資料によれば、この時期における彼我の火力差は日本軍一に対してソ連軍一　・七と見積もられている。通常、戦闘においては防御側のほうが火力発揮の面では優れているため、防御側であるソ連軍の火力指数を三倍すると、実質的に日本軍の五倍以上の火力を有することになる。

この圧倒的な火力差にもかかわらず、第二十三師団は攻勢を再開したのである。結果は火を見るよりも明らかであった。そして、七月二十三日に行われたこの再攻撃の失敗により、これ以後、日本軍は現在地の確保に終始して、守勢にまわらざるをえない状況に陥ったのである。

◆ソ連軍の八月攻勢

七月下旬以来、第二十三師団の将兵は塹壕を掘って穴熊のような生活を強いられていたが、八月四日、大本営は第六軍の編成を決定した。第六軍とはノモンハン事件を指揮するために新たにつくられた組織である。つまり、関東軍の下、第二十三師団の上に位置する組織であり、この第六軍の存在によって関東軍司令部——暴走しがちな参謀たち——から独立させ、事態の速やかな収拾を図ろうという考えであった。

というのも、諸情報からソ連軍による八月攻勢は必至という観測があり、その対応が急がれていたからである。にもかかわらず、現場の第二十三師団に対しては、大した補充はなされなかった。たしかに兵員その他、不足した分はある程度手当されはしたものの、ソ連軍の攻勢に対処できるだけの増援部隊は派遣されなかったのである。

一方、今や第一集団軍に格上げされたジューコフの部隊は、全力をあげて攻撃準備に取りかかっていた。トラック4千台以上をフル稼働して物資と兵員を前線に送り込み、八月なかばには兵員五万名以上、戦車四百輛以上、装甲車約四百輛、各種火砲五百門以上という大戦力を集結させたのである。

八月二十日午前六時十五分。ソ連軍は満を持して攻撃を開始した。猛烈な砲爆撃の後、午前九時からは歩兵部隊の攻撃が開始され、日本軍の薄い前線は各所で破られていった。そして、日本軍の各部隊は高地上に築城されたそれぞれの陣地に立て篭り、逐次包囲されていったのである。

ここから先は、まさしくソ連軍が標榜する「殲滅戦」の様相を呈していた。日本軍の各部隊は各個撃破され、運良く敵の目をすり抜けて撤退しても、撤退したことの責任を追及され、のちに自決に追いやられた部隊長もいる。

いずれにせよ、ソ連軍のこの攻勢によってノモンハン戦の趨勢はほぼ確定した。この絶望的な状況下でいくつかのエピソードが残されているが、なかでも日本人にとっていくばくか溜飲を下げるのは宮崎聯隊（歩兵第十六聯隊）の奮闘ぶりであろうか。

戦局も終盤に差し迫った九月上旬、主戦線である川又周辺より五十〜六十キロメートルほど東南に位置する９９７高地を占領した宮崎聯隊は、戦車を含む敵の逆襲を頑強にはねのけ、結局すべての戦闘行為が終結し、停戦となった九月十六日まで同地を保持したのである。そして、後々のことを考えて部隊内の兵で石工だった者に「日本軍占領」の文字を付近の大石に刻ませた。この結果、後の国境線画定の協議においてソ連側もこれを認めざるを得ず、この地点における国境線は日本の主張が通ることになったのである。

ノモンハン事件における日本側の損害は約二万名、これに対してソ連側は二万五千名以上となっている。従来はジューコフの報告書に基づいて、ソ連側の損害は過小評価されていたが、実際には日本側よりも多くの損害を被っていたのである。

とはいえ、国境線の画定については概ねソ連側の主張通りとなり、日本は実質的に敗北したといっていいだろう。

なにより、戦略的に無価値の荒野の領有権を巡って、一個師団規模の戦力を浪費したことは失策だったといわざるをえない。

そしてこの戦いにおける貴重な戦訓を後に繫げることができなかったことが、ノモンハン事件の悲劇性をさらに増幅させているのである。

復刻版の刊行にあたっての編集後記

東方通信社　古川　猛

読むほどに、著者の松本草平氏が中国の漢文や中国故事に長け、さらには日本の古典や古語に造詣が深いというのがわかる。随所に独特な文体や言いまわし、喩え、仮名づかいにそれがあらわれている。が、これではなかなか平成の読者には馴染まない。そこで、より平易にということで、ルビをふることにした。そして場合によっては、その下の（　）内には注釈をつけ、わかりやすくした。また、明らかに誤字（記）、脱字、当字と思われるところは加筆、補正した。が、はたして、この作業によって著者の真意をそこなうことはなかったのか、著者の思いは反映できたのか、戦争の意味、軍人たちの怒り、戦場における〝生と死〟の攻防は伝わっただろうか。不安は残る。とまれ、遙くノモンハンの地をさまよう英霊たちは今なお、誰のための、何のための戦闘だったのか、と問うている。すべては読者に委ねたい。

最後に長い引用を。このノモンハン戦から著者は「つねに静と動の両極端の中に生きていた。極端に動かず静かにしていればつい精神は沈降している。体を動かしている間はそれがいかに苦渋に満ちた難事であってもその躍動、あこがれ、希望が湧くもののようである」とし、それが「真に人間の通念」、人間の条件であると。はからずも軍医松本草平はこれを生涯の戒め、教訓とし、戦後世界を生きた。そして「精神病対策はもちろんのこと、老人対策も動の世界に求めなければ意義がない。現在の精神病院、老人病院、老人ホーム等のあり方は根本的に改められねばならぬ」と書き綴り、地域医療に邁進した。まさに先見の明ありである。

茫漠の曠野ノモンハン

二〇一七年八月十五日発行

著　者　松　本　草　平
（大分県 天心堂へつぎ病院名誉院長・
一九八一年七月二十日逝去）

編　者　松　本　文　六
（社会医療法人財団天心堂創設者）

発行者　古　川　猛

発行所　東方通信社

発　売　ティ・エー・シー企画

印刷・製本　シナノ印刷